KB080613

오픈 시티

오픈 시티

테주 콜 장편소설 ━━━━━ 한기욱 옮김

창비

캐런을 위하여,
와밍과 베스를 위하여

차례

34

35

42

39

40

원문의 일러두기

* 『오픈 시티』는 허구의 작품이다. 이름, 등장인물, 장소, 사건은 작가의
  상상력의 산물이거나 허구적으로 사용된 것이며, 실제 사건, 장소 또는
  (살아 있거나 죽은) 인물과 유사한 점은 전적으로 우연이다.

한국어판 일러두기

1. 이 책은 Teju Cole, *Open City* (Random House 2011)를 번역 저본으로
   삼았다.
2. 이 책에 수록된 사진은 저자가 촬영한 것이며, 창비의 요청에 따라 한
   국어판을 위한 작품을 저자가 선별했다.
3. 본문 중의 각주는 옮긴이주이다.
4. 본문 중의 강조체는 원서에서 고딕체나 이탤릭체로 강조한 부분이다.

제1부 ——————— 죽음은 눈^眼의 완성

1

    그래서 지난가을 저녁 산책을 시작했을 때, 나는 모닝사이드 하이츠가 도심 진입에 용이한 곳임을 알게 되었다. 쓴트 존 더 디바인 대성당에서 내리막을 따라가다 모닝사이드 파크를 가로지르는 길은 센트럴 파크까지 불과 십오분 거리이다. 반대 방향으로, 서쪽으로 가면 사쿠라 파크까지는 십분 정도 걸리고, 거기서 북쪽으로 걸어가면 허드슨강을 따라 할렘 쪽으로 갈 수 있다. 비록 차들 때문에 나무들 뒤쪽의 강물 소리가 들리진 않지만 말이다. 병원에서의 바쁜 나날과 대조를 이루는 이런 산책이 꾸준히 길어져 매번 점점 더 먼 곳으로 데려다놓았기 때문에, 나는 종종 밤늦게 집에서 꽤 멀리 떨어진 곳까지 왔음을 깨닫고는 지하철을 타고 귀가해야 했다. 이렇게 해서 나의 정신의학과 전임의 과정의 마지막 해가 시작될 때, 뉴욕시는 걷기의 속도로 내 삶 속으로 파고들었다.

이 목적 없는 산책이 시작되기 얼마 전에 나는 아파트에서 철새의 이주를 지켜보는 습관에 빠졌는데, 지금 와서 보니 이 두가지 일이 연관이 있는 건지 궁금하다. 병원에서 일찍 귀가하는 날이면 자연 이주의 장관을 목격하기를 기대하며 새점을 치는 사람처럼 창밖을 내다보곤 했다. 대형을 이룬 채 하늘을 가로질러 날아가는 기러기들을 볼 때마다 나는 그들의 관점에서는 아래쪽 우리의 삶이 어떻게 보일지 궁금했고, 그들이 언젠가 그런 생각에 빠지게 된다면 고층 건물들이 그들 눈에는 마치 전나무 군락지처럼 보일지도 모른다는 상상을 했다. 대개는 하늘을 샅샅이 살펴도 보이는 것이라곤 비나 창문 한가운데를 가로지르는 희미한 비행운뿐이었고, 그럴 때면 내 마음 한구석에서는 거뭇한 날개와 목, 허연 몸통과 지칠 줄 모르는 작은 심장을 가진 이 새들이 정말 존재하는 건지 의심이 들었다. 그들은 너무나 경이로워서, 나는 그들이 거기 없을 때는 내 기억을 신뢰할 수 없었다.

때때로 비둘기들도 날아가고 참새, 굴뚝새, 꾀꼬리, 풍금조, 칼새도 날아갔지만 하늘을 쌩하니 가르는 작고 외딸고 대부분 무색인 반점을 보고 무슨 새인지 식별하는 것은 거의 불가능했다. 희귀한 기러기 편대를 기다리는 동안 나는 가끔 라디오를 듣곤 했다. 광고가 너무 많이 나와서 — 베토벤에 이어 스키 재킷, 명장의 치즈 다음에 바그너 하는 식으로 — 내 취향에 맞지 않는 미국 방송은 보통 피하고 대신 캐나다, 독일, 네덜란드의 인터넷 방송에 채널을 맞추었다. 그들의 언어에 대한 이해력이 부족한 탓에 진행자의 말을 알아들을 수 없을 때가 많았지만, 그런 프로그램은 항상 내 저녁 기분을 아주 정확하게 충족했다. 이때쯤에는 이미 십사년 넘게 클래식 라디오를 열렬히 들어온 청취자로서 그 음악들 상당수가 익숙했지만 그중 일부는 새로웠다. 놀라운 순간들도 드물게 있었는데, 함부르크에서 송출되는 방송에서 셰드린[1] 혹은 어쩌면 이자이[2]의 오케스트라와 알토 솔로를 위한 매혹적인 곡을 처음 들었을 때가 그랬다. 그게 누구의 곡인지는 지금까지도 알아내지 못했다.

　나는 진행자들의 중얼거림이, 수천 킬로미터 떨어진 곳에서 차분하게 말하는 그 목소리들의 울림이

1　Rodion Shchedrin(1932~). 러시아의 작곡가.
2　Eugéne-Auguste Ysaÿe(1858~1931). 벨기에의 작곡가, 바이올리니스트.

좋았다. 컴퓨터 스피커의 볼륨을 낮추고 그 목소리들이 제공하는 안온함에 포근하게 안긴 채 바깥을 내다보았고, 전혀 어렵잖게 덩그런 아파트 속의 나 자신과 필시 한밤중에 유럽 어딘가의 부스에 있을 라디오 진행자를 비교했다. 육신을 떠난 그 목소리들은 지금도 내 마음속에서 이주하는 기러기들의 환영과 연결되어 있다. 내가 실제로 이주의 광경을 본 것은 모두 합쳐서 서너번이 넘지 않는다. 대부분의 날에 내가 본 것은 연청색, 흐릿한 분홍색, 적갈색 등 황혼녘 하늘의 색들이었고, 이 모든 색이 점차 짙어지는 어둠의 그림자에 자리를 내주었다. 날이 어두워지면 책 한권을 집어들고 대학의 대형 쓰레기통에서 건진 구식 책상등 불빛 아래서 책을 읽곤 했다. 종 모양의 유리 갓을 씌운 전구가 내 손, 무릎 위의 책, 소파의 해진 천 위로 연녹색 빛을 드리웠다. 때론 책에 나오는 구절을 혼잣말로 소리 내어 읽기도 했는데, 그러면서 내 목소리가 프랑스, 독일, 네덜란드 라디오 진행자들의 중얼거림이나 오케스트라 바이올린 현악의 미세한 질감과 기묘한 방식으로 섞여드는 것을 발견했다. 내가 읽고 있던 책이 무엇이든 유럽 언어 중 하나에서 번역되었을 가능성이 크다는 사실 때문에 이 모든 기묘함이 더욱 강렬해졌다. 그해 가을, 나는 이 책 저 책 옮겨다니며 읽었고 그중에는 바르트의 『카메라 루시다』, 페터 알텐베르크[3]의 『영혼의 전보電報』, 타하르 벤 젤룬[4]의 『마지막 친구』가 있었다.

나는 그런 소리의 푸가에서 성 아우구스티누스와, 성 암브로시우스에 대한 아우구스티누스의 놀라움을 떠올렸다. 성 암브로시우스는 단어를 발음하지 않고 읽는 방법을 발견한 것으로 유명했다. 우리가 단어를 소리 내어 읽지 않고도 이해할 수 있다는 것은 실로 기이한 일인 것 같다. 당시에도 그랬지만 지금도 내게는 그 사실이 기이하게 느껴진다. 아우구스티누스는 문장을 소리 내어 읽음으로써 그 문장의 무게와 내적 생기를 가장 가깝게 느꼈지만, 그 이후 독서에 대한 우리의 생각은 많이 바뀌었다. 우리는 혼잣말하는 사람의 모습이 괴팍함이나 광기의 징조라고 너무나 오랫동안 배워왔다. 대화 중에 나오거나 군중의 외침 속에 섞여 나온 게 아니라면 더이상 우리 자신의 목소리에 익숙지 않다. 그러나 책은 대화를 암시한다. 한 사람이 다른 사람에게 말하는 것

3   Peter Altenberg(1859~1919). 빈 출신의 모더니스트 작가.
4   Tahar Ben Jelloun(1944~). 모로코의 소설가.

인데, 그런 교환에는 들을 수 있는 소리가 자연스럽고 그래야 마땅하다. 그래서 나는 나 자신을 청중 삼아 소리 내어 책을 읽음으로써 다른 사람의 말에 목소리를 내주었다.

어쨌든 이런 특별한 저녁 시간은 쉽게 지나갔고, 나는 자주 소파에서 바로 잠이 들었다가 훨씬 나중에야, 대개는 한밤중의 어느 시점에야 겨우 침대로 갔다. 그랬다가 언제나 몇분밖에 안 잔 것 같은데 휴대폰 알람시계가 울리는 소리에 깜짝 놀라 잠을 깼다. 알람 소리는 별나게도 마림바풍으로 편곡된 「오 탄넨바움」[5]이었다. 의식이 깨어나는 첫 몇분 동안 갑작스러운 아침 햇살의 눈부심 속에서, 내 정신은 꿈의 파편이나 잠들기 전에 읽고 있던 책의 한 대목을 생각해내며 저절로 맹렬히 돌아갔다. 매주 주중엔 이틀이나 사흘 퇴근 후에, 그리고 주말엔 적어도 하루는 산책하러 나간 것은 이런 저녁들의 단조로움을 깨기 위해서였다.

처음에 내가 거리에서 맞닥뜨린 것은 누군가가 요란한 TV 소리로 조용한 개인 예배당의 고요함을

---

5 '소나무야'로 시작하는 독일 크리스마스 노래.

산산조각 내는 듯한 끊임없는 소란이었는데, 그날 하루를 집중해서 비교적 평온하게 보낸 터라 충격으로 다가왔다. 나는 많은 쇼핑객과 노동자들 사이를 헤집고, 도로공사 현장과 택시들의 경적을 뚫고 굽이치듯 나아갔다. 번화한 도심을 걸어간다는 것은 내가 하루 동안 익숙하게 보았던 이들보다 많은 사람, 수백명, 심지어 수천명 더 많은 사람에게 눈길을 준다는 것을 뜻했지만, 이 무수한 얼굴들의 인상은 나의 고립감을 누그러뜨리는 데 아무 도움이 되지 못했을뿐더러 오히려 더 깊어지게 했다. 나는 또한 산책을 시작한 뒤로 훨씬 피곤해졌는데, 삼년 전 인턴 기간의 첫 몇개월 이래 겪었던 어떤 상태와도 다른 탈진이었다. 어느날 밤에는 무작정 계속 걷다보니 약 11킬로미터 떨어진 휴스턴 스트리트에서 방향을 잃을 만큼 기진맥진한 상태가 되어 서 있기도 힘이 들었다. 그날 밤 지하철을 타고 집으로 온 나는 즉시 잠에 곯아떨어지기는커녕 너무 피곤해서 잠 못 드는 상태에서 놓여날 수 없는 채로 침대에 누워 있었다. 길거리를 돌아다니며 마주쳤던 수많은 사건과 광경을 어둠 속에서 되새기면서, 어느 것이 어디에 속하고 어느 것이 어떤 것에 대응하는지 생각해내려고 애쓰며 마치 나무 블록을 가지고 노는 어린아이처럼 마주친 사건과 광경 각각을 분류했다. 도시의 동네들은 저마다 다른 물질로 만들어진 것처럼 보였고, 각각 다른 기압과 다른 심적인 무게를 가진 것 같았다. 환한 불빛과 셔터가 내려진 상점, 공공주택 단지와 고급 호텔, 화재대피용 비상계단과 도시공원 들처럼 나의 부질없는 분류 작업은 형체들이 변해 서로 뒤섞이며 실제 도시와 무관한 추상적인 모습을 띠기 시작했고, 그때야 비로소 나의 열띤 정신이 마침내 약간의 측은함을 보이면서 스스로 진정되었고, 그때에야 비로소 꿈 없는 잠이 찾아왔다.

산책은 하나의 욕구를 충족해주었다. 산책은 정신적으로 엄격히 규제된 업무 환경에서 놓여나는 길이었다. 일단 산책이 치료법임을 알게 되자 그것은 평범한 일이 되었으며, 나는 산책을 시작하기 전의 삶이 어땠는지를 잊어버렸다. 일은 완벽함과 능숙함만을 취하는 요법이라서 즉흥성을 허용하지도, 실수를 용납하지도 않았다. 내 연구과제가 흥미롭기는 하지만—나는 고령자들의 정동장애에 관한 임상 연구를 수행하고 있었다—그 과제가 요구하는 디테일의 수준은 내가 이제까지 했던 다른 모든 일을 능가하는 정교함이었다. 거리는 이 모든 것의 반가운 반대항 역할을 했다. 모든 결정 — 어디서 좌회전을 할지, 어느 버려진 건물 앞에서 얼마 동안 생각에 잠겨 있을지, 태양이 뉴저지 쪽으로 저무는 것을 지켜볼지 아니면 이스트사이드의 어두워지는 거리를 천천히 달리며 강 건너 퀸스 쪽을 바라볼지 — 은 중요하지 않았고, 바로 그런 이유로 자유를 상기시켰다. 나는 도시 구역들을 내 큰 보폭으로 재듯이 걸었고, 지하철역은 나의 정처 없는 전진에서 반복되는 모티프 역할을 했다. 거대한 사람들 무리가 지하의 막힌 공간들 속으로 서둘러 내려가는 광경은 언제나 낯설었으며, 나는 인류 모두가 본능에 반하는 죽음충동에 떠밀려 이동식 카타콤 속으로 몰려가고 있다고 느꼈다. 지상의 나는 고독에 잠긴 수천명과 함께였지만 지하철에서는 낯선 사람들과 가까이 서서 공간과 숨 쉴 틈을 얻고자 밀치고 밀침을 당했으며, 그렇게 우리 모두가 고독이 깊어진 채로 인정받지 못한 트라우마를 재연했다.

　　11월의 어느 일요일 아침, 나는 어퍼 웨스트사

이드의 비교적 조용한 거리를 걸어서 콜럼버스 서클의 크고 햇빛 환한 광장에 다다랐다. 이 지역은 최근에 변화를 맞았다. 그 부지에 타임워너사의 빌딩 한 쌍이 들어서면서 더 상업화되고 관광지화되었다. 굉장한 속도로 건축된 빌딩들이 최근 개장했고 맞춤 셔츠, 디자이너 정장, 보석류, 고급 주방 가전, 수제 가죽 액세서리, 수입 장식품을 판매하는 상점들로 가득했다. 높은 층들에는 송로버섯, 캐비아, 고베 비프와 값비싼 '요리사 특선 메뉴'를 내세우는, 이 도시에서 가장 비싼 레스토랑 몇곳이 있었다. 레스토랑들 위에는 이 도시에서 가장 비싼 레지던스를 포함한 아파트들이 있었다. 나는 전에 한두번 호기심으로 1층의 상점들에 들어가봤으나, 상품 가격에다 내가 감지하기로는 대체로 속물적인 분위기 탓에 그 일요일 아침까지는 다시 발걸음을 하지 않았다.

그날은 뉴욕 마라톤이 열리는 날이었다. 나는 몰랐다. 그래서 유리 타워들 앞의 둥근 광장이 사람들로, 마라톤 결승선에 가까운 곳으로 끼어들려는 기대에 찬 거대한 군중으로 가득한 것을 보고 깜짝 놀랐다. 사람들은 광장에서 동쪽으로 향하는 길을 따라 늘어섰다. 서쪽 가까이에는 무대가 있었는데, 그 위에서 기타를 든 두 남자가 앰프에 연결된 서로의 악기가 내는 낭랑한 음들에 호응하며 조율을 하고 있었다. 현수막, 표지, 포스터, 깃발, 온갖 종류의 장식 리본이 바람에 퍼덕거렸고, 곁눈가리개를 한 말에 올라탄 경찰이 통행 차단선과 호루라기, 손동작으로 사람들을 통제했다. 경찰들은 남색 제복에 선글라스를 쓰고 있었다. 사람들은 밝은색 옷차림이었고, 햇빛 속에서 그 모든 초록, 빨강, 노랑, 하양의 합성섬유들을 보자니 눈이 아팠다. 점점 더 고조되는 듯한 소음을 피하려고 나는 쇼핑센터 안으로 들어가기로 했다. 아르마니와 휴고 보스 매장 외에도 2층에 서점이 하나 있었다. 집으로 돌아가기 전에 거기서 좀 쉬며 커피 한잔을 마실 수 있겠거니 싶었다. 그러나 거리에서 유입되어 입구를 가득 메운 군중과 경찰의 차단선 때문에 타워로 들어가는 것이 불가능했다.

나는 마음을 바꿔 근처에, 걸어서 십분도 채 걸리지 않는 센트럴 파크 사우스의 한 아파트에 사는 옛 은사를 찾아뵙기로 했다. 사이토 교수는 여든아홉 살로, 내가 아는 최고령자였다. 맥스웰[6] 학부 3학년

---

6 뉴욕주 시러큐스 대학교의 맥스웰 공공정책 대학.

때 그가 나를 보살펴주었다. 그때쯤에 그는 매일 캠퍼스에 나오긴 했지만 이미 명예교수였다. 내게서 필시 뭔가를 발견했는지, 그는 내가 자신의 희귀한 주제(초기 영문학)를 소중하게 여길 사람이라고 생각했다. 그 점에서 나는 실망이었겠지만, 그는 마음씨가 좋아서 내가 그의 '셰익스피어 이전 영문학' 과목에서 좋은 학점을 받지 못한 뒤에도 나를 연구실로 몇번 청해 면담 시간을 가졌다. 그 무렵에 그는 얼마전 중뿔나게 요란한 커피머신을 설치한 터라 우리는 커피를 마시며 이야기를 했다.『베어울프』의 해석에 관해서, 나중에는 고전들, 끝없는 학문 연구의 노동, 학계의 다양한 위안, 그리고 2차대전 직전 그 자신의 연구에 관해서 이야기했다. 이 마지막 주제는 내 경험과 완전히 동떨어져 있었고, 어쩌면 그래서 내게 가장 흥미로웠는지 모른다. 그가 박사과정을 마무리 중이던 바로 그때 전쟁이 터졌고, 그는 영국을 떠나 태평양 연안 북서부의 가족에게로 돌아와야만 했다. 그후 곧바로 가족들과 함께 아이다호주 미니도카 수용소[7]에 억류되었다.

---

7 2차대전 동안 일본계 미국인과 일본 국적의 미국 거주자를 억류한 수용소 중 하나.

지금 그때를 떠올려보니 이런 대화에서는 그가 대부분의 이야기를 했다. 나는 그로부터 듣기의 기술을, 생략된 부분에서 이야기를 찾아내는 능력을 배웠다. 사이토 교수는 자기 가족에 대해선 말을 아꼈으나 학자로서의 삶에 대해서, 그리고 자기 시대의 중요한 쟁점들에 어떻게 반응했는지에 대해서는 기꺼이 들려주었다. 그는 1970년대에 『농부 피어스』[8]의 주석 번역본을 완성했는데, 결과적으로 그것이 그의 가장 주목할 만한 학문적 성공이 되었다. 그 일을 언급할 때 그의 말투에는 자부심과 실망감이 묘하게 뒤섞여 있었다. 그는 끝내 미완성으로 남은 또다른 대형 프로젝트(뭔지는 말하지 않았다)가 있었음을 넌지시 시사했다. 또한 학과 내부의 정치에 대해서도 말했다. 나는 어느 오후 내내 그가 한때의 동료에 대한 회상으로 일관했던 일을 기억한다. 그 동료의 이름을 들었지만 내게 아무 의미 없는 이름이었기에 지금은 기억하지 못한다. 그 여성 동료는 시민권운동 시대에 사회참여 활동으로 유명해졌고, 한동안 캠퍼스의 유명 인사가 되어 그녀의 문학 강좌들은 수

---

8 1370년에서 1390년 사이에 쓰인 윌리엄 랭글런드의 이야기시로 중세영문학 최고작 중 하나.

강생으로 넘쳐났다. 그는 그녀를 개인적으로 지적이고 예민한 사람이지만 그가 결코 동의할 수 없는 인물로 묘사했다. 그는 그녀를 칭찬하는 동시에 싫어했다. 수수께끼였어, 하고 그가 말한 것을 기억한다. 그녀는 훌륭한 학자였고 당시 투쟁의 올바른 편에 있었지만, 직접 만나면 그냥 견딜 수가 없었지. 신랄하고 자기중심적이었으니, 하늘이여, 그녀의 영혼을 편히 쉬게 하소서. 하지만 이 근처에서는 그녀를 비판하는 말은 한마디도 할 수 없다네. 그녀는 여전히 성자로 간주되거든.

사이토 교수와 친구가 되고 나서 나는 그를 한 학기에 두세번은 꼭 만나보려 했고, 그 만남은 맥스웰에서의 내 마지막 이년 중 소중히 간직된 환한 순간들이었다. 나는 그를 내 할아버지 형제들(그중 한분만 알고 있었다) 중 누구와도 판이한, 인자한 할아버지상으로 여기게 되었다. 어쩌다 친척이 된 사람들보다 그와 더 공통점이 많다고 느꼈다. 졸업 후 내가 연구를 위해 콜드 스프링 하버[9]로, 뒤이어 매디슨 의과대학[10]으로 떠나면서 우리는 서로 연락이 끊겼다.

9 암, 신경과학, 유전체학 분야의 저명한 연구소.
10 매디슨 소재 위스콘신 대학교의 의과대학.

편지를 한두통 주고받았지만 새 소식이나 정보 갱신이 우리 상호작용의 진정한 골자는 아니었기에 그런 매체로 대화를 하기는 어려웠다. 그러나 인턴 과정을 이수하려고 뉴욕으로 돌아온 뒤에 나는 그를 몇 번 보았다. 첫번째는 완전히 우연히 ─ 그 일이 내가 그를 생각하고 있던 날에 일어나긴 했지만 ─ 센트럴 파크 사우스에서 얼마 떨어지지 않은 식품점 바로 바깥에서였다. 그는 요양보호사의 도움으로 산책하러 나온 길이었다. 얼마 후에 나는 그가 청한 대로 그의 아파트에 예고 없이 찾아갔고, 그가 과거 대학 연구실에서와 마찬가지로 문호개방 정책을 여전히 유지하고 있음을 알게 되었다. 그 연구실에 있던 커피머신은 이제 방 한구석에 쓰지 않는 채로 놓여 있었다. 사이토 교수는 내게 전립선암에 걸렸다고 말했다. 그 때문에 완전히 쇠약해진 것은 아니었지만, 그는 캠퍼스에 나가는 것을 중단했고 집에서 찾아오는 사람을 맞이했다. 그의 사회적 상호작용은 상당히 축소되었는데, 그에게는 분명 고통스러웠을 것이다. 그가 환대하는 손님의 수가 꾸준히 줄어들었고 마침내 방문객 대부분이 간호사나 요양보호사가 되었다.

나는 어둡고 천장이 낮은 현관에서 수위에게 인

사하고는 엘리베이터를 타고 3층으로 올라갔다. 내가 아파트에 들어서자 사이토 교수가 큰 소리로 불렀다. 그는 방의 맨 끝머리에, 큰 창문 근처에 앉아 있다가 내게 자기 앞의 의자로 오라고 손짓했다. 그의 시력은 약해졌으나 청각은 내가 처음 만났던, 그가 일흔일곱살밖에 되지 않았을 때처럼 예민했다. 이제 담요에 둘둘 싸인 채 부드럽고 큰 의자에 파묻혀 있는 그는 두번째 유아기로 깊숙이 진입한 사람처럼 보였다. 그러나 완전히 그런 경우는 아니었으니, 그의 정신은 청각처럼 여전히 예민했고 미소를 지을 때면 주름살이 이마의 종잇장처럼 얇은 피부를 가르면서 얼굴 전체로 퍼졌다. 항상 부드럽고 서늘한 북쪽 빛이 흘러들어오는 듯한 그 방에서 그는 평생 수집한 미술품에 둘러싸여 있었다. 그의 머리 바로 위에 배열된 폴리네시아 가면 여섯개가 크고 어두운 후광을 이루었다. 구석에는 실물 크기의 파푸아 선조先祖상이 하나 서 있었는데, 나무 치아가 하나하나 개별적으로 새겨져 있고 풀을 엮은 치마가 발기한 성기를 가까스로 가리고 있었다. 이 조각상을 언급하면서 사이토 교수는 언젠가 말했다. 나는 상상의 괴물을 흠모하지만 실제의 괴물은 무서워한다네.

그 벽면을 따라 난 창문들 너머로 그늘진 거리가 보였다. 그 너머는 공원이었는데, 해묵은 돌담이 경계를 표시해주었다. 내가 자리에 앉으려는 바로 그때 거리에서 함성이 들렸다. 나는 잽싸게 다시 일어났고, 한 남자가 양쪽으로 군중들이 늘어선 좁은 길을 혼자서 달리는 모습을 보았다. 황금색 러닝셔츠를 입고 공식 만찬에 참석한 귀부인처럼 팔꿈치까지 올라오는 검은색 장갑을 낀 남자는 환호성에 고무되어 새로운 활력으로 전력질주를 시작했다. 그는 기력을 되살려 연주 무대, 열광하는 군중, 결승선, 그리고 태양을 향해 질주했다.

와서 앉게, 앉아. 사이토 교수가 의자를 향해 손짓하면서 기침을 했다. 자네가 어떻게 지내고 있는지 말해주게. 보다시피 나는 아팠어. 지난주에는 안 좋았지만 지금은 한결 나아졌네. 내 나이에는 많이들 아프지. 자네는 어떻게 지내나? 어떻게 지내는지 말해주게. 바깥의 소음은 다시 커졌다가 서서히 잦아들었다. 나는 2,3위 주자들, 두 흑인 남자가 내달려오는 모습을 보았다. 추측건대 케냐 사람들 같았다. 거의 십오년 동안 매년 이렇지, 사이토 교수가 말했다. 마라톤 하는 날에 외출해야 하면 나는 건물 뒤쪽 출입

41

구를 사용해. 하지만 이제 외출은 별로 하지 않아. 나한테 저게 붙어 있거든, 꼭 개의 꼬리처럼 꽂혀 있다고. 내가 의자에 자리 잡고 앉자 그는 자그마한 금속 막대에 매달린 투명한 비닐 용기를 가리켰다. 그 용기는 오줌으로 절반이 차 있고 플라스틱 튜브로 담요 둥지 아래 어딘가에 연결되어 있었다. 어떤 이가 어제 내게 감을 갖고 왔어. 어여쁜 단감이야. 좀 먹어보겠나? 꼭 먹어봐야 해. 메리! 이전 방문 때 내가 만났던 세인트루시아[11] 출신의 키 크고 건장한 체격의 중년 여성 간병인이 복도에서 나타났다. 메리, 이 손님한테 감을 좀 갖다주실래요? 그녀가 부엌으로 사라지자 그가 말했다. 줄리어스, 나는 요즘 씹는 게 약간 어려워. 그래서 감처럼 영양이 풍부하면서도 쉽게 먹을 수 있는 뭔가가 나한텐 딱이지. 그나저나 이 이야기는 그만하고, 자네는 어떤가? 일은 어떻고?

내가 거기 있음으로 해서 그는 활기를 띠었다. 나는 그에게 산책 이야기를 약간 했는데, 그 이야기를 더 하고 싶었지만 내 마음이 종횡으로 가로지르는 그 고독한 영역에 대해 내가 말하려는 것이 무엇

11 카리브해 동부에 위치한 섬나라.

인지 제대로 파악하지 못했다. 그래서 그에게 최근의 상담 사례 중 하나를 들려주었다. 나는 한 가족과 상담을 해야 했는데, 그들은 오순절교회파라는 보수적인 기독교인들로서 병원의 소아과 의사 하나가 내게 의뢰했다. 그들의 하나뿐인 열세살짜리 아들이 나중에 심각한 불임 위험을 야기하는 백혈병 치료를 곧 받을 예정이었다. 소아과 의사가 그 가족에게 건넨 조언은 소년의 정액을 냉동 보관했다가 아이가 성인이 되어 결혼했을 때 아내와 인공수정을 하면 자식들을 가질 수 있다는 것이었다. 부모는 정액 보관이라는 발상에 열려 있고 인공수정에도 아무런 반대가 없었지만, 자기 아들에게 수음을 허용한다는 발상에 대해서는 종교적인 이유로 단호하게 반대했다. 이 난제 앞에 간단한 외과적 해결책은 없었다. 그 가족은 이 문제로 위기에 빠졌다. 그들은 나와 상담을 했고, 몇번의 세션을 거치고 많은 기도를 한 끝에 손주를 갖지 못할 위험을 감수하기로 결정했다. 그들은 무엇보다 자기 아들에게 그들이 오나니슴의 죄라고 부르는 것을 범하게 할 수 없었다.

  사이토 교수는 고개를 가로저었고, 나는 그가 내 이야기를 즐겼다는 것을, 그 이야기의 낯설고 불행한 상황이 내게 그랬던 것과 마찬가지로 그에게 재미를 (그리고 고통을) 주었음을 알 수 있었다. 그가 말했다. 사람들은 선택을 하지, 사람들은 선택을 해. 그런데 사람들은 다른 사람을 대신해서 선택을 하는 거야. 그리고, 병원 바깥에서는 어땠어? 무얼 읽고 있나? 대부분 의학 잡지들이죠, 나는 대답했다. 그다음에는 다른 여러 흥미로운 것들을 읽기 시작하지만 왠지 끝낼 수가 없어요. 새 책을 사자마자 안 읽은 상태로 내버려두는 것에 대해 책한테 문책받는 기분이에요. 나도 별로 읽지 않네, 그가 말했다. 내 눈 상태가 이 지경이니. 하지만 여기에 충분히 챙겨두기는 했지. 그가 자기 머리를 손으로 가리켰다. 사실 난 꽉 찼어. 우리는 웃었고, 바로 그때 메리가 도자기 접시에 감을 가져왔다. 나는 한개의 반쪽을 먹었다. 좀 과하게 달았다. 나머지 반쪽을 먹고는 그에게 고맙다고 했다.

전쟁 중에 나는 많은 시를 외웠지, 그가 말했다. 요즘은 학교에서 그런 기대가 사라진 걸로 알고 있네. 내가 맥스웰에 있던 시기에 그 변화를 목격했어. 나중에 들어온 세대들은 이런 준비가 거의 안 되어 있는 거야. 그들에게 암기란 특정한 강의에 따라오는 즐거운 기분전환인 데 반해 그들의 삼사십년 전 선배에겐 몇편을 외웠을 때 찾아오는, 시와 삶의 강한 연관성이 있었지. 대학 신입생들은 대학 수준의 영문학 강좌에 들어서기도 전에 이미 관계를 맺은 작품들이 한무더기 있었어. 1940년대에, 내겐 암기가 유익한 기술이었는데, 내 책들을 다시 볼 수 있을지 확신할 수 없었기에 그 기술을 활용했어. 그리고 어차피 수용소에서는 할 일이 없었으니까. 우리 모두는 일어나고 있는 일에 대해 혼란스러워했어. 우리는 미국인이었고 항상 우리 자신을 그렇게, 일본인이 아니라고 생각해왔거든. 내 생각에는 아이들보다 부모들에게 더 힘든, 내내 혼란스러운 기다림의 시간이 이어졌는데, 나는 그 기다림의 시간에 『서곡』[12]의 부분들, 셰익스피어의 소네트들, 예이츠 시의 거대한 영역을 머릿속에 집어넣었지. 이제는 어느 시도 단어가 정확히 기억나지 않아, 너무 오래전이라. 하지만 그 시들이 만들어낸 환경만 주어지면 족해. 단지 한두행, 작은 갈고리처럼 — 그는 손으로 시늉을 했다 — 단지 한두행이면 모든 것을, 그 시가 무얼 말하고 무

---

12 1798년에서 1850년에 걸쳐 쓰인 윌리엄 워즈워스의 서사시.

얼 뜻하는지를 충분히 잡아챌 수 있지. 갈고리에 걸려 모든 게 줄줄이 나오는 거야. **햇살 부드러운 여름철에, 나는 양치기인 양 망토를 둘렀다.**[13] 자넨 이 구절을 알아보겠는가? 누구도 더이상 아무것도 외우지 않는 것 같네. 마치 훌륭한 바이올리니스트가 바흐의 파르티타나 베토벤의 소나타를 외워야 하듯이 외우는 건 우리 학업의 일부였지. 피터하우스[14]에서 내 지도교수는 애버딘[15] 사람인 채드윅이었어. 대단한 학자였지, 스키트[16]한테 직접 가르침을 받았고. 내가 채드윅에 대해서 말했던가? 철두철미 깐깐한 사람이었지만 내게 기억의 가치를, 기억을 정신의 음악으로, 약강격과 강약격 운율의 장치로 생각하는 법을 처음 가르쳐준 사람이었어.

회상은 그를 일상에서 벗어나게 했고 담요와 오줌 주머니로부터 멀어지게 했다. 그는 다시 삼십대 후반이었고, 케임브리지로 돌아가 늪지의 축축한 공기를 호흡하며 풋풋한 학문 연구의 평온을 누리고

---

13 『농부 피어스』의 첫 구절.
14 케임브리지 대학교의 가장 오래된 칼리지.
15 스코틀랜드의 항구도시.
16 Walter William Skeat(1835~1912). 영국의 뛰어난 문헌학자. 영어를 고등교육 교과목으로 만드는 데 기여했다.

있었다. 때때로 그는 내게 말한다기보다 혼잣말을 하는 듯했으나 갑자기 직접적인 질문을 던졌고, 내 나름으로 생각을 이어가다 중간에 끊긴 나는 황급히 대답을 찾았다. 우리는 예전의 관계, 학생과 선생 역할을 반복했고 내 대답이 정확하든 아니든, 내가 랭글런드를 초서로 알든 초서를 랭글런드로 알든 그는 자기 역할을 꾸준히 계속했다. 한시간이 순식간에 지나갔고, 그가 오늘은 이쯤에서 멈출 수 있을지 물었다. 나는 곧 다시 찾아오겠다고 약속했다.

센트럴 파크 사우스로 나오니 아까보다 바람은 서늘해지고 대기는 환해졌고, 군중의 환호는 한결같고 요란했다. 거대한 물결을 이룬 마지막 주자들이 결승선 앞 직선 코스를 미끄러지듯 달려왔다. 59번가에는 통행 차단선이 설치되어 있어 나는 57번가로 내려갔다가 브로드웨이를 따라 다시 올라왔다. 콜럼버스 서클 역은 너무 혼잡해서 다음 상행선 정차역에서 지하철을 탈 요량으로 링컨 센터를 향해 걸었다. 62번가에서 어쩌다 구레나룻이 희끗희끗한 나긋한 남자와 함께하게 되었는데, 그는 꼬리표가 붙은 비닐 백을 들고 눈에 띄게 기진맥진한 상태로, 약간 오다리로 절뚝거리며 걸었다. 짧은 반바지에 검은색 타이츠, 푸른색 긴소매의 플리스 재킷을 입고 있었다. 용모로 보아 나는 그가 멕시코나 중앙아메리카 사람이리라고 추측했다. 우리는 한동안 말없이 걸었는데, 의도적으로 함께 걸으려던 것이 아니라 우리가 같은 속도로 같은 방향으로 이동하고 있음을 깨달았을 뿐이다. 마침내 나는 그에게 방금 마라톤경주를 끝냈느냐고 물었고, 그가 고개를 끄덕이며 미소를 짓자 축하 인사를 건넸다. 그러자 나는 그가 42.195킬로미터를 달린 후에 그냥 자기 비닐 백을 찾아서 집으로 걸어가는 길이구나 하는 생각이 들었다. 그의 성취를 축하해줄 친구도 가족도 없이. 그가 불쌍해졌다. 다시 말을 붙이며 나는 이런 은밀한 생각에서 방향을 틀어 오늘 좋은 경주를 했는지 물었다. 좋았어요, 그가 말했다. 멋진 경주였죠. 달리기에 좋은 조건이었어요, 너무 덥지도 않고요. 그는 기분 좋지만 지친 얼굴을 하고 있었으며, 분명 마흔다섯살에서 쉰살정도 되어 보였다. 우리는 조금 더, 두세 블록가량 함께 묵묵히 걷다가 간혹 날씨와 군중에 관해 소소한 이야기를 나누었다.

오페라하우스 앞 교차로에서 그와 작별하고 나는 더 빨리 걷기 시작했다. 사람들을 헤치고 나아가면서, 그의 절뚝거리는 형상이 점점 사라지고 그의 강인한 골격이 자신 외에는 아무에게도 보이지 않는 승리를 간직하는 상상을 했다. 어렸을 때 폐가 좋지 않았던 나는 달리기경주를 해본 적이 없지만, 마라토너가 결승선에 아주 가까운 40킬로미터 지점에서 보통 발휘하게 되는 에너지의 폭발은 본능적으로 이해한다. 그보다 불가사의한 것은 무엇이 그 사람들로 하여금 30킬로, 32킬로, 34킬로를 계속 견디며 나아가게 하는가이다. 그 지점에 이르면 케톤이 쌓이면서 다리가 경직되고, 산증酸症으로 의지가 약해지고 신체 기능이 멈출 위험이 있다. 마라톤을 완주한 최초의 사람은 곧바로 죽었고 그게 놀랄 일도 아니다. 지금 마라톤을 하는 사람이 아무리 많더라도 마라톤은 여전히 놀랄 만한, 인간의 극단적 인내 행위이다. 그래서 조금 전의 동행인을 돌아보면서, 피디피데스[17]의 쓰러짐을 생각하면서, 나는 상황을 좀더 분명히 인식했다. 불쌍히 여겨야 할 사람은 그 못잖게 고독하지만 그날 오전을 충분히 활용하지 못한 나였다.

나는 곧 66번가 모퉁이의 거대한 타워레코드

---

17 기원전 490년 마라톤 전투의 승전보를 전하려고 아테네까지 뛰어온 전령.

상점에 다다랐고, 그 상점과 상점을 운영하는 회사가 사업을 정리할 것이라고 고지한 바깥의 표지판을 보고 놀랐다. 나는 전에 이곳에 여러번 들렀고 여기서 음반을 구입하는 데 족히 수백 달러는 썼기에 문을 아주 닫기 전에 옛정을 봐서라도 다시 들러야 마땅한 듯했다. 특별히 뭔가를 사고 싶은 기분은 아니었지만 모든 품목의 가격이 대폭 할인되었다는 약속에 마음이 끌려 안으로 들어갔다. 에스컬레이터를 타고 2층으로 갔다. 여느 때보다 붐비는 클래식 섹션은 칙칙한 외투를 입은 중노년 남자들에게 통째로 접수된 것 같았다. 그 남자들은 흡사 풀을 뜯는 초식동물의 인내심으로 CD 상자들을 샅샅이 뒤지고 있었는데, 어떤 이들은 빨간색 장바구니에 고른 것들을 담았고 어떤 이들은 번들거리는 플라스틱 케이스들을 가슴에 꼭 끌어안고 있었다. 상점의 스테레오스피커에서 퍼셀[18]의 열렬한 축가가 나오고 있었는데, 나는 그 곡이 메리 2세를 위한 생일 송가 중 하나임을 곧바로 알아챘다. 나는 대개 음반 가게의 스피커에서 무슨 음악이 나오든 다 싫었다. 다른 음악에 대해 생

18   Henry Purcell(1659~95). 바로크음악 시대의 영국 작곡가.

50

각하는 즐거움을 망쳤기 때문이다. 내가 느끼기에 음반 가게는 조용한 공간이어야 한다. 다른 어디서보다 거기서는, 정신이 맑을 필요가 있었다. 하지만 이 경우에는 내가 그 곡을 알아들었기 때문에, 그리고 내가 사랑하는 곡이었기 때문에 불만이 없었다.

스피커에서 나온 다음 곡은 첫번째와 판이했지만 이 곡도 나는 즉각 알아들었다. 말러의 후기 교향곡 「대지의 노래」 1악장이었다. 나는 다시 이 상자 저 상자로 옮겨다니며, 오래전에 잊힌 소비에트 지역 오케스트라가 연주한 쇼스타코비치 교향곡 재발매 음반부터 동안童顏의 밴 클라이번 경연대회 입상자들이 연주한 쇼팽 독주곡까지 훑으면서 가격할인 폭이 그리 큰 것은 아니라고 느꼈고, 실제로 사는 데는 관심이 없어졌으며, 마침내는 머리 위에서 흘러나오는 음악에 동화되어 그 낯선 음조의 세계 속으로 들어갔다. 나도 모르는 사이의 일이지만, 곧 넋이 나가서 세상이 어떻게 되든 나만의 어둠 속에 폭 싸여 있었을지 모른다. 이런 황홀경 상태에서 나는 플라스틱 케이스와 잡지와 인쇄된 악보들을 훑으면서 계속해서 CD 진열대를 따라 이동하며, 악장에서 악장으로 이어지는 말러의 빈Wien식 중국풍 곡에 귀를 기울였다.

2악장에서 가을의 외로움을 노래하는 크리스타 루트비히의 목소리를 듣는 순간, 나는 그 음반이 1964년 오토 클렘퍼러가 지휘한 유명한 연주임을 알았다. 그와 동시에 또 하나 자각하게 된 것은 내가 결정적인 때를, 말러가 교향곡 마지막 악장에 불어넣은 이 작품의 정서적 핵심을 기다릴 수밖에 없다는 사실이었다. 나는 청취 코너 근처의 딱딱한 벤치에 앉아서 백일몽 속으로 빠져들었고, 말러를 따라 술 취함, 열망, 호언장담, 젊음(과 그것의 퇴조), 아름다움(과 그것의 퇴조)을 거쳐갔다.[19] 이윽고 마지막 악장 '작별' 차례가 되었는데, 보통은 템포를 지시하던 말러가 여기서는 '힘겹게'*schwer*라고 표시했다.

이전 악장들의 새소리와 아름다움, 불평과 신남이 모두 다른 분위기로, 더 강력하고 확실한 분위기로 대체되었다. 마치 눈부신 불빛들이 아무런 경고 없이 눈 속으로 쏟아져 들어오는 듯했다. 두말할 나위 없이, 음악에 충분히 몰입하는 것이 적어도 그 공공장소에서는 가능하지 않았다. 나는 손에 들고 있던 몇장의 CD를 가장 가까운 탁자 위에 놓아두고 자리

19 「대지의 노래」 가곡에 등장하는 중국 시의 주제들.

를 떴다. 문이 막 닫히려는 상행선 지하철 열차를 가까스로 탔다. 이때쯤에는 마라톤대회 인파도 점차 흩어지고 있었다. 나는 좌석에 앉아 등받이에 몸을 기댔다. '작별'의 다섯 음표짜리 소절이 내가 빠져나온 그곳에서부터 계속해서 너무나 현존감 있게 연주되고 있어서 마치 내가 그 음반 가게에서 곡을 듣고 있는 듯했다. 나는 숲처럼 청량한 클라리넷, 송진처럼 흐르는 바이올린과 비올라, 진동하는 팀파니, 그리고 이 악기들을 모두 틀어쥐고 선율을 따라 끝없이 끌어가는 지성을 감지했다. 내 기억은 압도되었다. 그 곡이 집까지 나를 따라왔다.

말러의 음악은 다음 날 내내 내 활동 위에 드리웠다. 병원 전반의 지극히 평범한 사물들, 가령 밀스타인 병동[20] 출입구 유리문의 번득임, 진찰대와 1층을 나아가는 환자 이송용 침대, 정신과에 쌓여 있는 환자 서류 더미, 카페테리아 창문으로 비치는 빛, 그 높이에서 보이는 주택지구 건물들의 움푹 꺼진 상층부 들에조차 어떤 새로운 강도가 더해져서, 마치 오케스트라 구성의 정확성이 눈에 보이는 사물의 세계

---

20   컬럼비아 대학병원 어빙 메디컬센터의 병동.

에 이전되어 디테일 하나하나가 어떤 식으로든 중요한 의미를 띠게 된 듯했다. 내 환자 중 하나가 다리를 꼰 채로 나와 마주 보며 앉았는데, 반질반질한 검은 구두 속에서 까닥거리는 그의 쳐들린 오른발조차 왠지 그 정교한 음악 세계의 일부인 듯했다.

내가 컬럼비아 대학병원을 나섰을 때는 해가 지면서 하늘이 푸르스름한 은백색을 띠고 있었다. 나는 지하철을 타고 125번가까지 내려간 뒤 우리 동네로 걸어 올라가면서, 월요일 밤치고는 보통 때보다 훨씬 덜 시달린 느낌이라 우회로를 택하여 한동안 할렘을 산책했다. 노점상들—세네갈 출신의 의류상, 불법 DVD를 파는 젊은이, 이슬람국가[21] 가판대—의 활발한 거래를 지켜보았다. 자비로 출판한 책, 화려한 색과 무늬의 다시키 셔츠, 흑인 해방을 주제로 한 포스터, 향 묶음, 향수와 아로마 오일, 젬베 드럼, 자잘한 아프리카산 관광 기념품 들이 있었다. 한 좌판에는 20세기 초 미국 흑인 린치 장면을 확대한 사진들이 진열되어 있었다. 쓴트 니컬러스 애비뉴 모퉁이 주위에 검은색 대절 택시 운전사들이 모여 함

---

21   Nation of Islam. 1930년에 창립된 무슬림계 흑인민족주의 종교·사회운동 단체.

께 담배를 피우고 이야기하면서 시간외 영업으로 태울 수 있는 승객을 기다렸다. 비공식 경제의 주민들인, 후드 달린 스웨트셔츠를 입은 젊은 남자들이 서로 메시지와 나일론 포장의 작은 꾸러미를 주고받으면서 오로지 자신들만 이해하는 안무를 연기했다. 잿빛 얼굴에 누런 방울눈의 한 노인이 지나가면서 고개를 들어 내게 인사했고, 그의 말 없는 인사에 나는 (한순간 그를 내가 분명히 알거나 한때 알았거나 아니면 전에 봤던 사람이라고 생각하다가 각각의 생각을 연달아 잽싸게 버렸는데, 이런 정신의 분열 속도 때문에 걸음을 헛디딜까 걱정이 되기도 했다) 같은 식으로 응답했다. 나는 고개를 돌려 그의 검은 두건이 불 꺼진 출입구로 녹아들듯 사라지는 것을 보았다. 할렘의 밤에 백인은 없었다.

식품점에서 빵, 달걀, 맥주를 사고 그 옆 자메이카 가게에서는 염소고기 카레, 노란 플랜틴 바나나, 쌀과 완두콩을 사서 집으로 향했다. 식품점 건너편에 블록버스터[22]가 있었다. 거기서 뭘 빌려본 적은 없지만, 이곳 체인점도 폐업한다는 표지판을 보고 깜

---

22 1980년대 후반에서 2000년대 초반까지 시장을 석권했던 미국의 비디오·비디오게임 대여 체인점.

짝 놀랐다. 블록버스터가 학생과 가족이 넘쳐나는 지역에서 성공할 수 없다면 그건 사업 모델이 치명적으로 타격을 입었다는 의미였고, 지금 돌이켜보면 이 회사가 최근에 했던 필사적인 노력들—대여료를 낮춘다든지 광고 공세를 펼친다든지 연체료를 폐지한다든지 하는—이 모두 너무 늦었다는 것을 의미했다. 타워레코드가 생각났는데, 두 회사가 각각의 산업을 오랫동안 지배해왔음을 감안하면 둘 사이를 연관 지을 수밖에 없었다. 내가 이 얼굴 없는 전국적 기업들에 안쓰러움을 느낀 것은 아니었다. 그런 감정과는 거리가 멀었다. 이 기업들은 이전의 소규모 지역 업체들을 파괴함으로써 수익을 올리고 유명해졌던 것이다. 하지만 나를 건드린 것은 내 정신 지형에서 붙박이 같은 이들 기업의 사라짐뿐 아니라 가장 탄력적인 기업들조차 삼켜버리는 시장의 신속성과 냉정함이었다. 몇년 전만 해도 확고부동하게 보였던 업체들이 얼핏 보기에 몇주라는 기간 사이에 사라져버린 것이다. 이 기업들이 어떤 역할을 맡았든 그 역할은 다른 기업의 수중에 넘어갔고, 잠시 천하무적이 된 듯한 기분을 느낄 이들 기업 역시 차례가 되면 예기치 못한 변화에 의해 패배할 것이다. 여기서 살아

남은 기업들 또한 마침내는 잊힐 것이다.

식료품 봉지를 들고 아파트 건물에 다가갔을 때 내가 아는 누군가를, 내 바로 옆집에 사는 남자를 보았다. 그는 나와 동시에 아파트에 들어섰는데, 나를 위해 열린 문을 붙잡아주었다. 나는 그를 잘 알지는 못했고, 사실 거의 알지 못했고, 그래서 그의 이름을 기억하기 위해 잠시 생각해야만 했다. 그는 오십대 초반이었고 작년에 이사 왔다. 그의 이름이 떠올랐다. 세스.

세스와 그의 아내 칼라가 처음 이사 왔을 때 나는 그들과 간단한 대화를 나누었지만 그후로는 거의 소통하지 않았다. 세스는 퇴직한 사회복지사로서, 학교에 다시 들어가서 로망스어로 두번째 학위를 받겠다는 평생의 꿈을 좇는 중이었다. 나는 그를 아파트 건물 바로 바깥이나 우편함 근처에서 한달에 한번 정도밖에 보지 못했다. 그들의 이사 후 단 두번 만났을 뿐인 칼라도 퇴직자였다. 그녀는 브루클린에서 학교 교장을 지냈고, 거기에 여전히 그들의 집이 있었다. 한번은 내 여자친구 나데즈와 함께 비번일을 보낼 때 세스가 우리 집 문을 두드리고 혹시 내가 기타를 치고 있었는지 물었다. 내가 치지 않았다고 하자 그는, 오후에 자주 집에 있는데 우리 집 스피커에서 들려오는 소음(라이브처럼 들리긴 하지만 필시 당신 스피커겠네요, 그가 말했다)이 때때로 자신에게 방해가 된다고 설명했다. 그러나 그는 정말로 따뜻한 목소리로 자신들은 주말이면 항상 집을 비우니 우리가 그러고 싶다면 금요일 오후부터는 마음껏 큰 소리를 내도 된다고 덧붙였다. 나는 미안한 마음이 들어 사과했다. 그뒤로는 그들에게 폐를 끼치지 않으려고 의식적으로 노력했고, 그 문제는 다시 거론되지 않았다.

세스는 문이 닫히지 않도록 붙들어주었다. 그 역시 장을 봐서 비닐봉지들을 들고 있었다. 날씨가 쌀쌀해집니다, 그가 말했다. 그의 코와 귓불이 분홍빛이고 눈이 촉촉했다. 예, 예, 그렇죠. 저는 사실 125번가에서 택시 탈 생각도 했어요. 그가 고개를 끄덕였고 우리는 한동안 말없이 서 있었다. 엘리베이터가 도착해 함께 안으로 들어섰다. 함께 7층에서 내려 비닐봉지를 부스럭거리며 복도를 걸으면서 나는 그에게 그들 부부가 아직도 주말에 다른 곳에 머무르는지 물었다. 아, 그래요, 주말마다 그러죠. 하지만 줄리어스, 이제는 나 혼자예요. 칼라는 6월에 죽었어요, 그가 말했다. 심장마비를 일으켰어요.

　나는 있을 수 없는 일을 막 들은 것처럼 충격을 받아 순간적으로 혼란에 빠졌다. 정말 유감입니다, 내가 말했다. 그는 고개를 뒤로 젖혔고, 우리는 복도를 계속 걸어갔다. 내가 그에게 얼마간 휴학을 할 수 있었는지 물었다. 아뇨, 그가 말했다. 그냥 계속 다녔어요. 나는 잠시 동안 그의 어깨에 손을 얹고 내가 얼마나 애석해하는지 다시 말했고, 그는 내 말에 감사를 표했다. 그는 자기로서는 훨씬 개인적일 뿐 아니라 자못 오래되기도 한 소식에 뒤늦게 충격받은 나를 감당해야 하는 상황이 조금 당혹스러운 듯했다. 우리 둘의 열쇠가 달칵 돌아가고 그는 21호로, 나는 22호로 들어갔다. 나는 문을 닫고 그의 아파트 문 또한 닫히는 소리를 들었다. 불을 켜지 않았다. 옆집에서 한 여인이 죽었는데, 그녀는 내가 기대고 있는 벽의 저쪽 편에서 죽은 것인데, 나는 그걸 전혀 모르고 있었다. 그녀의 남편이 애도하는 몇주 동안에도 아무것도 몰랐으니, 내가 헤드폰을 낀 채로 그에게 인사차 고개를 끄덕였을 때도, 공동 세탁실에서 그가 세탁기를 사용하는 동안 내가 옷을 개켰을 때도 아무것도 몰랐던 것이다. 나는 일상적으로 칼라의 안부를 물을 만큼 그를 잘 알지 못했고, 아파트 주변에서 그녀가 보이지 않는다는 사실을 눈치채지도 못했다. 그 점이 최악이었다. 나는 그녀의 부재도 그의 마음의 변화—필시 변화가 있었음에 틀림없는데도—도 알아채지 못한 것이다. 알아챘다 해도 그의 집에 가서 문을 두드리고 그를 껴안아주거나 그와 길게 대화하는 일은 가능하지 않았다. 그건 가식적인 친밀감이었을 테니.

나는 마침내 불을 켜고 집 안으로 걸음을 옮겼다. 나는 세스가 프랑스어와 스페인어 숙제로 씨름하는 모습을, 동사를 활용하고 애써 번역을 하고 어휘 목록을 외우고 작문 연습을 하는 모습을 상상했다. 식료품을 정리하면서 나는 정확히 언제 그가 우리 집 문을 두드리고 내게 기타를 쳤느냐고 물었는지 기억해내려고 했다. 마침내 그게 그의 아내의 죽음 이후가 아니라 이전이었다는 것을 확신했다. 나는 그 사실에 얼마간의 안도감을 느꼈는데, 그러자마자 즉시 안도감은 수치심에 압도되었다. 그러나 그 느낌조차 가라앉았다, 지금 생각해보면 너무 빨리.

2

  며칠 후 나데즈와 통화를 하고 있을 때 나는 먼 곳에서 울리는 소음을 들었다. 처음에는 거의 들리지도 않을 정도였으나 몇초 이내에 점차 가깝게 다가오면서 커졌다. 하나의 목소리, 여성의 목소리가 외치면 군중이 응답했다. 이런 응답이 몇번 이어진 후에 나는 군중 대다수 혹은 전부가 여성임을 알아챌 수 있었다. 몇몇 호루라기 소리가 대기를 갈랐으나 그건 축제의 소리가 아니었다. 창문을 열고 내다보기 전에도 그 정도는 알 수 있었다. 뭔가 훨씬 심각한 것이었다. 북이 있었는데, 군중이 가까워질수록 북소리는 점점 더 전투적인 음조를 띠었다.(내 마음은 굴에서 토끼를 몰아내는 사냥 모임 쪽으로 갔다.) 시간은 늦어서 밤 10시가 훨씬 지나 있었다. 길 건너의 몇몇 이웃이 창밖으로 몸을 내밀었고 우리 모두는 목을 길게 빼서 암스테르담 애비뉴 쪽을 바라보았다. 군중을 이끄는 목소리는 더욱 커졌으나 그 단어들이 또렷한 의미를 형성하지는 않았으며, 우리를 향해 행진해오는 군중 대다수는 어둠 때문에 여전히 흐릿했다. 그러다 모두가 젊은 여성들인 군중이 가로등 아래를 지나갈 때 그들이 외치는 구호가 좀더 선명해졌다. **우리는 권력이 있다, 우리는 힘이 있다**, 한 사람의 목소리가 외쳤다. 응답이 뒤따랐다. **거리는 우리 것이다, 밤을 되찾아라.**

수십명에 달하는, 인원은 많지만 빽빽하게 모여선 군중이 내 창문 아래를 지나갔다. 몇층 위에서 나는 그들의 얼굴이 가로등의 환한 불빛 속으로 들어갔다가 나오는 광경을 지켜보았다. **여성의 몸, 여성의 삶, 우리는 공포에 떨지 않겠다.** 나는 창문을 닫았다. 집 안보다 바깥이 약간 더 서늘할 뿐이었다. 그날 이른 저녁에는 리버사이드 파크에 산책을 나갔고, 116번가에서 90번대 가들까지 갔다가 돌아왔다. 날씨는 아직 춥지 않아서, 공원에 나가 있는 동안—나와 같은 산책로로 모여든 듯한 그 모든 개들과 개 주인들, 핏불, 잭러셀, 셰퍼드, 바이마라너, 잡종견의 끝없는 흐름을 지켜보는 동안—줄곧 나는 11월 중순인데 아직도 왜 이렇게 따뜻한지 그 이유가 궁금했다.

언덕을 올라 아파트로 돌아오는 길에 막 121번

가 모퉁이를 건너는 순간 내 친구를 보았다. 불과 몇 블록 거리에 사는 친구였는데 장을 보러 나왔던 것이다. 나는 환호하며 친구를 불렀고 우리는 짧은 대화를 나눴다. 그는 지구과학과의 젊은 교수로, 종신 재직권을 받기까지의 불확실한 칠년 중 사년 차에 들어 있었다. 그의 관심거리는 그의 전공 분야가 시사하는 것보다 폭넓었고 그것이 우리 우정의 기반이 되었다. 그는 책과 영화에 대해 확고한 의견을 갖고 있었고 그 의견은 종종 내 의견과 충돌하기도 했다. 그는 파리에서 이년 동안 살았고 거기서 바디우와 미셸 세르 같은 최신 유행의 철학자들을 좋아하는 취향을 얻었다. 게다가 그는 열렬한 체스꾼이었고, 대부분의 시간을 스태튼 아일랜드에서 엄마와 사는 아홉살짜리 딸에게 다정한 아빠였다. 우리는 둘 다 할 일이 많아서 바라는 만큼 함께 시간을 보내지 못하는 것을 유감스럽게 생각했다.

내 친구는 특히 재즈에 열광했다. 그가 그렇게도 마음에 들어하는 이름과 연주 스타일 대다수가 내게는 거의 의미가 없었다.(1960년대와 70년대에는 존스 성을 가진 위대한 재즈 음악가들이 부지기수였던 모양이다.) 그러나 나는 무지로 말미암은 거리감에도 불구하고 그의 듣는 귀가 세련되었음을 감지할 수 있었다. 그는 자주, 언젠가는 자기가 피아노 앞에 앉아 재즈란 어떻게 작동하는지를 보여주겠다며 내가 마침내 블루노트[23]와 스윙노트[24]를 이해한다면 하늘이 열리고 인생이 변모할 것이라고 말했다. 나는 그의 말을 믿는 쪽이었고 내가 왜 이 가장 미국적인 음악 양식과 강한 정서적 연결을 맺지 못하는 것 같은지 가끔 걱정되기까지 했다. 너무 자주, 재즈는 그저 감미롭게만 들려서 심지어 질릴 정도였고, 나는 특히 배경음악으로 나오는 재즈가 싫었다. 친구와 내가 이야기를 하고 있을 때 한 노숙인 남자가 우리 바로 맞은편 거리에서 노래를 불렀는데, 돌풍에 그의 목소리가 토막토막 끊겨 실려왔다.

　이런 즐거운 생각을 방해한 것은 그날 저녁 나데즈와 나누게 될 대화의 예감이었다. 그러니 몇시간 뒤에 정작 아래쪽 시위자들과 대조적인 그녀의 억지스러운 목소리를 듣는 게 얼마나 야릇했는지. 그녀는 몇주 전에 샌프란시스코로 이주했고, 우리는 먼 거리

23　장음계에서 3음과 7음을 반음 낮춰 연주하는 재즈·블루스 기법.
24　재즈에 스윙 리듬을 적용해 8분음표를 3분음표로 늘이거나 16분음표로 줄여서 연주하는 기법.

에서도 잘 헤쳐나가려 노력하자고 말했지만, 우리가 한 말에 진심은 담겨 있지 않았다.

나는 그 시위 군중 속에 있는 그녀를 상상해보려고 했으나 어떤 이미지도 떠오르지 않았고, 그녀가 나와 함께 방에 있다면 그녀의 얼굴이 어떤 표정일지 떠올릴 수도 없었다. 시위자들의 목소리는 행렬이 깃발과 호루라기와 함께 모닝사이드 파크 쪽으로 멀어져가면서 곧 희미해졌다. 쿵쿵대며 심장박동을 바꿔놓는 그들의 전투적 북소리가 계속되다가 그마저도 희미해졌으며, 나는 전화선 저쪽 끝에 있는 그녀의 줄어든 목소리만 들을 수 있었다. 이렇게 헤어지는 것은 고통스러웠지만, 우리 중 어느 쪽도 그 헤어짐에 놀란 것은 아니었다.

이튿날 저녁 지하철 1호선에서 나는 한 장애인이 불편한 다리를 질질 끌며 이 칸 저 칸 이동하는 모습을 보았다. 그는 목소리를 가다듬어 자기 몸이 더욱 허약해 보이게 하려는 어조를 구사했다. 나는 그의 행동이 마음에 들지 않아서 돈 주기를 거부했다. 몇분 후 플랫폼에 내렸을 때 나는 한 눈먼 남자를 보았다. 그의 길고 흰 지팡이 끝에는 테니스공이 붙어 있었는데, 그는 그 지팡이로 자기 앞쪽부터 옆쪽까지 작은 아치를 그리며 움직였다. 그가 플랫폼 끄트머리에서 떨어질 뻔했을 때(나한텐 그렇게 보였다) 나는 그에게 다가가서 도와줘도 되겠는지 물었다. 아, 아니에요, 그가 대답했다. 아, 아니에요, 난 그냥 열차를 기다리는 중이에요. 고마워요. 나는 그를 내버려두고 출구를 향해 플랫폼을 따라 죽 걸어갔다. 바로 그 순간, 역시 끝에 테니스공이 달린 길고 흰 지팡이를 지닌 또 한명의 눈먼 남자를 보고 혼란스러워하는 찰나, 그 남자는 나를 앞서서 계단을 올라가 빛 속으로 나갔다.

나는 주위에서 내가 보는 사물들의 일부는 창조신 올로두마레가 진흙으로 인간을 빚는 일을 맡긴 신, 오바탈라의 가호를 받고 있다는 생각을 갖고 있었다. 오바탈라는 술 마시기를 시작하기 전까지는 맡은 일을 잘했다. 그러나 술을 점점 많이 마시게 되면서 그는 취했고, 손상된 인간을 빚어내기 시작했다. 요루바족[25]은 오바탈라가 취한 상태에서 난쟁이, 절

---

25 나이지리아, 베냉, 토고 등지에 거주하는 서아프리카 최대의 종족 집단. 요루바어를 사용한다.

름발이, 사지가 없는 사람, 심신미약자 들을 만들었다고 믿는다. 올로두마레는 오바탈라에게 대리로 맡긴 역할을 되찾아서 인류 창조의 일을 손수 마무리해야만 했다. 그 결과 신체적으로 병약한 사람들은 스스로를 오바탈라의 숭배자로 인식한다. 이는 신과의 관계치고 흥미롭다. 애정과 찬양의 관계가 아니라 적대의 관계인 것이다. 그들은 오바탈라를 비난하는 방식으로 숭배한다. 그들을 지금의 그들로 만든 것이 그이기 때문이다. 그들은 흰옷을 입는데, 흰색이 오바탈라의 색깔이고 그가 마시고 취한 야자 술의 색이기 때문이다.

　몇달 만에 영화를 보러 갔다. 영화 시작 전 10시쯤에 얼마간 시간을 보내려고 유명 체인점인 한 서점에 들어갔는데, 딱 들어서는 순간 오랫동안 보고 싶어했던 책이 기억났다. 내 환자 중 한 사람이 쓴 역사 인물 전기였다. 나는 그 책 —『뉴암스테르담[26]의 괴물』— 을 금방 찾아내어 조용한 구역에 자리 잡고 앉아 읽었다. 뉴욕 대학교 조교수이자 델라웨어족(族)의 일원인 V의 이 책은 그녀의 컬럼비아 대학교 박

26　맨해튼섬 남단에 위치한, 17세기 당시 네덜란드의 북아메리카 식민지인 뉴네덜란드의 중심지.

사학위 논문을 바탕으로 한 것이다. 그 논문은 코르
넬리스 판틴호번Cornelis Van Tienhoven에 대한 최초의 포
괄적 연구였다. 판틴호번은 17세기 뉴암스테르담의
집행관으로 악명이 높았으며, 공식적으로 맨해튼섬
의 네덜란드 식민지 거주자들에게 법을 강제할 권한
을 갖고 있었다. 그는 1633년에 네덜란드 동인도회
사 서기로 이 섬에 왔으나 사회계층 사다리 위로 올
라가면서 숱한 잔혹 행위로 유명해졌다. 그중에서도
눈에 띄는 것은 롱아일랜드의 카나시족[27] 인디언 살
해를 주도한 습격 사건인데, 그는 습격 후에 희생자
들의 머리를 창에 꿰어 돌아왔다. 또다른 습격에서
판틴호번은 죄 없는 해컨색족[28]을 백명 넘게 살해한
일당들의 선두에 섰다. V의 책은 암울한 읽을거리였
다. 그 책은 폭력 사건들로 가득했으며 미주尾註에는
관련된 17세기 기록들이 재수록되어 있었다. 이런 사
건들이 차분하고 경건한 언어로 쓰여 이 땅의 집단
학살을 식민화에 따른 유감스러운 부작용인 것처럼
제시하고 있었다. 이런 범죄들을 끈기 있게 이야기한
다는 점에서, 『뉴암스테르담의 괴물』은 거의 언제나

27 롱아일랜드 서쪽 끝에 거주했던 델라웨어족의 일파.
28 뉴욕만과 뉴저지 일대에 거주하던 델라웨어족을 달리 이르는 말.

베스트셀러 목록 상위에 오르는 폴 포트, 히틀러, 스탈린의 전기와도 같았다. 내가 쥐고 있는 책의 표지에 붙은 스티커는 이 책이 전미도서비평가협회상 후보작이었음을 일러주었다. 주요 미국 역사학자들이 쓴 면지의 추천사는 식민지 역사의 잊힌 장을 환히 밝혀주는 책이라고 상찬 일색이었다. 나는 지난 이년 동안 신문을 읽으면서 때때로 이런 비평적 찬사의 일면을 접해왔고, 그런 이유로 그녀가 내 환자가 되기도 전에 V의 이름을 들었으며 그녀가 전공 분야에서 성공했음을 어느 정도 감지하고 있었다.

지난해 초에 그녀의 우울증을 치료하기 시작했을 때, 나는 그녀의 수줍어하는 태도와 작고 여윈 체격에 놀랐다. 그녀는 나보다 약간 연상이었으나 훨씬 젊어 보였으며, 그때는 다음 프로젝트를 수행 중이었다. 그녀의 설명에 따르면 17세기 북동부 원주민 집단들—특히 델라웨어족과 이로쿼이족—과 유럽 정착민들의 조우에 대한 보다 광범위한 연구였다. V의 우울증은 부분적으로는 이런 연구들의 정서적인 대가에서 비롯했는데, 한번은 그녀가 그것을 큰비 내리는 날 강 건너를 바라보는 일과 같다고 묘사했다. 퍼붓는 빗속에서 그녀는 맞은편 강둑에서의 활동이 자기와 무슨 상관이 있는지, 아니, 사실상 그 쪽에서 어떤 활동이라도 있는지조차 확신할 수 없다는 말이었다. V의 판틴호번 전기는 일반 독자를 겨냥해 홍보되긴 했지만 강단 연구서 특유의 온갖 학술적 장치와 상당한 정서적 거리감을 갖추었다. 그러나 그녀와 이야기를 해보니 백인 정착민들이 자행했고 아메리카 원주민들이 감내해야 했던 끔찍한 참사가, 그녀가 보기에는 아메리카 원주민들이 계속해서 겪고 있는 그 참사가 개인의 심층에서 그녀에게 충격을 주었다는 것도 명백해졌다.

이게 내 삶과 무관한 체할 순 없어요, V가 한번은 내게 말했다. 이게 내 삶인 거죠. 자신의 과거를 지워버린 나라에서 산다는 건 어려운 일이에요. 그러고서 그녀는 침묵했는데, 그녀의 단어가 만들어낸 감각 — 나는 그것을 방 안 기압의 미묘한 변화로 경험한 것으로 기억한다 — 이 침묵 속에 더욱 깊어져서 우리가 들을 수 있는 소리라곤 내 연구실 문밖에서 사람들이 오가는 소리뿐이었다. 그녀는 마치 잠든 것처럼 한동안 눈을 감고 있었다. 하지만 곧 말을 이어갔는데, 그녀의 감긴 눈꺼풀이 어느새 떨리고 있었다. 이제 뉴욕시에는 아메리카 원주민이 거의 없고 북동부 전체에도 얼마 되지 않아요. 이건 엄청난 규모의 주민들에게 일어난 무시무시한 일이기 때문에 사람들이 이 일을 무서워하지 않는 건 옳지 않아요. 게다가 이건 과거의 일이 아니라 오늘의 우리에게도 여전한 일이에요. 적어도 나한테는 그래요. 그녀는 말을 멈춘 다음 눈을 떴는데, 서점의 키 큰 서가들 사이의 카펫에 앉아 이 모든 장면을 회상하면서 나는 그날 오후 V의 묘하게 차분한 얼굴을 그려볼 수 있었다. 그 얼굴에서 고통의 유일한 신체적 징후는 눈물 가득한 눈이었다. 나는 일어나 계산대로 가서 책값을 지불했다. 이 책을 전부 읽을 시간이 없으리라는 것을 알았지만 그녀가 쓴 것에 대해 좀더 생각해보고 싶었으며, 또한 이 책이 정확한 역사 기록에서 벗어나 어떤 주관적인 분석을 드러내는 순간에 그녀의 심리 상태를 더 깊이 통찰할 수 있기를 바랐다.

책을 사고, 내 기억으로는 따뜻했던 그날 밤 나는 극장까지 네 블록을 걸어갔다. 이 계절 내내 줄곧 따뜻한 날씨가 또다시 걱정되었다. 나는 한창때의 추운 계절을 즐기지는 않았지만, 추운 계절은 그것대로 정당함이 있고 그런 상태에 자연의 질서가 깃들어 있다는 데 동의해왔다. 이런 질서의 부재, 마땅히 추워야 할 때의 추위의 부재가 이제는 불현듯 불편하게 느껴졌다. 올해의 따뜻한 가을이 딱히 수세기에 걸쳐 일어나는 날씨 패턴의 지극히 정상적인 변화 때문이 아니라는 증거가 아직 없다고 해도, 날씨가 눈에 띄게 변하고 있다는 생각에 심란해졌다. 16세기에는 저지대 국가들[29]에서 자연적인 소小빙하기가 있었으니, 우리 시대에 인간적인 원인과 무관한 소小온난기가 없으란 법이 있는가? 그러나 설령 어떤 사람들이 몇몇 사례를 토대로 지구온난화는 명백한 사실이라는 결론으로 비약하는 경향을 아직 용납할 수 없기는 해도, 몇년 전에 그랬던 것처럼 나는 더이상 지구온난화 회의론자는 아니었다. 지구온난화는 사실이지만, 그렇다고 그게 어떤 특정한 날이 따뜻한 이유에 대한 설명이 된다는 뜻은 아니었다. 너무 쉽게 연결 짓는 것은 부주의한 사유로서, 철칙이 되어야 마땅한 과학의 영역에 유행하는 정치 담론이 침범하는 격이었다.

그럼에도 11월 중순인데 여태 외투 입을 일이 없었다는 사실로 생각이 자꾸 회귀하는 것으로 보아

---

29 벨기에, 네덜란드, 룩셈부르크로 이어지는 유럽 북해 연안 지역.

나는 내가 이미 그런 사람들, 즉 확대해석하는 이들 중 하나가 아닐까 궁금했다. 이것은 사람들을 점점 더 섣부른 판단과 검증되지 않은 의견으로 몰아붙이는 사회 분위기, 반과학적인 분위기가 퍼져 있다는 내 의혹의 일부였다. 내게는 대중의 산술 능력이 빈약하다는 기존의 문제에다 증거를 평가할 능력의 부재라는 좀더 일반적인 무능력이 추가되는 상황처럼 보였다. 이런 상황은 즉각적인 해결책 약속이 전공인 사람들, 곧 정치인이나 다양한 종교의 성직자에게 활발한 사업 기회가 되었다. 특히 어떤 대의를 중심으로 사람들을 결집하기를 바라는 이들에게 유용했다. 대의 자체는, 그게 무엇이든 거의 중요하지 않았다. 당파심이 전부였다.

극장 매표구의 군중은 여느 때와 달랐으나, 늦은 상영 시간대에 영화의 배경이 아프리카이며 극장 간판에 할리우드 배우 이름이 내걸리지 않은 것을 감안하면 예상했던 바였다. 영화표를 사는 사람들은 젊고 다수가 흑인이었으며 힙한 옷을 입었다. 아시아계도 얼마간 있었고 라틴계, 이민자 출신 뉴욕 사람, 민족 배경이 불확실한 뉴욕 사람 들도 있었다. 바로 이 극장에서 내가 가장 최근인 몇달 전에 본 영화의 관객은 거의 전부 백발의 백인들이었는데 지금은 그 수가 훨씬 적었다. 극장의 거대한 동굴 속에 나는 홀로 앉았다. 아니, 정확히는 홀로가 아니었다. 백명의 타인과 함께였으나, 내게 그들은 모두 이방인이었다. 조명이 꺼지고 푹신한 좌석 깊숙이 몸을 묻고 영화가 시작될 때, 나는 내가 앉은 줄의 맨 끝에 누군가가 있음을 알아보았다. 한 노인이 고개를 뒤로 젖히고 입을 벌린 채 잠들어 있었는데, 자고 있다기보다 죽은 것처럼 보였다. 노인은 영화가 시작된 뒤에도 깨는 기척이 없었다.

경쾌한 시작 화면에 등장하는 음악은 시대는 맞았지만 아프리카 어느 지역인지는 틀렸다. 말리가 케냐와 무슨 상관인지? 그러나 나는 이 영화의 어떤 요소를 좋아할 준비가 된 상태로 여기에 왔고 어떤 다른 요소는 거슬릴 것이라고 예상했다. 작년에 봤던 다른 영화, 동아프리카 거대 제약회사들의 범죄에 관한 영화가 내게 좌절감을 안겨준 것은 플롯 때문이 아니라(플롯은 그럴듯했다), 아프리카의 선량한 백인이라는 틀에 박힌 설정에서 조금도 벗어나지 않았기 때문이었다. 아프리카는 항시 대기 중이었고, 백인 의지의 토대이자 백인 활동의 배경이었다. 그래서

74

이 영화, 「스코틀랜드의 마지막 왕」[30]을 감상하려고 앉아 있는 나는 다시 분노할 준비가 되어 있었다. 나는 한 백인 남자를, 자기 나라에서는 별 볼일 없는 사람을, 아니나 다를까 아프리카의 구원이 자기에게 달렸다고 생각하는 그런 백인 남자를 볼 준비가 되어 있었다. 제목이 가리키는 왕은 1970년대 우간다의 독재자인 이디 아민 다다였다. 자신을 그럴듯한 호칭으로 치장하는 것은 그의 수많은 취향 중 그나마 가장 덜 소름 끼치는 것이었다.

내가 이디 아민을 잘 알고 있었던 것은, 이를테면 그가 내 유년 시절 신화의 잊을 수 없는 일부였기 때문이다. 사촌들 집에서 「이디 아민의 흥망성쇠」[31]라는 영화를 보면서 보냈던 숱한 시간이 떠올랐다. 그 영화는 아민의 무자비함과 광기, 순전한 흥분의 세세한 사례들을 빠짐없이 보여주었다. 나는 당시에 일고여덟살쯤이었는데, 총살당해 차 트렁크에 처박히거나 참수당해 냉동고에 보관된 사람들의 이미지가 곁을 떠나지 않았다. 그 이미지들이 진짜로 충격

---

30   The Last King of Scotland(2006). 아민의 폭정을 그의 스코틀랜드인 주치의의 관점에서 조명한 케빈 맥도널드 감독의 영화.

31   The Rise and Fall of Idi Amin(1981). 샤라드 파텔 감독의 영화.

적이었던 것은, 긴긴 방학 동안 우리가 역시 즐겨 봤던 피 튀기는 미국 전쟁영화들과 달리 「이디 아민의 흥망성쇠」 속 희생자들이 사파리 복장에 아프로 헤어스타일과 빛나는 이마를 지닌 우리 아버지들과 아저씨들처럼 생겼기 때문이었다. 그 무차별적 폭력 사태가 일어난 도시들은 우리 자신의 도시와 비슷한 모습이었고 총탄 자국이 난 차들은 우리 주위에서 보는 차들과 똑같은 모델이었다. 그러나 우리는 그런 충격과 강력하고 양식화된 사실주의를 즐겼으며, 할 일이 없을 때면 그 영화를 다시 보곤 했다.

「스코틀랜드의 마지막 왕」은 대체로 피투성이의 이미지들은 피했다. 그 대신 영화의 서사는 이디 아민과 한때는 순수했던 스코틀랜드 의사 니컬러스 개리건의 관계에 집중했다. 개리건은 아민의 압력으로 그의 주치의가 되는 인물이다. 영화는 독재의 고전적 특징들을 가장 극단적인 형태로 표출하는 한 남자의 이야기였다. 분노, 공포, 불안, 변덕스러운 매력이 혼합된 외향적인 광기로 이디 아민은 자신의 통치 기간 동안 약 삼십만명의 우간다인을 살해하고 대규모 공동체를 이룬 우간다 인도인들을 추방하고 나라 경제를 파괴함으로써 아프리카 현대사에서 가장 기괴

한 오점이라는 악명을 획득했다.

영화를 보면서 몇년 전 매디슨 교외의 한 부잣집에서 어느 저녁에 있었던 불편한 모임이 생각났다. 나는 당시 의과대생이었는데, 모임의 주최자인 인도인 외과의가 나와 학과 친구들을 그의 집으로 초대했다. 저녁식사를 하고 난 후 굽타 박사는 우리를 그의 호화로운 세 거실 중 한곳으로 안내했고 돌아가며 우리 잔에 샴페인을 따라주었다. 그의 말에 따르면, 그와 그의 가족은 이디 아민에 의해 자기들의 집과 땅에서 추방되었다. 나는 이제 성공했어, 그가 말했다. 나와 내 아내와 자식들에게 삶이 가능해진 건 미국 덕분이지. 내 딸은 MIT에서 공대 대학원 공부를 하고 있고 막내는 예일대에 있어. 그렇지만 솔직히 말하면 나는 아직도 분노가 가시지 않아. 우리는 너무 많은 것을 잃었고 칼로 위협받고 강탈당했어. 아프리카인들을 생각하면—물론 미국에서는 이런 말을 하면 안 된다는 걸 알지만—아프리카인들을 생각하면, 침을 뱉고 싶어.

그 쓰라림은 놀랄 만한 것이었다. 그건 어느 정도는 그 거실에서 유일한 아프리카인인 나를 향한 분노라고 느끼지 않을 수 없었다. 나이지리아 사람이라는 나의 상세한 배경은 굽타 박사에게 전혀 영향을 미치지 못했다. 아프리카인들에 대해 말하면서 그는 구체적인 사항은 비껴가고 일반론적으로 말했기 때문이다. 그러나 영화를 보는 지금, 나는 이디 아민 자신이 아주 멋진 파티를 열고 진짜로 웃기는 농담을 하는가 하면 아프리카인의 민족자결권의 필요성을 웅변하는 모습을 목도했다. 이 영화에서 묘사된 아민의 성격상의 미묘한 차이들이 매디슨 모임의 주최자에게는 필시 안 좋은 맛을 남겼을 것이다.

나는 상황이 겉으로 보이는 것만큼 나쁘지는 않다고 믿고 싶었다. 이건 참상을 직시하지 않기를 바라는, 즐거움을 누리기를 바라는 나의 일면이었다. 그러나 그런 만족감은 찾아오지 않았고, 으레 그렇듯이 상황은 나쁘게 끝이 났다. 나는 쿳시가 『엘리자베스 코스텔로』에서 그랬듯이 인간 심성의 후미진 곳들까지 들어가보는 것이 무슨 소용인지 궁금했다. 왜 고문을 보여주나? 세부는 정확히 모르는 채로 나쁜 일들이 일어났다는 사실을 듣는 것으로 충분하지 않은가? 이야기가 이디 아민에 관한 것이든 코르넬리스 판틴호번에 관한 것이든 우리는 나쁜 일은 듣지 않기를 바란다. 그건 공통의 소원이자, 누구나 들게 되니 어리석은 소원이기도 하다. 이디 아민의 어린 아들들의 이름은 매켄지와 캠벨이었는데(매켄지는 뇌전증 환자였다), 이 두 스코틀랜드-우간다인은 이디 아민의 악몽 속에, 그리고 오바탈라의 부주의함 속에 붙잡혀 있었다.

나는 자정에 극장에서 나와 따뜻한 대기 속으로 들어섰다. 내게는 V의 책이 있었으나 방금 본 영화 때문에 한동안은 그 책을 치워둘 필요가 있음을 알았다. 거의 텅 빈 지하철 정거장에는 한 외지인 가족이 열차를 기다리고 있었다. 열세살 소녀가 벤치의 내 곁에 앉았다. 열살짜리 남동생이 그 소녀에게 와서 나란히 앉았다. 그들의 부모는 말소리가 들리지 않는 거리에 있었고, 우리 쪽으로 한두번 무심한 눈길을 줄 뿐 자기들끼리의 대화에 빠져 있었다. 소녀가 나를 향해 몸을 돌리며 이봐요, 아저씨, 와썹? 하고 말했다. 소녀는 손가락으로 제스처를 해 보이고는 남동생과 함께 웃기 시작했다. 어린 소년은 중국 농민 모자 같은 것을 쓰고 있었다. 그들은 내가 있는 데로 오기 전에 길게 째진 눈과 과장되게 하는 절을 흉내 내고 있었다. 이제 둘 다 내 쪽으로 고개를 돌렸다. 아저씨, 갱이에요? 갱이냐고요? 그러고는 둘

79

이 같이 잽싸게 갱이 하는 제스처 내지 그런 제스처라고 생각하는 동작을 했다. 나는 아이들을 바라보았다. 한밤중이었고, 나는 공개 설교를 하고 싶지 않았다. 이 아저씬 흑인인데 옷 입은 건 갱 같지 않아, 소녀가 말했다. 갱인 게 분명해, 분명히 갱이야, 남동생이 말했다. 이봐요, 아저씨, 갱이죠? 아이들은 몇분 동안 나를 향해 잽싼 손가락 제스처를 계속해댔다. 20미터 떨어진 곳에서 그애들 부모는 이 상황을 의식하지 못한 채 서로 이야기를 했다.

나는 도보로 한시간 거리의 집까지 걸어갈까 생각했는데, 상행선 열차가 도착했다. 바로 그때 순간적인 깨달음이 찾아왔다. 나의 '오마'(내가 외할머니를 부를 때 습관적으로 사용하는 호칭)가 나를 다시 봐야 한다는, 오마가 아직 이 세상에 살아 있다면, 브뤼셀 어딘가의 요양원에 있다면 나는 오마를 보려 노력해야 한다는 느낌이 들었다. 어쩌면 나를 보는 것이 오마에게는 어떤 말년의 축복일 수 있다. 어떻게 오마가 있는 곳을 실제로 찾아낼지는 사실 전혀 몰랐으나, 내가 플랫폼을 따라 걸어가 멀리 있는 열차간으로 들어가는 순간, 그 생각은 오마와 재회할 가망이 그랬듯이 갑자기 내게 현실적으로 여겨졌다.

3

폭우가 쏟아지고 인도 곳곳에 발목 높이까지 쌓인 은행잎들이 하늘에서 방금 떨어진 수천마리 작고 노란 생물체처럼 보이는 어느 오후에 나는 산책을 하러 나갔다. 그즈음 나는 환자를 보지 않는 모든 시간을 교수인 마틴데일 박사와 함께 발표할 논문 작업에 쏟고 있었다. 우리 연구 결과는 참으로 흥미진진했는데, 노년층의 뇌졸중과 우울증 발병 간의 강력한 상관관계를 보여주는 것이었다. 하지만 우리의 논문 집필은 다른 실험실이 최근에 또다른 연구 방법으로 유사한 결론에 도달했다는 사실을 알게 되면서 어려움에 봉착했다. 마틴데일 박사는 퇴직할 때가 가까웠기에 실험실에서 해야 하는 모든 새로운 분석 실험은 물론 논문 개고 작업의 대부분도 내 몫이 되었다. 나는 실험을 하다 주의력이 떨어져서 두차례 젤을 깨버리는 바람에 처음부터 다시 시작하기까지 했다. 그 일에 꼬박 삼주 동안 붙들려 있었다. 그다음에 나는 사흘간 집중해서 개고 작업 대부분을 했고, 우리는 논문을 여러 학술지에 보낸 뒤 답신을 기다렸다. 센트럴 파크를 가로질러 산책하다가 나는 공원 바로 남쪽 지역으로 갈 수도 있겠다는 생각에 우산을 들고 나갔는데, 공원에 들어서자마자 외할머니 생각이 되살아났다.

어머니와 나는 내가 열일곱살 때 미국으로 떠나기 직전에 서로 소원해졌다. 나는 이 소원함을 어머니가 자신의 어머니와 소원해진 것과 연관 짓곤 한다. 어머니와 외할머니는 나와 어머니가 소원해진 것처럼 일찌감치 어떤 불명확한 이유로 사이가 틀어졌을 것이다. 어머니는 1970년대에 떠나온 이래 독일로 돌아가지 않았다. 그럼에도 최근 몇년 사이 나는 오마를 더 자주 생각했다. 내가 보통 되새기는 시기는 오마가 외할아버지가 돌아가시고 얼마 후에 이주한 벨기에에서 나이지리아로 우리를 한번 만나러 왔던 그때였다. 어머니는 오마를 까다롭고 속 좁은 분으로 그려놓았지만 그런 이미지는 잘못되었다. 그런 그림은 오마와는 전혀 무관하고 전적으로 어머니가 오마에게 가진 분함과 관계가 있었다. 오마가 왔을 때 나는 열한살이었는데, 부모님이 이 이상한 늙은 여인을 겨우 참아내고 있다는 것을 알 수 있었다(아버지도 어머니 편을 들었다). 나는 또한 내 존재의 일부가 오마로부터 왔다는 것을 알았고, 이를 바탕으로 일종의 연대가 형성되었다. 한번은, 내 기억으로는 오마가 돌아갈 날이 가까워올 무렵에 가족 전체가 요루바랜드[32]의 내지로 관광을 갔다. 라고스에서 자동차로 네시간이 채 안 걸리는 여정이었다. 우리는 아쿠레의 데지궁과 이페의 오오니궁을 방문했다. 둘 다 진흙벽돌로 지어지고 요루바 우주론의 여러 면모, 즉 살아 있는 자들의 세계, 죽은 자들의 세계, 태어나지 않은 자들의 세계를 각각 보여주는 육중한 나무 부조 기둥으로 장식된 거대하고 전통적인 왕궁이었다. 예술에 관심이 깊은 어머니는 할머니와 내게 그 도상들을 설명했다. 아버지는 약간 지루한 듯 여기저기 돌아다녔다.

우리는 진흙투성이의 울퉁불퉁한 길을 차로 여러시간 돌아다녔는데, 어떤 부분은 메마르고 어떤 부분은 숲이 우거진 풍경이 파도처럼 출렁였다. 우리는 이코고시 온천에서 차를 멈춰 아베오쿠타의 올루모

---

32   나이지리아, 베냉, 토고에 걸쳐 있는 서아프리카 요루바족의 거주지.

바위라는 성스러운 거석으로 갔다. 그 안쪽과 아래쪽에 에그바족[33]이 19세기 동족상잔의 전쟁 동안 피신해 있었다는 거석이었다. 올루모 바위에서 부모님은 가이드와 함께 올라갔지만 오마와 나는 아래 머물렀다. 우리가 선 곳에서 올려다보니, 부모님이 가파른 경사면을 올라가다가 동굴과 바위가 지표로 드러난 곳에 멈춰 서면 가이드가 두 사람에게 역사적이고 종교적인 특징을 지적해주고, 그러고는 다시 경사면을 올라갔는데, 아래쪽에 있는 우리에게는 그게 특히 위험해 보였다. 그날 (오마의 손이 내 어깨를 주무르는 동안) 오마와 공유한 침묵을 나는 보물처럼 간직했다. 부모님은 한시간 자리를 비웠고 그 시간 동안 우리 둘은 거의 말없이 그저 기다리면서 교감했는데, 근처 나무들을 스치는 바람을 예민하게 감각하고, 선사시대의 알처럼 땅에 박힌 작은 바위들 위로 도마뱀들이 종종걸음 치는 광경을 지켜보고, 200미터쯤 떨어진 좁은 도로에서 나는 모터사이클 소리에 귀기울였다. 어머니와 아버지가 가쁜 숨을 내쉬며 상기되고 흡족한 얼굴로 바위에서 내려왔을 때, 두 사람

33 요루바족의 한 부족.

은 자신들이 경험한 것에 경탄해 마지않았다. 우리의 경험에 대해서 오마와 나는 아무 말도 할 수 없었다. 우리가 경험한 것은 말없이 이뤄졌기 때문이다.

그후, 몇주간 머물렀던 오마가 떠난 뒤 부모님은 오마에 대해서 별로 말을 하지 않았다. 오마와 어머니 사이의 소통은 또다시 끊겼고 마치 오마가 나이지리아에 한번도 오지 않은 것 같았다. 나를 향한 오마의 조용하고 수수께끼 같은 애정은 점점 희미해져 과거 속으로 사라졌다. 내가 알기로 오마는 벨기에로 돌아갔다. 비록 오마가 아직 살아 있는지는 확언할 수 없지만 내가 지금 오마가 있겠거니 상상하는 곳도 벨기에였다. 오마가 나이지리아를 찾아왔을 때 나는 오마와 우리 가족 간의 정상적인 관계가 시작되기를 바랐었다. 그러나 그렇게 될 운명은 아니었다. 내 추측으로는 오마가 떠나기 직전에 오마와 어머니 사이에 큰 언쟁이 있었던 것 같다. 상황이 그렇게 되다보니, 내게 오마의 현주소를 알려줄 수 있는 유일한 사람, 오마에게 현주소가 있는지 없는지를 알려줄 수 있는 유일한 사람은 바로 내가 그걸 물을 수 없는 유일한 사람이기도 했다.

나는 72번가에서 공원에 들어가 남쪽을 향해, 십
메도를 산책하기 시작했다. 바람이 강해지고 빗물이
쉴 새 없이 달려드는 가는 바늘이 되어 축축한 땅속
으로 쏟아져 들어갔고 참피나무, 느릅나무, 야생능금
나무 들이 흐릿해졌다. 세찬 빗발에 시야가 흐려졌는
데, 이전에는 폭설 때에나 목격한 현상이었다. 그땐
눈보라 때문에 가장 확실한 시대의 징표마저 지워져
서 지금이 몇세기인지조차 추측할 수 없었다. 마치
세상 종말의 홍수가 밀어닥치듯 억수 같은 비가 공
원을 온통 뒤덮으면서 원초적인 느낌을 자아냈는데,
순간 맨해튼이 마치 1920년대의 맨해튼인 듯, 아니,
높은 건물들에서 멀찌감치 떨어져 있으면 그보다 훨
씬 더 과거의 맨해튼인 듯 보였다.

그 환상을 깨뜨린 것은 5번 애비뉴와 센트럴 파
크 사우스에 모여 있는 택시들이었다. 십오분을 더
걸어서, 그때쯤에는 몸이 속속들이 젖은 상태로 나는
53번가의 한 빌딩 처마 밑에 섰다. 몸을 돌리자 내가
미국민속예술박물관 입구에 있다는 것을 알았다. 나
는 전에 한번도 방문한 적이 없었던 그곳으로 들어
갔다.

전시 중인 공예품들—풍향계, 장신구, 퀼트, 그림—은 대부분 18~19세기 것으로 구 유럽 국가들의 잊혀가는 전통뿐 아니라 새로운 나라 미국의 농경 생활을 떠올리게 했다. 그것은 귀족계층은 있었으나 왕실의 후원은 받지 못한 나라의 기예로서, 단순하고 소박한 면모의 조야한 예술이었다. 첫번째 층계참에서 풀 먹인 빨간 드레스를 입고 하얀 고양이를 안은 어린 소녀의 유화 초상을 보았다. 의자 밑에서 개 한마리가 고개를 내밀고 있었다. 세부 묘사는 지나치게 달콤했으나 그 때문에 그림의 힘과 아름다움이 흐릿해질 수는 없었다.

박물관에서 특별히 다룬 미술가들은 거의 모두 엘리트 전통 바깥에서 작업한 사람들이었다. 그들은 정규 훈련을 받지 않았지만 그들의 작품은 영혼이 있었다. 박물관의 3층에 이르니 이리저리 떠돌다가 과거 속으로 들어왔다는 느낌이 완연했다. 전시실에는 한중간을 따라 가느다란 하얀 기둥이 줄지어 있었고 바닥은 윤나는 체리목으로 되어 있었다. 이 두 요소가 뉴잉글랜드와 중부 식민지들[34]의 콜로니얼

---

34 13개 영국령 식민지 가운데 북부의 뉴잉글랜드와 남부 식민지 사이에 위치한 뉴욕, 델라웨어, 뉴저지, 펜실베이니아를 일컫는다.

양식을 연상시켰다.

바로 아래층뿐 아니라 3층도 존 브루스터의 회화 특별전에 할애되었다. 동명의 뉴잉글랜드 의사의 아들인 브루스터는 화려한 재능의 소유자는 아니었지만 전시 규모로 보건대 화가로서의 수요는 많은 것이 분명했다. 전시실은 고요하고 차분했으며 한구석에 서 있는 경비원을 빼면 내가 그곳에 있는 유일한 사람이었다. 이 때문에 내가 거의 모든 초상화에서 받은 고요함의 느낌이 고조되었다. 묘사된 사람들의 정적이 분명 각 캔버스의 수수한 여러 색조와 마찬가지로 그 고요함의 일부였지만, 뭔가 더, 뭔가 더 정의하기 어려운 것, 이를테면 신비주의의 분위기가 있었다. 초상화 하나하나가 바깥에서 보이기는 하지만 들어가기는 불가능한 따로 봉인된 세계였다. 이는 브루스터의 많은 어린이 초상화에서 더없이 실감할 수 있다. 초상화의 아이들은 모두 자신의 어린이다운 신체 속에서 침착했고 종종 기발한 요소가 있는 옷을 입은 경우에도 얼굴은 예외 없이 진지했는데, 심지어 어른들의 얼굴보다 더 진지해서 그 진지함이 그들의 어린 나이와 전혀 어울리지 않았다. 어린이 각자는 인형 같은 포즈로 서 있었는데, 예리한 시선

덕분에 생기를 띠었다. 그 효과는 불안을 자아냈다. 내가 파악하기로 여기서 관건은 존 브루스터가 소리를 전혀 듣지 못하는 농인이었다는 것, 그리고 그가 그려낸 많은 아이들 역시 그랬다는 것이다. 아이들 일부는 1817년 이 나라 최초의 농인을 위한 학교로 설립된 코네티컷 농아자 교육·훈육 시설의 학생이었다. 브루스터는 이곳에 삼년간 성인 학생으로 재학했으며, 나중에 미국 수어手語로 알려지게 된 것이 개발된 것도 그가 여기에 있었을 당시였다.

내 앞의 말 없는 세상을 찬찬히 바라보면서 나는 눈멂과 결부된 수많은 낭만적 관념들을 떠올렸다. 밀턴, 블라인드 레몬 제퍼슨,[35] 보르헤스, 레이 찰스 등의 이름이 비범한 감수성과 천재성이라는 개념을 불러일으켰다. 가령, 신체의 시각을 잃으면 제2의 시각을 얻는다고 여겨진다. 하나의 문이 닫히면 더 큰 또 하나의 문이 열린다. 호메로스의 눈멂은 일종의 정신적 경로, 즉 기억과 예언의 재능으로 연결된 지름길이라고들 믿는 것이다. 내가 라고스에 살던 어린 시절에 방랑하는 눈먼 음유시인이 있었다. 사람들은

---

35 Blind Lemon Jefferson(1893~1929). 미국의 블루스·가스펠 가수, 작곡가.

그의 영적 재능에 대단한 경외심을 가졌다. 그는 노래를 부를 때면 청중 하나하나에게, 그의 노래를 들으면 어쩐지 신비한 것을 건드리는 느낌 혹은 신비한 것이 자신을 건드리는 느낌을 남겼다. 1980년대 초반 어느 땐가에 한번은 오주엘레그바의 붐비는 시장에서 그를 보았다. 상당히 떨어진 거리에 있었지만 나는 석회화가 진행되어 동공이 회색빛으로 변한 그의 크고 노란 두 눈을, 그의 무서운 표정을, 그리고 그가 입은 크고 더러운 망토를 기억한다(혹은 기억한다고 상상한다). 그는 애조 띤 고음의 목소리로 심오한 격언 같은 요루바어 노래를 불렀는데, 내가 그 노랫말을 이해하기는 불가능했다. 나중에 나는 그를 둘러싼 후광과 같은 뭔가를, 청중을 감동시켜 지갑에 손을 뻗게 하고 그의 조수 소년이 들고 있는 사발에 뭔가를 넣게 만드는 영적인 분신을 본 것이라고 상상했다.

눈멂을 중심으로 하는 이야기는 이런 식이다. 귀먹음과 관련된 이야기는 그렇지 않은 것이, 할아버지 형제 중 한분의 경우처럼 귀먹음은 대개 그냥 불운으로 여겨졌다. 그때만 해도 내게는 귀가 들리지 않는 많은 사람들이 마치 지적 장애가 있는 것처럼 취

급된다는 생각이 들었다. 심지어 '농아의'deaf and dumb
라는 표현도 생리적 조건에 대한 소박한 묘사이기는
커녕 경멸적 어감을 갖고 있었다.

고요한 마음으로 브루스터의 초상화들 앞에 선
나는 그 그림들이 화가와 대상 사이의 조용한 교감
의 기록임을 알아보았다. 물감을 가득 머금은 붓은
패널이나 캔버스에 칠할 때 소리를 내지 않는다. 그
런 고요함의 거장들 ─ 페르메이르, 샤르댕, 함메르
쇠이[36] ─ 에게서 또렷이 감지되는 평온함이란 얼마
나 대단한 것인지. 그 전시실에 혼자 선 채로 나는 화
가의 사적인 세계가 완전히 정적 속에 잠겨 있는 경
우에 그 침묵은 더욱 심오하리라고 생각했다. 앞의
다른 화가들과 달리 브루스터는 자신의 세계의 침묵
을 전하기 위해 간접적인 응시나 명암법에 의지하지
않았다. 얼굴들은 환한 조명을 받고 정면을 향하고
있었는데, 그럼에도 적요했다.

나는 3층 창가에 서서 밖을 내다보았다. 하늘은
회색에서 짙은 청색으로 바뀌었고 오후는 늦은 오후
가 되어 있었다. 하나의 이미지가, 청색 실에 매단 새

---

36 Vilhelm Hammershøi(1864~1916). 잔잔한 초상화와 실내화로 유명
    한 덴마크 화가.

를 붙들고 있는 어린아이 그림이 나를 다시 안으로 끌어당겼다. 브루스터의 그림들이 대개 그렇듯이 그 그림의 색조도 부드러운 색이 지배적이었는데, 두가지 예외가 있었다. 번개처럼 그림의 전면을 가로지르는 선명한 청색 실과, 그 전시실의 다른 어떤 것보다 더 진하고 더 검은, 아이의 까만색 신발이었다. 불행한 운명의 세살 아이 마누엘 오소리오 만리케 데 수니가를 그린 고야의 초상화에서 그랬듯 새는 아이의 영혼을 나타냈다. 브루스터의 그림 속 아이는 1805년 그해에 서서 차분하고 영묘한 표정으로 이쪽을 내다보았다. 그 남자아이는 브루스터가 그린 다른 많은 아이들과 달리 청력이 온전했다. 이 초상화는 죽음에 맞서는 부적이었을까? 당시에는 아이 셋 중 하나가 스무살 전에 죽었다. 이 그림은 아이가 실을 꼭 잡고 있듯 생명을 붙들고 있기를 바라는 마법적 소원이었을까? 그림의 주인공 프랜시스 O. 와츠는 확실히 살았다. 그는 열다섯살에 하버드대에 들어가서 변호사가 되었고, 그의 고향인 메인주 케네벙크포트 출신의 캐럴라인 고더드와 결혼했으며, 기독교청년회YMCA 회장이 되었다. 그는 그 초상화가 제작된 지 오십오년 만인 1860년에야 죽었다. 그러나 그림 속의 그 순간, 따라서 그 모든 시간 동안, 그는 섬세하게 묘사된 레이스 장식의 하얀색 잠옷을 입고 푸른색 실에 매인 새를 붙잡고 있는 소년이다.

독립선언 십년 전에 태어난 브루스터는 메인에서 자신의 태생지인 코네티컷으로, 동부 뉴욕으로 옮겨다니며 일하면서 떠돌이 화가로 평생을 살았다. 그는 사망 당시 거의 구십살이었다. 그의 배경을 이루는 엘리트 연방주의자 연고 덕분에 부유하고 진중한 고객들을 접할 수 있었지만(브루스터가의 선조들은 1620년 메이플라워호에 승선했었다), 귀가 들리지 않아서 그는 이방인이 되었으며 그의 이미지에는 그 긴 침묵이 그에게 가르쳐준 것, 즉 집중, 시간의 정지, 주제넘지 않은 재치가 스며들었다. 앞에 선 순간 나를 얼어붙게 만든 '신발 한쪽 벗고'라는 제목의 유화에서는 어린 소녀의 오른쪽 신발에 깔끔하게 묶인 나비매듭이 바닥의 별무늬와 비슷한 느낌을 주었다. 다른 쪽 신발은 손에 들고 있었는데, 맨발인 왼발의 뒤꿈치와 발가락 주위로 붉은색 펜티멘토[37]가 보였다. 브루스터의 아이들이 모두 그렇듯 아이는 자신의

---

37 회화에서 덧그리거나 덧칠하기 이전의 형상이나 터치가 어렴풋이 드러난 것.

존재 안에서 온전한 채 관람객더러 재미를 느끼려면 느껴보라는 식의 표정을 짓고 있었다.

나는 이 초상들 앞에서 시간 가는 줄 몰랐고, 어떻게 된 건지 그림들과 나 사이의 시간이 모두 사라진 듯 그림들의 세계로 깊숙이 빠져들었다. 그래서 경비원이 다가와 곧 박물관 폐관 시간이라고 말했을 때는 무슨 말을 어떻게 해야 할지 몰라 그냥 그를 쳐다보기만 했다. 마침내 계단을 내려와 박물관을 나왔을 때, 나는 아주 멀리서 지구로 돌아온 느낌이었다.

6번 애비뉴의 교통 상황은 서로의 한계를 시험하는 러시아워의 검투사들로 인해 조금 전까지 내가 있었던 곳과는 극히 대조적이었다. 비가 다시 내리기 시작했는데, 이제는 마치 거울에 비친 거대한 급류처럼 유리 빌딩의 아찔한 측면들을 쏠어내리듯 했다. 택시를 잡는 데 꽤 시간이 걸렸다. 마침내 택시 한대를 불러세웠을 때, 한 여자가 갑자기 내 앞으로 끼어들더니 제가 좀 급한데 먼저 타도 될까요? 하고 물었다. 아니요, 나는 거의 소리치듯(내 목소리 크기에 내가 놀랐다) 안 되겠다고 말했다. 나는 빗속에 서서 십분을 기다렸고 기사도를 발휘할 마음이 없었다. 내가 차에 타자 즉각 운전기사가 어디요? 하고 물었다.

필시 길 잃은 사람처럼 보였을 것이다. 나는 집 주소를 떠올리려고 애썼다. 내 접은 우산에서 빗물이 흘러내려 차의 매트가 흥건히 젖었고, 나는 브루스터가 그린, 피아노 앞에 앉아 있는 십대의 농인 세라 프린스의 초상을 생각했다. 화가도 모델도 소리를 들을 수 없었을 테니 그 피아노는 세상에서 가장 조용한 악기였을 것이다. 나는 그녀의 손길이 피아노 건반을 훑고 지나가지만 누르지는 않는 모습을 상상했다. 드디어 내 주소가 어렵사리 생각났을 때, 나는 택시 기사에게 주소를 불러주고는 말했다. 그런데 형제, 요즘 어때요? 기사가 몸이 뻣뻣해지면서 룸미러로 나를 바라보았다.

좋지 않아요, 전혀 좋지 않아. 당신이 인사도 하지 않고 내 차에 타는 방식, 그건 기분 나쁘지. 이봐요, 난 당신과 똑같이 아프리카인인데 나한테 왜 이러는데? 그는 나를 룸미러로 계속 주시했다. 나는 혼란스러웠다. 정말 미안해요, 정신이 딴 데 가 있었으니 기분 나빠하지 말아요. 그래서 형제, 요즘 어때요? 하고 내가 말했다. 그는 아무 말도 하지 않고 도로만 똑바로 쳐다봤다. 나는 전혀 미안하지 않았다. 내게 뭔가 주장하려는 사람들을 신경 쓸 기분이 아니었다.

택시에는 침묵이 흘렀고, 우리가 웨스트사이드에서 허드슨강을 따라 북쪽으로 달릴 때 강과 하늘은 온통 하나의 검은 안개 장막이 되었으며 수평선은 사라져 있었다. 우리는 고속도로를 벗어나 브로드웨이와 97번가의 교통정체 속에 갇혔다. 기사가 어떤 라디오 토크쇼를 틀었다. 나는 관심 없는 것들에 대해 사람들이 시끄럽게 주장을 해대는 쇼였다. 속에서 분노가 차오르면서 나를 뒤흔들었다. 평정이 박살 난 데 따른 분노였다. 교통정체는 마침내 완화되었으나 라디오는 계속해서 무의미한 말들을 큰 소리로 질러댔다. 기사는 나를 엉뚱한 주소로, 내 아파트로부터 몇 블록 떨어진 곳에 데려다주었다. 나는 그에게 실수를 바로잡아달라고 했으나, 기사는 차를 공회전시키며 미터기를 끄고는 안 돼, 이걸로 끝내요, 하고 말했다. 나는 기본 팁을 더해 택시비를 지불하고 비를 맞으며 집으로 걸어갔다.

4

다음 날 92번가의 Y에서 열리는 한 시 낭독회에 가는 길에 에둘러 다시 십 메도에 이르렀을 때, 무성한 나뭇잎들이 투명한 색으로 변해 죽어가는 광경에 눈길이 갔고 그 속에서 흰목참새들이 지저귀고 귀를 쫑긋거리는 소리를 들었다. 일찍이 비가 내렸고 빛으로 가득한 조각구름들이 띄엄띄엄 떠 있었으며, 단풍나무와 느릅나무 들이 가지를 가만히 뻗은 채 서 있었다. 회양목 울타리 위에 떠 있는 벌떼를 보니 요루바족이 최고신 올로두마레를 가리키는 별칭 ─ 피를 아이들로 바꾸는 분, 하늘에 벌떼 구름처럼 앉아 있는 분 ─ 이 떠올랐다.

비가 와서 여느 때처럼 퇴근 후 운동을 하지 못하는 사람이 많아 공원은 거의 비어 있었다. 나는 큰 바위 두개에 둘러싸인 아늑한 곳으로 가서 마치 보이지 않는 손에 이끌리듯 자갈 더미 위에 앉았다. 몸을 쭉 뻗고 머리를 큰 바위 중 하나에 기대면서 그

축축하고 거친 표면에 뺨을 갖다댔다. 누군가 멀리서 봤다면 분명 정신 나간 모습으로 비쳤을 것이다. 회양목 위의 벌들이 한덩이의 구름인 듯 떠오르더니 나무 속으로 사라졌다. 몇분 후에 내 호흡이 정상으로 돌아왔고 갈비뼈 속의 아우성이 멈췄다. 나는 천천히 일어나 바지와 스웨터에 붙은 풀과 흙을 털어내고 양 손바닥을 비벼 흙 자국을 닦아내고서 옷차림을 가다듬었다. 하늘은 이제 하루의 막바지 빛에 도달했고, 서쪽 빌딩들 사이로 푸른 빛 한줄기만이 겨우 새어나올 뿐이었다.

나는 저 멀리 도시의 소음에서 변동을, 하루 일과의 끝을 감지했다. 사람들은 집으로 향하거나 야간 근무를 시작하고, 수천 레스토랑의 주방에서는 저녁식사를 준비하며, 아파트 창문에서는 이제 부드러운 노란 불빛들이 은은히 빛나는 것이다. 나는 황급히 공원을 빠져나와 5번 애비뉴, 매디슨 애비뉴, 파크 애비뉴를 가로지르고 렉싱턴 애비뉴를 따라 북쪽으로 올라가 그 강당에 도착했다. 사람들이 자리에 앉자 시인이 소개되었다. 그는 폴란드 사람으로 갈색과 회색 옷을 입었고, 비교적 젊었지만 머리는 후광처럼 빛나는 은발이었다. 그가 박수를 받으며 연단에 나와 말했다. 저는 오늘 밤 시 이야기를 하고 싶지 않아요. 여러분이 한 시인에게 이런 자격을 허용하신다면 박해에 대한 이야기를 하고 싶어요. 특히 박해의 표적이 하나의 부족이나 인종이나 문화 집단일 경우에, 우리가 박해의 뿌리에 대해 이해할 수 있는 건 뭘까요? 하나의 이야기로 시작해볼게요. 그의 영어는 유창했지만 억센 악센트와 길게 늘어지는 모음과 심하게 굴리는 아르 발음 때문에 말하기 전에 마음속으로 한줄 한줄 번역하듯 자주 끊기는 특징이 있었다. 그가 고개를 들어 꽉 들어찬 강당을 보았는데, 모든 사람을 둘러보았지만 어떤 특정한 사람을 쳐다보진 않았다. 불빛이 그의 안경에 부딪혀 튀면서 그의 두 눈은 크고 하얀 안대를 한 것처럼 보였다.

그주 후반, 입원환자 병동에서 병원의 백색광에 지나치게 민감해지고 서류 작업과 잡담에 평소보다 더 짜증을 느낀 힘든 하루를 보내고 나니, 이제 무거운 분위기가 더욱 지속되어 내 안에 자리를 잡았다. 정신과 수련 과정은 다른 몇몇 레지던트 과정보다는 덜 가혹한 것으로 유명하고 내 경험에도 그랬지만 그 일 특유의 어려운 점이 있다. 때때로 정신과 의사들은 외과 의사들이나 병리 의사들이 누리는 깔끔한 해결책의 부재를 느끼고, 환자들과 함께 앉아 대화를 하려면 꼭 필요한 마음의 준비, 정서적 집중력을 언제나 유지해야 한다는 데 지치기도 한다. 그 모든 것을 생각해볼 때, 전화상으로건 진료실에서 대면하건 내가 환자와 함께 보낸 그 오랜 시간에 활력을 불어넣는 것은 오로지 환자들이 내게 갖는 신뢰, 그들의 무력감, 내가 그들이 나아지는 데 도움을 줄 수 있다는 그들의 희망뿐이었다.

어쨌든, 병원에서 일을 처음 시작했을 때와 달리 나는 더이상 환자들을 생각하는 데 시간을 많이 쓰지 않았다. 대개는 다음 진료 때에야 떠올렸고, 회진할 때는 자주 특정한 환자의 기본 사항조차 떠오르지 않아 차트를 봐야 했다. 의대 캠퍼스 바깥에서 내가 M을 생각했다는 것은 그런 의미에서 이례적인 일이었다. V처럼 그는 내가 거리로 발걸음을 내딛는 순간에도 그의 문제가 내 머릿속 뒤편으로 밀려나지 않는 드문 환자였다. M은 서른두살이고 최근에 이혼했으며 망상증 환자였다. 상태가 나쁜 주에는 약물 치료가 거의 도움이 되지 않는 듯했다.

내가 브로드웨이를 건너려 할 때 대기에서 느껴진 겨울 기미는 빨간 신호등 앞에 겹겹이 늘어선 웅크린 차들의 노란 전조등 속에 한동안 붙잡혀 있었다. 막 5시가 지난 때였고 날은 빠르게 어두워지고 있었다. 병원 단지 건물들이 암회색 하늘과 어깨를 맞대고 있었고, 주위 사람들은 모두 패딩 점퍼를 입고 니트 모자를 쓰고 있었다. 나는 168번가에서 지하철로 들어가 사람들로 빼곡한 남행 1호선 열차를 탔다. 그날 오후 M과 했던 상담을 복기하는 데 너무 몰두한 나머지 나는 열차가 116번가에 도착했을 때 문이 열리고, 열린 채로 한동안 있다가 닫히는 광경을 그냥 지켜보기만 했다. 내가 내릴 정류장을 지나치고서야 퍼뜩 무슨 일이 일어났는지 감을 잡으려 했다. 잠들었던 것은 아니다. 내가 열차에 그대로 타고 있었던 것은 의식적이지는 않더라도 의도적인 것이라고 마침내 결론 지었다. 이런 생각은 다음 정류장에서 확인되었으니, 거기서도 나는 내리지 못하고 내가 나 자신을 지켜보고 있는 듯한, 다음에 무슨 일이 벌어질지 보려고 기다리는 듯한 느낌으로 자리에 앉아 있었다. 열차 안의 모든 사람이 검은색 혹은 진회색 옷을 입은 것 같았다. 유난히 키가 큰, 180센티미터가 넘는 한 여성은 긴 검은색 주름치마와 무릎까지 올라오는 검은색 부츠 위에 검은색 재킷을 입었는데, 그 복장에서 층층이 드러나는 짙고 옅은 검은색의 변주가 벨라스케스의 어떤 그림들에 거장의 솜씨로 구현된 검은색 바탕 위의 검은색 부분들을 떠올리게 했다. 검은색 복장이 그녀의 창백하고 해쓱한 얼굴을 압도하는 듯했다. 열차 안의 어느 누구도 말하지 않았고 어느 누구도 다른 사람을 아는 것 같지 않았다. 마치 우리 모두가 선로 위를 덜거덕거리며 달리는 열차 소리를 경청하고 있는 듯했다. 조명은 어두웠다. 그때 나는 내가 곧장 집으로 가는 게 아니라는 것을 알았다.

96번가에서 나는 때마침 플랫폼에 도착한 2호선 급행열차로 갈아탔다. 이 차량은 조명이 밝았다. 내 맞은편에 앉은 남자는 호박색 재킷을 입었고 그 옆자리에는 하늘색 스키 점퍼에 줄무늬 장갑을 낀 여자가 앉아 있었다. 이 열차의 몇몇 사람은 서로 이야기를 나눴고 과시적이거나 시끄럽게 이야기한 것도 아니지만, 이전 열차가 얼마나 음침했는지를 내 뇌리에 각인시켜주기에 충분했다. 어쩌면 그 밝음 덕분에 사람들은 기꺼이 입을 열게 되었을 것이다. 내 오른편에 앉은 남자는 옥타비아 버틀러의 『킨』을 읽느라고 여념이 없었고, 그의 오른편에 앉은 적갈색 머리의 남자는 앞쪽으로 몸을 숙인 채 『월 스트리트 저널』을 읽었다. 그는 기뻐 어쩔 줄 모르겠다는 표정을 자연스럽게 짓고 있어서 어딘지 요괴 같은 인상이었는데, 자세를 바로 세웠을 때 보이는 옆얼굴은 수려했다. 42번가에서 탄 세로줄 무늬 정장을 입은 남자는 '당신은 이 책을 반드시 읽어야 한다!'라는 제목의 책을 들고 있었다. 그는 손으로 책을 펼쳐 들고 있었으나 열차 안으로 들어와서는 좌석 옆에 선 채 차량 바닥의 한 점에 시선을 고정했다. 그는 한동안 그러고 있었다. 자기 앞에 책이 펼쳐져 있었지만 거기서 아무것도 읽지 않았다. 풀턴 역에서 내릴 때에야 마침내 그는 손가락을 끼운 채 책을 덮었다. 월 스트리트에서 더 많은 사람이 — 아마도 십중팔구는 금융계 종사자일 텐데 — 열차에 탔지만 아무도 내리지 않았다. 이 역에서 차 문이 닫히기 직전에 나는 일어서서 열차를 빠져나왔다. 내 뒤에서 차 문이 닫혔고, 자기 내면에 집중한 온갖 유형의 도시 사람이 아직도 뇌리에서 소용돌이치는 상태로 나는 홀로 플랫폼에 남게 되었다.

에스컬레이터를 타고 올라가 중2층에 내리자 서로 연결된 아치들로 이루어진 높다란 하얀색 천장이 마치 개폐식 돔이 닫히듯 서서히 드러나는 것이 보였다. 이곳은 내가 와본 적이 없는 역이었고, 나는 로어 맨해튼[38]의 모든 역이 보잘것없고 기능 위주일 거라고, 오로지 타일 벽 터널과 협소한 출구로 되어 있으리라고 예상했기 때문에 정작 너무도 정교한 이곳의 모습에 놀랐다. 월 스트리트에서 내가 맞닥뜨린 이 웅장한 홀이 착시가 아닐까 잠깐 동안 의심했다. 그 홀은 두줄의 기둥이 끝에서 끝까지 이어지면서 기둥 열의 끝부분에 각각 유리문이 달려 있었다. 기둥 아래 대형 화분에 심긴 갖가지 야자수들뿐 아니라 배색에서 흰색이 압도적인 유리 때문에 홀 내부는 아트리움이나 온실처럼 느껴지기도 했지만, 그보다는 삼분된 공간에다 중앙 통로가 양쪽 통로보다 넓은 구조 때문에 대성당을 연상시켰다. 아치형 천장이 이런 인상을 강화했는데, 머리에 떠오르는 것은 바스 사원이나 윈체스터 대성당처럼 각기둥과 원기둥 들이 아치형 천장을 향해 솟구치는 화려한 영국

38   시청, 증권거래소, 연방준비은행, 세계무역센터 등이 있는 맨해튼 남쪽의 도심 구역.

식 고딕 양식었다. 월 스트리트 역이 그런 교회들의 석조 장식을 복제했다는 뜻이라기보다 정교한 바둑판무늬나 직물의 짜임 같은 표면, 일련의 거대한 백색 플라스틱 모둠이 그런 효과를 환기했다는 것이다.

크기에 대한 인상은 여전하다 해도 그 공간의 웅장함에 대한 첫인상은 홀을 가로질러 걸어감에 따라 빠르게 변했다. 기둥들은 마치 플라스틱 의자를 재활용해 만든 듯했고 천장은 하얀 레고 블록으로 면밀하게 축조된 듯이 보였다. 거대 규모의 모형 속에 들어와 있는 듯한 이런 느낌은 화분에 심긴 외로운 야자수들과 마침 눈에 들어온 오른편 통로에 앉아 있는 몇 무리의 사람들 때문에 더 강화되었을 뿐이다. 홀의 이쪽 편 통로에는 자그마한 원형 테이블들이 놓였고 거기에 앉은 남자들이 백개먼[39]을 하고 있었다. 홀은 사람이 별로 없는데다 바깥과 거의 차단되어 거기 있는 몇몇 목소리의 메아리로 가득했다. 한창 주중이라면 장면이 달라지리라고 나는 상상했다. 이날 저녁 장면에서는 오른편 통로에 모두 흑인인 다섯쌍이 있었다. 홀의 다른 편에는 또다른 긴 통

---

39 두 사람이 하는 서양 주사위 놀이.

로에서 둘 다 백인인 한쌍이 체스를 두고 있었다. 나는 백개먼을 하는 사람들 사이를 걸어갔다. 그들 대다수는 중년인 듯했고, 그들의 께느른하고 집중한 얼굴과 느린 동작을 대하니 내가 실물 크기의 마네킹들 사이에 있다는 인상을 지울 수가 없었다. 내가 다시 사람이 거의 없는 중앙 통로로 이동했을 때, 한 고독한 남자가 지하철 에스컬레이터 쪽으로 서둘러 가다가 서류 가방을 떨어뜨리면서 쿵 하는 큰 소리가 났다. 그는 무릎을 꿇고 서류들을 줍기 시작했다. 그의 오버사이즈 쥐색 트렌치코트가 빅토리아 시대 드레스처럼 그를 둘러싸고 펼쳐졌다.

나는 월 스트리트 중심가로 이어지는 문을 통해 바깥으로 나왔다. 바깥에서는 아마도 귀가 중일 사람들이 휴대폰으로 통화하며 바삐 오가고 있었지만 차 소리는 들리지 않았다. 그 이유는 금세 분명해졌다. 보안 때문인지 진행 중인 공사 때문인지 거리 양쪽에 설치된 통행 차단선이 보였다. 내가 서 있는 윌리엄 스트리트 모퉁이에서 브로드웨이에 이르는 몇 블록 거리의 월 스트리트는 차량 통행이 차단되어 일종의 보행자 구역으로 변해 있었다. 들리는 것이라곤 인간의 목소리와 구두 굽이 인도에 닿아 또각거리는 소리뿐이었다. 나는 서쪽을 향해 걸었다. 사람들은 길모퉁이에 주차된 밴의 팔라펠[40] 상인에게 음식을 사거나 홀로 혹은 둘씩 셋씩 짝을 지어 걸었다. 나는 암회색 스커트 정장 차림의 흑인 여자들과 젊고 말쑥하게 면도한 인도계 미국인 남자들을 보았다. 나는 연방정부 박물관Federal Hall을 막 지나서 뉴욕 스포츠클럽의 정면 유리창을 지나갔다. 유리창 바로 앞불을 환하게 밝힌 실내에 운동용 자전거가 한줄로 늘어서 있었고 모든 자전거에 라이크라 운동복 차림의 남녀가 타고서 침묵 속에 페달을 밟으며 황혼 녘의 통근자들을 내다보았다. 나소 스트리트 모퉁이 근처에 스카프를 매고 중절모를 쓴 한 남자가 앞에 이젤을 놓고 서서 큰 캔버스에 그리자유[41]로 증권거래소를 그렸다. 다른 각도에서 본 동일한 건물을 역시 그리자유로 그린 그림들이 그의 발치에 무더기로 쌓여 있었다. 나는 그의 작업을 한동안 지켜보았다. 그는 붓에 물감을 충분히 적셔 조심스러운 손놀림으로 증권거래소의 대형 코린트식 기둥 여섯개의 아칸서스무늬에 가장 눈에 띄는 흰색을 칠했다. 증권거래소

---

40 병아리콩을 으깨 기름에 튀긴 중동 지방 음식.
41 회색 또는 저채도 단색만 사용해 명암과 농담으로 그리는 화법.

건물은 — 그의 시선을 따라가면서 좀더 면밀하게 살펴보니 — 아래쪽에 설치된 일련의 노란색 등불로 환한 조명을 받았고, 이런 각광 덕분에 공중에 떠 있는 것처럼 보였다.

나는 계속 걸어가 브로드 스트리트와 뉴 스트리트를 지나쳤다. 거기에는 이퀴녹스라는 또 하나의 스포츠클럽이 있었는데, 여기서도 사람들이 거리를 마주한 채 늘어서서 운동을 하고 있었다. 그러고는 월스트리트가 끝나는 브로드웨이에 당도했는데, 두 길의 교차점에 트리니티 교회의 동쪽 면이 있었다. 브로드웨이에 다시 나타난 차량들을 보고 나는 순간 놀랐다. 브로드웨이를 건너서 교회 안으로 들어가 M을 위해 기도할 수도 있지 않을까 하는 생각이 불현듯 들어서 교회 입구까지 가보았다. M은 병을 앓은 지 꽤 되었으나, 올해 초에 이혼이 이뤄진 뒤로 상태가 급격하게 안 좋아졌다. 그는 이제 완전히 망상증의 덫에 빠져 있었고, 말을 할 때는 너무 고통스러운 나머지 강한 악센트의 문장들이 그의 뒤죽박죽된 머릿속 동굴에서 꼬리에 꼬리를 물고 나오는 듯했다.

난 그녀를 탓하지 않아요, 그는 그날 일찍이 내게 말했다. 어느 여자라도 그렇게 하겠죠. 내가 망친 거예요, 내가 망친 거예요. 내가 좀더 조심했어야 하는 건데. 지금 나는 그게 재미있지 않지만 다른 사람들한테는 재미있게 보일 수 있을 것 같아요. 내가 고통스러워하는 모습이 사람들한테 재미를 줄 수도 있을 것 같아요. 그들을 위해 너무나 많은 일을 하건만 그들은 내 고통을 재미있어해요. 하지만 나는 더 책임감이 있어야 해요. 더 규율이, 더더욱 규율이 있어야 해요. 그랬더라면 난 아직 유부남이었을 거예요. 그녀나 다른 누구를 비난하는 건 아니에요. 그들은 자기들 원하는 대로 할 수 있죠. 하지만 나는 세상에 책임을 다해야 하는데, 그들 중 누구도 그게 어떤 기분인지 몰라요. 내가 제대로 관리하지 않으면, 아시죠, 모든 게 파괴될 거예요. 이해하시죠? 내가 신이라는 건 아니지만, 세상을 짊어지고 간다는 게 어떤 기분인지는 알아요. 둑의 구멍을 손가락으로 막은 어린 소년의 느낌, 작은 일을 하고 있지만 엄청난 집중을 요하는 그런 느낌이에요. 모든 게 이 일에 달려 있는데 난 이 말을 선생님한테조차 할 수 없고, 이런 짐을 안 졌으면 하는 바람이에요. 이 짐은 신 고유의 짐과 너무 흡사하지만, 선생님, 신의 권능을 갖지 못한 이에게 주어졌으니, 뭐가 문제인지 아시겠죠.

교회 정문은 잠겨 있었다. 나는 철책을 따라 처음에는 북쪽으로 걷다가 거기서 입구를 찾지 못해 남쪽으로 갔다. 교회 양 측면을 감싸고 큰 묘지가 있었다. 흰 묘비, 검은 묘비와 몇몇 기념비 가운데 알렉산더 해밀턴[42]의 것이 눈에 띄었다. **부패를 모르는 정직한 애국자, 누구나 인정하는 용맹한 군인, 탁월한 지혜의 정치가, 그의 재능과 덕성이 칭송될지어다.** 그 묘비에는 마흔일곱이라는 나이뿐 아니라 사망일인 1804년 7월 12일이 새겨져 있었다. 버[43]와의 결투에서 맞은 단 한 발의 총상으로 죽었을 때 해밀턴의 실제 나이는 마흔아홉이었다. 해밀턴이 트리니티 교회 묘지에 묻혀 있는 유일한 유명인은 아니었다. 그 가운데는 존 제이컵 애스터, 로버트 풀턴, 그리고 노예제 철폐론자인 조지 템플턴 스트롱을 기리는 묘비들도 있었는데, 나는 19세기 말 뉴욕의 삶에 대한 스트롱의 회고록을 언젠가 친구의 서가에서 본 적이 있다. 그리고 유럽 사람들이 허드슨강을 거슬러 올라와 이 맨해튼섬에 정착한 이래 몇세기에 걸쳐 살아온 많은 여성들, 일라이자Eliza, 엘리자베스Elizabeth, 엘리사베스Elisabeth

---

42 Alexander Hamilton(1755~1804). 미국의 군인이자 초대 재무장관.
43 Aaron Burr Jr.(1756~1836). 미국의 제3대 부통령.

라는 이름의 여성들도 있었다. 그들 중 일부는 늙어서 죽었지만 젊어서 죽은 사람이 훨씬 많았는데, 종종 아이를 낳다가 죽거나 유아기 질병으로 더 어릴 때 죽었다. 어린아이들의 묘가 아주 많았다.

렉터 스트리트 주변을 돌아다니다가 나는 트리니티 플레이스에 당도했다. 오래된 벽이 교회를 에두르고 있고 차가운 대기에서 바다 냄새가 났다. 트리니티 교회는 17세기가 저물던 시기에 설립되었다. 대개의 뱃사람들, 특히 고래잡이들이 이 교회 신도들의 축복을 받으면서 먼바다로 나가는 여정을 시작했다. 그들이 안전하고 수확이 풍성한 항해의 축복을 받았을 때 그 행운에 감사하러 들른 곳도 바로 이 교회였다. 그 시절에 트리니티 교회에 부여된 많은 특권 중 하나는 맨해튼섬으로 밀려온 난파선이나 해변으로 쓸려온 고래에 대한 완전한 소유권이었다. 교회는 물가에 있었다. 북쪽을 빼고 어느 방향에서나 물이 지척에서 어렴풋이 보였다. 나는 교회 주변을 돌면서 입구를 찾으며 인근의 강과 바다의 물을 생각했다. 나중에 나는 네덜란드인 정착민 앤터니 드 후지스가 자신의 비망록에 기록한 이야기를 발견하게 된다.

1647년 3월 29일 우리 추측으로는 상당한 크기의 물고기 한마리가 여기 식민지의 우리 앞에 나타났다. 그놈은 아래쪽에서 올라와 우리를 지나쳐 모래톱까지 얼마간의 거리를 헤엄쳐 갔다가 저녁 무렵에 돌아와 다시 우리를 지나쳐 아래쪽으로 내려갔다. 그놈은 눈처럼 하얗고 지느러미가 없었으며 몸통이 둥글었고 고래나 참치처럼 머리에서 물을 뿜어냈다. 우리 눈엔 매우 낯선 광경이었다. 왜냐하면 우리가 있는 곳과 맨해튼 사이에는 모래톱이 많은데다 특히 그 물고기가 우리 중 누구도 본 적이 없을 만큼 새하얬기 때문이다. 그놈이 자신의 본래 환경인 바닷물과는 반대인 민물에서 30킬로미터의 거리를 오갔기 때문에 하는 말이다. 이게 무얼 뜻하는지는 오로지 신만이 아실 게다. 그러나 나와 거주민들 거의 전부가 그놈을 크게 놀라워하며 바라본 것은 분명하다. 이 물고기가 우리 앞에 출몰했던 바로 그날 저녁, 그해의 첫 천둥번개가 내리쳤다.

　　드 후지스가 이 보고서를 작성한 포트 오렌지는 나중에 영국이 신세계의 이 지역 네덜란드 소유지들을 점령한 뒤 올버니[44]가 된 정착지였다. 드 후지스는 같은 해 4월에 또 한번 그 거대한 바다 동물을 목격했다고 썼다. 또다른 필자인 여행가 아드리안 판데르 동크 역시 1647년에 허드슨강 상류 트로이 지역에 쓸려온 고래 한마리와 아울러 두건의 고래 출현을 보고했다. 쓸려온 고래는 기름을 노린 이들에게 약탈당했고 그 사체는 방치되어 강변에서 악취를 풍겼다고 판데르 동크는 적었다. 그러나 네덜란드인에게는 내륙의 물길에서 고래를 목격한 것이라든지 그 고래가 뭍에 쓸려온 것은 강력한 전조였는데, 드 후지스가 지적한 고래의 출현과 극적인 기상현상 사이의 연관이 전형적이었다. 그가 묘사한 동물이 알비노 고래인 듯했기에 그 광경은 더욱더 불길했다.

　17세기의 뉴암스테르담과 강 상류 교역소의 네덜란드인 주민 가운데 고국인 네덜란드에서 고래가 뭍으로 쓸려온 숱한 사례를 의식하지 않을 사람은 아무도 없었을 것이다. 1598년 헤이그 근처 베르크헤이의 모래 여울에 쓸려온 16미터가 넘는 향유고래는 죽기까지 나흘이 걸렸고, 그동안과 그후 몇주 사

44　허드슨강 상류의 도시로 뉴욕주의 주도.

이에 근대사의 시발점에 있던 그 나라의 전설이 되었다. 베르크헤이의 고래는 판화로 새겨져 기념되었고 상업적 가치를 지닌 대상으로, 그리고 그런 가치가 다하자 과학적 호기심의 대상으로 간주되었다. 그 고래는 무엇보다도 심해의 메시지로 해석되었다. 그 당시 사람들이 이 죽어가는 괴물과 그해 8월 클레페 공국에서 가증스러운 스페인 군대가 자행한 잔학 행위를 연관 짓는 것은 전혀 어렵지 않았다. 16세기 중반에서 17세기 말 사이에 적어도 사십마리의 고래가 플랑드르와 북부 네덜란드의 강변으로 쓸려왔다. 그 당시 자기네 새 공화국을 분명히 드러내는 것은 물론 뉴암스테르담을 비롯한 해외 점령지들에 대한 장악력을 공고히 하고자 하던 네덜란드인들에게 고래의 영적 의미는 더없이 현재적이었다.

약 이백년 후에 포트 오렌지 지역의 한 청년이 허드슨강을 따라 내려와 맨해튼에 정착했을 때, 그는 흰 리바이어던을 소재로 걸작을 쓰리라고 결심했다. 한때 트리니티 교회의 교구 주민이었던 저자는 자신의 책을 '고래'*The Whale*라고 이름 지었는데, 첫 출간 이후에야 '모비딕'*Moby-Dick*이라는 부제가 덧붙었다. 바로 그 트리니티 교회가 지금 나를 바깥에 세워두고 쌀쌀한 바다 공기를 맞게 하고는 기도할 자리를 내주지 않았다. 문이란 문은 모두 사슬이 감겨 있었고 건물 안으로 들어갈 길도, 나를 도와줄 사람도 찾을 수 없었다. 그래서, 바다 공기에 진정되자 나는 거기서 맨해튼섬의 끄트머리를 찾아가기로 했다. 해안선에 잠시 서 있는 것도 좋으리라고 생각했다.

내가 거리를 건너 맞은편 작은 샛길로 들어서자 마치 온 세상이 떨어져나간 듯했다. 이 도시 심장부에서 이 길에 나 혼자 있다는 것이 묘하게도 위안이 되었다. 그 샛길은 목적지가 어디든 누구도 선호하지 않는 통로였는데, 온통 벽돌담과 굳게 닫힌 문뿐인데다 그림자들이 길을 가로질러 판화처럼 선명하게 드리웠다. 내 앞에 거대한 검은색 빌딩이 있었다. 그 빌딩의 반쯤 보이는 타워 표면은 무광으로 옷감의 검은색처럼 빛을 흡수하는 검은색이었고, 건물은 예각의 기하학적 형태로 인해 홀로 우뚝 서 있는 그림자 혹은 오려낸 판지 조각처럼 보였다. 나는 샛길의 한 비계 아래로 걸어가 템스 스트리트에서 그리니치 스트리트를 건너 올버니 스트리트에 도착했다. 여전히 거리는 있었지만 거기서는 타워가 좀더 선명하게 보였다. 타워는 조밀하게 짜인 검은색 그물망으로 완전히 가려져 있었다. 그 좁고 조용한 거리가 워싱턴 스트리트와 만나는 지점에서 오른쪽 방향으로, 내가 서 있는 곳에서 대략 한 블록 북쪽에 거대한 빈 공간이 보였다. 나는 곧바로 명백한 것을 떠올렸으나 그만큼 잽싸게 그 생각을 뇌리에서 떨쳐버렸다.

잠시 후, 나는 웨스트사이드 하이웨이에 올라 있었다. 내가 그 길을 건너는 유일한 보행자였다. 차량 후미등의 붉은 반사광이 맨해튼섬 바깥으로 나가는 다리를 향해 꼬리에 꼬리를 물고 있었고, 오른편에 있는 보행자 육교는 빌딩에서 빌딩으로가 아니라 빌딩에서 땅으로 연결되었다. 그리고 다시 그 텅 빈 공간이 있었으니, 나는 이제 그 명백한 것을 바라보며 받아들였다. 그건 세계무역센터의 폐허였다. 이 장소는 세계무역센터 참사의 환유換喩가 되었다. 언젠가 내게 어떻게 9·11에, 9·11 사건의 현장이 아니라 9·11 그 자체에, 부서진 돌들 속에 석화된 그 날짜에 도달할 수 있는가를 묻던 관광객이 기억났다. 나는 좀더 가까이 갔다. 그곳은 나무와 철조망으로 둘러싸여 있었지만, 그밖에 그 장소의 의미심장함을 알려주는 어떤 표지도 없었다. 하이웨이 건너편에는 사우스엔드라고 불리는 고요한 주택가가 있고 그 거리 모퉁이에 레스토랑이 하나 있었다. 레스토랑 바깥에 네온사인이 있었는데(네온은 기억하는데 레스토랑 이름은 잊어버렸다), 유리문을 통해 들여다보니 안은 거의 비어 있었다. 몇 안 되는 손님은 모두 남자였고 대개 홀로 앉아 있었다. 나는 안으로 들어가 바에 앉았고 종업원에게 술을 주문했다.

내가 막 맥주를 비우고 술값을 치렀을 때, 한 남자가 다가와서 내 옆에 앉았다. 날 못 알아보시겠죠, 그가 눈썹을 치켜올리며 말했다. 일주일 전쯤에 박물관에서 그쪽을 눈여겨봤어요, 민속예술박물관에서요. 필시 내 얼굴이 의문으로 흐려졌던 모양인지 그가 덧붙였다. 난 그 박물관 경빈데, 내가 거기서 본 게 그쪽 맞죠? 어렴풋한 기억밖에 나지 않았지만 나는 고개를 끄덕였다. 그럴 줄 알았어요, 그가 말했다. 우리는 악수했고 그는 자신을 케네스라고 소개했다. 그는 검은색 피부에 벗어진 머리, 넓고 매끄러운 이마, 세심하게 손질된 일자형 콧수염을 하고 있었다. 상체는 강건했으나 하체는 허약해 마치 나보코프의 닌[45]이 살아난 것처럼 보였다. 삼십대 후반이라

짐작되었다. 우리는 사소한 이야기를 나누었는데, 그는 곧 카리브해 억양으로 이 화제 저 화제로 휙휙 옮아가다가 차츰 독백에 빠져들었다. 그는 바부다[46] 출신이라고 말했고, 내가 그곳에 대해 들어봤다고 하자 놀라워했다.

이 미국인들 대다수는 자기들 코앞에 있는 데 말곤 아무 데도 모르잖아요, 그가 말했다. 어쨌든 난 친구들을 기다리고 있는데, 여기 좋은 곳이죠? 아, 전에 와본 적이 없다고요? 나는 고개를 가로저었다. 그는 내게 어디 출신인지, 무슨 일을 하는지 물었다. 그는 수다스럽게, 빠르게 말했다. 콜로라도에서 한때 함께 살았던 친구 중 하나가 나이지리아인이었죠, 그가 말했다. 예미라고 불리던 친구였어요. 요루바족이었다고 생각하는데, 어쨌든 난 아프리카 문화에 진짜 관심 있어요. 그쪽도 요루바족인가요? 나는 이제 케네스가 피곤해지기 시작했고 그가 가버렸으면 하고 바라기 시작했다. 민속예술박물관에서 나를 집에 태워다준 택시 기사가 생각났다. 그는 이봐요, 난 당신과 똑같이 아프리카인인데라고 했었다. 케네스가 비

---

45 블라디미르 나보코프의 동명 소설 주인공.
46 카리브해 서인도제도의 독립국 앤티가 바부다의 북쪽 섬.

슷한 주장을 하고 있었다.

한때 리틀턴에 살았는데, 덴버에 있는 대학에 다니면서 준학사[47] 공부를 했어요, 그가 말했다. 리틀턴 알죠? 내가 거기 도착한 직후에 대량 학살이 일어났죠.[48] 끔찍한 일이죠. 그런데 똑같은 일이 뉴욕에서도 일어났어요. 내가 2001년 7월에 여기 왔거든요. 해괴하죠, 그렇죠? 정말 해괴해서, 다음에 이주할 도시에는 경고장을 보내야 할지도 모르겠어요! 어쨌거나, 박물관 자리는 그쪽도 알다시피 괜찮아요. 당분간 할 만한 일이죠. 좋긴 하지만 내가 정말 하고 싶은 일은…… 케네스는 빠른 속도로 자동기계처럼 말을 계속했지만 그의 황갈색 눈은 아무 움직임도 없었다. 그러자 그의 눈이 질문을 하고 있다는 생각이 들었다. 성(性)적인 질문을. 나는 그에게 친구를 만나야 한다고 설명했다. 명함을 갖고 있지 않아 미안하다고, 곧 다시 박물관을 방문하겠노라는 식의 말을 했다. 나는 레스토랑을 떠나 다시 사우스엔드 애비뉴로 걸어나왔다. 거기서 물까지는 그리 멀지 않았고, 물가

---

47 2년제 대학 졸업생에게 주어지는 학위.
48 1999년 4월 20일 콜로라도 리틀턴 소재 컬럼바인 고등학교에서 일어난 총기 난사 사건을 일컫는다.

를 향해 이동하면서 그에게, 그의 실없는 이야기 속에 담긴 필사적인 노력에 약간 미안함을 느꼈다.

섬들 중에 가장 이상한 섬이라고, 바다 쪽을 바라보면서 나는 생각했다. 자기 안으로만 몰입하는 이 섬, 물이 추방된 이 섬 말이다. 기슭은 오로지 몇몇 선택된 지점에서만 침투할 수 있는 갑피였다. 이 강의 도시 어디에서 강둑을 온전히 감지할 수 있을까? 모든 것이 콘크리트와 돌로 지어졌고 아주 작은 그 내부에 사는 수백만의 사람들은 그들 주변에 무엇이 흐르고 있는지 거의 감지하지 못했다. 공원은 맹목적인 사랑을 퍼붓고 호들갑 떠는 대상이 되는 반면 물은 일종의 당혹스러운 비밀, 사랑받지 못하는 딸처럼 무시되었다. 나는 강변 산책로에 서서 강물 너머 묵묵부답인 밤을 들여다보았다. 사위는 고요했고 건너편 저지Jersey 쪽 기슭의 불빛만 보였다. 조깅하는 한 쌍이 나를 향해 순항하듯 스쳐 지나갔다. 사우스엔드를 따라 강물을 마주하고 타운하우스와 작은 상점이 줄지어 있고, 넝쿨과 관목으로 뒤덮인 자그마한 원형 정자가 하나 있었다. 저 멀리 앞쪽으로 허드슨강에 옛 포경선들, 고래들, 여러 세대에 걸친 뉴욕 사람들의 아주 희미한 울림이 있었다. 그들은 부와 슬픔이

이 도시로 흘러드는 광경을 보려고, 혹은 그냥 불빛이 물위에서 뛰노는 모습을 보려고 이 산책로를 찾았었다. 그 지나간 순간들 하나하나가 이제는 흔적으로 남았다. 내가 서 있는 곳에선 자유의 여신상이 하늘을 배경으로 형광 녹색 얼룩으로 보였고, 그 너머에는 그토록 숱한 신화의 진원인 엘리스 아일랜드[49]가 터 잡고 있었다. 엘리스 아일랜드는 — 어떤 경우에도 이민자가 아니었던 — 저 초기의 아프리카인들에게는 너무 늦게 지어졌던 셈이고, 케네스나 그 택시 기사나 나 같은 최근의 아프리카인들에게 어떤 의미를 갖기에는 너무 빨리 닫혀버렸다.

엘리스 아일랜드는 주로 유럽 난민들의 상징이었다. 흑인들, 이른바 '우리 흑인들'은 훨씬 거친 입국항을 알고 있었다. 이제 내 짜증스러운 기분이 좀 가라앉고 보니, 이 점이야말로 그 택시 기사가 뜻한 바였음을 인정할 수 있었다. 그것은 그가 만나는 모든 '형제'로부터 그 나름의 무뚝뚝한 방식으로 원하던 인정이었다. 나는 물의 숨소리를 들으며 산책로를 따라 북쪽으로 걸어갔다. 반짝이 운동복 차림의 남자

49　1892~1954년 동안 미국 이민자들이 입국 심사를 받던 곳.

노인 둘이 서로 대화에 푹 빠진 채 나를 향해 느릿느릿 걸어왔다. 나는 왜 갑자기 그들이 시간의 피안에서 찾아온 것 같은 느낌이 들었을까? 나는 잠시 그들과 눈길을 마주쳤지만 그들의 눈은 노인과 젊은이 사이에 으레 있는 간극 외에는 달리 알려주는 것이 없었다. 북쪽으로 조금 더 걸어가니 산책로가 넓어지고 주택가가 끝났다. 그리고 거기에 세계금융센터의 유리 아트리움이 있었다. 아트리움 안에는 다양한 종류의 육중한 실내 식물들이 자라고 있어서 마치 거대한 수족관처럼 보였다. 그 빌딩 바로 앞에 있는 고요한 작은 만에서 몇척의 보트가 살랑살랑 흔들렸다. 보트 중 하나에 맨해튼 항해학교라는 표지판이 있었다. 나는 짧은 나무 계단을 내려가서 부두로 나가 보트들 옆을 따라 걷다가, 보트들 너머 양옆이 모두 물인 지점까지 걸어갔다. 작은 만이 내 오른쪽에, 강이 왼쪽에 있었다. 나는 왼쪽으로 고개를 돌리고 검은 물에, 호보컨과 저지시티의 흩뿌려진 불빛들에, 그리고 그 위의 검은 하늘에 눈을 고정했다. 어렴풋이 울어대는 물소리가 귀에 들어왔고, 그 웅얼거림 가운데 M의 애처로운 목소리가 있었다.

내가 어떻게 그렇게 멍청할 수 있었을까요, 튀

르키예계 미국인 아내에다 튀르키예인 정부情婦라뇨. 난 아내에게 늘 앙카라에 볼일이 있다고 말했고 실제로 볼일이 있었지만, 그녀는 내 다른 볼일에 대해서는 알지 못했죠. 그리고 이 다른 여자로 말할 것 같으면, 나는 그녀에게 매달 300달러를 줬고 그건 괜찮은 합의였다고 생각해요. 아니, 생각했다고 해야겠죠. 그래, 생각했어요. 아니, 난 생각이 없었어요. 어느 날 그녀는 편지를 써서 더 많은 액수를 요구했어요 ─ 여자들은 미쳤다니까요, 선생님, 심지어 나보다 더 미쳤어요 ─ 그녀는 500달러를 원했어요. 이게 상상이 되나요? 매달 500달러를요. 아내는 말했어요. 튀르키예에서 편지가 왔네, 누가 내 남편한테 편지를 쓰는지 볼까. 그걸로 난 끝장이었죠. 집에 갔더니 아내가 한 손에 편지를, 다른 한 손에는 막대기를 쥐고 기다리고 있었어요. 내가 어떻게 그녀를 탓할 수 있겠어요? 나는 생각을 하고 있었…… 아니, 모르겠어요, 선생님. 그리고 이제 집안 식구 모두가 이걸 알게 됐어요. 내 생각이 충동적이었다는 걸요. 내가 생각이 없었던 거죠. 좋은 건 내가 죄다 망쳐놨으니, 신도 실망시켰고요.

그의 눈에 눈물이 가득했다. 그는 전에도 그 이

야기를 했고 전에도 울었지만 매번 처음인 것 같았다. 그는 그 고통을 새롭게 경험했으며 매번 그것을 극화했다. 그렇게 생각이 생각으로 이어지는 동안 거기서 강을 바라보다가 나는 예기치 않은 나 자신의 통증을, 갑작스러운 절박함과 슬픔을 느꼈으나, 내가 생각하고 있던 고통의 이미지는 빠르게 획 지나갔다. 불과 몇주 전의 일이었지만 시간이 가니 그 상처조차 무뎌지기 시작했다. 날이 추워지고 있었으나 나는 조금 더 서 있었다. 여기 물속으로 슬그머니 미끄러져 들어가 깊은 바닥까지 내려가는 건 얼마나 쉬울까, 나는 생각했다. 나는 무릎을 꿇고 허드슨강에 손을 담가 물살을 갈라보았다. 강물은 몹시 차가웠다. 우리 모두는 저 강물을 무시한 채, 우리의 작은 빛을 양쪽에서 감싸는 한쌍의 검고 영원한 것들에는 되도록이면 주의를 기울이지 않은 채 여기 있었다. 우리가 그 빛에 빚진 것도 있지만, 그래서 뭐? 우린 우리 자신에게 삶을 빚진 거야. 우리 의사들이 환자들에게 그토록 많이 들먹이지만 합리적으로 말할 수 있는 것은 거의 없는 이 사실이 거꾸로 돌아와 우리에게도 질문을 던진다. 나는 재킷에 손을 닦고 손가락을 덥히려고 숨을 불어댔다.

위쪽 산책로에서 스케이트보드를 타는 십대 후반의 두 소년이 소리치면 들리는 거리에 있는 유일한 사람이었다. 소년들은 그들의 스포츠에 몰두해 있었다. 하나가 낮은 경사로에서 반복해 점프했다가 덜커덕 큰 소리를 내며 착지하는 동안 다른 하나는 램프에서 빛을 쏘는 비디오카메라를 거의 발목 높이까지 낮게 든 채 또다른 스케이트보드를 타고 친구 곁을 질주했다. 보안요원 한 사람이 전동카트를 타고 지나가면서 소년들에게 점프하지 말라고 경고했다. 소년들은 똑바로 서서 경청했고 잘못을 깨달은 얼굴이었다. 그러나 보안요원이 떠나자마자 그들은 점프를 계속했다.

물에서 떨어진 곳, 세계금융센터 뒤쪽 광장에 분수, 등심초 정원, 그리고 높이가 다른 두 대리석 벽으로 이루어진 작은 반¥ 밀폐 공간이 있었다. 두 벽에는 글자가 새겨져 있고 낮은 벽에는 명판이 붙어 있었다. **뉴욕 시민들을 위해 복무하다 생명을 잃은 경찰관들을 기리는 데 헌정합니다.** 다른 벽에는 수십명의 이름이 열거된 명단이 있었다. 맨 꼭대기에 첫번째 이름이 있었다—**순찰 경관, 제임스 케이힐, 1854년 9월 29일**. 명단은 그렇게 연도순으로 계속 이어졌고 한명 한명 직위, 성명, 사망 일자가 적혀 있었다. 예상하듯이 2001년 가을에는 가슴 아픈 명단이 무더기로 있었고, 이후 몇년간 소수의 다른 명단이 뒤따랐다. 그 아래는 매끈한 대리석의 방대하고 텅 빈 표면이 살아 있는 사람 가운데서 근무 중 순직하게 될 사람들, 그리고 아직 태어나지 않은 사람들 중에 태어나 자라서 경찰관이 되어 복무하다가 죽게 될 사람들을 기다리고 있었다.

그 광장을 가로질러, 웨스트사이드 하이웨이 건너편에 무역 지구의 거대한 빌딩들이 마치 호숫가에서 서로 자리를 차지하려고 밀쳐대면서도 앞으로 꼬꾸라지지 않도록 조심하는 동물들처럼 보이지 않는 둘레의 경계를 따라 줄지어 서 있었다. 그 둘레는 거대한 건설 현장으로 표시되었다. 나는 두번째 육교 쪽으로, 한때 세계금융센터를 그 건설 현장에 서 있던 빌딩들과 연결해준 육교 쪽으로 걸어갔다. 그 순간까지 혼자 산책하고 있었지만, 그때 사람들이 세계금융센터에서 줄지어 나오기 시작했다. 한 무리의 젊은 일본인 전문직 종사자를 포함한 짙은색 정장 차림의 남녀들이 마치 자신들이 나누는 빠른 대화의 흐름에 쫓기듯 내 옆을 서둘러 지나갔다. 그들 위로,

그날 저녁 세번째로 나는 자전거들이 줄지어 늘어선 운동시설의 밝은 불빛을 보았는데, 이번에는 그 불빛이 건설 현장을 마주하고 있었다. 운동하는 사람들이 페달을 밟고 힘을 주면서 바깥을 내다볼 때 그들의 뇌리에 무슨 생각이 스쳐 지나갈까 궁금했다. 육교에 바싹 다가갔을 때 나는 그들이 보는 전망을 공유할 수 있었다. 공사 현장으로 이어지는 긴 경사로와 공사 현장 내에 여기저기 흩어져 있는 서너대의 트랙터. 트랙터들은 구덩이의 어마어마한 크기에 대비되어 장난감처럼 보였다. 지층 바로 아래로 쿵쾅거리며 지나가는 지하철의 금속성 녹색이 순간 눈에 들어왔다. 열차는 비바람에 노출된 채로 공사 현장을 건너갔는데, 납빛 정맥이 9·11의 목을 가로지르는 형상이었다. 공사 현장 너머에 내가 이른 저녁에 봤던 빌딩이, 오벨리스크처럼 신비스러우면서도 엄한, 검은색 망으로 휘감긴 빌딩이 있었다.

　　육교에는 사람들이 가득했다. 육교 서까래에는 로어 맨해튼의 여러 관광지를 선전하는 밝은색 광고들이 걸려 있었다. **외국인들이 어디에 내렸는지 여러분의 아이들에게 보여주세요**가 엘리스 아일랜드 광고 카피였다. 미국금융박물관은 **미국의 증권시세 표시기**

가 멈췄던 날을 체험해보세요라고 선전했다. 경찰박물관 역시 짓궂은 말장난에 빠져 사람들에게 뉴욕 최초의 감방 제공 기관을 방문하기를 청했다.[50] 하나같이 검은색 아니면 회색 옷을 입은 통근자들이 어깨는 올리고 고개는 숙인 채 나와 함께 대열을 이루어 걸어갔다. 나는 군중 가운데 걸음을 멈추고 육교에서 참사 현장을 바라보는 유일한 사람, 별난 존재가 된 듯한 느낌이 들었다. 다른 모든 사람은 앞으로 곧장 나아갔는데, 참사의 날 이 길 바로 건너편에서 일했던 사람들과 그들을, 우리를 분리하는 것은 아무것도 없었다. 계단을 내려가 베시 스트리트로 들어서자 우리는 통로 양쪽의 철조망 울타리에 둘러싸여, 도살장으로 비틀거리며 끌려갈 '동물들처럼' 우리에 감금된 꼴이 되었다. 그런데 동물이라도 왜 그런 식으로 취급하는 것이 허용되었을까? 가장 뜬금없는 장소에서 엘리자베스 코스텔로[51]를 괴롭히던 물음들이 솟아났다.

---

50 '증권시세 표기기'의 원어인 'ticker'는 '심장'이라는 뜻도 있다. '감방 제공 기관'의 원어인 'cell provider'는 '휴대폰 공급업체'라는 뜻이 있다.

51 J. M. 쿳시의 동명 소설 주인공.

그러나 잔혹 행위는 인간에게도 동물에게도 전혀 새로운 것이 아니다. 차이점이라면 우리 시대에는 잔혹 행위가 유독 잘 조직되어 있고 가둬두는 우리, 열차, 교수대, 철책, 노동수용소, 가스 등을 활용하여 수행된다는 것이다. 그리고 이번의 최신 기증 품목은 몸의 부재다. 미국의 심장이 멈춘 날, 떨어지는 몸을 제하고는 어떤 몸도 보이지 않았다. 우리 시의 상처 입은 연안을 중심으로 온갖 종류의 시장성 있는 이야기가 켜켜이 쌓였으나 죽은 몸에 대한 묘사는 금지되었다. 금지되지 않았더라면 무척 당혹스러웠을 것이다. 나는 통근자들과 함께 우리를 통해 이동했다.

이것이 참사 현장에서 일어난 첫번째 삭제는 아니었다. 쌍둥이 빌딩이 올라가기 전에 시내 이 지역을 가로지르던 작은 거리들의 북적거리는 연결망이 있었다. 로빈슨 스트리트, 로런스 스트리트, 칼리지 플레이스 등 모든 거리가 1960년대에 세계무역센터에 자리를 내주기 위해 지워졌고 이젠 모두가 잊었다. 19세기 후반에 여기에 터 잡았던 옛 워싱턴 마켓, 활기찬 부두들, 생선 파는 여자들, 기독교계 시리아 소수민족 집단 역시 사라졌다. 시리아인, 레바논인, 기타 레반트 출신의 사람들은 강 건너 브루클린으로 밀려나 그곳의 애틀랜틱 애비뉴와 브루클린 하이츠에 뿌리를 내리고 정착했다. 그런데 그전에는? 그 폐허 더미 아래에는 어떤 델라웨어족의 길들이 묻혔을까? 참사 터는 이 도시의 모든 곳이 그렇듯 쓰이고 지워지고 다시 쓰인 팰림프세스트였다. 콜럼버스가 돛을 올리기 전에도, 베라차노[52]가 강여울에 닻을 내리기 전에도, 흑인 포르투갈 노예무역상 에스테방 고메스[53]가 허드슨강 상류로 항해하기 전에도 여기에는 공동체들이 있었다. 네덜란드인들이 이 섬의 풍부한 모피와 목재 그리고 잔잔한 만에서 사업 기회를 포착하기 훨씬 전에도 여기서 인간들은 살았고, 집을 지었고, 이웃과 다투기도 했다. 여러 세대가 급속히 바늘귀를 통과했고, 아직 그것을 판독할 줄 아는 대중의 하나인 나는 지하철로 들어갔다. 나를 이 이야기들 속 내 역할과 연결해주는 선을 발견하고 싶었다. 물 가까운 어디에선가 자신이 삶에서 아는 바를 단단히 붙잡고, 소년은 날카로운 덜커덕 소리와 함께 다시 공중으로 몸을 던졌다.

---

52 Giovanni da Verrazzano(1485~1528). 미국 동해안을 탐사한 이탈리아의 탐험가.
53 Estevão Gomes(1483~1538). 포르투갈의 지도 제작자, 탐험가.

5

 나데즈와 한때 내가 알고 지냈던 소녀 사이의 연관을 처음으로 알아본 것은 나데즈가 다니는 교회의 웰커머스라는 모임과 함께 퀸스로 나들이를 갔던 지난여름, 그날이었다. 그 소녀는 이십오년 넘게 내 기억 속에 묻혀 있었다. 그러다가 갑자기 그 소녀를 기억해내고 즉각 나데즈와 연결하다니 충격이었다. 잠재의식에서는 며칠 동안 그 생각 주위를 맴돌고 있었음이 분명했지만, 둘 사이의 연관을 알아보자 문제가 풀렸다. 나는 나데즈에게 그 소녀에 대해 말한 적이 없었고 그애의 이름조차 잊었으며, 그애의 얼굴도 가물가물했고, 내가 아직 간직하고 있는 것이라곤 오로지 절뚝거림의 이미지뿐이었다. 그건 기만이 아니었다. 모든 연인은 편파적인 인식으로 살기 마련이다.
 그 소녀의 문제는 나데즈의 문제보다 훨씬 심각했다. 그애는 소아마비를 앓았고, 그 때문에 왼발이 뒤틀린 몽달발로 변해서 걸을 때면 발을 질질 끌었다. 그애의 왼팔은 항상 보행 보조기로 사용하는 철제 관절형 버팀대 위에 놓여 있었다. 초등학교 때 그애가 운동장을 가로질러 걸어가는 광경을 지켜보면서 나는 남자아이들이 그애를 놀릴까봐 조마조마했다. 그게 나의 첫째 본능, 신사처럼 보호해주려는 본능이었다. 그애는 나와 같은 반이었지만 우리가 서너번 말을 나눴을 때 무슨 이야기를 했는지 지금은 거의 기억나지 않는다. 나는 스스로를 불편해하지 않는 그애의 능력이, 일단 자리에 앉으면 다른 아이들과 전혀 다르지 않게 보이는 태도가 좋았고, 사실 유달리 밝은 기운이 있어서 좋았다. 계속 다녔더라면 반에서 최우수 학생이 되었을 테지만 부모가 전학을 시켜 그애는 다른 학교에 다니게 되었다. 첫 두주가 지나고 나는 그애를 다시는 보지 못했다. 그러다 웰커머스의 나들이 때 퀸스에서 나데즈가 버스에서 내릴 때 비로소 나는 둘 사이의 유사점을 보았다. 그건 마치 시간상으로 떨어져 있는 두 개체가 단일한 주파수로 떨리는 듯한, 세례 요한이 선지자 엘리야의 메아리일 때 같은 그런 반복이었다. 그 반복을 알아보았을 때야 비로소 내가 그 소녀와 미래의 삶을 상상했다는 기억이 났다. 내가 처음으로 그런 생각을 했을 때 우리는 둘 다 여덟아홉살 정도였고, 물론 거기에 어떤 상황이 뒤따를지 전혀 알지 못했다.

나는 스스로를 반려동물을 보호하듯 그애를 보호하면서 그애와 함께 아이를 여럿 낳을 성인 남자로 보았지만, 그애를 여자친구로 삼을 생각은 하지 않았다. 그때는 그런 개념조차 갖고 있지 않았던 것 같다. 내가 그 소녀에게 그랬듯이 나데즈를 동정한 것은 아니다. 나데즈의 경우에는 절뚝거림이 하나의 시각적 단서일 뿐 거의 눈에 띄지 않았으며, 크게 장애가 되는 것도 아니었다. 어쩌면 그녀의 허영심을 약간 손상했을 수는 있지만 그게 다였다. 어떤 때, 교정용 구두를 신었을 때는 표도 나지 않는다고 그녀가 말했다. 문제는 엉덩이였는데, 그녀는 십대 후반에 교정 수술을 받았지만 그때쯤에는 너무 늦었던 것이다. 훨씬 전에 했어야 했던 수술인데, 적어도 그 수술 덕분에 그녀는 만성통증에서 벗어났다.

그녀가 내 어깨에 머리를 기댄 채 이 얘기를 했을 때 우리는 트리버러 브리지[54] 위에 있었고 할렘으

---

54 로버트 F. 케네디 브리지의 이전 명칭. 맨해튼, 퀸스, 브롱크스를 잇는 다리들과 고가도로로 구성되어 있다.

로 돌아가는 중이었다. 내 생각은 어지러웠다. 나는 그녀에 대해 생각하다가 그 소녀에 대해 생각했고, 그날 이른 오후 긴 대화를 나눴던 청년에 대해서 생각했다. 나는 나데즈의 초청으로 웰커머스의 나들이에 합류했었다. 그녀가 그 나들이를 언급했는데 그게 흥미로운 방식으로 그녀를 더 잘 알아가는 길일 듯했던 것이다. 그녀가 다니는 교회는 밀입국 이주자들이 붙잡혀 있는 퀸스 구치소 방문 모임을 두달에 한번씩 꾸리고 있었다. 나는 관심을 보였고, 그녀가 다음 일요일에 함께 가자고 청했을 때 동의했다. 나는 대성당 지하실에서 그녀와 모임의 나머지 회원들을 만났는데, 인권옹호 부류와 교회 부인들이 섞여 있었다. 축복을 해준 신부는 신발을 신고 있지 않았는데, 그건 그가 오리노코[55] 유역의 시골 교구에서 오랜 세월 봉직하는 동안 들인 습관이었다. 나데즈는 그가 자신이 봉사한 농부들과의 유대감에서 그렇게 했다면서, 뉴욕에서는 그 자신과 다른 사람들에게 그들의 곤궁을 상기시키기 위해 계속해서 신발을 신지 않는다고 말했다. 나는 그녀에게 그가 마르크스주의자

55 베네수엘라를 가로지는 큰 강.

냐고 물었지만 그녀는 알지 못했다. 신발을 신지 않는 신부는 우리랑 퀸스에 가지는 않았다. 내가 간 날은 모임 사람들 대부분이 여성이었고, 다수는 공상적 박애주의자들에게서 보게 되는 더없이 기쁨이 넘치고 살짝 초점이 맞지 않는 표정을 하고 있었다. 우리는 어퍼 맨해튼에서 라과디아 공항으로 갈 때와 같은 길로 전세 버스를 타고 갔는데, 교통체증으로 사우스 자메이카에 도착할 때까지 한시간을 도로 위에 있었다.

이른 여름이었지만 그곳의 풍경은 음산했다. 철조망 울타리, 주차된 차들, 폐기된 건설 장비로 이루어진 풍경이었다. 우리가 공항 본관에서 1.6킬로미터가량 떨어진 공단처럼 보이는 지역에 도착해보니, 도로에서부터 자라난 잡초가 노천 수로를 뒤덮었고 모두 조립식으로 보이는 건물의 알루미늄 벽널은 건물들을 추한 풍경 속으로 섞어 넣는 듯했다. 나는 이전에 공항에 다녀올 때 이 건물들을 보았을 것이 분명하다. 타르 포장 활주로의 맨 끝에 건물들이 있었고, 그중 큰 것들은 격납고나 정비소로 사용되었다. 그러나 그 건물들을 보았더라도 보자마자 금방 잊어버렸을 것이다. 그 건물들은 눈에 띄지 않도록 설계된 듯했다. 기다란 회색 금속 상자 모양의 단층 건물인 구치소 자체도 그랬는데, 구치소는 국토안보부 관할로 사기업인 와켄헛[56]이 위탁 관리하고 있었다. 우리 버스는 그 건물 뒤쪽의 광활한 주차장에 정차했다.

　나데즈의 고르지 않은 걸음걸이를 본 것은 그때였다. 어떤 의미에서는 그때 처음으로 나는 그녀를 진정으로 보았던 것이다. 사위어가는 오후의 빛, 철조망 울타리와 허물어진 콘크리트로 된 험악한 풍경, 휴면 중인 짐승 같은 버스, 기형을 보완하려는 그녀의 몸동작을 말이다. 우리가 그 금속제 건물의 정면으로 돌아나오자 수많은 군중이 긴 줄을 서 있는 모습이 보였다. 사람들은 비닐봉지와 작은 상자를 들고 있었고, 줄의 맨 앞쪽 부근에서 보안요원이 영어를 거의 하지 못하는 것 같은 커플에게 면회 시간이 아직 시작되지 않았으며 앞으로 십분 뒤에야 시작될 거라고 큰 소리로 설명했다. 보안요원이 몹시 화를 냈고, 커플은 미안해하면서도 불만스러운 표정이었다. 웰커머스 모임이 줄에 합류했다. 최근의 이주자들, 아프리카인, 라티노, 동유럽인, 아시아인으로

56　미국의 민간 군수산업체.

이루어진 것으로 보이는 줄이었다. 달리 말하면 구치소에 있는 누군가를 방문할 이유가 있을 사람들이었다. 한 중년 남자가 휴대전화에다 대고 폴란드어로 소리쳤다. 서늘하던 바람이 곧 차가워졌다. 이십오분 동안 움직이지 않던 줄이 드디어 움직였고, 우리는 한번에 한 사람씩 신분증을 보여주고 금속 탐지기를 통과해 대기실로 들어갈 수 있었다. 웰커머스를 제외하고 모든 사람이 가족을 보러 온 것 같았다. 보안요원들 — 엄청 크고 지루해하고 퉁명스러운 사람들, 자기 일을 달가워하는 체하지 않는 사람들 — 이 사십오분간의 면회를 위해 한번에 여섯명씩 방문객을 안전장치가 달린 문 안으로 데리고 들어갔다. 자기 차례를 기다리는 사람들은 대개 허공을 쳐다보면서 침묵을 지켰다. 무엇을 읽는 사람은 아무도 없었다. 그 연옥의 대기실은 창문이 없이 형광등 조명으로 환했는데, 형광등은 얼마 남지 않은 공기를 빨아들이는 듯했다. 나는 바깥의 콘크리트 황무지 위로 석양이 지는 상상을 했다.

나데즈가 안으로 들어갔다. 그녀는 전에 몇차례 구치소에 왔었고 정기적으로 만나는 두명의 수용자 — 여성 한명과 남성 한명 — 가 있었다. 그녀가 이름을 대고 두 사람을 청했다. 내가 다음 그룹과 함께 들어가서 보니 보안요원이 우리를 위해 수용자를 고르고 있었다. 면회실은 예상한 대로 엉성했다. 줄지은 좁다란 칸막이 공간 가운데를 투명 강화 아크릴로 나누어 그 양쪽에 의자를 놓았고, 얼굴 높이에 작은 구멍들이 뚫려 있었다. 내 앞에 앉은 남자가 흰 이를 보이며 활짝 미소 지었다. 젊은이였고, 그 방의 다른 모든 수용자들과 마찬가지로 오렌지색 점프슈트를 입고 있었다. 내 소개를 하자 즉시 미소 지으며 내게 아프리카인인지 물었다. 그는 내가 본 어떤 사람보다 잘생겼고 용모가 출중했다. 우아한 광대뼈에 얼굴색이 고르게 까무잡잡했고, 눈의 흰자위는 그의 하얀 이만큼이나 선명했다.

그의 첫 질문은, 아마도 내가 웰커머스와 함께 왔다는 것을 알고 있어서인지, 내가 기독교인이냐는 것이었다. 나는 망설인 끝에 내 생각에는 그렇다고 말했다. 오, 그렇다니 좋네요, 나도 기독교인이고 예수를 믿는 사람이거든요, 그가 말했다. 그럼 날 위해 기도해주실래요? 나는 그러겠노라고 말하고 구치소에서의 상황은 어떤지 묻기 시작했다. 그리 나쁘진 않아요, 최악은 아니죠, 그가 말했다. 하지만 난 지쳤어요. 풀려나고 싶어요. 여기 온 지 이년이 넘었거든요. 이십육개월 됐어요. 이민국이 내 사건을 방금 종결지었죠. 우린 상소했지만 기각됐어요. 이제 저들은 날 돌려보낼 텐데, 정해진 날짜도 없이 마냥 이렇게 기다리고 또 기다리기만 해요.

아주 슬프게 말하지는 않았으나 그가 실망하고 있음을 나는 알 수 있었다. 그는 희망하는 데 지쳤지만 그렇다고 너그러운 미소를 억누를 수는 없는 듯했다. 그의 문장 하나하나에 어떤 온순함이 깃들어 있었고, 그는 자신이 어쩌다가 퀸스의 이 거대한 금속 상자 안에 갇히는 신세가 되었는지 빠른 속도로 이야기하기 시작했다. 나는 그를 격려하며 자초지종을 밝혀주기를 청했고, 그가 너무나 오랫동안 홀로 간직할 수밖에 없었던 이야기에 최대한 공감하면서 귀 기울였다. 그는 교육을 잘 받았고 거침없이 영어를 구사했다. 나는 그가 말하는 중간에 끼어들지 않았다. 그가 목소리를 약간 낮추고 아크릴판을 향해 몸을 구부리고는, 자신이 자라날 때 미국은 정말이지 결코 저 멀리 있는 이름이었던 적이 없었다고 말했다. 학교와 집에서 그는 라이베리아와 미국의 특별한 관계에 대해 배웠는데, 그건 삼촌과 총애받는 조카의 관계와 흡사했다. 심지어 이름도 가족처럼 닮았다. 라이베리아Liberia와 아메리카America, 각각 일곱 글자인데 네 글자가 같았다. 미국은 그의 꿈속에 견고하게 자리 잡고 있었고 그의 꿈의 절대적 중심이었다. 그래서 전쟁[57]이 시작되고 모든 것이 무너져내릴 때 그는 미국인들이 들어와서 모든 것을 해결해줄 것이라고 확신했다. 그러나 상황은 그렇지 않았다. 미국인들은 그들 나름의 이유로 돕기를 꺼렸던 것이다.

그의 이름은 사이두라고 했다. 올드 듀코르 호텔[58] 근처에 있던 그의 학교는 1994년에 폭격을 받아 전소되었다. 일년 뒤 그의 누이가 당뇨로 죽었는데, 전시가 아니라면 죽지 않았을 병이었다. 1985년 이래 사라진 그의 아버지는 여전히 나타나지 않았고 시장에서 조그맣게 장사를 하던 그의 어머니는 팔 물건이 없었다. 사이두는 전쟁의 그림자들 사이를 빠져나왔다. 그는 라이베리아국민애국전선[59]을 위해 물을 길어다주거나 덤불을 치우거나 거리에서 시체를 끌어내는 일을 강제로 여러차례 하게 되었다. 사이

57 1989~97년에 벌어진 라이베리아 1차 내전.
58 라이베리아 몬로비아의 유명 호텔.
59 NPFL. 찰스 테일러가 새뮤얼 도 정권에 대항해 조직한 반군 단체.

렌 소리와 총포의 갑작스러운 연기구름에 익숙해졌고 양쪽 편에서 신병 모집자들이 호출할 때 눈에 띄지 않게 숨는 법을 배웠다. 그들이 그의 어머니를 다그치면 그녀는 아들이 낫적혈구병에 걸려 단말마의 고통을 겪고 있다고 말하곤 했다.

그의 어머니와 누이는 두번째 전쟁[60]에서 찰스 테일러의 부하들에게 사살되었다. 이틀 뒤 부하들이 다시 와서 그를 몬로비아 외곽으로 데려갔다. 그는 여행 가방을 가져갔다. 처음에 그는 자기를 전쟁터로 보낼 거라 생각했지만 그들은 그에게 단검을 주었고, 그는 사오십명의 사람들과 함께 고무농장에서 일했다. 그 수용소에서 친구를 하나 만났는데, 학창 시절에 최고의 축구선수였던 소년이었다. 그 소년은 오른쪽 손목을 잘렸고 그게 아물어 몽당팔이 되어 있었다. 죽은 사람도 많았고 그는 시체들도 보았다. 하지만 손이 있던 곳이 몽당팔이 된 것을 본 것이 결정타였다. 그때 그는 달리 선택할 여지가 없음을 알았다.

그날 밤 그는 자신의 축구화, 두장의 여벌 셔츠와 600라이베리아달러 정도의 자기 돈을 모두 챙기

---

60 1999~2003년에 벌어진 라이베리아 2차 내전.

고 너덜거리는 배낭 밑바닥에 어머니의 출생증명서를 넣었다. 여행 가방 속의 나머지 물건을 도랑에 비우고 여행 가방 자체는 덤불 속에 던졌다. 그 자신은 출생증명서를 갖고 있지 않았고, 그래서 어머니의 출생증명서를 가져왔던 것이다. 그는 농장을 탈출해 어둠 속에서 홀로 도로를 걸어 다시 몬로비아까지 내처 갔다. 집으로 돌아갈 수는 없었기 때문에 올드 듀코르 호텔 근처 그의 학교의 불탄 폐허로 가서 거기 한구석을 치웠다. 그는 잠이 들면 죽을지도 모른다고 생각했다. 그 생각이 그에게는 신선했고 좋은 느낌이었다. 그 덕분에 그는 잠이 들었다.

갑자기 투명 아크릴판을 두드리는 소리에 나는 깜짝 놀랐다. 와켄헛의 경비원 중 하나가 내 뒤로 다가와 있었는데, 사이두의 이야기에 너무 빠져 있던 나는 움찔 놀라서 모자를 떨어뜨렸다. 경비원이 당신네들 삼십분 남았어, 하고 말했다. 사이두가 아크릴 칸막이 건너편에서 경비원을 바라보고 미소를 지으면서 고마워요, 하고 말했다. 그러고는 다시 목소리를 낮추고 몸을 앞쪽으로 수그리고는 아까보다 더 빠른 속도로 말하기 시작했다. 마치 여태껏 봉해져 있던 어떤 기억의 지하수층에서 이제 말들이 막힘없이 흘러나오는 듯했다.

　그날 밤 그는 열린 창문으로 불어오는 산들바람 속에서 잠을 자다가 쉿쉿 하는 소리에 깼다. 눈을 떴으나 몸은 움직이지 않은 채로, 칠흑 같은 어둠 속에서 기다란 교실을 가로질러 맞은편 끝에 있는 작은 흰 뱀 한마리를 보았다. 그는 뱀이 자신을 봤을까봐 긴장했으나 뱀은 마치 뭔가를 찾는 것처럼 계속 움직였다. 그때 창문으로 돌풍이 들이닥쳤고, 사이두는 그 '뱀'이 실제로는 펼쳐진 공책이고 책장들이 바람에 펄럭거리고 있었음을 알게 되었다. 그는 그때, 그리고 나중에도 종종 그게 자신의 미래에 대해 어떤 의미를 갖고 있지 않을까 싶었기 때문에 그 환영의 기억이 남아 있다고 말했다. 아침이 왔다. 그는 그날 하루 종일 숨은 채 학교에 머물렀고 밤이 되자 거기서 잠을 잤다. 그날 밤 다시, 어둠 속에서 공책이 움직였고 그의 동무 노릇을 했다. 반쯤 깬 채로 그는 책장이 펼쳐졌다가 접히는 광경을 지켜보았고, 그것은 어떤 때는 뱀으로, 어떤 때는 공책으로 보였다. 다음 날 그는 나이지리아 출신의 서아프리카경제공동체감시단[61] 군인 몇명을 보았다. 그들이 그에게 쌀밥을 주었다. 그는 지적장애인인 체하며 차를 얻어 탔

143

고, 그들의 장갑 트럭으로 라이베리아 북쪽의 바릉가까지 갔다. 그러고는 샌들과 축구화를 갈아 신어가며 기니까지 걸어갔는데, 며칠에 걸친 여정이었다. 어느 쪽을 신으나 물집이 생겼지만 생기는 부위는 서로 달랐다. 갈증이 날 때는 웅덩이의 물을 마셨다. 배가 고팠지만 그 생각은 하지 않으려고 애썼다. 그는 기니 오지의 작은 마을까지 145킬로미터를 어떻게 걸어갔는지, 또 거기서 어떻게 한 농부의 오토바이 뒤에 타고 바마코[62]까지 갔는지 기억하지 못했다.

이때쯤에는 미국으로 가겠다는 생각이 마음속에서 굳어졌다. 바마코에서 그는 바마나어나 프랑스어를 하지 못했기에 정류장 주변을 살금살금 숨어다니고 시장에서 음식 찌꺼기를 먹고 밤에는 시장 매대 아래서 잠을 잤으며, 가끔 하이에나에게 공격당하는 꿈을 꾸었다. 한번은 꿈에 동창 하나가 잘린 손에 피를 흘리며 그를 찾아왔고 또다른 꿈에서는 그의 어머니, 이모, 여동생이 등장했는데, 그들 모두가 시장 매대 근처에 모여 피를 흘리고 있었다.

---

61 ECOMOG. 1990~2000년 동안 나이지리아군을 중심으로 서아프리카 국가들의 군사로 구성된 다국적 평화유지군.
62 말리의 수도.

시간이 얼마나 지났을까? 그는 확신할 수 없었다. 어쩌면 여섯달, 어쩌면 그보다는 덜 지났을 것이다. 그는 마침내 말리의 한 트럭 기사와 친해져 그의 트럭을 세차하는 대신 먹을 것을 받게 되었다. 그때 이 기사가 그에게 또다른 사람을, 연갈색 눈의 모리타니 사람을 소개해주었다. 모리타니 사람이 그에게 어디로 가고 싶으냐고 물었고 사이두는 미국이라고 말했다. 그러자 모리타니 사람이 대마초를 갖고 있느냐고 물었고 사이두는 아니라고, 전혀 없다고 말했다. 모리타니 사람은 그를 탕헤르[63]까지 데려다주기로 했다. 그들이 길을 떠날 때 사이두는 말리의 기사가 준 새 셔츠를 입었다. 트럭은 세네갈 사람, 나이지리아 사람, 말리 사람 들로 빽빽했으며 그를 빼고 모두가 돈을 다 냈다. 낮에는 엄청나게 더웠고 밤에는 얼어붙을 지경이었으며, 물통의 물은 신중하게 나눠 마셨다. 사이두가 이 이야기를 할 때, 나는 자연히 그의 말을 믿을지 말지, 그가 군인이었을 가능성이 더 높지 않을지 의심하게 되었다. 어쨌든 그는 세부 사항을 윤색할 시간이, 자기가 무고한 난민이라는 주장

---

63 모로코 북단 지브롤터해협에 면해 있는 항구도시.

을 완벽하게 다듬을 시간이 여러달 있었다.

탕헤르에서 그는 아프리카 흑인들이 경찰의 지
속적인 감시하에서도 돌아다니고 있음을 눈여겨보
았다고 말했다. 대다수가 남자고 대다수가 젊은 아
프리카 흑인들의 큰 무리가 바닷가 근처에 야영지를
갖고 있었는데, 그는 그들 무리에 들어갔다. 그들은
차가운 바닷바람 때문에 담요를 두르고 있었다. 옆자
리의 남자가 자기는 아크라[64] 출신이라고 말하면서
사이두에게 세우타[65]를 통해 가는 여정이 더 안전하
다고 말했다. 세우타에 들어가면 이미 스페인에 들어
간 거야, 우린 내일 갈 거야, 그 사람이 말했다. 다음
날 그들, 열다섯명가량의 무리는 밴을 타고 세우타
근처의 작은 모로코 마을로 갔고, 그런 다음 세우타
와 면해 있는 국경까지는 걸어서 갔다. 방벽은 조명
이 밝았고 아크라 출신의 남자는 그들을 방벽과 바
다가 만나는 지점까지 인도했다. 지난주에 한 남자가
총살당했지만 우리가 겁먹을 필요는 없다고 생각해,
신이 우리와 함께하고 있어, 그가 말했다. 한 모로코
인 뱃사공이 모는 보트 한척이 대기하고 있었다. 그

---

64 가나공화국의 수도.
65 모로코 북부 지브롤터해협 연안에 위치한 스페인령 자치도시.

들이 손을 맞잡고 기도한 다음 배에 올랐고 뱃사공은 노를 저어 얕은 바다를 건너갔다. 세우타까지 십 분간의 여정을 들키지 않고 마친 그들은 뭍으로 올라가 갈대밭 속으로 흩어졌다. 가나 사람이 말했듯 세우타는 스페인이었다. 새로운 이주자들은 여러 방향으로 쪼개졌다.

사이두는 삼주 후에 연락선을 타고 알헤시라스를 통해 스페인 본토로 들어갔고, 어떤 서류도 필요하지 않았다. 그는 스페인 남부 지방 곳곳을 찾아다니면서 마을 광장에서 구걸을 하고 무료 급식소에 줄을 섰다. 붐비는 길모퉁이에서 두차례 사람들의 호주머니를 털어 신분증과 신용카드는 버리고 현금을 챙겼다. 그는 이게 자신이 저지른 유일한 범죄라고 말했다. 남부 스페인 곳곳을 돌아다니다가 그는 포르투갈 국경을 건넜고, 리스본에 도착할 때까지 계속 갔다. 리스본은 우중충하고 추웠지만 인상적이기도 했다. 리스본에 도착하고 나서야 그의 악몽이 멈췄다. 그는 그곳의 아프리카인들과 어울렸고 처음에는 정육점 조수로, 그다음에는 이발사로 일했다.

그때가 그의 생애에서 가장 긴 이년이었다. 그는 다른 아프리카인들 열명과 함께 붐비는 거실에서 잠을 잤다. 그중 셋은 여자아이들이었고 남자들은 교대로 그애들과 잠자리를 하고 값을 지불했으나, 그는 여권과 비행기표를 살 돈을 거의 다 모았기 때문에 여자애들을 건드리지 않았다. 한달 더 기다리면 100유로 더 싸지겠지만 그는 기다릴 수 없었다. 라과디아 공항으로 감으로써 돈을 절약할 수 있는 옵션이 있었고, 그는 발권 직원에게 라과디아도 미국에 있는 게 확실하냐고 물었다. 그녀가 그를 물끄러미 쳐다보았다. 그는 고개를 젓고는 아무튼 확실히 해두기 위해 JFK행 항공권을 샀다. 모잠비크 출신의 남자가 만들어준 여권에 그는 자신의 실명인 사이두 카스파르 무함마드를 쓰기를 고집했지만 진짜 생년월일은 몰랐기 때문에, 그 남자가 사이두의 생년월일을 지어내야만 했다. 카보베르데[66]산産인 여권이 화요일에 도착했고 금요일에 그는 벌써 대서양 상공에 있었다.

　그의 여정은 JFK 4터미널에서 끝났다. 세관 직원들이 그를 데려갔다. 사이두의 말로는, 그날 그와 세관 직원 사이에 놓인 탁자에는 대개가 옷가지인

66　아프리카 서쪽 대서양에 있는 섬나라.

그의 소지품과 그의 어머니의 출생증명서가 담긴 비닐봉지가 놓여 있었다. 비닐봉지에는 태그가 붙어 있었다. 칸막이 저편에서 목소리가 높아졌다. 그러자 직원이 그를 쳐다보았고, 동료가 메모한 것을 보더니 고개를 젓고 적기 시작했다. 이어서 두 여자가 표백제 냄새를 풍기며 들어왔다. 그중 하나는 미국 흑인이었다. 그들은 그를 일으켜 세우고 양 손목에 고무 팔찌를 채웠다. 그 팔찌에 피부를 베였고, 그가 일어서자 미국 흑인 여자가 그를 떠밀었다. 그는 두려웠던가? 두렵지 않았다, 전혀. 꼬인 상황이 풀리기까지 오래 걸리지 않을 것이라고 생각했다. 그는 목이 말랐고, 비행기에 갇혀 있었던 터라 오로지 밖에 나가 공기 속에서 미국의 냄새를 맡기를 열망했을 뿐이다. 그는 음식을, 그리고 목욕을 원했다. 그는 일할 기회를, 아마도 시작은 이발사겠지만 나중에는 뭔가 다른 일을 할 기회를 원했다. 그가 플로리다에 갔으면 한 것은 아마도 그게 그가 늘 좋아했던 이름이기 때문이었을 것이다. 그들은 마치 맹인을 인도하는 것처럼 그를 앞으로 몰아갔고, 그가 칸막이를 가로지르며 큰소리가 난 다른 방 안쪽을 들여다보자 제복을 입은 남자들이, 권총집에 총을 찬 백인 남자들과 흑인 남자들이 보였다.

그들이 나를 여기로 데려왔고 그게 끝이에요, 그가 말했다. 그후로 난 쭉 여기 있었어요. 법정에 가는 날, 딱 세번 바깥으로 나가봤어요. 그들이 배정해준 변호사 말로는 9·11 이전이라면 기회가 있었을 수도 있다는 거예요. 하지만 괜찮아요, 난 괜찮아요. 여기 음식은 엉망이고 맛이 없지만 양은 많아요. 한 가지 없어서 아쉬운 건 땅콩 스튜 맛이에요. 그거 알죠? 함께 있는 수용자들은 모두 괜찮고 좋은 사람들이에요. 그러고는 목소리를 낮췄다. 경비원들이 어떤 때는 가혹해요. 때론 가혹하죠. 그걸 어쩔 순 없고, 말썽에 휘말리지 않는 법을 배우는 거죠. 알다시피 나는 제일 젊은 축에 속해요. 그러고는 목소리를 살짝 높였다. 운동은 할 수 있게 해주고, 케이블텔레비전이 있어요. 어떤 때는 축구를, 어떤 때는 농구를 봐요. 우리 대부분은 축구를 선호해요. 이탈리아 리그, 잉글랜드 리그 말이죠.

보안요원이 손목시계를 두드리며 돌아왔다. 면회는 끝났다. 내가 아크릴판에 손을 얹자 사이드도 똑같이 했다. 난 어느 곳으로도 돌아가고 싶지 않아요, 그가 말했다. 이 나라에 머물고 싶어요. 미국에 있으면서 일하고 싶어요. 망명 신청을 했지만 받아들여지지 않았어요. 이제 그들은 나를 내 입국항인 리스본으로 돌려보낼 거예요. 내가 나가려고 일어났을 때, 그는 자리에 앉은 채 말했다. 내가 추방당하지 않으면 다시 나를 찾아주세요.

난 그러겠다고 말했지만 다시 찾아가지는 않았다.

그날 맨해튼으로 돌아오는 길에 나는 나데즈에게 그 이야기를 했다. 어쩌면 그녀는 그 이야기에서 내가 보여준 나 자신의 상像과 사랑에 빠졌을지 모른다. 나는 타인의 삶과 투쟁의 자세한 사연에 관심을 기울이는 청자이자 자애로운 아프리카인이었다. 나 자신이 스스로의 그런 상과 사랑에 빠졌던 것이기도 했다.

나중에 우리 관계가 끝났을 때, 우린 "소원해졌어"라는 그 진부하고 상투적인 말이 파괴적인 힘으로 들이닥쳤다. 그녀는 불만의 항목이 한두가지가 아니었지만 그런 것들이 내게는 하찮게 보였고, 거기에는 내가 의미를 부여하거나 내 삶과 연관 지을 수 있는 것이 아무것도 없었다. 그러나 그다음 몇주 동안 나는 내가 놓쳐버린 뭔가가 없었는지, 내 책임일 수도 있을 실패의 어떤 부분이 없었는지 생각해보았다.

　12월 초, 나는 펜 역 아래 지하통로에서 한 아이
티 남자를 만났다. 내가 있던 지하통로를 따라 긴 아
케이드 상점가가 이어졌고 상점들의 정면은 롱아일
랜드 철도의 통근자들과 열차 탑승구를 향해 열려
있었다. 나는 신문 가판대 한곳에서 걸음을 멈추고
브뤼셀행 가이드북을 샀는데, 그곳에서 휴가를 보내
야 할지 혼자서 고민하기 시작했던 것이다. 내가 왜
그날 오후에 한 구두닦이 가게 앞에서 멈췄는지 잘
모르겠다. 내게는 구두 닦는 것이 늘 문제였다. 드물
게 닳은 구두를 닦고 싶어지는 경우에도 일종의 평
등주의 정신으로 말미암아 닦지 못했다. 구두닦이 가
게의 높다란 의자에 올라앉아 누군가를 내 앞에 무
릎 꿇린다는 것이 터무니없게 느껴졌다. 혼잣속으로
자주 말했듯, 그건 내가 다른 사람과 맺고 싶은 종류
의 관계가 아니었다.
　하지만 이번에 나는 멈춰 서서 밝은 조명의 실
내를 들여다보았다. 실내의 거울과 비닐 덮개를 씌운
벨벳 의자들이 모두 텅 빈 이발소를 떠올리게 했다.

미처 알아채지 못했던 나이 든 흑인 남자가 일어서서 손짓하며 들어와요, 들어와, 내가 아주 잘 닦아줄게요, 하고 말했다. 나는 재빨리 고개를 젓고 한 손을 들어 거절했지만, 그를 실망시키고 싶지 않아서 굴복했다. 나는 안으로 들어가 가게 뒤쪽의 우스꽝스러운 빨간색 왕좌 중 하나에 작은 발 받침대를 딛고 앉았다. 실내 공기에는 레몬 오일과 테레빈유가 섞여 있었다. 그의 머리는 구레나룻과 마찬가지로 희고 곱슬거렸고, 그는 지저분한 푸른색과 흰색 줄무늬 앞치마를 두르고 있었다. 그의 나이를 짐작하기는 쉽지 않았다. 더이상 젊진 않았지만 활기가 넘쳤다. 구두 관리사가 아니라 구두닦이, 그에게는 그 예전 호칭이 맞는 것 같았다. 그가 말했다. 편히 있어요, 이 까만 구두를 칠흑처럼 새까맣게 닦아줄게요. 그러자 어느 날 오후 낮잠에서 깨어나 해가 졌음을 발견할 때 경험하는 그런 특이한 변신의 감각으로, 나는 그의 맑고 차분한 바리톤 목소리에서 처음으로 카리브해 프랑스어 억양의 희미한 흔적을 들었다. 내 이름은 피에르요, 그가 말했다. 내 발을 한쌍의 놋쇠 받침대에 고정하고 내 바짓단을 접어올리고서 그는 헝겊으로 손에 든 통의 광택제를 찍어 바르고 내 구두에 칙칙한 색을 입히는 작업을 시작했다. 부드러운 구두 가죽을 통해 그의 단단한 손가락이 내 발을 밀어대는 것을 느낄 수 있었다.

있잖아요, 내가 계속 구두닦이였던 건 아니라오. 그게 시대 변화의 징표지. 난 헤어 드레서로 시작했고 그 일을 하며 오랜 세월 이 도시에 있었소. 지금 내 모습을 봐선 알 수 없겠지만, 나는 당대의 모든 패션을 알고 있었고 언제든 여성들이 요구하는 대로 스타일을 만들어줬소. 난 아이티 출신이오. 거기 상황이 안 좋아지면서 수많은 사람들, 흑인과 백인이 죽임을 당했지. 살인은 끝이 없었고 거리에는 시체가 널려 있었소. 이모의 아들, 내 이종사촌과 그의 가족이 몽땅 학살당했소. 미래가 불확실했기 때문에 우리는 떠나야 했소. 우린 표적이 되었을 거요. 그건 거의 확실했고, 또 무슨 일이 일어났을지 누가 알겠소. 상황이 더 심각해지자 여기에 친척이 있던 베라르 씨의 아내가 말했소, 더이상 못 견디겠어, 우린 뉴욕으로 떠나야 해, 하고. 그래서 우리가 이렇게 여기 온 거요, 베라르 씨, 베라르 부인, 내 누이 로잘리, 나, 그리고 다른 많은 사람들도. 로잘리는 나랑 함께 같은 집에서 일했지.

피에르가 말을 멈췄다. 다른 손님 하나가, 꽉 끼는 양복을 입고 머리가 벗어지기 시작한 사업가가 가게에 들어왔고, 그러자 얼핏 난데없이 뚱한 표정의 젊은 남자가 그의 구두를 닦기 위해 나타났다. 사업가는 숨 쉬는 것을 힘들어했다. 피에르가 자신의 동료를 흘끗 보고는 소리쳤다. 라훌에게 다음 주 일정에 대해 전화해야 해. 난 내일 휴가라 일할 수 없어. 그러고서 그는 내 구두를 마른 헝겊으로 빈틈없이 문지르고 30센티미터 길이의 솔을 집어들었다.

　　난 바로 여기서 미용 기술을 배웠소. 그 당시 우리 집은 모트 스트리트에 있었지, 모트와 헤스터 지역에. 그 지역엔 아일랜드인이 많았고 나중에는 이탈리아인도 들어왔소. 흑인들도 있었는데 모두 서비스업에서 일했어요. 당시에는 집들이 컸고 많은 사람이 하인을 필요로 했소. 그래요, 어떤 사람들은 끔찍한 환경에서 일했다는 거 나도 알아요. 비인간적인 환경이었지. 하지만 어떤 가족과 함께 있는지가 관건이었소. 베라르 씨를 잃은 건 친형제를 잃은 것과 마찬가지였소. 그 사람은 물론 그런 식으로 표현하지 않겠지만, 그는 내게 읽고 쓰는 법을 가르쳐줬어요. 어떤 때는 냉정한 사람이었지만 또한 인정도 있었으니, 지속적인 불의로부터 나를 구해주신 하느님께 감사드리오. 우리는 상황이 얼마나 나쁜지, 예전에 얼마나 많은 사람들이 부크만[67]과 그의 군대에 처형당했는지 들었고, 우리가 운 좋게 탈출했다는 것을 알았소. 보나파르트의 테러나 부크만의 테러나 고통을 겪는 사람들에겐 다를 바 없었소.

베라르 씨가 죽었을 때, 난 떠날 수 있었지만 베라르 부인이 날 필요로 했기에 일자리에 남아 있어야 했소. 베라르 부부는 지위가 높았고 우리는 낮았지만, 사실은 사도께서 하나님의 가족을 묘사한 것처럼 그건 각자 제 역할을 하는 하나의 가족이었소. 머리가 발보다 더 크진 않지. 그게 진실이오. 베라르 부인의 선처로 나는 아까 말했듯이 헤어 드레서 일을 택했고, 이 도시의 수많은, 셀 수 없이 많은 유명한 여인들의 집과 살롱을 출입하면서 일한 대가로 돈을 받았소. 가끔은 일 때문에 브롱크스강까지 올라갔는데, 아무도 나를 건드리지 않았어요. 그런 식으로 돈을 벌어 나는 여동생 로잘리의 자유를 샀고, 그후 곧 동생은 결혼을 하고 아름다운 딸을 낳는 축복을 받

---

67 Dutty Boukman(1767~91). 아이티혁명 초기의 지도자.

았소. 우린 그애를 유피미아라고 이름 지었지. 얼마 후 나는 내 자유도 살 수 있을 만큼 충분히 돈을 벌었지만 바깥에서의 자유보다 그 집과 그 가족 내에서의 자유가 더 좋았어요. 베라르 부인을 섬기는 것이 곧 신을 섬기는 거였소. 그 몇년 동안 내 사랑하는 아내, 지금은 고인이 된 줄리엣과 만나고 있었지만 그 섬김은 변하지 않았소. 나는 기꺼이 인내할 용의가 있었소. 당신 얼굴을 보니 당신에겐 이해하기 힘든 일이라는 걸, 당신 같은 젊은이들은 이런 것을 이해하기 힘들다는 걸 알겠네요. 베라르 부인이 죽었을 때 난 마흔한살이었는데, 그 남편을 애도했듯이 그녀를 애도했고, 그때야 비로소 바깥의 자유를 찾았소.

자유인이 된 나는 줄리엣과 결혼했고 우리의 삶에서 신의 자비는 더 커졌소. 그녀는 나처럼 내전 기간 동안 아이티에서 건너왔는데, 나는 내 자유를 사기 전에 그녀의 자유를 먼저 샀소. 여기서 함께한 우리의 삶은 때때로 힘들었고 다른 때에는 풍족했으며, 더없이 거룩하신 성모의 주선으로 우리는 우리보다 덜 가진 사람들을 우리가 할 수 있는 모든 방식으로 섬겼소. 황열병이 유행하던 시절이 가장 힘들었소. 황열병은 흑사병처럼 우리를 덮쳤고 이 도시에서 죽은 사람들이 수없이 많았지. 내 소중한 누이 로잘리도 그 병에 당했는데, 우리는 그녀의 딸 유피미아를 우리 집으로 데려와 자식처럼 키웠소. 난 의사도 아니고 약에 대해 아는 것도 없지만 그 시절 우린 최선을 다해 아픈 사람들을 돌봤소. 최악의 상황이 지나갔을 때, 줄리엣과 나는 지금은 중국인들이 들어와 있는 커낼 스트리트 아래쪽의 쓴트 빈슨트 드 폴에 흑인 아이들을 위한 학교를 세웠소. 그애들 중 다수가 고아였는데, 직업교육을 통해 주님이 그들의 상황을 개선해주셔서 그들은 누구에게도 빚지지 않게 되었소. 주님은 이 일을 하는 그의 하인에게 영광을 베푸셔서 우리 둘, 줄리엣과 내게 영광을 베풀어주셨는데, 주님이 우리에게 베푸신 무엇보다 큰 영광은 우리를 부자로 만들어 주님의 일을 계속할 수 있게 한 거였소. 멀베리 스트리트에 대성당을 짓는 데 우리가 기부한 돈은 오로지 주님의 것이니, 이게 진실이고 이 모든 게 거룩하신 성모의 은혜로 일어난 일이오. 주님이 성당을 세우셨고, 우리는 다만 성당 세우는 것을 도왔을 뿐이오. 사람의 인생에서 그 어떤 것도 저 높은 곳에서 정한 대로 일어나지 않는 것이 없다오.

바깥에 나오니 마침내 기온이 뚝 떨어져 있었다. 나는 목도리를 단단히 졸라매고 외장 벽돌로 된 가르멜회 수도원을 지나서 34번가까지 두 블록을 걸었다. 벽은 계속되는데 출입구는 나타나지 않았다. 내 구두는 빛났지만 그 광택으로 인해 이제 가죽의 선과 주름이 더 두드러져 구두가 낡고 교체할 필요가 있다는 것만 여실히 드러났다. 길모퉁이에서 한 식당의 불빛이 커다란 네온 단어들 — **우리 군대를 지지하라** — 과 함께 깜박였다. 군대TROOPS의 처음 두 글자에 불이 들어오지 않았다. 크리스마스 쇼핑객들이 가장자리에 털을 댄 검은 외투 속에서 몸을 옹송그리며 거리를 총총 걸어갔다. 9번 애비뉴에 이르렀을 때 33번 애비뉴에서 남쪽으로 한 블록 늘어선 나무들을 따라 무언의 소요가 있었으니, 거기서 갑자기 날아오른 새들처럼 반전 팸플릿들이 바람에 펄럭이며 날아가는 것이 보였었다. 나는 방금 활동의 정점을 지난 군중이 뿔뿔이 흩어지는 것 같은 인상을 받았다. 저쪽으로 경찰 저지선이 쳐져 있었다.

그날 오후 내가 나 자신의 속내를 들락날락하는 동안, 시간이 탄력적으로 변하고 과거에서 잘려

나온 목소리가 현재로 들어오면서 도심은 이전 시대의 소요인 듯한 광경에 장악되어 있었다. 내게는 징병 거부 폭동처럼 보이는 소요에 휘말릴까봐 두려웠다. 내가 본 사람들은 모두 남자였다. 그들은 잎 없는 나무 아래서 서둘러 움직이며 내 근처의 무너진 경찰 저지선과 더 멀리 떨어진 저지선들을 피해다녔다. 200미터가량 떨어진 거리에서 모종의 실랑이가 있었는데, 이번에도 이상하게 소리는 나지 않았다. 엉겨 있던 사람들의 매듭이 풀리면서 싸우던 두 사람이 떨어져 싸움에서 벗어나는 모습이 드러났다. 그다음에 본 것 때문에 나는 무서웠다. 더 먼 곳에, 열의 없는 군중들 너머에, 린치당한 시체가 나무에 매달려 있었다. 그 형상은 날씬했고 머리부터 발끝까지 검은 옷을 두른 채 빛을 전혀 반사하지 않았다. 그러나 그 형상은 곧 스스로 융해되어 덜 불길한 것으로 변했으니, 건축용 비계 위에 덮인 검은색 캔버스 시트가 바람에 둘둘 말리고 있었다.

6

내가 자리아[68]의 나이지리아 군사학교에 다닌
것은 아버지의 발상이었다. 이 학교는 품격 있는 기
관이었고 입학 정책에서 군인 자녀를 우대하지 않았
으며 잘 훈육된 십대를 배출하는 것으로 유명했다.
'훈육'이라는 낱말은 나이지리아 부모들 사이에서
주문 같은 위력을 갖고 있었고, 당신은 군사훈련 경
험이 전혀 없으며 사실은 공식화된 폭력에 강한 혐
오감을 갖고 있던 내 아버지가 이 주문에 넘어갔던
것이다. 아버지의 생각은 육년 후면 제멋대로인 열살
짜리가 남자로, '군인'이라는 낱말이 함축하고 있는
그 모든 냉정함과 힘을 지닌 남자로 만들어지리라는
것이었다.

나는 그 학교에 가는 것에 반대하지 않았다. 킹
스 칼리지[69]가 학업에서는 더 명망이 있었지만 집과

68 나이지리아의 북부 도시.
69 라고스의 명문 중등학교.

너무 가까워서 나나 부모님에게나 맞지 않았을 것이다. 그리고 어쨌든 자리아처럼 아주 북쪽으로 가는 것 자체가 자유일 듯했다. 부모님이 나를 차에 태우고 일주일간의 면접을 보러 간 때는 1986년 7월이었음이 분명하다. 그전에 나는 북부 나이지리아에 가본 적이 없었는데, 작은 나무들과 메마른 관목들뿐 사막화된 그 넓디넓은 지역은 또다른 대륙이라 할 만했고 혼란스런 라고스와 딴판이었다. 그러나 그곳도 단일한 나라의 일부였다. 요루바랜드에서 하우사 칼리프국[70]에 이르기까지 이 나라 곳곳에 똑같은 황사 먼지가 불었다.

면접 주간에 우리와 함께한 그룹은 백오십명의 소년으로 구성되어 있었다. 그들은 나이지리아 도처에서 왔으며, 거의 모두가 전에 집을 떠나본 적이 없었다. 어느날 두명의 소년과 교내의 마른 풀밭을 걷다가 나는 검은 맘바를 보았다. 그 뱀은 우리를 잠시 쳐다보더니 잽싸게 덤불 속으로 사라졌다. 같이 온 친구 중 하나가 곧바로 너무나 겁에 질려 울기 시작했다. 그는 절대 여기로 돌아오지 않겠다고 다짐했고

---

70 하우사는 나이지리아 북서부와 인근 남부에 거주하는 종족. 칼리프가 지도자로 있다.

결국 자기 가족이 사는 이바단[71]에서 통학할 수 있는 학교로 갔다. 그게 최상이었다. 그는 결코 자리아에서 살아남지 못했을 텐데, 거기서 독사란 우리의 걱정 축에 끼이지도 못했다.

　나는 입학허가를 받았고 등록에 필요한 신상명세를 제출했다. 9월에 부모님은 다시 나를 태우고 학교에 왔다. 이 두번째 차 여행에서 나는 뒷자리에 앉아서 아버지에 대한 맹목적인 효심과 어머니를 향한 커져가는 반감에 몸부림쳤던 기억이 난다. 두분은 내게는 감춘 어떤 균열을 놓고 일종의 화해를 했지만, 나는 아버지 편의 상처에 마음이 쓰였다. 어머니는 부부 싸움을 하는 동안 차갑게, 무서울 만큼 차갑게 변했는데, 아버지한테만이 아니라 어머니 삶의 반경 안에 있는 거의 모든 사람한테 그랬다. 그러다가는 그걸 극복하고 나아갔다. 다시 한번 당신 주변의 나이지리아에, 사랑하지만 결코 속할 수 없는 나라에 관심을 가졌다. 이년 후에 아버지가 돌아가시자 내가 아버지의 죽음에 대해, 내가 기억하는 한 어머니를 실제로 비난한 적은 없지만, 두분의 싸움 동안 내

71　나이지리아 서남부의 도시.

가 쌓아올린 모호한 반감은 뭔가 더 완강한 것이 되었다.

나이지리아 군사학교가 전환점이었다. 새로운 일과 시간표, 박탈감, 교내에서의 우정 맺기와 관계 파탄, 그리고 무엇보다 서열 속 자신의 위치에 대한 끝없는 교육이 있었다. 우리는 모두 소년이었지만 몇몇 소년은 성인 남자이기도 했다. 그들은 자연스럽게 권위를 가졌는데, 강건하거나 지적이거나 부유한 집 출신이었다. 어느 한가지만으로 그런 것은 아니었지만 우리 모두가 평등하지 않다는 것이 점차 명백해졌다. 그건 낯설고 새로운 삶이었다.

내가 그 학교의 3학년이 되는 해 2월에 아버지는 결핵 진단을 받았고, 4월이 될 즈음 돌아가셨다. 우리 친척들, 특히 아버지 쪽 친척은 병적일 정도로 흥분하며 나서서 열심히 도울 태세를 보이고 애도를 과시했지만, 어머니와 나는 그런 그들을 냉정하게 대했다. 이 때문에 사람들은 분명 당황했을 것이다. 그러나 그들은 우리의 냉정함이 서로 분리된 것임을, 어머니와 내가 서로에게 거의 말을 하지 않으며 우리의 눈초리가 어두운 여백으로 가득 차 있음을 알지 못했다. 딱 한번 나는 그 침묵을 깼다. 나는 어머니에게 영안실의 시신이 아니라 내 아버지를 보고 싶다고 말했다. 열네살의 내게는 더이상 있지도 않은 순수를 가장하면서 아버지가 내게 다시 돌아오게, 되살아나게 해달라고 요구하고 있었다. 그게 무슨 뜻이니, 줄리어스? 어머니가 말했다. 어머니에게는 그게, 그 명백한 가장이 잔인함으로 여겨졌고, 그래서 이중으로 마음이 상했다.

줄리어스Julius라는 이름은 나를 또다른 장소와 연결해주었고 내 여권과 피부색과 함께 내가 나이지리아에서 다르다는, 따로 놓여 있다는 감각을 강화해주는 것들 중 하나였다. 나는 올라튜보선이라는 요루바식 중간 이름이 있었지만 결코 쓰지 않았다. 내 여권이나 출생증명서에서 줄리어스라는 이름을 볼 때마다 마치 다른 사람의 소유물이지만 오랫동안 내가 보관해온 것인 양 살짝 놀라곤 했다. 그렇기에 일상의 삶에서 줄리어스로 있는다는 것은 내가 완전히 나이지리아인은 아님을 확인시켜주었다. 나는 아버지가 아내 이름을 따서 아들 이름을 지으면서 무슨 희망을 걸었는지 알지 못한다. 어머니는 감상성에서 비롯하는 모든 것을 싫어하기에 아버지의 그런 발상을 싫어했음에 틀림없다. 어머니 자신의 이름도 분명 가계家系 어딘가에서, 어쩌면 어머니의 할머니나 아니면 먼 친척 아주머니에게서, 잊힌 율리아나, 미지의 율리아 혹은 율리에타에서 따왔을 것이다. 어머니는 이십대 초반에 독일에서 벗어나 미국으로 도망쳤고 율리아나 밀러Julianna Müller는 줄리앤 밀러Julianne Miller가 되었다.

어머니의 샛노란 머리카락은 아버지가 죽은 그해 4월에 이르러 이미 희끗희끗 세는 기미를 보이기 시작했다. 어머니는 헤어 스카프를 매는 습관이 있었는데, 보통은 뒤로 당겨 매어 환한 이마와 앞머리가 4, 5센티미터 보였다. 어머니는 나를 자기 기억 속으로 데려가기로 마음먹은 그날 오후에도 스카프를 하고 있었다. 그날은 우리를 도왔던 많은 사람들 중 아무도, 우리를 대신해 음식을 장만하고 집안일을 돌봤던 아주머니들과 친구들 중 아무도 주위에 없었다. 우리는, 우리 둘은 거실에 함께 있었다. 나는 책을 읽고 있었는데, 어머니가 들어와서 앉더니 독일에 대해 멍하지만 느긋한 투로 이야기를 시작했다. 내가 기억하기에 어머니의 목소리는, 마치 방해를 받아 끊겼던 우리 이야기의 실마리를 그냥 다시 붙잡듯 하나의 이야기를 이어가는 사람의 어조를 띠고 있었다. 영어 발음에 조금도 동화되지 않고 독일어로 "율리아나"와 "율리아"라고 말했을 때, 갑자기 어머니가 더욱더 낯설게 여겨졌다. 그 순간 분노가 내 몸을 떠나는 것을 느꼈고, 나는 희끗희끗해지는 머리에 회청색 눈, 아련한 목소리의 그 여인을 보았다. 방금 우리를 박살 낸 죽음에 관해 이야기할 수 없었기에, 어머니의 목소리는 오래전의 상황을 묘사하기 시작했다.

나는 희미해지는 분노 말고는 드러낼 게 아무것도 없었다. 어머니가 들려주는 이야기들이나 그 이야기들 이면의 열망에 대해 아무런 느낌이 없었다. 나는 집중하려고 몹시 애썼다. 어머니는 마그데부르크[72]에 관해, 그곳에서의 소녀 시절에 관해, 내가 단지 아주 어슴푸레한 생각만 갖고 있었던 것들에 대해 말했는데, 이제 그것들을 머뭇거리면서 덜 어슴푸레한 쪽으로 이동시켰다. 나는 귀담아듣지 않았기 때문에 여러 세부 사항이 남아 있지 않다. 내가 당황해서 집중하지 못했나? 아니면 갑자기 어머니가 기꺼

---

72 독일 엘베 강변의 도시로 작센안할트주의 주도.

이 과거를 까발리려는 데 그냥 놀란 것이었을까? 말을 하면서 어머니는 어떤 기억에는 살짝 미소 짓고 어떤 기억에는 살짝 찌푸리곤 했다. 블루베리를 추수하던 일을 언급하기도, 조율되지 않는 피아노를 언급하기도 했다. 그러나 목가적인 것들이 끝나자 그건 고통의 이야기, 돈이 거의 없고 아버지도 없던 유년 시절의 고통에 대한 이야기가 되었다. 어머니의 아버지는 길고 긴 전쟁에서 오십대 초반에야 마침내 소련에서 풀려나 망가지고 위축된 남자로 집에 돌아왔다. 외할아버지는 그후 십년도 채 살지 못했다. 그러나 어머니의 이야기는 더 깊은 상처에 관한 것이었고, 이야기하는 과정에서 점점 내밀해진 어머니는 자기 앞의 십대 아이가 아니라, 지금 생각하니 상상 속 고해신부를 상대로 말하고 있었다고 여겨진다.

어머니는 러시아인들이 베를린을 접수한 지 불과 며칠 후인 1945년 5월 초, 그 도시에서 태어났다. 물론 그후 몇개월에 대한 기억은 전혀 없었다. 어머니가 그 절대적 빈곤을, 자신의 어머니와 함께 구걸하며 브란덴부르크와 작센의 폐허 곳곳을 돌아다녔음을 알았을 리 없다. 그러나 어머니는 그 힘든 시작을 알고 있었다는 기억을 간직하고 있었다. 그것은 고통 그 자체의 기억이 아니라 자신이 태어난 세상이 고통이었음을 아는 기억이었다. 그들이 결국 마그데부르크로 돌아왔을 때, 그곳에서의 빈곤한 삶을 더 척박하게 만든 것은 친척, 이웃, 친구 하나하나가 전쟁 동안 견뎌낸 만행이었다. 그에 대해 말하기를 삼가는 것이 규칙이었다. 폭격에 대해, 살인과 숱한 배신에 대해, 그 모든 것에 열렬하게 참여한 사람들에 대해 아무 말도 하지 말아야 했다. 수년이 지난 후에야, 내 나름의 이유로 이런 것들에 관심을 가지게 되었을 때에야 나는 만삭이었던 외할머니 오마가 그해 베를린에서 소련의 적군赤軍 병사에게 강간당한 무수한 여인 중 하나였을 가능성이 높다고, 그 특정 만행이 그만큼 광범위하고 빈틈없이 번졌으니 오마가 화를 면하기는 어려웠을 것이라고 추측했다.

이 일을 오마와 어머니가 의논했는지는 상상하기 힘들지만 어머니 자신은 그 일을 알았을 수도, 짐작했을 수도 있었다. 그녀는 형언할 수 없을 만큼 혹독한 세상에, 존엄성을 결여한 세상에 태어난 것이었다. 수십년이 지난 후에 남편을 잃은 그녀가 과부가 된 비통함을 그 원초적인 비통함 위에 옮겨놓아 두 고통을 하나의 연속체로 받아들이는 것은 자연스러웠다. 나는 그 떨림과 강렬한 감정이 당혹스러워서 듣는 둥 마는 둥 했다. 어머니가 왜 내게 자신의 소녀 시절에 대해, 피아노와 블루베리에 대해 이야기하는지 알 수 없었다. 수년 후, 우리 사이가 소원해진 지 오랜 후에 나는 그 삶의 면면을 애써 상상해봤다. 그건 지금은 통째로 사라진 사람, 경험, 감각, 욕망의 세상이었고, 의식하지 못했지만 나 자신이 어떤 기묘한 방식으로 그 세상의 계속이었다.

집에서의 그날이 내가 기억하는 한 어머니와 내가 친밀한 대화 비슷한 것을 나눈 마지막 시간이었다. 그 오후는 시간 바깥으로 끌려나온 시간이었다. 그후로는 침묵이 우리를 다시 한번 감쌌는데, 우리 각자가 자기 나름의 특정한 슬픔을 경험하게 해주는 한결 편해진 침묵이었다. 하지만 그것은 다시 나쁜 침묵이 되었고, 몇개월이 지나면서 치유되지 않는 균열로 변했다.

아버지의 장례 후 나는 학교로 돌아가기를 간절히 바랐다. 무기력한 고아 노릇은 하지 않았고 그럴 시간도 없었다. 우리 반 친구들 중 놀랄 만큼 많은 수가 똑같은 일을 겪어 병이나 사고로 부모를 잃었다. 괜찮은 친구 한명은 1976년의 실패한 군사쿠데타에 뒤따른 처형으로 아버지를 잃었다. 그는 그 일을 결코 언급하지 않았지만 그 사실을 일종의 명예의 훈장으로 달고 다녔다. 그해에 내가 나 자신을 위해 원했던 것은 모종의 소속감이었는데, 역설적이게도 아버지를 여읜 것 때문에 소속감이 더 강해졌다. 나는 군사훈련, 수업, 신체운동, 자율학습과 육체노동(단검으로 잔디 깎기, 학교 옥수수 농장에서의 임무 수행)의 반복적인 사이클에 빠져들었다. 노동 자체를 좋아해서가 아니라 ─ 전혀 좋아하지 않는다 ─ 일에서 뭔가 진실한 것을, 거기에서 나 자신의 일부를 발견했기 때문이다. 그러다 내가 모종의 남자다운 미덕을 진지하게 쌓아가는 일을 중단시킨 사건이 일어났다. 그 사건은 당시에는 불필요하게 비극적으로 여겨졌지만, 세월이 지나면서 보니 우스워졌다.

사건은 어느날 점심식사 후, 우리가 낮잠을 자러 해산한 뒤 구내식당에서 시작되었다. 나는 여느 때처럼 기숙사로 돌아갔다. 이제 익숙해진 오후 중반의 평온한 두시간이 눈앞에 있었다. 신입생일 때는 어느 누가 왜 오후에 잠자기를 택하는지 이해하지 못하고 그 시간을 제대로 쉬지 않고 보냈지만, 3학년쯤 되니 그 시간은 강도 높은 학교 일과 중에 반갑게 쉬어가는 시간이 되었다. 우리는 모기장 없이 우리 침상에서 잤다. 잡담을 하면서 잠자기를 거부하는 하급생들은 필요한 만큼 훈육을 받았고, 낮잠 시간이 자위하기에 딱 좋다고 생각한 한 소년은 기숙사 사감의 회초리를 호되게 맞고 즉각 콧대가 꺾였다. 취침 명령이 내려졌을 때 모두가 잠들 수 있게 되었다. 그러나 그날 오후, 낮잠 두시간이 끝나기 훨씬 전에 나는 시끄러운 소리 때문에 잠자리를 떨치고 나와야 했다. 내 성姓을 부르는 목소리를 듣고 침상에서 펄쩍 뛰어내렸다. 내 이름을 외치는 사람은 이등 준위 뮤지보였다. 그는 우리의 음악 선생이었고 기숙사 구역 내 개인별 주거지역에서 살았다.

그가 내 옷깃을 움켜쥐고 넓은 홀 한가운데로 끌고 갔다. 그는 뭣 때문인지 화가 나서 제정신이 아니었고 나는 이유가 뭔지 알아내려고 발버둥질했다. 아무 생각도 떠오르지 않았다. 내가 기억하기로는 평범한 한주였다. 학생들이 모여들었다. 뮤지보는 몸집이 작고 호리호리해 상급생들 대다수가 그보다 컸고 열네살의 나도 키와 몸집이 대등했다. 그는 광분하기로 유명해서 우리는 몰래 그를 히틀러라고 불렀다. 그가 왜 어린아이들에게 음악을 가르치게 되었을까? 그는 한때 나이지리아 군악대 소속이었음이 분명하다. 그는 왕이란 군악대에 의해 지도자가 된다고 말하곤 했다. 그의 수업은 음악을 듣거나 악기를 사용하는 일이 전혀 없었고 우리의 음악 교육이란 사실 암기가 필수 요소였으니, 헨델의 생년월일, 바흐의 생년월일, 슈베르트 가곡의 제목들, 반음계 음표들을 외워야 했다. 우리 중 누구도 시험 칠 때 적어야 하는 정답이라는 모호한 의미 이상으로 반음계가 실제로 어떤 것인지, 어떤 소리가 나는지 알지 못했다.

빌어먹을 민간인 같으니, 그가 말했다. 넌 내 신문을 훔쳤어, 이 거짓말쟁이 녀석. 뮤지보가 손바닥을 펼쳐서 내 뒤통수를 소리 나게 때리자 사방에서 낮은 휘파람 소리가 났다. 나는 혼란스런 와중에 말없이 서 있었다. 수십개의 눈이 나의 일거수일투족을 주시했고, 그 상황의 공포가 내게 분명해졌다. 하지만 뮤지보가 모욕당한 목소리로 구내식당에서 그의 신문을 훔친 자가 나라는 말을 들었다고, 그런 "정보를 받았다"라고 말했을 때, 꽉 죄었던 내 가슴의 긴장은 사라졌다. 이건 사람을 잘못 본 경우였다. 결국 모든 게 잘 풀릴 것이다.

바로 그때, 불시에 내 소지품을 뒤진 우리 동 사감이 신문을 높이 쳐들고 도착했다. 그 신문을 내 침상 아래, 내 배낭 옆에서 발견했다는 거였다. 그것은 죄를 뒤집어씌우기 위해 심은 것이 아니었다. 내가 그것을 거기에 뒀던 것이다. 나는 그 신문을 훑어보았고 흥미로운 것이 없어서 침상 아래 떨궈놓았다. 추궁의 눈초리 아래, 뮤지보의 손아귀에 잡혀 목덜미가 옷깃에 쓸린 채 갑작스런 고립감 속에서, 나는 처음으로 이 절도 혐의를 나 자신의 행동과 연관 지었다. 그날 오후 점심식사가 끝났을 때 나는 벤치에 버려진 『데일리 콩코드』지 한부를 보았고 그것을 기숙사로 가져왔다. 실수였다. 양심이 어두워진 것을 느낀 나는 애걸하고 해명하기 시작했고, 한번 더 맞은 후에 입을 다물었다.

뮤지보는 내 팔을 틀어쥐고 이웃 기숙사 동에 차례로 끌고 갔다. 그때마다 기숙사 사감은 각자 고발 거리를 제기했고 뮤지보는 집게발 같은 손으로 다시 내 옷깃을 틀어쥐고는 도둑놈, 구더기 같은 놈, 신문, 빌어먹을 민간인을 읊어대기 시작했다. 상급생들은 농담을 하고 낄낄거렸다. 하급생들은 엄숙한 쪽이었지만 그 광경에 사로잡히기는 마찬가지였다. 부잣집 작은 도둑들에겐 이런 일이 일어나죠, 뮤지보가 말했고, 그의 분노는 하나의 패턴으로 자리 잡고 있었다. 이들이 우리나라를 통째로 삼켜버린 부잣집의 작은 구더기 같은 놈들이에요. 여러분 눈으로 그들이 어떤 존재인지 보세요. 내 두 손을 등 뒤에서 맞잡은 채로, 두 다리는 언제라도 주저앉을 것 같은 자세로 우리는 여섯채의 기숙사 동을 차례로 돌아 마침내 학교에 있는 모든 소년에게 작은 도둑인 나를 소개했다. 하지만 그들은 또한 뮤지보의 비통함도 보았을 것이다. 중위가 예술 분과를 이끌었고 대령은 학교를 운영했으며 장군들의 평의회가 이 나라를 통치했다. 이 위계의 층위에서 뮤지보는 안전한 동시에 완전히 길을 잃은 것이다. 그는 더이상 젊지 않았다. 십중팔구 이등 준위로 죽을 것이다. 그가 반⁴ 나이지리아인이자 외국인인 나를 바라보았고, 그가 본 것은 수영 강습, 런던행 여름방학 여행, 가정부들이었다. 따라서 그는 분노가 일었다. 하지만 그의 상상력이 그를 현혹한 것이었을 뿐이다.

　　그날 오후에 시련이 끝났고 나는 기숙사로 돌아왔다. 나는 깨끗한 제복으로 갈아입고 부츠를 닦고

베레모를 바로 하고는 저녁 자율학습 준비를 완료했다. 다음 날 아침 기술 도면 수업을 듣고 있을 때 뮤지보가 다시 나타났다. 그는 담당 교사와 잠깐 말을 나누더니 나를 교실 앞쪽으로 불러냈다. 그는 학생들을 마주 보며 한동안 아무 말 없이 서 있었다. 그런 다음 예의 연이은 비난을 이제는 간결한 고발의 진술로 다듬어 되풀이했다. 이 학생은 도둑이다. 그는 신문을, 직원의 정당한 소유물인 신문을 훔쳤다. 그는 나이지리아연방공화국, 나이지리아연방공화국 군대, 나이지리아 군사학교의 수치다. 그는 그 후과를 생각하지 않았고 이제 벌을 받을 것이다.

뮤지보가 내게 반바지의 금속제 옆 지퍼를 내리라고 손짓했다. 나는 엉덩이를 드러내고 칠판을 지지대 삼아 허리를 구부렸다. 그가 매질했다. 그것은 수고를 요하는 일이었고, 그는 체계적으로 매를 내려치는 수고가 힘겨워 땀을 흘렸다. 나는 움찔거렸지만 맞은 자리가 금세 선명한 선으로 부어오르는 동안 눈물을 참았다. 나는 그가 여섯대에서 멈출 것이라고 짐작했지만, 그는 여섯대에서 잠시 멈췄다가 열두대까지 계속 때렸다. 우리 반 친구들은 말이 없었다. 나는 인기 있는 소년이었고 그들은 진심으로 나를 안

타까워했다. 나는 반바지를 다시 입었다. 앉아 있는 게 힘들었고 온몸이 화끈거렸다. 기술 도면 교사는 아무 말 없이 강의를 계속했다.

그 학기가 끝나고 집에 갔을 때, 나는 이 일에 대해 어머니에게 아무 말도 할 수 없었다. 만약 내가 평범한 학교생활로 억지로 돌아가지 않았다면 나는 침몰했을지도 모른다. 나는 선배들이 나를 '데일리 콩코드'라고 부를 때 화내지 않는 법을 배웠다. 후배들은 내 앞에서는 아무 말도 하지 않았다. 나는 얼마간의 품위를 되찾았고, 사실 매를 맞을 때의 내 연기는 그 자체로 작은 전설이 되었다. 이야기가 거듭되면서 어떤 버전에서는 등짝을 스물네대 맞았다느니, 어떤 경우에는 피가 철철 흘렀다느니 했고, 내가 뮤지보에게 나가 죽으라고 했다는 것도 있었다. 나는 대담무쌍하다는 평판을 얻었고 우연이든 아니든 학업에서도 두각을 나타내기 시작했다. 4학년쯤 되자 나는 인근의 다른 학교 여학생들에게 인기가 있었고, 다소 냉담한 자신감을 갖게 되었다. 나이지리아 군사학교에서의 마지막 해에 나는 보건부장으로 임명되었다. 몇몇 동기들은 뮤지보 사건만 아니었다면 내가 학생회장도 되었을 것이라고 말했다.

군사학교 시절의 끝은 나의 나이지리아 시기의
끝과 일치했다. 어머니는 내가 SAT 시험을 치는 것
을 알았지만 미국 대학에 지원한 것은 알지 못했다.
우편사서함 하나를 사서 완벽하게 숨겼던 것이다. 나
는 얼마 안 되는 저축금을 대학 전형료로 다 써버렸
다. 브루클린 대학, 해버퍼드, 바드(라고스 소재 미국
공보원 도서관에 있는 너덜너덜한 책에서 뽑은 대학
이름들)에는 운이 없었다. 매캘레스터에서는 입학허
가를 받았지만 장학금을 받지 못했다. 그러나 맥스웰
이 나를 받아들였고 전액 장학금을 주었다. 나의 진
로가 정해진 것이다. 삼촌들에게 빌린 돈으로 나는
뉴욕행 항공권을 샀다, 완전히 내 뜻대로 새로운 나
라에서 삶을 시작하기 위해.

7

겨울은 두드러지는 추위 없이 깊어졌다. 나는 삼 주가 조금 넘는 휴가 기간을 브뤼셀 여행에 다 쓰기로 결심을 굳혔다. 쌓아둔 휴가 일수가 너무 많아 호텔이나 심지어 호스텔도 합리적인 선택이 되지 못했다. 그래서 온라인으로 시내 중심가에 있는 단기 임대 아파트를 찾아냈다. 그 아파트는 사진에 나온 바로는 스파르타식일 정도로 기본만 갖추었고, 그런 까닭에 내 목적에는 안성맞춤이었다. 나는 마이컨이라는 여자와 이메일을 몇통 주고받았고, 일단 주거 문제가 해결되었기에 다음 주말에 출발하는 항공권을 구입했다.

비행기에서 나는 나이 지긋한 여성의 옆자리에 앉았다. 그녀는 내 어머니보다 나이가 들었지만 아마도 내 할머니만큼 나이가 많지는 않을 것이었다. 우리는 아무 말 없이 앉아 있었는데, 그녀의 목소리가 처음 내 귀에 닿은 것은 어둠 속에서였다. 나는 눈을 감고 있었다. 전날 밤샘 근무를 하고 여행 준비를 하는 긴 하루를 마치고 한시름 놓았던 것이다. 짐을 싸고, 케네디 공항으로 가는 지하철을 타고, 휴일의 무질서한 인파와 맞닥뜨리고, 3터미널의 미숙한 탑승 담당 직원들에 대한 분노를 다스리는 과정 내내 피곤해서 흐리멍덩한 상태였다. 마침내 비행기의 내 좌석에 안착한 나는 다른 승객들이 짐을 집어넣거나 자리에 앉기도 전에 낮잠을 자기 위해 몸을 뒤로 젖혔다.

평소 같으면 옆자리에 앉은 사람에 대해 궁금해했을 텐데, 그런 호기심은 거의 언제나 실망스러웠다. 그런 경우 곧 나는 간절히 잡담을 끝내고 싶어졌고, 상호간의 공동 관심사가 없음이 확실해지면 읽던 책으로 돌아가고 싶어했다. 하지만 이번 경우에는 비행 파트너가 도착했을 때 나는 이미 자고 있었다. 나는 수면 안대를 쓰고 있었고, 우리가 이륙을 하고 다과 카트가 달캉거리며 다가오는 소리를 듣고서야 정신을 차리고 안대를 벗었다. 바로 눈을 뜨지는 않았다. 잠을 중단하고 기내식을 먹을까 말까 정하느라 고민했으나 어느 쪽으로도 정하지 못하고 있었다. 그때 그녀의 목소리가, 나이 지긋한 여성의 침착한 목소리가 들려왔다. 난 당신 같은 사람들이 부러워요,

그녀가 말했다. 내가 어떤 상황에서도 잠들 수 있는 그런 사람이었으면 좋겠어요.

눈을 뜨니 머리가 희끗희끗한 사람이 보였는데, 머리카락이 너무 가늘어서 단지 머리색만이 아니라 그 실체 자체가 사라져가는 것 같았다. 그 연약한 머리카락 아래의 얼굴은 갸름하고 주름 잡혔으며 피부는 자잘한 검버섯으로 덮여 있었다. 하지만 입과 턱 주변은 야무졌고 이마가 두드러지며 눈은 날카로웠다. 의심할 여지 없이, 인생의 대부분 동안 그녀는 대단한 미인이었을 것이다. 내가 안대를 치웠을 때 그녀가 한 첫번째 행동은 윙크였다. 나는 당황했지만 미소로 응답했다. 그녀는 황갈색 털스웨터에 격자무늬 바지, 갈색 가죽 보트화의 소박한 차림이었다. 두 줄짜리 작은 진주 목걸이와 진주 귀걸이를 하고 있었다. 그녀의 무릎 위에 있는 책은 『마법적 사유의 해』였는데, 검지손가락이 책갈피 노릇을 하고 있었다. 나는 그 책을 읽지 않았지만 그게 조앤 디디온[73]이 갑작스러운 남편의 죽음을 받아들이는 회고록이라는 것을 알고 있었다. 메일로티 박사(그녀는 한시

---

[73] Joan Didion(1934~2021). 미국의 작가, 비평가.

간 남짓 지나서야 자기 이름을 제대로 말해주었다)
는 결혼반지를 끼고 있었다.

　나는 보통은 시끄러운 환경에서 잠을 거의 못
잡니다, 내가 말했다. 그러니 나도 그런 사람들이 부
럽다고 말하는 게 공평하겠죠. 그녀가 표정이 환해
지며 말했다. 글쎄요, 가끔은 정말로 어쩔 수 없는 경
우도 있죠. 그런데 영어와 프랑스어 중 어느 쪽이 좋
아요? 나는 롱아일랜드 상공을 비행할 때 기내 방송
이 이미 삼개 국어로 진행되었음을 상기하고서 그녀
에게 내 프랑스어가 형편없다고 말했다. 그녀는 내가
어디 출신인지 물었다. 오, 나이지리아, 그녀가 말했
다. 나이지리아, 나이지리아. 음, 난 나이지리아 사람
을 많이 알고 있는데, 정말이지 말씀드려야 할 게, 그
들 중 많은 사람이 오만해요. 나는 그녀의 말하는 방
식에, 그 미안한 기색도 없는 솔직함에, 자기가 말하
는 상대방을 소외시킬 위험에 충격을 받았다. 그녀는
다른 사람들이 어떻게 생각하든 신경 쓰지 않는 나
이가 된 지 한참 되었을 것이다. 그 직설적인 태도가
좀더 젊은 사람에게서 나온 것이라면 분명히 오해받
을 수 있겠지만, 이 경우에 그런 위험은 없었다.

　반면에 가나 사람들은 훨씬 차분하고 협업하기

182

쉬워요, 메일로티 박사는 말을 이어갔다. 그들은 세상에서의 자기들 자리 같은 큰 개념을 갖고 있지 않아요. 글쎄요, 그 말이 맞는 것 같습니다, 내가 말했다. 우리는 약간 공격적인데, 그 이유는 우리가 앞서 나가서 우리 존재가 느껴지도록 하고 싶어하기 때문인 것 같아요. 우린 과학기술적으로 뛰어나지 않은데도 우리 자신을 아프리카의 일본인으로 생각하죠. 그녀는 웃었다. 그녀가 책을 치웠고, 저녁식사 카트가 지나가자 우리는 둘 다 생선 메뉴 — 전자레인지에 익힌 연어, 감자, 버터를 바르지 않은 빵 —를 택해서 말없이 먹었다. 그런 다음 내가 그녀에게 무슨 일을 하느냐고 물었다. 난 외과 의사예요, 그녀가 말했다. 지금은 퇴직했지만 지난 사십오년간 필라델피아에서 위장관 수술을 했어요. 나는 그녀에게 내 레지던트 근무에 대해 말했고, 그러자 그녀가 한 정신과 의사의 이름을 언급했다. 글쎄요, 그는 예전에 거기 있었는데 지금은 나갔을 수도 있어요. 어쨌든 다 옛날이야기죠. 할렘 호스피털[74]에서 로테이션 근무했나요? 나는 고개를 저으며 뉴욕주 바깥의 의과대학

---

74 컬럼비아 대학교와 연계해 의학교육을 제공하는 할렘 지역의 공공 병원.

에 다녔다고 말했다. 내가 그 병원을 언급한 건 그저 최근에 거기서 몇번 상담을 해줬기 때문이에요, 그녀가 말했다. 난 은퇴했지만 자원봉사 일에는 참여하고 싶었고 그래서 할렘에 갔던 거예요. 좀 전에 내가 약간 부당한 말을 했네요, 그녀가 덧붙였다. 나이지리아 레지던트들이 탁월하다는 말을 해야겠어요. 오, 그건 신경 쓰지 마세요, 내가 말했다. 훨씬 심한 말도 들었거든요. 그렇지만 할렘 호스피털에는 미국인 레지던트들이 많지 않지요, 그렇죠? 오, 몇몇 있기는 하지만 그렇죠. 아프리카인, 인도인, 필리핀인이 많은데, 정말이지 좋은 환경이에요. 이들 외국인 의대 졸업생 중 일부는 미국식 의과 체계를 통과한 사람들보다 훈련이 훨씬 잘되어 있어요. 하나만 말하면, 그들은 뛰어난 진단 능력을 갖고 있는 경우가 많아요.

그녀의 어법은 정확했고 악센트는 유럽식이었으나 거의 표 나지 않았다. 그녀는 내게 자기는 루뱅대학에서 의사 수련을 받았다고 말했다. 그런데 거기서 교수가 되려면 가톨릭 신자라야 해요, 그녀가 낄낄 웃으며 말했다. 나처럼 무신론자로선 쉬운 일이아니죠. 난 여태껏 무신론자였고 앞으로도 그럴 거예요. 어쨌든, 루뱅이 브뤼셀 자유대학보단 나아요. 거긴 프리메이슨이 아니면 교수 일을 전혀 할 수 없어요. 그냥 하는 말이 아니에요. 그 대학은 프리메이슨이 설립했고 지금도 일종의 프리메이슨 마피아예요. 그러나 난 브뤼셀을 좋아하고 이 모든 세월이 흐른 뒤에도 여전히 거기가 고향이에요. 브뤼셀은 그 나름의 이점이 있어요. 한가지는, 미국은 그렇잖은데, 거기는 어떤 의미에서 피부색을 가리지 않아요. 난 은퇴한 이래 매년 삼개월을 브뤼셀에서 보내왔어요. 그래요, 브뤼셀에 아파트가 있죠. 하지만 친구들 집에서 지내는 편을 선호해요. 걔네들은 브뤼셀 남쪽 지구 위클에 큰 집을 갖고 있거든요. 당신은 어디서 지낼 건가요? 아, 그래요. 음, 거기서 그렇게 멀지 않네요. 레오폴드 공원에서 남쪽으로 가면 바로 그 동네예요. 지도가 있으면 내가 보여줄게요.

그러고는 마치 브뤼셀 이야기가 기억의 문을 부드럽게 밀어젖힌 것처럼 그녀가 말했다. 벨기에는 전쟁 기간 동안 멍청했어요. 1차대전이 아니라 2차대전 말이에요. 1차대전을 보기에는 내가 너무 늦게 태어났죠. 그건 내 아버지의 전쟁이었어요. 2차대전 동안 나는 막 십대에 들어섰는데, 그 망할 놈의 독일군, 난 그들이 그 도시로 들어오던 것을 기억해요. 사실 그

185

책임은 레오폴드 3세에게 있어요. 그가 잘못된 동맹을 맺었거나 아니면 동맹 맺기를 거절했다고 해야겠죠. 그는 이 나라를 지키는 것이 쉬울 거라고 생각했어요. 바보 늙은이였죠. 알다시피 안트베르펜에서 마스트리흐트에 이르는 운하가 있었고, 그건 콘크리트 요새로 된 전선이어서 이 전선이 완벽한 방어벽일 거라 여겨졌어요. 대규모 병력이 물을 건너기는 너무 어려울 거라는 발상이 깔려 있었죠. 물론 독일군에게는 비행기와 낙하산부대가 있었어요! 걸린 시간은 불과 십팔일이었고, 그러자 나치들이 행진해 들어와서 기생충처럼 머물렀어요. 그들이 마침내 떠난 날은, 벨기에로서는 전쟁이 끝난 날인데, 내 생에 가장 행복한 날이었어요. 나는 열다섯살이었고, 그날을 완벽하게 기억하고 살아 있는 동안에는 절대 잊지 않을 것이며, 그날보다 더 행복한 날은 결코 없을 거예요. 여기서 그녀는 잠시 말을 멈추고 손을 내밀며 말했다. 내 소개를 해야겠네요. 애넷 메일로티예요.

그런 다음 말을 이어가면서 그녀는 자기 기억 속으로 더 깊이 빠져드는 듯했고, 내게 자신의 어린 소녀 시절에 대해, 전시 상황이 얼마나 어려웠는지, 레오폴드 3세가 식량 배급을 개선해보려고 히틀러와 어떤 협상을 벌였는지와 그후 피난민들이 온 나라를 뒤덮고 음식과 거처를 구걸하며 집집마다 돌아다닐 때의 시골의 황폐한 풍경에 대해 말했다. 또한 당시 여성으로서는 이례적으로 의학계에 들어가기로 한 그녀의 결심과 그런 이후의 외과 수련에 대해 말했다. 어쩐지, 나는 그런 말을 하는 그녀에게서 그 결연한 소녀를 볼 수 있었다.

확고하게 결심하셨던 것 같네요, 내가 말했다. 아니, 아니, 그런 식으로 생각한 게 아니고, 그녀가 말했다. 그냥 해야 할 일을 찾아서 그걸 하는 거죠. 사실은 자화자찬할 기회가 없으니 확고하다고는 하지 않겠어요. 나는 고개를 끄덕였다. 그녀의 말을 들으면서 그녀의 나이라는 객관적 사실—전쟁이 끝났을 때 열다섯살이었다면 1929년에 태어났음을 뜻했다—이 그녀의 정신적, 육체적 활력이라는 사실과 간접적으로만 관계가 있음을 느꼈다. 그 순간 승무원들이 식사 쟁반을 가지러 왔고, 메일로티 박사는 다시 책을 집어들었다. 나는 좌석 위 조명을 낮추고 눈을 감은 채 우리 아래를 질주해가는 추운 밤의 대서양을 상상했다.

피곤했지만 잠깐잠깐 얕은 잠을 잘 수 있었을

뿐이고 몇시간 후 다시 깼을 때는 목이 아팠다. 메일로티 박사 또한 잠을 잤을 게 분명한데 내가 깼을 때쯤에는 다시 책을 읽고 있었다. 나는 그녀에게 책이 어떠냐고 물었다. 네, 좋아요, 그녀가 고개를 끄덕이며 말하고 책 읽기로 돌아갔다. 나는 화장실을 가야겠다는 신호를 보냈고 성가시게 해서 미안하다고 했다. 그녀가 일어나 통로에 섰고, 내가 돌아올 때까지 그대로 서 있었다. 난 신진대사를 활발하게 유지해야 해요, 그녀가 말했다. 그게 나처럼 나이 든 사람에겐 중요하죠. 우리가 다시 자리에 앉자 그녀가 말했다. 헬리오폴리스 아세요? 이집트에 있어요, 카이로 바로 바깥에. 헬리오-폴리스, 그건 태양의 도시, 태양 도시를 뜻하죠. 음, 내가 브뤼셀에 가면 친구 집에서 지낸다고 말했죠. 그 친구 이름이 그레구아르 앙팽인데, 우리는 젊었을 때부터, 아마 둘 다 스무살 때부터 친구였어요. 근데 헬리오폴리스를 지은 사람이 그의 할아버지예요.

거기 갈 기회가 생기면 가야 해요. 환상적인 곳이에요. 에두아르 앙팽, 혹은 사람들이 흔히 부르듯 앙팽 남작이 그 도시를 설계하고 지은 공학자고요. 그때가 1907년이었죠. 널찍한 길들, 거대한 정원들,

정말 호화판 수도였어요. 남작의 궁전이라는 뜻으로 '카스르 알바론'이라 불리는 건물도 거기에 있는데, 캄보디아의 앙코르와트와 아울러 어떤 힌두교 사원을 모델로 만들었어요. 특정한 사원인데 그 이름이 떠오르지 않네요. 그런데 있잖아요, 이게 지금은 카이로에서 가장 중요한 근교예요. 사실은 시 경계 내에 포함되어 있고요. 현 이집트 대통령이 거기서 살고 있거든요. 그러나 앙팽가※는 이집트 정부와 맞붙어 싸우고 있어요. 헬리오폴리스의 일부는 그들 소유라서 그들은 그 소유권을 주장하려는 거고, 아니면 적어도 그에 대한 보상을 받으려는 거죠. 어쨌든 그 가문은 여전히 부자고 벨기에에서 가장 부유한 사람들 중 하나예요. 앙팽 남작은 대단한 기업가였고 ─ 그는 단지 헬리오폴리스뿐만 아니라, 벨기에 사람들이 그에게 브뤼셀 지하철 건설을 맡기지 않자 파리 지하철도 건설했어요 ─ 그의 아들 역시 기업가였어요. 손자인 그레구아르는 사람이 겸손해서 조명받는 것을 좋아하지 않아요. 하지만 그레구아르에게 장이라는 동생이 있는데, 그는 얘기가 달라요.

난 한때 스키에 푹 빠져 있었고 남편도 아이들도 모두 그랬는데, 우리는 그레구아르, 장, 그들의 누

이들과 함께 몽블랑에 가서 샤모니에서, 메제브에서
스키를 탔어요. 이스라엘에 있는 네게브가 아니라 스
위스 알프스 몽블랑 근처의 메제브에서요. 앙팽가
는 거기에 커다란 산장 샬레를 갖고 있었고 온갖 종
류의 사람들이, 이를테면 장클로드 아롱, 프랑스 로
스차일드가의 에드몽 드 로스차일드가 나타났어요.
이 생각을 하면 항상 재밌는데, 한번은 스웨덴 여왕
이 왔어요. 남편과 함께 왔는데, 있잖아요, 그녀는 그
남자가 완전히 호모라는 걸 몰랐던 것 같아요, 가엾
게도. 그게 모든 사람에겐 명백했지만 그녀는 까마득
히 몰랐고, 그들은 계속해서 그런 식으로 처신했어
요. 어쨌거나 우린 거기 갔지만 그런 사람들이 거기
있어서가 아니라 그냥 스키 타기가 좋았기 때문이죠.
가끔은 미국에서, 이 끔찍하고 위선적인 나라에서,
이 성스러운 척하는 나라에서 벗어날 필요가 있었어
요. 정말이지 난 가끔 이 나라를 참을 수가 없어요.
무슨 뜻인지 알죠?

근데 그레구아르의 동생 장 이야기를 해볼게
요. 그는 그레구아르처럼 조용한 사람이 아니라 정
반대예요. 거래하기를 좋아하고 제트기를 타고 돌아
다니기를 좋아하죠. 그가 작위를 물려받았어요. 그

가 현재 앙팽 남작이고 스포츠카, 왕족들, 억만장자 친구들, 그런 게 그의 부류죠. 그런데 있잖아요, 그는 70년대 후반에 신문 지면을 도배하다시피 했어요, 딱한 친구 같으니. 그가 납치당해서, 있잖아요, 두달간 붙잡혀 있었던 게 1978년이었을 거예요. 그레구아르와 가족 전체는 물론 미칠 지경이었고요. 납치범들은 프랑스인이었고 800만 달러인가 900만 달러인가를 요구했는데, 말도 안 되게 많은 금액이었지만 앙팽가로선 불가능한 금액은 아니었죠. 그 가족은 그 돈을 낼 용의가 있었어요. 그러나 그 당시에, 70년대 내내 납치 사건이 많아서 프랑스 정부는 협상도 몸값 지불도 없다는 엄격한 방침을 갖고 있었어요. 그래서 이 납치범들, 그중 하나는 뒤샤토라 불렸던 것 같은데—내가 그 이름을 기억하는 게 우습지만 우린 신문에서 그 사건을 매일매일 무척 긴장해서 쫓고 있었다는 걸 이해해야 해요—뒤샤토와 그의 일당이 한 말은 이랬어요. 돈이 자유를 가져다준다. 다시 말해서, 터무니없지만 그들의 말은 철학자의 말처럼 들렸어요. 하지만 정말로 그런 뜻이었고, 돈이 들어오지 않자 그들은 장의 새끼손가락을 잘라서 편지봉투에 넣어 그의 아내에게 우송했어요. 그들은 마치 제 없이 부엌칼로 손가락을 잘랐고 몸값 지불을 미루면 하루에 한개씩 손가락을 절단하겠다고 위협했어요. 그러나 협상자들은 거절했고, 어째서인지 납치범들은 그들의 위협을 실행하지 않았어요. 결국에는 경찰이 매복 습격을 할 수 있었고, 그중 한명을 사살하고 나머지 둘은 생포했고 장은 풀려났어요.

사실 말이죠, 그때가 그 가족에게는 지옥의 두달이었죠. 그리고 납치범 뒤샤토는 어딘가에 이런 말을 썼어요. 이것들은 작디작은 종이쪽이지만 정말 중요하다, 돈은 자유를 가져다준다라고요. 지금 장을 보면 새끼손가락이 있던 자리에 작은 마디만 있어요. 근데 장한테 물어보면 최악은 손가락 절단이 아니라 추위였대요. 그 두달 동안 그는 끔찍하게 추웠던 것 같아요. 그들은 난방이 되지 않은 방의 텐트 속에 그를 재웠어요. 그리고 그가 납치범들을 알아보지 못하게끔 불빛을 차단한 것. 추위와 어둠. 그 작디작은 종이쪽을 갖기 위해서, 그렇죠?

아침이었다. 우리는 위아래 양쪽으로 구름층을 끼고 날고 있었으며 유럽이 가까웠다. 나는 메일로티 박사에게 자녀들 이야기를 더 해달라고 청했다. 모두가 의사죠, 그녀가 말했다. 애들 셋이 모두 남편과 나처럼 의사예요. 나는 그애들이 원한 거라고 생각하지만 누가 알겠어요? 첫째는, 음, 그애가 작년에 죽었을 때 서른여섯살이었어요. 방사선학 레지던트 과정을 막 끝냈었죠. 간암이었는데, 금세 쇠약해지더군요. 아들이 죽는 걸 지켜보는 것, 그걸 겪는 건 못 할 짓이에요. 그애는 결혼해서 세살짜리 딸이 있었죠. 못 할 짓이었고 지금도 그래요. 나머지 두 아이는, 한애는 캘리포니아에 있고 한 애는 뉴욕에 있어요. 손아래 애들이죠. 그리고 남편은 나와 함께 필라델피아에, 음, 필라델피아 바로 외곽에 있는데, 심장병 전문의이고 그 역시 최근에 은퇴했어요.

우리 사이에 침묵이 흘렀다. 그런데 당신은요, 그녀가 말했다. 말해봐요, 왜 브뤼셀이죠? 거긴 겨울 휴가지로는 이상한 곳이에요! 나는 미소 지었다. 코수멜[75]도 가능한 선택지였어요, 내가 말했다. 하지만 다이빙할 줄을 몰라서요. 그럼, 이게 그레구아르 집 전화번호예요, 그녀가 말했다. 다정한 사람들이고, 알죠, 허세 떨지 않아요. 난 거기에 육주, 어쩌면 팔주 있을 거예요. 들러서 우리랑 저녁식사 해야죠. 나

---

75 수중 정원으로 유명한 카리브해의 섬.

는 그녀의 초대에 감사하고는 고려해보겠다고 말했다. 그리고 그녀가 써준 전화번호를 바라보면서 저 낙관주의와 진보의 표현인 파리 지하철에 대해, 앙팽 남작이 자기식의 도시를 짓기 이전에도 헬리오폴리스라고 알려져왔던 이집트의 고대 도시에 대해, 수백만의 우리가 도시들 밑에서 이동하는 지하 여행에 대해 생각했다. 우리는 처음으로 인간이 땅 밑에서 장거리 여행을 하는 것이 보통이 된 시대의 주민들인 것이다. 나는 또한 잊힌 도시들, 대규모 공동묘지, 카타콤에 있는 무수한 사자死者들을 생각했다. 조종사가 착륙을 위한 최종 하강을 영어, 프랑스어, 플라망어[76]로 안내했고, 우리가 구름의 아래층을 뚫고 나왔을 때, 나는 아래쪽 풍경 너머로 그 도시가 펼쳐져 있는 것을 보았다.

76 벨기에 북부 지역에서 사용하는 네덜란드어.

8

　브뤼셀 아파트의 주인 여자 마이컨은 15유로
의 추가 요금을 내면 공항에서 나를 태워오겠다고
제안했다. 그녀가 전화로 말한 바로는, 다른 선택지
는 35유로를 내고 택시를 타거나 아니면 털릴 위험
을 무릅쓰고 대중교통을 이용하는 것이었다. 그렇게
해서, 내가 밤 비행기로 도착했을 때 그녀는 입국장
에서 내 이름이 적힌 표지판을 들고 기다리고 있었
다. 그녀의 빛바랜 머리카락은 노란 솜사탕처럼 머리
위에 얹혀 있어 바람을 맞으면 들려 날아가버릴 것
같았다. 나는 메일로티 박사에게 작별 인사를 하고,
마이컨이 나를 발견할 때까지 손을 흔들며 그쪽으
로 걸어갔다. 마이컨은 오십대였고 다정했지만 거래
방식은 빈틈없었는데, 우리가 나중에 단기 임대 서
류—여러 페이지의 자질구레한 법률적 세부 사항
들—를 검토할 때는 그게 그녀의 부풀린 머리와 함
께 그녀의 성격에서 유일하게 도드라져 보이는 부분

이었다.

브뤼셀의 원래 구상은 플라망어와 왈롱 말[77]을 공용한다는 거였어요, 우리가 공항을 빠져나올 때 그녀가 말했다. 물론 상황은 더이상 그렇지 않죠, 그녀는 말을 이었다. 이젠 왈롱 말과 기타 프랑스어 95퍼센트, 플라망어 1퍼센트, 그리고 아랍어와 아프리카 말이 4퍼센트예요. 그녀는 웃었지만 재빨리 덧붙였다. 이게 실제 수치예요. 그리고 프랑스 사람들은 게을러요, 그녀가 말했다. 그들은 일하는 걸 싫어하고 플라망어 쓰는 사람들을 질투해요. 다른 사람한테서는 이런 말 못 들을 테니까 내가 얘기해주는 거예요.

나는 차창 밖을 내다보았고, 지난밤 메일로티 박사와의 대화를 떠올리면서 마음의 눈으로 풍경 속을 방랑하기 시작했다. 나는 1944년 9월, 열다섯살의 그녀가 침략자들의 퇴각에 너무 기뻐 어쩔 줄 모르면서 브뤼셀의 태양 아래 방파제에 앉아 있는 모습을 보았다. 나는 같은 날 서른한살 혹은 서른두살의 사이토 준이치로가 자신의 책들에서 멀리 떨어져 아이다호의 울타리 친 수용소의 어느 무미건조한 방 안

---

77 벨기에 동남부 지역에서 사용하는 프랑스 방언.

에 억류된 채 불행해하는 모습을 보았다. 그날 저 바깥에는 나이지리아인과 독일인인 내 친가와 외가 조부모 네분도 있었다. 세분은 이제 돌아가신 게 확실하다. 그렇지만 네번째, 오마는 어떻게 된 건지? 나는 그들 모두를, 심지어 내가 실제로 살면서는 본 적이 없는 이들까지 보았고, 그들 모두를 육십이년 전 9월의 그날 한낮에 보았다. 그들의 눈은 뜨여 있었지만 마치 감은 것처럼 다행스럽게도 향후의 야만적인 반세기를 전혀 보지 않고 있었으며, 더욱 다행스럽게도 그들의 세계에서 일어나고 있던 모든 것을, 시체로 가득한 도시들, 수용소들, 해변, 들판, 그 순간의 형언할 수 없는 전세계적 혼란을 거의 아무것도 보지 않고 있었다.

마이컨의 영어는 불안정한 네덜란드어 모음의 영향으로 살짝 변형되었다. 나는 내달리는 차의 양쪽 바깥을 내다보았고, 그러자 내가 경험한 브뤼셀이 되살아났다. 이번에 세번째로 이 도시를 방문했는데 이전 방문들은 짧았고, 첫번째 방문은 이십년도 더 전인 일곱살 때 나이지리아에서 미국으로 가는 도중의 이틀짜리 스톱오버였다. 오마는 그때쯤에 브뤼셀로 이사했지만 그 당시 어머니는 자기 어머니에 대해 아무 말도 하지 않았다. 그 여행의 세부 사항들은 내 뇌리에 묻혀 있다가 항공사에서 숙소로 제공했던 공항 근처의 노보텔 호텔을 보았을 때 비로소 떠올랐다. 당시엔 그 모든 것이 얼마나 이상적으로 여겨졌는지, 공항 택시로 사용되던 검은색 메르세데스벤츠며 호텔 뷔페의 낯선 음식들이. 그 첫번째 유럽 경험은 인상적인 세련미와 부를 흘긋 엿본 것이었다. 호텔 바깥에서 나는 질서 정연함과 회색조, 집들의 단정하고 규칙적인 모습, 사람들의 차분한 격식을 눈여겨보았다. 이런 것들을 배경으로 내가 몇주 뒤면 처음으로 실제로 접하게 될 미국의 삶이 현란하게 여겨졌었다.

브뤼셀에 대해서는 잘못된 생각을 갖기 쉽다. 사람들은 브뤼셀을 기술관료들의 도시로 생각하고, 이 도시가 유럽연합의 형성에 너무나 핵심적이었기에 특별히 그런 용도로 세워졌거나 아니면 적어도 그런 용도로 확장된 새로운 도시일 것이라고 추정한다. 브뤼셀은 오래되었으며 — 이는 석조물에서 확연히 나타나듯 유럽 특유의 오래됨인데 — 그런 고풍스러움은 브뤼셀의 대부분의 거리와 동네에 현존한다. 브뤼셀의 주택, 다리, 대성당은 저지대 농지와 숲에 가해진 참상을 면했는데, 저지대 농지와 숲은 이 지역에서 벌어진 무수한 전쟁의 타격을 정면으로 받았다. 역사에서 좀처럼 경험하지 못할 정도로 살벌했던 대량 학살과 파괴가 솜[78]에서, 이퍼르[79]에서, 그리고 그 전에는 저쪽 워털루[80]에서 일어났다.

그곳들은 너무나 편리하게도 네덜란드, 독일, 영국, 프랑스의 교차로에 설정된 전쟁 무대였으니, 거기서 유럽의 치명적인 난투극이 끝장을 보았다. 그러나 브루게나 겐트나 브뤼셀에 소이탄 공격은 없었다. 침략 열강과의 협상이 그렇듯 항복도 물론 이런 생존의 형식에서 한 역할을 했다. 브뤼셀의 통치자들이 이 도시를 비무장 도시로 선언하고 그럼으로써 2차 대전 동안 폭격을 면하는 선택을 하지 않았더라면 브뤼셀은 잔해 더미가 되었을 것이다. 또 하나의 드레스덴이 되었을 것이다. 실제로 브뤼셀은 중세와 바로크 시대를 보여주는 하나의 비전, 하나의 풍경으로 남아 있었고, 그 풍경을 중간 중간 끊어놓는 것은 오로지 레오폴드 2세가 19세기 후반에 도시 곳곳에 세워놓은 건축적 괴물들뿐이었다.

---

78 수많은 사상자를 낸 1차대전의 격전지.
79 1915년 최초로 화학무기가 사용된 1차대전의 격전지.
80 1815년 나폴레옹 군과 영국·프로이센 연합군 사이의 격전지.

내가 있는 동안은 온화한 겨울 날씨와 오래된 석조물이 이 도시에 우울한 기운을 드리우고 있었다. 칙칙한 전차와 버스가 다니는 브뤼셀은 어떤 면에서는 대기 중인 도시 혹은 온실 속의 도시 같았다. 햇살 가득한 어떤 곳에서 방금 도착한 것 같은 인상을 주는 사람들이 많았는데, 내가 유럽의 다른 도시에서 본 것보다 훨씬 많았다. 눈 주위에 까맣게 아이라인을 그리고 머리를 검은 천으로 싸맨 늙은 여자들과 같은 식으로 얼굴을 가린 젊은 여자들도 보았다. 왜 그런지는 분명치 않았으나 전통 형식의 이슬람이 계속 눈에 띄었다. 벨기에는 북아프리카의 어느 나라와도 강력한 식민주의적 관계를 가진 적이 없었다. 그러나 이것은 이제 유럽의 현실이었고, 그 현실에서 국경은 유동적이었다. 이 도시에는 손에 잡힐 것 같은 심리적 압박이 있었다.

나는 마이컨이 말한 "아랍어와 아프리카 말이 4퍼센트"에 빈정거림의 의도가 담겨 있다고 확신하지만, 내가 본 바로는 그것도 낮게 잡은 수치일 수 있었다. 도심에서조차, 아니, 특히 도심에서 수많은 사람들이 아프리카의 어떤 지역, 콩고나 마그레브[81] 출신인 듯했다. 어떤 전차 칸에서는 백인들이 훨씬 소수자인 것을 금세 발견하게 되었다. 하지만 이 도시에 도착한 지 며칠 후 내가 지하철에서 마주친 침울한 군중의 경우는 그렇지 않았다. 아토미움에서 열린 집회에 나갔던 사람들이었는데, 그 집회는 인종주의와 폭력 전반에 대한 항의이기도 했지만 특히 한참 전인 그해 4월에 일어난 살인 사건에 대한 항의였다. 열일곱살의 한 소년이 자신의 엠피스리플레이어를 내주지 않으려다가 다른 청년 둘에게 중앙역에서 칼침을 맞았다. 이 사건은 러시아워 동안에 붐비는 플랫폼에서, 주위에 수십명의 사람들이 있는데 일어났다. 소년을 도우려 나서는 사람이 아무도 없었다는 사실이 살인 이후 며칠간 논의의 초점이 되었다. 살해당한 소년은 플랑드르인이었고 살인자들은, 기사에 따르면, 아랍인이었다. 인종주의적 반발을 우려한 수상이 냉정을 호소했고, 그주 일요일 설교에서 이 도시의 주교는 주위의 아무도 죽어가는 소년을 도와주지 않을 만큼 무관심한 사회를 개탄했다. 그날 오후 4시 30분, 당신은 어디에 있었나요? 주교가 성 미카엘과 성녀 구둘라 대성당에 운집한 신도들에게 말했다.

---

81 모로코, 알제리, 튀니지를 아우르는 북아프리카 지역.

주교의 고통에 찬 호소는 (플랑드르의 우익정당) 플람스 벨랑과 그 동조자들로부터 신속하고 열렬한 반응을 얻어냈다. 잘 알려진 칼럼니스트들이 상심한 어조를 띠고 역ᵁⁱⁿᵈⁱⁿᵍ인종차별에 대해 불만을 터뜨렸다. 피해자들이 비난받고 있으며, 문제는 무신경한 행인들이 아니라 범죄를 저지르는 외국인들에게 있다고 그들은 말했다. 자전거 도둑질 자체보다 자전거 주행 법규 위반이 단속의 표적이 되기가 더 쉬운데, 이는 경찰이 인종주의자로 보일까봐 두려워하기 때문이라는 것이었다. 한 언론인은 자신의 블로그에 벨기에 사회는 "살인하고 절도하고 강간하는 북아프리카 출신의 바이킹들"에게 질려버렸다고 썼다. 몇몇 주류 언론에서 이것을 긍정적으로 인용했다. 브뤼셀 무슬림 공동체의 상처를 치유하기 위한 노력, 가령 살해당한 소년을 위한 대중 추도식 때 집에서 구워온 빵을 나눠주는 것 같은 수고는 우익 지지자들로부터 분노의 반응을 불러일으켰다. 그후 선거기간 동안 플람스 벨랑의 정치인들은 다시 한번 득표율 상승을 기록함으로써 이 나라 제1당의 가능성을 지닌 정당으로서 그들의 입지를 강화했다. 오로지 다른 그룹들이 연립정부를 구성해서야만 그들의 집권을 막을 수 있었다. 그러나 중앙역 사건의 살인자들은 나중에 보니 아랍인이나 아프리카인이 아니었다. 폴란드 시민들이었다. 그들이 집시들인지 아닌지에 대한 토론이 꽤 있었다. 그들 중 하나인 열여섯살짜리가 폴란드에서 체포되었고 그의 열일곱살짜리 파트너는 벨기에에서 체포되어 폴란드로 인도되었는데, 그가 떠나면서 이 사건을 둘러싼 긴장의 상당 부분이 해소되었다.

그러나 다른 험악한 사건들도 있었다. 나는 몇건의 증오범죄 때문에 이 나라에 사는 비非백인들이 경험하는 긴장이 단계적으로 상승했던 2006년 연말에 여기 있었다. 브루게에서 스킨헤드 다섯명이 한 프랑스 흑인을 혼수상태에 빠뜨렸다. 5월에 안트베르펜에서는 열여덟살의 한 청년이 머리를 면도하듯 밀고 '마카켄'[82]에 대해 분노를 터뜨린 끝에 윈체스터 장총을 들고 도심을 향해 가서 총을 쏘기 시작했다. 그는 한 튀르키예 소녀에게 심각한 부상을 입히고 말리 출신의 보모와 그녀가 돌보던 플랑드르인 갓난아이를 죽였다. 나중에 그는 특정해서 유감을 밝혔는

82　북부 모로코인을 가리키는 인종차별적 호칭.

데, 백인 아이는 뜻하지 않게 쏘았다는 것이었다. 브 뤼셀에서는 흑인 남자 하나가 주유소에서 공격당해 몸이 마비되고 실명한 상태로 방치되었다. 이런 범죄 들의 역설적인 결과는 기독교민주당 같은 중도정당 들조차 이민에 대한 유권자의 불만에 부응하기 위해 플람스 벨랑의 언어를 채택하면서 우편향하기 시작 했다는 것이다. 벨기에는 불확실성들에 붙잡혀 있었 으며, 아노미상태라는 것이 방문객에게조차도 분명 하게 느껴졌다.

나는 생캉트네르 공원[83]에 갔다. 공원은 안개로 덮여 있었는데, 그 때문에 기념비적인 건축물의 규모 가 더 커 보였다. 본디 거대한 아케이드들이 수직으 로 솟아올라 맨 꼭대기는 희미한 하얀 베일 속으로 사라진 형상이었고, 아케이드들 앞과 너머로 줄지어 선 나무들은 보초처럼 굳은 채로 무한히 뻗어 있었 다. 비정한 왕이 지은 공원이라서 그런지 규모가 비 인간적이었다. 기념비적인 건축물에 비해 턱없이 작 은 일군의 관광객이 멀리에서는 장난감처럼 보였는 데, 그들은 사진을 찍으면서 조용히 돌아다녔다. 그

83   레오폴드 2세가 벨기에 독립 50주년을 기념해 만든 공원.

들이 가까이 왔을 때 나는 그들이 중국어를 하고 있음을 알았다.

4시 반인데 급속히 날이 저물고 있었고 안개 낀 대기는 차가웠다. 공원의 바로 남동쪽으로 에테르베이크와 메로드 지하철역, 복잡하게 얽힌 도로, 전차 선로와 표지판이 내다보였지만 크리스마스이브인데도 주위에 사람이 거의 없었다. 공원 내에, 내가 처음에는 더 유명한 왕립미술관이라 생각한 왕립예술사박물관 앞에는 넓은 머리통의 말 한마리가 '경찰'이라고 표시된 마차 옆에 서 있었다. 그러나 경찰관들은 보이지 않았고 박물관은 문이 닫혀 있었다. 아케이드 아래에는 벨기에의 첫 5대 왕들인 레오폴드 1세, 레오폴드 2세, 알베르트 1세, 레오폴드 3세, 보두앵의 초상화가 부조된 청동 현판이 전시되어 있었고 그 밑에는 이런 문구가 새겨져 있었다. **벨기에와 콩고 왕가에 헌정함, 감사를 표하며, 1831.** 그렇다면 승리가 아니라 감사, 혹은 이룩한 승리에 대한 감사다. 나는 아케이드 아래에 서서 중국인 가족이 그들의 차에 타는 모습을 지켜보았다. 그들은 차를 몰고 떠났고 나와 인내심 있는 말만 남겨졌다. 우리는 그 장소에서 살아 있는 두 동물이었고, 매번 숨 쉴 때마다 차

가운 안개가 우리의 폐로 들어왔다. 나는 아무 목적도 없이 거기에 있는 것 같았다. 다만 나와 나의 오마가 지금 같은 나라에 함께 있다는 것(그녀가 아직 살아 있다면 말이지만) 자체가 하나의 위안이었다.

브뤼셀에서의 처음 며칠 동안, 나는 오마를 찾기 위해 몇가지 두서없는 노력을 했다. 어디서부터 시작해야 할지 몰랐다. 이름 목록은 도움이 되지 않았다. 아파트의 전화번호부에도, 공중전화 부스에서 살펴본 다른 전화번호부에도 마그달레나 뮐러는 없었다. 나는 잠시 양로원 방문을 고려하기도 했는데, 갑자기 내가 프랑스어에 서툴고 플랑드르어를 전혀 못 하는 것이 터무니없이 창피하게 느껴졌다. 브뤼셀의 내 아파트에서 걸어서 오분 거리의 인터넷·전화 가게는 좁은 건물의 1층에 위치해 있었다. 나는 온라인 검색을 좀 하고 싶어서 그곳을 찾아갔다.

그 가게에는 앞면이 유리로 된 목조 전화 부스가 줄지어 있고 컴퓨터가 여섯대 있었다. 카운터 뒤의 남자는 필시 삼십대 초반이었을 것이다. 깔끔하게 면도를 했고 갸름하고 쾌활한 얼굴에 숱이 많은 검은 머리를 갖고 있었다. 그가 뒤쪽의 컴퓨터 단말기를 가리켜 보였다. 나는 재빨리 벨기에 백서를 찾아보았다. 놀랍게도 그 사이트가 영어로 떴고, 나는 잽싸게 'Magdalena Müller'라는 검색어를 입력했다. 그 결과 'Magdalena M.'이라는 이름을 지닌 수많은 사람과 'M. Müller'로 등록된 많은 사람들, 그리고 두 명의 'Magdalena Müller'가 나왔으나 둘 다 외국계 성씨였다.

나는 사이트를 닫고 카운터로 돌아갔다. 카운터의 남자와 엉터리 프랑스어로 소통하면서 이십오분간의 인터넷 사용에 50상팀에 달하는 요금을 지불했다.

나는 다음 날 그 가게에 들어가서 이메일을 체크하고 일을 끝낸 후에 요금을 지불했다. 그런데 이번에는 가게에서 나오면서 기습적으로 영어로 그의 이름을 물어보았다. 파루크예요, 그가 말했다. 나는 내 소개를 하고는 악수하면서 덧붙였다. 형제, 어떻게 지내? 잘 지내, 그가 잽싸게 어리둥절한 미소를 띠며 말했다. 거리로 나오자 이런 공세적인 다정함이 그에게 어떻게 비쳤을지 궁금했다. 또한 내가 왜 그런 말을 한 건지도 궁금했다. 가식적인 말이었다고 판단했다. 하지만 곧바로 마음을 바꿔 먹었다. 몇주 동안 그 가게에 들를 것이고 그러려면 친구로 사귀는 것이 최상이었다. 그리고 아니나 다를까, 그와의 소통이 그다음 날의 분위기를 결정했다.

가게는 붐볐다. 파루크는 카운터에서 책을 읽다가 손님이 들어오거나 나가면 잠시 멈추고 가게 일을 봤다. 모든 컴퓨터 단말기에 손님들이 앉아 있었고, 나는 목조 부스 안에서 이루어지는 대화를 들을 수 있었다. 나는 라고스에 있는 아버지의 누이 티누 고모와 오하이오의 친구들에게 전화를 했다. 또한 뉴욕의 병원에 전화해 몇몇 환자의 처방전을 승인하고 갱신해주었다. 그중에 V가 있었다. 그녀는 팍실과 웰부트린을 복용하고 있었으나 둘 모두 듣지 않아서 최근에 나는 그녀에게 삼환계 항우울제를 처방해주었다. 나는 필요한 권한을 수간호사에게 허가해주었는데, 그녀가 말하기를 V가 나와 어떻게 연락할 수 있는지 알고 싶어했다고 한다. 나와는 연락이 닿지 않으니 그녀한테 날 대신하는 레지던트 김 박사에게 연락하라고 하세요, 내가 말했다. 그런 다음 목록에 있는 일들을 척척 해치우려는 활기에 차서 인적자원부에도 전화해 내 휴가 기간과 관련된 서류 작업을 점검해보려 했지만, 그 부서는 일찌감치 업무가 끝났고 새해 1월 3일에야 재개된다는 말을 들었다. 나는 이 때문에 짜증이 난 상태로 부스에서 나와 파루크가 다른 손님 접대를 끝낼 때까지 기다렸다. 그가 자신의 컴퓨터 로그를 보다가 나를 보고는 말했다. 미국에 전화한 거야? 그래, 맞아, 내가 말했다. 근데 어디 출신이야? 모로코, 그가 말했다. 라바트?[84] 카사블랑카? 아니, 테투안.[85] 북쪽에 있는 도시지. 내 뒤쪽 사진 속에 있는 도시야.

　　그는 금속 액자 속의 오래된 컬러 사진을, 하얀 건물들이 넓찍이 군집해 있고 그 너머로 거대한 녹색 산맥이 있는 사진을 가리켰다. 모로코 작가 타하르 벤 젤룬의 소설 한편을 막 끝냈는데, 내가 말했다. 그래, 그 작가 알아, 파루크가 말했다. 대단한 명성이지. 그가 말을 더 하려 하는데 마침 다른 손님이 컴퓨터 사용료를 내려고 다가왔다. 파루크는 계산을 하고 돈을 받고 거스름돈을 내주었고, 나는 뒤늦게 그

84　모로코의 수도.
85　모로코 북부, 지브롤터해협 남쪽의 도시.

가 말한 "대단한 명성"에 담겨 있는 거부감을 알아
차렸다. 나는 파루크가 읽고 있던 책이 영어로 쓰였
다는 것을 눈여겨보았다. 그가 내 호기심을 알아채고
책 표지를 보여주었다. 그 책은 발터 베냐민의 『역사
개념에 대하여』에 관한 이차 문헌이었다. 읽기 힘든
책이지, 그가 말했다. 많은 집중력을 필요로 하고. 이
쪽은 그런 집중력이 별로 필요 없어, 내가 말했다. 또
다른 손님이 다가오자 파루크는 다시 프랑스어로 매
끄럽게 전환했다가 또다시 영어로 돌아왔다. 그가 말
했다. 이 책은 이 발터 베냐민이라는 사람이 많은 사
람들에게는 마르크스주의 철학자로 통하지만 어떻
게 마르크스와 반대되는 방식으로 역사를 구상하는
지에 관한 거야. 하지만 타하르 벤 젤룬은, 내가 아까
말하려던 건데, 모로코에 대한 하나의 특정한 관념을
갖고 글을 쓰지. 벤 젤룬이 쓰는 건 사람들의 삶이 아
니라 동양적 요소가 있는 이야기들이야. 그의 글쓰기
는 신화 만들기야. 사람들의 현실적인 삶과 연결돼
있지 않아.

　나는 그의 말에 고개를 끄덕였고 칙칙한 브뤼셀
동네, 인터넷 가게의 소음, 벽 선반 위 요란한 색깔로
포장된 사탕과 껌 상자들과 내 앞에 앉아 미소 짓는

진지한 얼굴의 철학자를 맞춰보려고 애썼다. 내가 무얼 예상했던가? 이건 아니었다. 가게에서 일하는 남자, 그래, 크리스마스에 문을 연 가게에서 일하는 남자, 맞아. 하지만 이건, 또렷한 자기확신에 찬 지적 언어는 아니었어. 나는 타하르 벤 젤룬의 유연하면서도 강인한 정신의 스토리텔링을 대단히 높이 평가했으나 파루크의 말을 반박하지 않았다. 그러기에는 내가 너무 놀랐고, 그래서 어쩌면 벤 젤룬이 그의 소설 『타락』에서 일상적 삶의 리듬을 분명히 포착한 것 같다는 생각을 슬쩍 제시하기만 했다. 그 책은 한 정부 관료와 뇌물 수수에 대한 그의 내적 갈등을 다룬 소설이었다. 뭐가 일상적 삶에 그보다 더 가까울 수 있을까? 파루크의 영어가 명쾌한 문장으로 이어지면서 내 항변을 깔아뭉갰다. 나는 그의 주장에 동조할 수 없었다. 그는 벤 젤룬이 딱히 서구 출판사에 영합했다고는 말하지 않았지만 그의 소설의 사회적 기능이 수상쩍다고 돌려 말했다. 그러나 내가 그런 생각을 간파하자 그는 그것도 떨쳐버리고서 이렇게만 말했다. 일상적 삶과, 민족사와 연결된 작품을 쓰는 다른 작가들도 있어. 그렇다고 그들이 민족주의 이념과 관련되어 있다는 뜻은 아니야. 때론 그들이 민족주의자

211

들의 손에 더 많은 고통을 겪기도 하거든.

그래서 나는 그에게 뭔가 다른 작품을, 그가 생각하는 진정한 소설에 좀더 걸맞은 작품을 추천해달라고 청했다. 파루크는 경건하게 책상에서 종이 한 쪽을 꺼내더니 느리고 들쑥날쑥한 흘림체로 "무함마드 슈크리,『오로지 빵을 위하여』, 폴 볼스 번역"이라고 적었다. 그는 그 쪽지를 한동안 살피더니 덧붙였다. 슈크리는 타하르 벤 젤룬과 라이벌이야. 두 작가는 서로 입장이 달랐어. 알다시피 벤 젤룬 같은 사람들은 망명 작가의 삶을 살고 그 점이 그들에게 특정한─여기서 파루크는 말을 멈추고 정확한 단어를 찾으려고 애썼다─이렇게 말할 수 있다면, 서구의 눈으로 볼 때 특정한 '시성詩性'을 부여하지. 망명 작가가 된다는 건 대단한 일이야. 하지만 지금, 모든 사람이 자유롭게 오가는 시대에 망명이란 뭐지? 슈크리는 모로코에 남았고 자신의 민중과 함께 살았어. 내가 그에게서 가장 마음에 드는 점은, 이 단어를 쓰는 게 맞는지 모르지만, 그가 독학자였다는 거야. 그는 거리에서 자랐고 독학해서 고전 아랍어로 글을 썼고 결코 거리를 떠나지 않았어.

파루크는 조금도 동요하는 기미 없이 말했다. 나

는 그가 하는 구별을 모두 파악하지는 못했지만 그 구별의 섬세함에 깊은 인상을 받았다. 그는 청년의 열정을 지녔지만 그의 명석함에는 호들갑이 없어서 오랜 여정을 수행한 사람의 명석함(이게 내게 떠오른 이미지이다) 같았다. 그의 이런 차분함에 나는 당황했다. 마침내 내가 말했다. 그건 언제나 어려운 일 아닌가? 오리엔탈리즘의 충동에 저항하는 거 말이야. 그런 충동이 없는 작가들, 누가 그런 작가들을 출판해주겠어? 동양적 판타지에 빠져 있지 않거나 그런 판타지 열망을 충족해주지 않는 모로코나 인도 작가를 서구의 어느 출판사가 원할까? 모로코와 인도가 등장하는 건 따져보면 동양적이기 위한 거지.

에드워드 사이드가 내게 그토록 소중한 이유가 바로 그거야, 그가 말했다. 알겠지만, 사이드는 젊었을 때 골다 메이어[86]가 발표한 그 성명, 팔레스타인 사람이란 존재하지 않는다는 말을 들었고 그 말을 듣고서 팔레스타인 문제에 관여하게 됐어. 그는 다름이 결코 수용되지 않는다는 걸 그때 알았지. 다르다는 건 좋아. 하지만 그 다름은 고유한 가치를 지닌 것

---

86   Golda Meir(1898~1978). 이스라엘의 제4대 수상을 역임한 정치인.

으로는 결코 간주되지 않아. 오리엔탈리즘적 유흥으로서의 다름은 허용되지만 고유한 내재적 가치를 지닌 다름은 안 되는 거지. 아무리 기다려봤자 그런 가치를 주는 사람은 아무도 없어. 수업 시간에 내게 일어난 일을 얘기해볼게.

파루크가 금전출납기를 열었다. 나는 손님들이 우리를 방해하지 않기를 바랐다. 또한 한동안은 그가 다소 부정확하게 인용한 메이어의 말을 바로잡아야 한다고 생각했다. 그러나 내 생각의 근거를 확신하지 못했고, 그는 마치 전혀 중단된 적이 없는 것처럼 말을 이어갔다. 정치철학 토론 도중에 질문 하나가 제기됐어, 그가 말했다. 우리는 맬컴 엑스와 마틴 루서 킹 가운데 양자택일을 하게 돼 있었는데, 맬컴 엑스를 선택한 사람은 내가 유일했어. 그 수업의 모든 학생이 나와 이견이 있었고 그들은 말했어, 아, 네가 그를 택한 건 그가 무슬림이고 네가 무슬림이기 때문이지 하고. 그래, 좋아, 난 무슬림이야. 하지만 그게 내 선택의 이유는 아냐. 난 철학적으로 그에게 동의하고 마틴 루서 킹에게는 동의하지 않기 때문에 그를 택했어. 맬컴 엑스는 다름이 고유한 가치를 지니고 있다는 걸, 투쟁은 그 가치를 진전시키기 위한 것

214

이라는 걸 인식했어. 마틴 루서 킹은 모든 사람이 존경하고 그는 모든 사람이 동참하기를 원하지만, 그들에게 다른 쪽 뺨을 대줘서 치도록 허용해야 한다는 그의 생각은 내겐 말이 안 돼.

그건 기독교적인 발상이지, 내가 말했다. 그는 알다시피 목사였고 그의 원칙은 기독교 개념에서 나왔어. 바로 그게 문제야, 파루크가 말했다. 그게 내가 받아들일 수 없는 발상인 거지. 희생된 대타자victimized Other가 간격을 좁히는 쪽이고 고귀한 이념을 지닌 쪽이라는 기대가 항상 있거든. 나는 그런 기대에 동의하지 않아. 가끔은 성공적으로 작동하는 기대이긴 하지, 내가 말했다. 하지만 우리의 적이 사이코패스가 아닐 경우에만 그렇지. 부끄러움을 아는 적이 있어야 하는 거야. 영국이 더 잔인했다면 간디가 어디까지 갈 수 있었을지 가끔 궁금해. 가령 영국인들이 항의 시위 군중을 기꺼이 죽이려 했다면 말이야. 품위 있는 거부로 얻을 수 있는 건 한정돼 있지. 콩고 사람들에게 물어봐.

파루크가 웃었다. 나는 달리 갈 데는 없었지만 시계를 보았다. '희생된 대타자'라니, 나는 그가 일상의 대화에서 그런 표현을 사용한 것이 기이하다고 생각했다. 그렇지만 그가 그 표현을 사용하자, 그 말은 어떤 학술적 상황에서보다 훨씬 더 깊은 울림을 주었다. 그와 동시에 우리의 대화가 보통 하는 잡담 없이 시작되었다는 생각이 들었다. 그는 그냥 가게의 남자 직원일 뿐이었다. 그는 또한 학생이거나 학생이었던 적이 있었는데, 어딜 다녔을까? 여기서 그는 런던의 마르크스처럼 익명의 존재였다. 마이컨이나 그녀와 같은 이 도시의 수많은 타자들에게 그는 그냥 또 한명의 아랍인, 전차를 타면 즉각 의심의 눈초리를 받는 아랍인일 뿐일 것이다. 그리고 나에 대해, 그는 내가 미국과 나이지리아로 전화했다는 것, 닷새 동안 세번 그의 가게에 왔다는 것 외에는 아무것도 알지 못했다. 우리의 만남은 전기적 신상명세와 관련이 없었다. 나는 손을 내밀면서 우리가 곧 이 대화를 이어가길 바라, 잘 지내, 하고 말했다. 나도 그러길 바라, 안녕, 그가 말했다.

　마이컨의 확언을 돌이켜보니 내가 잘못 생각했다는 판단이 들었다. 전차를 탈 때 파루크는 즉각적인 의심의 눈초리를 받는 게 아니었다. 그건 부글부글 끓어올라 억누르기 힘든 두려움의 시선이었다. 고전적인 반反이민의 관점, 즉 아랍인과 아프리카인을 부족한 자원을 놓고 경쟁하는 적으로 간주하는 관점이 이슬람에 대한 새로운 두려움과 합쳐지고 있었다. 얀 반에이크[87]가 1430년대에 크고 붉은 터번을 쓴 자화상을 그렸을 때, 그건 이방인이 전혀 이상한 게 아니라는 15세기 겐트의 다문화주의를 입증한 것이었다. 튀르키예인, 아랍인, 러시아인, 이 모두가 당대의 시각적 언어의 일부였다. 그러나 이방인은 결국 이상한 것으로 남았고, 새로운 불만을 돋보이게 하는 상징이 되었다. 나 역시 파루크와 근본적으로 다른 처지에 있지 않다는 생각이 들었다. 나는 행색 ─ 검은 피부의 미소 짓지 않는 고독한 이방인 ─ 으로 보면 '플랑드르' 수호자들의 새로운 분노의 표적이었다. 미심쩍은 장소에서는 강간범이나 '바이킹'으로 간주될 수도 있었다. 그러나 분노의 담지자들은 그 분노가 얼마나 싸구려인지 결코 알 수 없었다. 그들은 단일한 정체성이라는 이름으로 행해지는 폭력이 얼마나 흔하고 얼마나 부질없는지 감지하지 못했다. 이런 무지는 분노하는 젊은이들과 강력한 정치적 수사로 그들을 옹호하는 나이 든 사람들이 전세계에 걸

---

87 Jan van Eyck(1395~1441) 북유럽 르네상스 미술을 대표하는 플랑드르 화가.

쳐 공유하는 특징이다. 그렇기에 그 대화 이후에 나는 조심하는 뜻에서 에테르베이크의 밤 산책 시간을 줄였다. 또한 아주 조용한 동네의 백인들만 드나드는 술집이나 패밀리 레스토랑을 더는 가지 않기로 작정했다.

다음번에 가게를 방문할 때는 플람스 벨랑에 대해, 그리고 그 모든 폭력 행위 이후에 삶이 어떠했는지에 대해 파루크와 이야기하기를 바랐다. 그러나 다음번에 거기 간 날에 그는 다른 사람, 사십대 중반의 나이 든 모로코인과 대화 중이었다. 나는 두 사람에게 고개를 끄덕여 인사하고는 전화 부스 한곳으로 들어가 뉴욕에 통화를 신청했다. 부스에서 나왔을 때 그들은 여전히 이야기 중이었다. 나이 든 남자가 내 요금을 계산했고 파루크는 친구, 친구, 어떻게 지내? 하고 말했다. 그러나 그가 혼자였다 해도 나는 그와 말하고 싶지 않았을 것 같은 느낌이 불현듯 들었다. 그 역시 분노와 정치적 수사에 장악되어 있었다. 그의 편의 정치적 스펙트럼이 매력적이긴 했지만, 나는 그걸 알아보았다. 암 같은 폭력이 모든 정치사상을 파먹어 마침내 사상 그 자체를 접수한 형국이었고, 많은 사람들에게는 기꺼이 행동하려는 용의만이 중요해졌다. 행동은 어떤 것에도 메이지 않고 다른 행동을 낳았고, 뭔가 유의미한 사람이 되는 길은, 젊은 이들의 이목을 끌고 그들을 자신의 대의로 끌어들이는 길은 스스로 격노하는 것이었다. 이 폭력의 유혹을 피할 수 있는 유일한 길은 어떤 대의도 갖지 않는 것, 모든 정치적 중성파로부터 멋지게 고립되는 것인 듯 보였다. 그러나 그건 분노 그 자체보다 더 심각한 윤리적 과오가 아니었나?

정확히 1유로입니다, 나이 든 남자가 영어로 말했다. 나는 요금을 내고 가게를 나왔다.

9

나날이 천천히 지났고 이 도시에 완전히 나 홀로 있다는 감각이 강도를 더해갔다. 대부분의 날에 나는 실내에 머물며 독서를 했으나 아무 즐거움 없는 독서였다. 외출하는 경우에는 공원과 박물관 지구를 정처 없이 돌아다녔다. 거리에 깔린 돌들이 발아래서 물기를 머금어 축축했고 여러날 칙칙한 하늘에서는 습한 냄새가 났다.

어느날 점심시간이 좀 지나서 그랑 사블롱[88]의 한 카페에 갔다. 이 도시는 크리스마스에서 새해 첫날 사이의 주간에는 꽤 조용한 터라 나는 둘밖에 없는 손님 중 하나였다. 카페의 다른 손님은 중년의 관광객이었는데, 내가 들어갈 때 보니 지도를 유심히 들여다보고 있었다. 바깥의 흩어지는 빛을 받는 작은 실내 공간에서 그녀는 창백하게 보였고, 그녀의 회색

---

88 골동품 가게와 아트갤러리, 카페와 레스토랑이 모여 있는 브뤼셀의 거리.

머리카락은 빛을 받아 흐릿하게 빛났다. 카페는 오래된 것인지 아니면 고풍스럽게 꾸민 것인지 검은 광택의 패널을 줄지어 댄 벽면에 빛바랜 금박 액자에 담긴 유화 몇점이 걸려 있었다. 바다 풍경, 조타수와 상선이 위태롭게 기울어진 격랑의 바다를 그린 그림들이었다. 바다와 하늘은 그려질 당시에 비해 훨씬 어두워졌음에 틀림없었고 한때 희었던 돛들은 세월과 함께 누렇게 변색되었다.

내게 커피를 가져다준 키 큰 여자는 브뤼셀보다는 파리 분위기가 났다. 그녀는 커피를 내려놓더니 놀랍게도 스스로 한동안 내 테이블에 앉아서 내가 어디서 왔는지 물었다. 추측건대 그녀는 스물두살에서 스물다섯살 정도였고 두툼한 눈꺼풀에 애교 있는 미소를 지었다. 나는 그녀가 접근해 분명한 관심을 보이는 데 우쭐한 기분이 들었다. 그녀는 분명 남자들에게 강력하고 즉각적인 영향을 미치는 데 익숙했다. 그러나 우쭐하긴 했어도 나는 별 관심이 없었고 그녀에 대한 내 반응은 정중하고 약간 무뚝뚝하기까지 해서, 그녀가 다시 쟁반을 들고 자리에서 일어났을 때는 불쾌감보다 당혹감이 묻어났다.

십오분쯤 후에 나는 카운터 직원에게 커피값을

냈다. 그때 창백한 관광객이 계산을 하려고 다가왔다. 그녀는 멈칫거리며 동유럽 억양의 영어로 말했다. 우리 둘이 바깥으로 나오니 그새 빗줄기가 세져서 함께 카페 차양 아래에 섰다. 그녀의 머리칼은 회색보다 금색에 가까웠고, 눈 주위에는 짙은 다크서클이 있었고, 상냥한 미소를 짓고 있었다. 나는 우산을 가지고 있었고 그녀는 없었다. 그녀의 태도에는 조용한 다정함이 어려 있었다. 기대 같은 것이 있었던 듯도 하다. 나는 그녀를 향해 돌아서서 폴란드 사람인지 물었다. 아뇨, 체코인이에요, 그녀가 말했다.

나는 그녀의 나이를 쉰살 정도로 추정했는데, 그 때쯤의 여성은 대체로 외모에 공을 들일 필요가 있다. 이십대의 여성, 가령 그 웨이트리스 나이의 여성은 어느 정도 예쁜 것만으로도 족하다. 그 나이에는 모든 게 조화롭다. 피부가 팽팽하고 자세가 반듯하고 걸음걸이가 흔들림 없고 머리카락이 건강하며 목소리는 선명하고 떨림이 없다. 쉰이 되면 애를 써야 한다. 이런 연유로, 그날 오후는 놀라웠다. 별말 하지 않았으나 분명히 나타난 내 관심을 눈치채기 시작한 그녀는 놀랐고, 나는 나대로 그녀의 큰 회녹색 눈, 그 눈의 슬픈 지성, 그 강렬하고 전혀 예기치 못한 성

적 매력에 놀랐다. 그날 오후는 꿈같은 성격을 띠었
는데, 꿈은 이제 내가 우산을 움직여 그녀를 완전히
감싸자 그녀의 손이 한동안 내 등을 가볍게 쓰다듬
는 데까지 나아갔다. 우리는 그렇게 한동안 서서 계
속 억수같이 쏟아져 내리는 비를 지켜보았다. 그러다
가 조약돌 거리를 따라 함께 걸었고, 거의 아무 말도
하지 않은 채 나눠 쓴 우산을 최대한 핑계 삼아 붐비
는 레장스 거리를 올라갔다. 그러나 그녀가 자기 호
텔에서 술 한잔하자고 제안했을 때, 등에 느껴지던
애매함의 감촉은 선명함으로 바뀌었고 그에 호응해
내 뜻도 굳어졌다. 그녀가 기꺼이 갈 데까지 이 어리
석은 짓을 마다하지 않으리라고 생각하자 내 마음은
질주하듯 내달렸다. 그리고 뜻이 선명해지자 우리는
둘 다 용기를 얻었다. 나는 종아리 부근에서 깔끔하
게 재단된 그녀의 회색 치맛단에 눈을 고정한 채 그
녀를 따라 올라갔다.

   루이 15세 침실처럼 꾸민 방에 들어서자 그녀
의 수줍음은 사라졌다. 그녀가 나를 껴안았고 그 포
옹은 볼 키스가 되었다. 나는 그녀의 목 — 길어서 놀
랐다 — 과, 실내 불빛에 다시 거의 회색으로 변한 숱
많은 머리카락으로 덮인 이마에 키스했다. 그러고는

마침내 그녀의 입에 키스했다. 그녀의 허리는 두껍
고 유연했다. 그녀가 재빨리 무릎을 꿇고 앉아 한숨
을 쉬었다. 나는 고개를 가로저으면서 그녀를 일으켜
세웠다. 그러고서 우리 둘은 함께 바로크풍 침대 옆
쪽으로 쓰러져 침대의 모조 새틴을 밀어올렸고, 나는
그녀의 리넨 치마를 허리께까지 당겨올렸다.

　　일이 끝난 후에 그녀는 내게 이름 ─ 마르타? 에
스테르? 나는 곧바로 잊었다 ─을 말해주었고 브르
노[89]의 헌법재판소 투어 예약 담당자로 일한다고 어
렵사리 설명했다. 그녀에게는 스위스에서 스키 강사
로 있는 다 큰 딸이 있었다. 남편에 대해서는 아무 말
도 하지 않았고 나는 묻지 않았다. 나는 뉴욕 출신의
회계사 제프라고 나 자신을 소개했다. 빈곤한 상상력
의 그 거짓말은 찌질하게 느껴졌지만 내가 높이 사
는 코믹한 요소도 있었고, 나는 혼자서 그런 코미디
를 만끽하기로 했다. 우리는 시트를 걷고 구겨지지
않은 침대에서 잠을 잤다. 두세시간 후 우리가 깨어
났을 무렵에는 밤이 되었다. 나는 말없이 옷을 입었
으나, 이번에는 침묵 속에 미소가 번졌다. 나는 그녀

89　체코 모라비아 지역의 중심 도시.

의 목에 다시 키스하고 그곳을 떠났다.

　공원에는 불이 켜져 있었고 비는 그쳤다. 짝을 짓거나 가족 단위로 나온 사람들이 공연장이나 레스토랑으로 향하고 있었다. 나는 가볍고 감사한 느낌이었다. 브뤼셀이 그토록 관대하게 보이는 광경은 거의 본 적이 없었다. 바람이 불어 나뭇잎들이 바스락거렸고, 내가 그녀의 얼굴을 기억할지 궁금했다. 그럴 것 같지 않았다. 그러나 그녀는 내게 모든 것을, 나데즈 이후의 첫번째 정사를, 내가 소홀히 해왔던 요긴한 뭔가를 하기 쉽게 만들어주었다. 이제 그 일은 끝났고 달리 바랄 수도 없었다. 무엇보다 좋은 것은, 내 판단으로는 그녀가 즐거워했다는 거였다. 우리는 그저 집을 떠나온 두 사람으로서 둘이서 하고 싶은 일을 했을 뿐이었다. 가볍고 감사하는 내 마음에 희미한 슬픔이 더해졌다. 에테르베이크로 돌아가는 길은 몇 킬로미터나 되었고, 거기까지 걸어가면서 나는 고독으로 회귀했다. 이런 일은 다시는 일어나지 않을 거예요, 나는 그녀에게 말하고 싶었다. 그러나 그게 내가 진짜로 하고 싶었던 말은 딱히 아니라는 것, 사실은 아무것도 말할 필요가 없다는 것을 깨달았다. 나는 아파트로 돌아갔고 다음 날은 외출하지 않았다.

침대에 묻혀 바르트의 『카메라 루시다』를 읽었다. 오후 늦게 마이컨이 들렀기에 방값을 냈다.

다음 날 저녁인지 그다음 날 저녁인지, 나는 메일로티 박사가 전화번호를 적어준 종이쪽을 발견했고 그에 자극받아 전화 가게에 갔다. 파루크는 가게에 없었다. 누르스름한 피부의 엄숙해 보이는 나이든 친구가 카운터에서 일을 보고 있었다. 그는 솔빗 같은 콧수염에 퉁방울눈을 하고 있었다. 나는 고개를 끄덕여 인사하고는 전화 부스로 들어갔다. 저편에서 한 남자가 전화를 받았으나 내가 영어로 말하자 그는 메일로티 박사를 불렀다.

그녀가 전화기로 와서 여보세요, 누구시죠? 하고 말했다. 아, 네, 안녕하세요? 근데 미안하지만, 우리가 서로 어떻게 알게 된 건지 말해주실래요? 나는 그녀에게 상기시켜주었다. 아, 맞아요, 그랬죠. 당신은 벨기에에 한달, 삼주 있는 거죠? 언제 떠나나요? 아, 그렇게 빨리요. 알겠어요. 음, 월요일에 전화 주세요, 그러면 당신이 벨기에를 떠나기 전에 같이 나가서 저녁을 먹거나 할 수 있어요.

내가 수화기를 제자리에 걸고 요금을 내려고 부스에서 나오니 파루크가 와 있었고 그 근엄한 친구가 그와 잡담 중이었다. 파루크가 나를 보았다. 친구, 잘 있었어? 그가 말했다. 그는 한사코 나더러 전화 요금을 내지 말라고 했는데, 어차피 짧은데다 지역 내 통화였다. 파루크의 동료가 나갔고 손님 하나가 들어왔다. 파루크가 안녕하세요? 하며 그녀를 맞이했다. 알함둘릴라,[90] 하고 그 여성이 답했다. 파루크가 나를 돌아보고 말했다. 보다시피 아주 바빠. 새해 인사를 하려는 온갖 사람 때문만이 아니라 이드[91]에 맞춰 고향에 전화하려는 많은 사람 때문에도 그렇지. 그가 자기 뒤쪽의 컴퓨터 화면을 몸짓으로 가리켰는데, 거기에는 열두개 부스에서 진행 중인 통화 기록이 떠 있었다. 콜롬비아, 이집트, 세네갈, 브라질, 프랑스, 독일로 하는 통화였다. 이렇게 얼마 안 되는 사람들이 이렇게 다양한 지역의 장소들로 전화할 수 있다는 것이 소설 같았다. 지난 이틀 동안 계속 이랬어, 파루크가 말했다. 근데 이게 여기서 일하면서 내가 즐기는 것 중 하나야. 내가 믿는 바, 즉 사람들은 함께 살면서도 여전히 그들의 고유한 가치를 온전하

---

90 아랍어로 '신에게 찬미'의 뜻.
91 이슬람의 주요 축제인 이드 알피트르(Id al-Fitr)나 이드 알아다(Id al-Adha).

게 지킬 수 있다는 믿음에 대한 시험 사례지. 다양한 곳 출신의 개인들로 이뤄진 이 군중을 보는 게 나의 인간적인 면에, 그리고 지적인 면에 큰 감응을 줘.

나는 브뤼셀의 한 미국인 학교에서 청소부로 일했더랬어, 그가 말했다. 미국 어느 대학의 해외 캠퍼스였는데, 그들에게 나는 있잖아, 그냥 청소부, 수업이 끝났을 때 교실을 청소해주는 사람이었어. 그리고 나는 청소부가 그래야 하듯이 상냥하고 조용했어. 내 나름의 생각은 전혀 없는 체했지. 그런 어느날 내가 사무실 한곳을 청소하고 있는데 학장이자 교수들의 수장인 분이 들렀고, 어쩌다가 우리는 이야기를 하게 되었어. 근데 바로 그때 나는 나 자신으로서, 그러니까 청소부로서가 아니라 생각이 있는 사람으로서 진짜로 말해야겠다는 생각이 들었어. 그래서 이야기를 시작했고 학계의 전문용어를 조금 썼어. 나는 질 들뢰즈에 관해 이야기했고 그는 물론 놀랐지. 그렇지만 그는 개방적인 사람이었어. 나는 이야기를 계속했고 우리는 들뢰즈의 파도와 모래언덕 개념을 논했어. 이 형식들 사이의 공간들, 그 필수적인 공간들이 어찌해서 그것들에 파도 혹은 모래언덕의 정의를 부여하게 되는가를 말이야. 학장은 이 대화에 전적으로 호응했고 미국식 관대함으로 언제 내 사무실로 오게, 더 많은 이야기를 해보세, 하고 말했어.

파루크가 이 말을 했을 때 나는 학장의 어조를 상상했다. 그건 어깨를 감싸는 동작, 상대의 마음을 누그러뜨리는 몸짓, 언제 내 사무실로 와서 서로 한번 붙어보자는 공모의 약속과도 같았다. 하지만, 파루크가 이야기를 이어 말했다. 다음번에 학장을 봤을 때 그는 내게 말하기를 거절했을 뿐 아니라 실제로 전에 나를 본 적도 없는 체했어. 나는 그냥 교실 바닥을 걸레질하는 청소부였고 학교 기자재의 일부였어. 나는 그에게 인사하고 한동안 우리가 나눈 들뢰즈 얘기를 상기시키려 애썼지만 그는 아무 말이 없었어. 선이 있었고, 나는 그 선을 넘으려 시도하느라 시간을 낭비하고 있었던 거야. 파루크가 말하는 동안 사람들이 빠르게 전화 부스를 들락거렸고 그는 손님 각자에게 인사말을 건넸는데, 그 친밀함의 수준은 추측건대 전에 손님이 얼마나 자주 가게에 왔는가에 따라서 결정되는 것 같았다. 그는 프랑스어, 아랍어, 영어를 적절하게 구사했고 콜롬비아로 전화하는 남자와는 스페인어로 몇마디를 주고받았다. 각각의 사람과의 대화에 사용할 적당한 언어를 신속하게 판단했고, 그의 태도가 너무 친근해 나는 처음 만났을 때 왜 그가 거리를 두는 듯한 인상을 받았는지 어리둥절했다.

나는 프로젝트가 두개 있어, 파루크가 말했다. 실용 프로젝트 하나랑 심층 프로젝트 하나. 나는 실용 프로젝트가 이 가게 일자리냐고 물었다. 아니, 그가 말했다. 그것만이 아니야. 실용 프로젝트는 장기적으로 볼 때 내 공부야. 나는 아랍어, 영어, 프랑스어 사이를 오가는 번역자가 되려고 공부 중이고 또 미디어 번역과 영화 자막, 그런 종류의 수업을 듣고 있어. 그렇게 해서 일자리를 구할 거야. 하지만 내 심층 프로젝트는 지난번에 내가 말한 것, 다름이라는 것에 관한 거야. 나는 그걸, 사람들이 함께 살 수 있다는 걸 굳게 믿고 있고, 어떻게 그런 일이 일어날 수 있는지 이해하기를 원해. 그게 여기 이 가게에서, 이런 작은 규모로 일어나는데 더 큰 규모에서는 어떻게 일어날 수 있는지 이해하고 싶어. 그렇지만 말했듯이 나는 독학자고, 그래서 이 심층 프로젝트가 어떤 형식을 취할지는 모르겠어.

나는 그에게 작가가 될 수 있다고 생각하는지 물었고 그는 자기한테는 그것조차 불분명하다고 말했다. 그는 우선 공부부터 하고 어떤 이해의 경지에 도달하면 그때 비로소 자신의 행동이 어떤 형식을 취할지 결정할 것이라고 말했다. 나는 그 목표의 순수함, 그것의 이상주의와 옛날식 근본주의, 그리고 마치 그것을 수년간 양성해온 무엇인 것처럼 표현하는 방식에 배어 있는 확신에 충격을 받았다. 그리고 나도 모르게 그것을 믿었다. 그러나 나는 그가 자신을 독학자로 언급했다고 말한 지난번 대화에 대한 그의 언급도 생각했다. 물론 이건 사소한 일이지만 (그리고 내가 잘못 기억하는 것은 아니라고 확신하는데), 그는 그 단어를 자신이 아니라 무함마드 슈크리를 언급할 때만 사용했다. 이건 파루크의 기억에서 신뢰할 수 없는 점이라기보다 얼마간의 불완전함에 대한 사소한 예인데, 그의 태도에 깃든 절대적인 확신 때문에 그런 면을 놓치기 쉬웠다. 어쨌든 그런 면이 그의 날카로움에 대한 종전의 내 인상을 크게는 아니지만 수정해주었다. 이런 사소한 부주의들 — 다른 부주의들도 있었는데, 실제로는 '실수'라는 꼬리표를 달 만큼도 못 되는 의미 없는 것들이었다 — 덕분에 나는 파루크에게 덜 겁먹게 된 느낌이었다.

　미국인 학교에서의 경험은 내 머릿속에서 후쿠

야마의 역사의 종말 개념과 결합되었어, 파루크가 말했다. 현재의 서양 국가들의 현실이 인류사의 절정이라고 생각하는 건 불가능하고 오만한 거야. 그 학장은 용광로, 샐러드 볼, 다문화주의 같은 온갖 용어를 동원해 이야기했지만 나는 그 모든 용어를 거부해. 난 무엇보다 다름을 믿어. 내가 맬컴 엑스에 대해 한 말을 떠올려봐. 미국 사람들이 이해하지 못하는 것, 즉 이라크 사람들이 외국의 통치로는 결코 행복할 수 없다는 것 말이야. 이집트가 팔레스타인 사람들을 이스라엘로부터 구하기 위해 팔레스타인을 침략한다고 해도 팔레스타인 사람들은 그걸 수용할 수 없다는 것, 그들은 이집트의 통치를 원치 않으리라는 것 말이야. 외국의 지배를 좋아하는 사람은 아무도 없어. 알제리와 모로코가 서로를 얼마나 증오하는지 알아? 그렇다면 침략을 하는 쪽이 서양 강대국인 경우에 얼마나 최악일지 상상이 갈 거야. 나는 내가 이걸 더 잘 이해하는 데 베냐민이 도움이 되리라고 믿고, 다름을 가능하게 만드는 역사적 구조를 이해하는 데 그의 미묘한 수정주의 마르크스 해석이 도움이 되리라고 믿어. 그러나 또한 나는 신적 원칙을 믿어. 이슬람이 우리의 사유에 제공할 수 있는 게 있어.

아베로에스[92] 알아? 모든 서양 사상이 서양에서만 온 건 아니야. 이슬람은 종교가 아니라 삶의 방식이고 우리의 정치체제에 제공할 뭔가를 갖고 있어. 이런 말까지 하는 건 나 자신이 이슬람의 대표자가 되기 위해서가 아니야. 사실 나는 보다시피 형편없는 이슬람이지만 언젠가는 이슬람적 수행의 삶으로 돌아갈 거야. 지금은 좋은 수행자가 아니야.

그는 말을 멈추고 웃으면서 자기가 한 말에 대한 내 반응을 가늠했다. 나는 내 생각을 전혀 드러내지 않았다. 그냥 고개를 끄덕이면서 잘 듣고 있다는 신호를 보냈을 뿐이다. 카운터 주위에 손님 서너명이 모여들었고 파루크는 미소를 지은 채 말을 이었다. 그렇지만 핵심은 내가 평화주의자라는 거야. 나는 폭력적인 강압을 믿지 않아. 있잖아, 누군가가 바로 이 자리에서 내 가족에게 총을 겨눈다 해도 난 그를 죽일 수 없어. 진심으로 하는 말이니 그렇게 놀란 얼굴 하지 마. 근데 친구, 그가 발언을 마무리하려는 듯한 어조로 말했다. 우리 모레 만나. 당신은 철학 하는 사람이지만 미국인이기도 해서, 어떤 일들에 관해 당신

---

92   Averroës(1126~98). 에스파냐 태생의 아라비아 철학자, 의학자.

한테 말하고 싶은 게 더 있어. 난 토요일 6시에 일을 마쳐. 길 건너에서 나랑 만나자. 바로 저기 모퉁이에 있는—그가 길 건너편을 가리켰다—'카자 보텔류'라는 저 포르투갈 음식점, 토요일 저녁에 우리 저기서 봐.

　　토요일, 나는 쇼세 디셀의 가파른 언덕길을 올라 포르트 드 나뮈르까지 쭉 갔고, 거기서부터 주말 쇼핑객 무리를 가로질러 애브뉘 루이즈까지, 그다음엔 브뤼셀 왕궁까지 갔다. 이따금 전차 정류장에 옹기종기 모여 있는 여자들의 얼굴을 들여다보며 그중 하나가 오마일 수도 있다는 상상을 했다. 내가 시내에 나올 때마다 이런 가능성이 다가왔다. 내가 오마를 볼 수도, 수년 동안 그녀가 따라온 길의 흔적을 발견할 수도 있었고, 오마가 자세 교정 신발과 구겨진 쇼핑백을 든 노파들 중 하나로 때때로 자기 외동딸의 외아들이 어떻게 지내는지 궁금해할 수도 있었다. 하지만 나는 그리움 어린 소원성취의 환상이 작동하고 있음을 깨달을 수 있었다. 이 일을 계속할 근거가 거의 없었고, 나의 탐색—내 보잘것없는 노력을 그렇게 부를 수 있다면 — 은 공허해져서 오로지 오마가 나이지리아에서 우리와 함께 올루모 바위를 방문해 말없이 내 어깨를 주물러주던 날의 희미한 기억으로만 남았다. 이런 생각들을 하다보니 웬지 브뤼셀에 이끌렸던 이유가 짐작보다 뚜렷하지 않아서, 내가 무심코 이 도시를 헤집고 돌아다닌 길들이 내 가족사와 무관한 논리를 따른 것은 아닌지 궁금해지기 시작했다.

날씨가 다시 부슬부슬해졌지만 비가 아닌 미세한 안개가 내리고 있었다. 우산을 가져오지 않아서 왕립미술관에 갔는데, 일단 안에 들어가자 그림을 볼 기분이 전혀 아니라는 것을 알았다. 나는 다시 바깥으로, 안개 속으로 나왔다. 그때부터는 그냥 정처 없이 에흐몬트 공원과 그곳의 음울한 청동상 갤러리를 지나 그랑 사블롱까지 내려갔다. 그곳에서는 골동품상들이 서성이면서 그들의 가치 없는 옛날 동전을 의심의 눈초리로 감시하고 있었다. 나는 전에 방문했던 작은 카페를 지나면서 키 큰 웨이트리스가 거기 있는지 잽싸게 들여다보았으나 그녀는 없었다. 거기서부터 샤펠 광장까지 내려갔다. 그곳의 대성당은 마치 난파선의 얼룩진 선체 같았고, 대성당 주위의 몇

안 되는 사람들은 각다귀처럼 조그맣고 생기 없었다. 이미 어스름하던 하늘이 금세 어두워지기 시작했다. 그 인근에 내가 한번 본 적이 있는 인도 음식점이 있었기에 그곳을 찾아 밥을 먹어야겠다고 생각했다. 전에 거길 지나가다가 고아 생선카레가 적힌 메뉴판을 눈여겨보았는데, 그때부터 그 요리가 무척 먹고 싶었다. 하지만 나는 결국 길을 잃고 벽이란 벽은 모조리 낙서투성이인 버려진 정부 주택지구를 터벅터벅 맴도는 신세가 되었다. 이때쯤에는 내 모직 코트가 흠뻑 젖어 있었다. 바로 근처에 지하철역이 없어서 나는 다시 포르트 드 나뮈르로 걸어가서 거기서 필리프까지 내려가는 버스를 탔다. 서둘러 아파트로 가서 흠뻑 젖은 코트를 갈아입고는 즉시 다시 나와 카자보텔류로 파루크를 만나러 갔다.

　　카페 구석 자리에 남자 셋이 앉아서 카드 게임을 하고 있었다. 그들의 볼품없는 옷, 느리고 신중한 동작, 테이블에 어수선하게 놓인 병들이 합해져 영락없이 세잔의 그림 같은 장면을 연출했다. 한 남자의 숱 많은 콧수염의 세부에 이르기까지 정확히 일치해서, 나는 이 장면을 뉴욕 현대미술관의 캔버스에서 이미 봤다고 장담할 수 있을 정도였다. 카페는 붐

뼜지만 안으로 들어서자 창문 가까운 저 안쪽 테이
블에 파루크가 보였다. 그가 손을 들고 미소 지었다.
한 남자가 그와 함께 앉아 있었고, 내가 다가가자 둘
이 모두 일어섰다. 줄리어스, 칼릴을 소개하고 싶어,
파루크가 말했다. 내 친구 중의 하난데, 사실 가장 절
친이랄 수 있어. 칼릴, 이 사람이 줄리어스야. 단순
한 고객 이상이지. 나는 그들과 악수하고 자리에 앉
았다. 그들은 벌써 술을 마시고 있었고 ─ 둘 다 시
메 병맥주를 시켰다 ─ 담배를 피우고 있었다. 칼릴
의 뒤쪽으로 자욱한 담배 연기 속에 어렴풋이 음식
점 안에서는 흡연을 금한다는 경고판이 보였다. 그건
새로운 법이었다. 바로 며칠 전, 새해 첫날부터 시행
되었는데, 카페 관리자건 손님이건 아무도 시행하는
데 관심이 없는 듯했다. 그들 둘과 친해 보이는 웨이
트리스가 내 주문을 받으러 왔다. 그녀는 영어를 하
는데 난 못해요, 칼릴이 영어로 말했다. 우리는 모두
웃었으나 그건 사실이었다. 그 말이 그가 내게 한 가
장 유창한 영어였다. 나는 시메 한병을 시켰다.

　　얼굴이 둥글고 말이 많은 칼릴은 프랑스어로 나
를 심문하듯 했다. 그는 내가 어디 출신인지 물었고
나는 영어로 대답했다. 그는 내가 브뤼셀에서 무얼

하고 있는지 알고 싶어했고 나는 그에게 진실의 일면을 알려주었다. 이 친구는 방금 결혼했어, 파루크가 말했다. 나는 칼릴에게 축하했고 파루크에게 결혼했는지 물었다. 그들 둘은 웃었고 파루크는 고개를 저으며 아직 안 했어, 하고 말했다. 칼릴이 내게 무어라 말했는데, 미국은 큰 나라지만 위대한 나라는 아니라는 뜻으로 들렸다. 나는 그에게 내 프랑스어가 그의 영어보다 별로 나은 게 없으니 조금만 더 천천히 말해달라고 부탁했다. 미국에 정말로 좌파가 있어? 그가 말했다. 칼릴은 보다시피 마르크스주의자야, 파루크가 은근히 놀리는 투로 말했다. 있어, 내가 말했다. 미국에 좌파가 있고, 그것도 활동적인 좌파지. 칼릴은 진짜로 놀란 표정이었다. 거기 좌파는 여기 우파보다 더 우파적인 게 분명하네, 그가 말했다. 칼릴은 내가 알아듣기에는 너무 빨리 말해서 이 말은 파루크가 나를 위해 통역을 해야만 했다. 꼭 그렇진 않아, 내가 말했다. 쟁점마다 강조점이 다르거든. 민주당원들은 정치권력을 공유하고 있지만 진정한 좌파들도 있고, 그들은 많은 점에서 십중팔구 당신 견해에 동의할 거야. 거기는 중요한 쟁점이 뭐야? 칼릴이 물었다. 좌파와 우파가 서로 이견이 있는 건 뭐고? 나는 그의 물음에 답하려고 의견이 갈리는 쟁점들을 꼽아나가다가 임신중절, 동성애, 총기규제 같은 쟁점들이 얼마나 저속한가 싶어 살짝 당혹감을 느꼈다. 칼릴이 마지막 항목인 총기규제에 어리둥절한 표정을 짓자 파루크가 "무기"라고 말했다. 유럽에서와 같은 방식은 아니지만 이민 역시 쟁점이지, 내가 말했다. 그럼 팔레스타인은? 칼릴이 말했다. 당신네 민주당과 공화당은 그 문제에서는 단결한 것 같은데.

이름이 폴리나인 그 웨이트리스가 드디어 내 맥주를 가져왔고 우리는 건배했다. 맥주가 술술 넘어갔고 그 바람에 나는 새롭게 즐거운 배로 옮겨 탄 기분이었다. 그 문제는 그렇게 간단치 않아, 내가 말했다. 미국에도 팔레스타인의 대의에 대한 좌파의 강력한 지지가 있어. 예컨대 뉴욕의 내 친구들 다수는 이스라엘이 점령지역에서 끔찍한 짓을 하고 있다고 생각해. 그러나 실제적인 차원에서, 우리 정부의 입장에서는 글쎄, 이스라엘에 대한 지지가 양당 모두에서 상당히 견고하지. 예루살렘에 대해서는 기독교도들이 유대인들의 생각과 대체로 보조를 맞추기 때문에 그건 종교와 관련이 있다고 생각해. 하지만 동시에 이스라엘의 강력한 로비와도 상관있지. 적어도 그게 좌파 경향의 잡지와 언론이 지적하는 바야. 그런데다 우리가 문화와 통치의 요소를 이스라엘과 공유하고 있다는 인식도 있고.

그건 이상한 일이지, 파루크가 말했다. 이스라엘 이 민주적이라고들 하지만 이스라엘은 사실 종교 국 가야. 종교 사상을 기반으로 작동하거든. 그는 이 말 을 칼릴을 위해 프랑스어로 통역했고 칼릴은 동의의 표시로 고개를 끄덕였다. 그들은 둘 다 줄담배를 피 우고 있었다. 하루에 한갑? 내가 물었다. 나는 두갑, 칼릴이 말했다. 근데 잠깐, 이거 흥미로운걸, 그가 덧 붙였다. 미국이 공동체주의에 그렇게 사로잡혀 있다 는 거 말이야. 나는 파루크에게 공동체주의라는 게 무슨 뜻인지, 그게 '정체성 정치' 비슷한 것인지 물었 으나 그는 아니, 정확히 말하면 그렇지 않아, 하고 말 했다. 칼릴이 공동체주의에 대해 말하기 시작했다. 공동체주의는 소수자들의 이익에 부당한 영향력을 부여했으며 논리적 결함이 있다는 취지였다. 백인은 인종이고 흑인은 인종이지만 스페인어는 언어야, 그 가 말했다. 기독교는 종교고 이슬람은 종교지만 유대 는 종족이지. 말이 안 되는 거야. 수니는 종교고 시아 는 종교지만 쿠르드는 부족이라는 거, 알지? 그는 그런 식으로 몇분간 계속했고, 나는 그의 논지의 실마리를 놓쳤지만 파루크에게 통역해달라고 부탁하지 않았다. 나는 맥주를 마셨다. 칼릴은 그 주제로 상당히 달아올랐다. 가끔씩 고개를 끄덕이면서 그의 말을 알아듣는 시늉을 하는 편이 편했다.

나는 점점 배가 고팠고 폴리나가 다시 들렀을 때 샐러드와 갈비구이를 좀 시켰다. 칼릴은 공동체주의 이야기를 할 만큼 한 모양이었다. 그가 짓궂게 눈짓하며 당신한테 뭐 물어볼게, 하고 말했다. 미국 흑인들 ─ 그는 영어 표현을 사용했다 ─ 그 사람들 정말 MTV에 비치는 모습대로 랩 하고 힙합댄스 추고, 여자들도 그래? 왜냐하면 여기서 우리가 보는 건 그것밖에 없거든. 실상이 그런 거야? 글쎄, 이런 식으로 답해볼게, 나는 천천히 영어로 말했다. 많은 미국인들은 유럽의 무슬림들이 여자일 경우 머리끝부터 발끝까지 가리고, 남자일 경우 덥수룩한 턱수염을 기르며, 이슬람에 대한 모욕으로 느껴지는 일에 항의하는 데만 관심이 있다고 으레 생각해. 서민들 ─ 이 표현, 이해하나? ─ 보통의 미국인은 유럽의 무슬림들이 카페에 앉아서 맥주를 마시고 말보로를 피우며 정치철학을 논한다는 상상을 거의 하지 못해. 마찬가지

로, 미국 흑인들은 다른 미국인들과 비슷해. 그들도
다른 사람들과 비슷한 거야. 똑같은 종류의 직업을
갖고 있고, 평범한 집에서 살고, 자식들을 학교에 보
내. 그들 중 다수가 가난한 건 사실이고 역사적인 이
유로 그렇지. 그리고 그들 중 다수는 힙합을 좋아하
고 거기에 삶을 바치기도 하지만, 그들 중 일부가 엔
지니어, 대학교수, 변호사, 장군인 것도 사실이야. 심
지어 지난 국무장관 둘도 흑인이었고.

　미국 흑인들은 우리처럼 동일한 초상肖像의 희생
자들이지, 파루크가 말했다. 칼릴이 그의 말에 동의
했다. 동일한 초상 맞아, 내가 말했다. 하지만 권력이
란 게 그런 거지. 권력을 가진 자가 인물 묘사를 통제
해. 그들은 고개를 끄덕였다. 내가 주문한 음식이 나
왔고 나는 그들에게 함께 먹자고 청했다. 그들은 군
말 없이 감자튀김을 조금씩 먹고 맥주를 더 시켰다.

　초상 이야기를 하자면, 사담 후세인은 중동의 독
재자들 중 가장 덜해, 칼릴이 말했다. 가장 덜해. 나
는 그가 하는 말을 제대로 알아들었는지 확인하려고
파루크를 돌아봤다. 사실이야, 파루크가 말했다. 나
역시 사담이 가장 온건했다고 생각해. 그들이 사담을
죽인 이유는 오로지 미국인들에게 반기를 들었기 때

문이야. 하지만 사담은 자기 나라의 권리를 지키려고 제국주의에 맞섰기 때문에 추앙받아 마땅하다는 게 내 의견이야. 난 전혀 그런 식으로 보지 않아, 내가 말했다. 그 사람은 도살자였고, 그건 당신들도 알잖아. 그가 죽인 사람이 수천명이야. 파루크는 고개를 젓고서 지금 미국인들 치하에서 훨씬 더 많은 사람들이 죽지 않았을까? 하고 말했다. 사담은 고작 백사십팔명을 죽인 걸로 유죄판결을 받았어, 칼릴이 말했다. 독재라면 모로코 왕이 더 심했고 리비아의 카다피, 이집트의 무바라크, 그런 식으로 그 지역 전체가 다 그렇다고 할 수 있지 — 칼릴이 양손으로 휩쓰는 시늉을 했다 — 그 지역 전체가 독재자로 가득하고 그냥 독재자일 뿐 아니라 최악의 독재자들이야. 그 독재자들이 권좌에 남아 있는 건 미국인들에게 자기 나라의 국익을 팔기 때문인 거고. 우린 모로코 왕을 증오해. 우리 중 몇몇은 진짜로 그를 증오하지. 이 인간은 1970년대에 공산주의가 부상할 때는 이슬람주의에 호소했지만 이슬람주의자들이 정치적 힘을 얻기 시작하자 자본주의적, 세속주의적 분파들에 영합했어. 그의 통치하에서 수천의 사람들이 죽었고 수천의 사람들이 실종됐어. 이게 사담과 얼마나 다르지?

한가지는 확실하게 말할 수 있어. 나는 하마스를 지지해. 나는 그들이 저항운동을 하고 있다고 생각해.

그럼 헤즈볼라는? 내가 말했다. 당신은 그들도 지지하는 거야? 그렇지, 그가 말했다. 헤즈볼라, 하마스, 같은 거야. 저항인 거야, 간단해. 모든 이스라엘인 집에는 무기가 있어. 나는 파루크를 보았다. 그가 나를 똑바로 쳐다보며 말했다. 나도 생각이 같아. 그건 저항이야. 그럼 알카에다는 어때? 내가 말했다. 사실 끔찍한 날이었지, 쌍둥이 빌딩은, 칼릴이 말했다. 끔찍했어. 걔들이 아주 심한 짓을 저지른 건 맞아. 하지만 난 걔들이 왜 그런 짓을 했는지 이해해. 이 사람, 극단주의자네, 내가 말했다. 파루크, 내 말 듣고 있는 거야? 네 친구는 극단주의자라고. 그러나 나는 실제로 느끼는 것보다 더 크게 격분하는 척했다. 내가 느낀 것은 분노보다 슬픔이 더 컸지만, 이게 게임이라면 그 게임에서 나는 격분한 미국인인 상황이었다. 분노, 그리고 '극단주의자' 같은 단어를 너무 진지하지 않게 사용하는 것이 슬픔을 다루는 것보다 쉬웠다. 이게 바로 아랍인들의 사고방식이라고 미국인들이 생각하는 거야, 내가 그들 둘에게 말했다. 이런 상황이 정말 슬퍼. 그런데 너, 너는 어때, 파루크? 너도 알카에다를 지지해?

파루크는 한동안 조용했다. 그는 맥주를 따랐고, 마셨으며, 몇초인지 꽤 오랫동안 우리는 말없이 앉아 있었다. 그러더니 그가 우리 전래 설화, 솔로몬 왕에 관한 이야기 하나 들려줄게, 하고 말했다. 솔로몬 왕이 한번은 뱀과 벌에 대한 가르침을 주셨어. 솔로몬 왕의 말에 따르면, 뱀은 죽임으로써 자신을 방어해. 하지만 벌은 죽음으로써 자신을 방어하지. 알다시피 벌은 쏘고 난 다음에는 죽잖아. 마찬가지야. 방어하려고 죽는 거지. 그러니, 모든 피조물은 자기 힘에 걸맞은 방법을 지니고 있어. 난 알카에다가 한 행위에 동의하지 않아. 그들은 나라면 사용하지 않을 방법을 사용하니까, 내가 '지지한다'는 단어를 쓸 수는 없어. 그러나 난 지금 그들의 잘잘못을 판단하는 게 아니야. 전에 말했듯이, 줄리어스, 나는 네가 이걸 이해해야 한다고 생각해. 내 생각에, 팔레스타인 문제야말로 우리 시대의 중심적인 문제야.

파루크의 얼굴이 변했고 —느닷없는 듯했지만 내가 무의식적으로 이 점을 골똘히 생각했던 게 분명한데— 나는 그 얼굴에서 놀랄 만한 유사성을 보았다. 그는 로버트 드니로와, 특히 「대부 2」의 젊은

245

비토 코를레오네 역의 드니로와 판박이였다. 가늘고 검은 일자눈썹, 신축적인 표정, 회의감이나 수줍음을 감추는 가면 같은 미소, 갸름한 미남형인 것까지. 삼십년 전의 유명 이탈리아계 미국인 배우와 현재의 무명 모로코 정치철학자, 둘의 거리는 멀지만 얼굴은 똑같았다. 삶이 이런 사소한 방식으로 되풀이되다니 얼마나 경이로운지. 내가 둘이 닮은 것을 눈치챈 것은 오로지 파루크가 하루 이틀 면도를 하지 않아 턱과 입 주위에 그늘이 진 덕분이었다. 그러나 일단 그걸 알아보자 나는 그 유사성에 빠져 끊임없이 비교하거나 정신을 빼앗기지 않을 도리가 없었다. 그것은 우리가 대화하고 술 마실 때 무슨 일이 벌어지든 따라붙는 의미 없는 시각적 대응물이 되었다.

드니로의 미소는 무슨 의미였지? 그, 드니로는 미소 지었지만 무엇에 대한 미소인지는 알 수 없었다. 어쩌면 이 때문에 파루크를 처음 만났을 때 내가 깜짝 놀란 건지도 모른다. 무의식적으로 나는 그의 미소를 확대해석하고 그의 얼굴을 다른 사람의 얼굴과 관련 지으면서, 호감은 가지만 두려운 얼굴로 읽어온 것이다. 나는 이런 극히 사소한 이유 때문에 그의 얼굴을 젊은 드니로의 얼굴로, 매력적인 사이코패스로 읽었던 것이다. 그리고 내가 한때 두려워했던 불가해한 얼굴이 아니라 이 얼굴이, 지금 우리에겐 미국이 일종의 알카에다야라고 말하고 있었다. 그건 무의미할 정도로 너무나 일반적인 진술이었다. 그 말은 아무런 힘이 없는데다 그는 아무런 확신도 없이 그 말을 했다. 그의 말에 나는 이의를 제기할 필요가 없었고 칼릴은 아무런 말도 덧붙이지 않았다. "미국은 일종의 알카에다야." 그 말은 담배 연기와 함께 붕 떠돌았고 그러다 죽었다. 몇주 전이었다면, 말하는 사람의 정체가 아직 미지수였던 때라면 그 말이 더 많은 것을 뜻했을지 모른다. 이제 그는 자기 역량을 과신했고, 나는 논쟁의 추이가 내게 유리한 쪽으로 이동했음을 감지했다.

그래선지 그는 방향을 바꿨다. 우리가 어렸을 때, 아니, 내가 어렸을 때라고 말해야겠지, 유럽은 하나의 꿈이었어, 그가 말했다. 그냥 꿈이 아니라 바로 그 꿈, 즉 사상의 자유를 나타내는 거였어. 우리는 여기 유럽으로 와서 이 자유로운 공간에서 우리의 정신을 훈련하고 싶었어. 라바트에서 학부를 다니고 있었을 때 나는 유럽을 꿈꿨어. 친구들과 나, 우리 모두가 그랬어. 이미 안 좋은 감정을 가지고 있던 미국이 아니라 유럽 말이야. 그러나 실망했어. 유럽은 그냥 자유롭게 보일 뿐이야. 그 꿈은 허깨비였던 거지.

사실이야, 칼릴이 말했다. 유럽은 자유롭지 못해. 수사적으로는 자유를 주장하지만 오로지 수사일 뿐이야. 이스라엘에 관해 무슨 발언을 하면 육백만 유대인 희생자로 입이 틀어막히거든. 그걸 부정하는 건 아니지? 실제로 그 수치에 의문을 표하는 건 아니지, 그렇지? 내가 잽싸게 말했다. 그게 요점이 아니잖아, 칼릴이 말했다. 요점은, 그걸 부정하는 게 위법이고 논의 중에 그 문제를 거론하는 것조차 불문법에 반한다는 거야. 파루크가 동의했다. 우리가 팔레스타인 상황을 말하려 하면 육백만 얘기를 듣게 돼. 육백만은 물론 끔찍한 비극이야. 육백만, 이백만, 하나의 인간, 죽음이 괜찮았던 적은 없어. 하지만 그게 팔레스타인 사람들하고 무슨 관계가 있지? 그게 유럽의 자유 개념인가?

파루크는 목소리를 높이지 않았지만 그 말의 강렬함이 손에 잡힐 듯했다. 팔레스타인 사람들이 나치 수용소를 지었나? 그가 말했다. 그리고 아르메니아 사람들은 어떡하고? 유대인이 아니라서 그들의 죽음은 의미가 덜 한 건가? 아르메니아인들에게 마법의 숫자는 뭘까? 육백만이 그렇게 중요한 이유를 말해줄게. 그건 유대인이 선택된 민족이라서야. 캄보디아인들은 잊어, 미국 흑인들은 잊어, 이게 유일무이한 고통이야 하는 식이지. 그러나 나는 그런 발상을 거부해. 그건 유일무이한 고통이 아니거든. 스탈린 치하의 이천만은 어떡하고? 이데올로기적인 이유로 죽임을 당한다고 해서 더 나은 건 아니야. 죽음은 죽음이고, 그러니 미안하지만 육백만이 특별한 건 아니야. 난 그 숫자, 논의될 수 없는 그 성스러운 숫자가 칼릴의 말대로 모든 토론을 종식시키는 데 이용된다는 것에 늘 좌절감을 느껴. 유대인들은 세상을 침묵시키기 위해 그 숫자를 이용해. 난 사실 정확한 숫자가 뭔지 아무 관심 없어, 젠장. 모든 죽음은 고통이야. 타자들도 역시 고통을 겪었고, 그게 바로 역사인 거야, 고통이.

폴리나가 접시를 치우러 왔고 우리는 술을 한 병씩 더 시켰다. 나는 파루크에게 식사는 직접 만들어 먹는지 아니면 외식하는지 물었다. 둘 다 아니야, 그가 말했다. 흡연 때문에 식욕이 없어서 별로 안 먹어. 그는 드니로 미소를 짓고 대화의 방향을 되돌렸다. 노먼 핑컬스틴[93]이라는 사람 책 읽어봤어? 나는 고개를 저었다. 기회 있으면 이 사람 한번 찾아봐. 그는 유대인이지만 홀로코스트 산업에 대한 강력한 연구서를 집필했어. 이 사람은 자기 부모가 아우슈비츠 생존자들이기 때문에 자기가 무슨 말을 하고 있는지 알고 있어. 반유대주의자는 아니지만 홀로코스트를 이용해 이윤을 창출한다든지 착취하는 것에 반대하지. 이 사람 이름 써줄까? 확실히 기억할 거지? 좋아, 그럼 이 사람 글을 한번 읽어봐. 그런 다음에 어떻게 생각하는지 말해줘.

휴대폰 벨이 울렸다. 칼릴의 휴대폰이었다. 그는 전화를 받아 아랍어로 빠르게 말했다. 전화를 끊자 자기는 자리를 떠야 한다고 말했다. 그와 파루크가 아랍어로 몇마디 주고받았는데, 내 앞에서 그들이 그렇게 한 적은 그때가 처음이었다. 칼릴이 간 다음에 파루크가 말했다. 알다시피, 저 친구 좋은 친구야. 사실 나의 절친이랄 수 있지. 그는 거리 맞은편에 있는 전화 가게와 이 도시의 몇몇 다른 가게들의 실질적인 소유자야. 그러니까, 내 사장님이지. 하지만 그는 사장이 되는 거나 사장처럼 구는 걸 대수롭지 않

---

93 Norman Finkelstein(1953~). 미국의 정치학자, 활동가. 이스라엘-팔레스타인 문제를 천착했다.

게 생각해. 우리는 테투안이라는 같은 도시 출신이야. 그는 있잖아, 후해. 실은 바로 지금도 나가면서 카운터에서 우리 술값, 네 음식값 등 모든 비용을 냈어. 그는 그냥 그래. 그냥 주고, 준 것에 대해 두번 다시 생각지 않아.

내 생각은 이래, 파루크가 말을 이었다. 독일이 이스라엘에 대해 책임을 져야 해. 누군가가 부담을 져야 한다면 팔레스타인 사람들이 아니라 그들이 져야 해. 유대인들이 팔레스타인으로 왔어. 왜지? 그들이 이천년 전에 거기서 살았기 때문에? 이게 어떤 건지 한가지 예를 들어볼게. 칼릴과 나, 우리는 모로코인이고 무어인이야. 우리는 예전에 스페인을 통치했어. 자, 만약 우리가 스페인 반도를 침략하고는 우리 조상들이 중세 때 여기를 통치했으니 여기, 스페인, 포르투갈 모두 우리 땅이다라고 말한다면 어떨까? 말도 안 되지, 그렇지? 그러나 유대인들은 특별 케이스야. 오해하지 마, 난 유대인들에게 개인적으로 반대하는 게 아니야. 오늘날에도 모로코에는 많은 유대인들이 있고 지역공동체의 일원으로 환영받고 있어. 그들은 우리와 똑같이 생겼어, 물론 우리보다 사업수완은 더 좋지만. 난 가끔 직업적인 이유 때문에라도 어쩌면 유대인이 됐어야 한다고 생각해. 모든 걸 잘해나갈 수 있을 테니까. 내가 반대하는 건 시온주의, 누군가가 이미 살고 있는 땅에 대한 그들의 이런 종교적인 주장이야.

나는 그에게 미국에서는 이스라엘에 대한 강한 비판이 반유대주의가 될 수 있기에 특히 조심한다고 말하고 싶었다. 하지만 말하지 않았다. 반유대주의에 대한 나 자신의 두려움은 인종주의에 대한 두려움과 마찬가지로 오랜 시련을 통해 합리성 이전의 것이 되었음을 알고 있었기 때문이다. 내가 그에게 받아들이게 하고 싶은 것은 논쟁이 아니라 요청일 것이다. 내가 체득한 반사작용을, 그러니까 그가 자라난 사회나 그가 지금 기능하고 있는 사회와 다른 사회의 신앙심을 채택해보라는 요청 말이다. 하지만 '유대 민족'Jewish people이 아니라 '유대인들'Jews이라고 말할 때 미국인의 귀에 불러일으키는 미묘한 의미 차이를 그에게 묘사해봤자 별로 도움이 되지 않을 것이다. 나는 또한 그가 자신의 핵심 이상이 종교적임에도 종교적 이상을 공격하는 문제점을 추궁하고 싶었지만, 논쟁이 진행되면서 부질없음만 쌓여가는 것 같은 느낌이 들기 시작했다. 말을 아끼는 편이 나았다. 그래서 그 대신 테투안에 있는 그의 가족들에 대해, 거기서 자랄 때의 삶이 어땠는지에 대해 이야기해달라고 청했다. 이때쯤에 카페는 훨씬 조용해졌고 카드 게임을 하는 사람들도 집에 갔다. 심지어 비도 그날 밤은 서서히 그치는 듯했다. 몇몇 손님들이 남아서 우리처럼 술을 마시며 이야기하고 있었다. 폴리나가 다시 우리 테이블에 왔을 때 내게 같은 술을 더 원하는지 물었지만, 나는 감사하고 충분히 마셨다고 말했다. 파루크는 술 한병을 더 시켰다.

나는 팔남매 중 셋째야, 그가 말했다. 아버지는 군인이었어. 군인 봉급으로는 우리 가족의 생계가 넉넉지 않았지. 솔직히 말해서 아주 빠듯한 살림이었어. 군인들은 봉급이 많지 않았고 사회적 지위도 높지 않았어. 아버지는 엄한 분이었고 내가 남자답지 못하다고 생각했기에 특히 내게 엄했어. 지금은 퇴역했지. 그러나 나와 형 사이는 더 나빴어. 형은 독일 쾰른에 살고 있고 아주 독실해. 글쎄, 우리 가족은 전부 신심이 깊고 내가 사실상 종교에서 멀어진 유일한 사람이지. 하지만 형은 종교에 대해 너무 진지해. 형, 누나, 그리고 나, 우리가 위로 세 남매야. 형은 내가 쓸데없는 공부에 시간을 낭비한다고 생각해. 형

253

은 사업가이고 신경 쓰는 거라곤 사업밖에 없어. 형은 나한테 공부가 왜 중요한지 이해하지 못하고 지적인 삶에 대한 감각이 전혀 없는데, 지적인 삶을 오해하는 정도가 아니라 적대적이야. 나는 아버지와 관계가 안 좋지만 형과의 관계는 훨씬 더 안 좋아. 형은 독일 여자와 결혼했지만 체류 증서를 받자 이혼했고, 고국으로 돌아가서 모로코 아내를 데려왔어. 그게 원래 계획이었냐고? 모르겠어. 형은 위선자야.

나는 나머지 가족들과 더 가까워. 돈이 없어서 모로코에 자주 갈 순 없지만 어머니와 가깝게 지내. 어머니는 내 인생에서 가장 중요한 사람이야. 필시 네 어머니도 너한테 그만큼 중요하겠지. 어머니들이 원래 그렇지. 어머니는 나를 좀 걱정해. 내가 결혼하기를 바라는 거지, 맞아. 하지만 그보다 내가 금연하지 않아 한걱정이야. 물론 어머니는 내가 술을 마신다는 건 알지도 못해. 난 스무살 남동생한테 긴 편지를 써. 그게 내 공부의 한가지 쓰임새지. 난 동생들에게 무얼 생각할지를 말하진 않아. 하지만 걔들이 생각하는 법을 배울 수 있게 돕고 싶어. 동생들 각자가 자신의 상황을 가늠할 수 있고 스스로 결론 내릴 수 있음을 알기를 바라지. 나는 있잖아, 이상한 아이였어. 수업을 빼먹고 다른 데 가서 혼자서 책을 읽곤 했어. 수업을 들어서 배운 게 하나도 없어. 흥미로운 건 모두 책 속에 있었어. 세상의 다양성을 인식하게 된 것도 책 덕분이었어. 그렇기 때문에 난 미국을 단일체로 보지 않아. 이 점에서 나는 칼릴과 같지 않아. 난 미국에 다른 생각을 가진 다른 사람들이 있다는 걸 알고 있고, 핑컬스틴에 대해, 놈 촘스키에 대해 알고 있어. 내게 중요한 건 아랍 세계라고 불리는 곳에 있는 우리도 단일체가 아니라는 걸, 우리 모두가 개별자들이라는 걸 세상이 알아보는 거야. 우린 서로 의견이 달라. 방금 내가 내 절친의 의견에 동의하지 않는 걸 봤잖아. 우린 개별자들이야.

내 생각에는 너와 미국이 서로를 필요로 하는 것 같은데, 내가 말했다. 우리가 그런 말을 나누는 순간, 20세기 이전에 혹은 20세기가 막 그 잔인한 경로를 내달리기 시작하는 시점에 대화를 나누고 있다는 느낌을 피하기 어려웠다. 우리는 갑자기 팸플릿, 연대連帶, 증기선 여행, 세계의회, 급진주의자들의 언어에 귀 기울이는 젊은이들의 시대로 되돌아가 있었다. 나는 그로부터 수십년 후에 등장한 로스앤젤레스의 펠라 쿠티[94]를 생각했다. 미국의 자유와 미국의 불의와 맞닥뜨리면서 형성되고 단련된 개별자들, 미국이 주변부 민족들에게 가한 최악의 행위를 목격함으로써 그들 내면에서 뭔가가 각성된 개별자들을 생각했다. 심지어 이렇게 뒤늦은 시기에도, 미국의 반테러 정권에서도 파루크는 미국이라는 불지옥에 들어오면 여전히 혜택을 볼 수 있는 것이다.

그런 상상의 순간에는 순진한 흥분이 있었다. 그러나 내가 파루크를 정말로 손님으로 초대한다면, 그리고 그가 수락한다면, 나는 그런 초대를 실행할 세부 계획이 두려웠다. 하지만 파루크가 잽싸게 말했다. 아냐, 난 그곳을 좋아하지 않아. 난 미국을 방문하고 싶은 욕망이 없어. 아랍인으로서는 확실히 그렇고, 지금은 때가 아니야. 거기서 모든 걸 감내하고 싶지 않아. 그 말을 할 때 그는 혐오의 표정을 지었다. 나는 그에게 내게 아랍인 친구들이 있고 그들은 좋은 친구들이며 그의 두려움은 근거 없는 것이라고 말할 수도 있었다. 하지만 그건 거짓말이었을 것이다. 나 역시 좌파적 신념을 지닌 북아프리카 무슬림으로서 단독으로는 미국을 방문하고 싶지 않았을

---

94 Fela Cuti(1938~97). 나이지리아 출신의 대중음악가. 서아프리카 음악과 미국의 펑크·재즈를 결합해 '아프로비트'를 만들어냈다.

터이다. 베네딕트 앤더슨이라는 저술가가 있는데, 그가 반대한 것이…… '레 뤼미에르', 그걸 뭐라고 부르지? 하고 파루크가 말했다. 계몽주의? 내가 말했다. 맞아, 계몽주의, 파루크가 말했다. 앤더슨은 계몽주의가 합리성을 권좌에 앉히지만 종교적 신념이 남겨놓은 공백을 메우지 못한다는 이야기를 했어. 그 공백은 성스러운 것이, 이슬람의 가르침이 메워야 한다는 게 내 견해야. 비록 내가 지금 당장은 훌륭한 무슬림이 아니지만, 난 이 견해를 절대적이고 핵심적인 것으로 간직하고 있어.

그럼 샤리아는 어때? 내가 말했다. 난 샤리아에 가혹한 형벌만 있는 게 아니라는 걸 알고 있고 네가 무슨 말을 할지 예상할 수 있어. 샤리아는 사실 사회가 조화롭게 기능하는 데 관한 거라고 말하겠지. 하지만 손을 자르고 여자들을 돌로 쳐 죽이는 그 사람들을 넌 어떻게 생각하는지 알고 싶어. 쿠란은 하나의 텍스트야, 파루크가 말했다. 하지만 이슬람 역시 역사가 있다는 걸 사람들은 잊어. 이슬람은 고정된 게 아니야. 움마라고, 공동체도 있어. 모든 해석이 타당한 건 아니지만 난 이슬람이 가장 세속적인 종교라는 게 자랑스러워. 이슬람은 우리가 이 세상에서

사는 방식, 나날의 삶에 관여하고 있어. 이거 알지(그러면서 파루크는 갑자기 지복至福의 표정을 지어 보였는데, 그건 내가 지금껏 그에게서 보지 못한 표정이었다), 핵심은 내가 선지자 무함마드를 아주 깊이 사랑하고 있다는 거야. 나는 이 사람 자체와 그의 삶을 정직하게 사랑하고 있어. 한 잡지에서 최근에 여론조사를 해서 사람들이 역사상 가장 영향력 있는 사람에게 투표했어. 누가 넘버원이었는지 알아? 무함마드였어. 말해봐, 이게 왜 그런 걸까?

그렇지만 너는 메카나 메디나에서 살 수 있다고 생각해? 내가 말했다. 그런 성지에서 개별자의 자유는 어떻게 되지? 이슬람 신앙의 중심 도시로 이사한다면 담배와 시메 맥주는 어떡하고?

메카와 메디나는 특별한 경우야. 그래, 난 성지에서 살 수 있을 거야. 난 성지를 '도덕적 풍경'으로 보고 싶어. 그 장소에는 영적인 에너지가 깃들어 있는데, 그걸 통해 신체적인 한계를 감당할 수 있어. 난 지금은 이걸—그는 손짓으로 맥주병을 가리켰다—마시고 있고 이게 내가 한 선택이라는 걸, 그리고 이 선택의 결과로 천국의 포도주를 누리지 못하리라는 걸 알고 있어. 폴 드 만[95]이 말한 통찰과 맹목에 관해선 너도 알고 있겠지. 그의 이론은 다른 것들을 실제로 모호하게 만들 수 있는 통찰, 맹목이 될 수 있는 통찰과 관련이 있어. 또한 역으로, 맹목으로 보이는 것이 어찌해서 가능성을 열어줄 수 있는가의 문제와도 관련 있지. 맹목의 형식인 통찰에 대해 생각할 때면 신 자체와 신이 인간존재에게 제공하는 것들을 보지 못하는 합리성, 합리주의가 생각나. 그게 계몽주의의 실패인 거지.

게다가 드 만은 우연찮게도 내가 칠년 전 모로코에서 여기로 와서 다녔던 바로 그 대학교[96]의 학생이었어. 나는 비판이론으로 석사학위를 하려고 지원했어, 거기 학과는 비판이론으로 유명하니까. 그게 나의 꿈이었고, 나 같은 젊은이들이 아주 딱 맞는 꿈을 가질 수 있는 길이었어. 난 제2의 에드워드 사이드가 되고 싶었어! 비교문학을 연구하고 그걸 사회비평의 발판으로 활용함으로써 그렇게 되려고 했지. 체류 증서 처리가 늦어져서 난 늦게 출발할 수밖에 없었는데, 대학 당국의 요구에 따라 석사과정 필수과목들을 2001년 1월부터 그해 8월까지 단 팔개월 내

95   Paul de Man(1919~83). 벨기에 출신 문학평론가, 이론가.
96   브뤼셀 자유대학교를 가리킨다.

에 모두 이수해야만 했어. 그런 다음 난 가스통 바슐라르의『공간의 시학』에 관한 석사논문을 썼지.

　　학과에서 내 논문을 거부했어. 무슨 근거냐고? 표절이라는 거야. 이유는 대지 않았어. 그냥 내가 십이개월 내에 다른 논문을 제출해야 한다고만 했어. 완전히 짓밟힌 거지. 난 학교를 떠났어. 표절이라고? 유일한 가능성이라면 그들이 내 영어와 이론 실력을 믿지 않았거나, 아니면 그 세계적 사건, 내가 어떤 역할도 하지 않은 사건 때문에 나를 벌준 것일 수 있는데, 후자의 가능성이 훨씬 커. 내 학위논문 심사위원회는 2001년 9월 20일에 모임을 가졌는데, 그 위원들에겐 언론에서 9·11사건을 대서특필하고 있는 와중에 이 모로코인이 차이와 계시에 관해 쓰고 있는 꼴이었지. 그해가 바로 내가 유럽에 대한 모든 환상을 잃어버린 해였어. 유럽이 모로코 왕의 압제에 대한 완벽한 대답이 되리라고 여겼는데. 난 실망했어.

　　내 어린 시절의 어리석은 꿈은 스물다섯살에 박사학위를 받는 거였어. 나는 스물한살에 라바트 대학에서 학사학위를 마쳤고 내 갈 길을 정확히 알고 있었어. 근데 난 이제 스물아홉이야. 난 리에주의 대학교로 옮겨왔고 시간제로 번역 석사학위를 하고 있어.

일주일에 두번, 가끔은 세번 학교에 가지만 내면 깊숙한 곳에서는 이게 나와 아무런 상관이 없는 코스라는 걸 알고 있어. 나는 학자가 될 운명이야. 번역으로 박사에 지원할 수도 있겠지. 바벨에 대해, 어째서 하나의 언어에서 수많은 언어들이 나왔는지에 대해 쓰고 싶어. 아마도 종교적인 발상이겠지만 이걸로 학문적인 연구를 할 수도 있어. 내 첫번째 선택은 아니지만 어쩌겠어? 다른 쪽 문은 이제 닫혔는데.

　파루크의 눈이 빛났다. 상처는 깊었다. 파루크와 똑같은, 얼마나 많은 예비 급진주의자들이 바로 그런 무시로 말미암아 빚어졌을까? 둘 다 자리를 떠야 할 시간이었다. 그는 나를 자신의 고통에 너무 가깝게 데려갔고 나는 더이상 그를 보지 않았다. 그 대신 내가 본 것은 젊은 비토 코를레오네, 그가 리틀 이탤리[97]의 옥상들을 건너 몰래 이동해 곧 권력을 빼앗길 그 지역 대부의 집을 향해 가던 모습이었다. 젊은 비토의 의지는 그가 상상하거나 욕망한 것보다 훨씬 더 멀리 그를 데려갈 테고, 그의 미래는 오로지 단 한번의 살인 행위만 마음에 품고 낮은 지붕들을 건

97　맨해튼 남부 이탈리아계 거주지역.

너뛰며 잽싸게 움직이는 그 유연한 젊은이와는 전혀
균형이 맞지 않아 보일 것이다.

　파루크가 잔을 비웠다. 그에게는 뭔가 강력한 것
이, 끓어오르는 지성이, 스스로를 불굴이라고 믿고
싶어하는 뭔가가 있었다. 그러나 그는 좌절당한 이들
중의 하나였다. 그의 인생 대본은 균형을 유지할 것
이다.

10

　　나는 누이와 함께 라고스를 가로질러 뛰고 있었
다. 우리는 마라톤을 하는 중이었고 떠돌이들과 길거
리 개들을 길가로 밀쳐내야만 했다. 하지만 나는 누
이가 없고 외동이다. 퍼뜩 깨어보니 아주 캄캄했다.
눈이 적응하려고 애썼다. 따뜻한 침대에서 차 소리
를 들었다. 이런 식으로 깰 때는 언제나 그렇듯이 시
간을 알기가 불가능했다. 그러나 더 깊은 공포가 즉
시 나를 사로잡았다. 내가 어디 있는지 기억할 수 없
었던 것이다. 따뜻한 침대, 어둠, 차 소리. 여기가 어
느 나라지? 이 집은 누구 집이고 난 누구와 함께 있
는 건가? 손을 뻗었는데 침대에는 아무도 없었다. 나
는 파트너가 없는 건가, 아니면 파트너가 멀리 떨어
져 있기 때문에 혼자였던가? 세상은 존재하지만 나
는 더이상 세상의 일부가 아니라는 감각에 빠져 나
자신한테도 익명인 느낌으로 어둠 속을 부유했다.
　　답을 찾은 것은 첫번째 물음, 파트너에 관한 물

음이었다. 나는 파트너가 없었고 혼자였다. 그 사실
이 당도했고, 그러자 즉시 나는 진정되었다. 고통은
알지 못한다는 데 있었다. 그런 다음 다른 정보가 도
래했다. 나는 벨기에의 브뤼셀에, 임대한 아파트에
있었고 그 아파트는 건물의 1층에 있었으며, 바깥의
우르릉 소리는 쓰레기수거 트럭들에서 나는 것이었
다. 수거 트럭들은 금요일마다, 동트기 전에 왔다. 나
는 존재 없는 몸뚱이가 아니라 내 나름 중요한 누군
가였다. 멀리서, 천천히 나 자신에게로 되돌아왔다.
나의 정체성을 받쳐주는 이 바닥짐을, 사소해 보이지
만 그것 없이는 심장이 멈출 것 같은 바닥짐을 챙기
려고 애를 쓰다가 진이 빠졌다. 나는 다시 꿈 없는 잠
속으로 떨어졌고, 트럭들은 바깥에서 계속 우르릉거
렸다. 마침내 다시 깨어났을 때는 거의 정오였다. 방
을 가득 채운 자연광이 비로 인해 흐릿했다. 일주일
째 내리는 비였고, 성가시게 내리는 가랑비라서 홍수
의 장엄함 따위는 없었다. 그러나 오래 계속되는 비
로 말미암아 며칠이나 이어졌다고 기억하는 또 한번
의 비가 떠올랐다. 다른 일도 분명 있었겠지만, 유일
하게 그 한가지 사건만이 지금 내 기억에 또렷했다.
당시 나는 아홉살이었으니 기숙학교에 보내지기 바

로 전해였다.

　　그날은 끝없이 이어지는 찌는 듯 더운 날들 중의 하루처럼 덥고 맑은 날씨로 시작되었다. 그해의 어느 달이건 그런 날씨가 우리에겐 보통이었다. 나는 2시에 학교에서 돌아와 점심을 먹고 낮잠을 잤는데, 그건 나로서는 흔치 않은 일이었다. 깨어보니 어머니는 시장에 갔는지 은행에 갔는지 나가고 없었다. 아버지는 아직 몇시간 더 있어야 직장에서 돌아올 것이고 오로지 아버지의 어머니인 마마만 집에 있었다. 마마의 방은 집의 1층 뒤쪽에, 부엌 뒤편으로 서재가 있는 곳과 같은 구역에 있었다. 나는 마마를 보러 갔으나 마마는 여전히 자고 있었다. 전기가 나가 있었다. 그렇지 않았더라면 난 아마 텔레비전을 좀 봤을 것이다. 주중에는 텔레비전 보는 것이 허용되지 않았고 주말에 유일하게 흥미로운 거라곤 스포츠 하일라이트뿐이었다. 토요일 저녁에는 영국 축구, 일요일에는 이탈리아 리그 경기였다. 그러니 어머니가 주중 오후에 외출하게 되면 나는 무심코 텔레비전 시청 규칙을 위반하게 되었다. 마마는 귀가 어두웠다. 마마가 아래층에 있으면 나는 마마에게 2층에 숙제하러 간다고 말해놓고 어머니의 차 경적 소리가

265

대문에서 울릴 때까지 두시간 동안 편히 텔레비전을 볼 수 있었다. 전기가 나갔으니 TV 시청은 불가능이었고 나는 어쩔 줄 몰랐다. 다시 어슬렁거리며 아래층으로 내려가 부엌으로 가서 냉장고를 열었다. 냉장고는 가동되는 소리가 나지 않았고 내부에 불도 들어오지 않았다. 냉장고 안의 병들이 식은땀을 흘리기 시작했다. 우리가 마시는 끓인 물, 아침으로 먹는 발효식품 오기,[98] 손님이 올 경우를 대비해 보관해둔 코카콜라와 그밖의 탄산음료가 그랬다.

탄산음료는 파티와 특별 행사를 위한 것이었다. 아이들을 데리고 다른 가족들이 방문하면 우리는 탄산음료를 대접했는데, 아이들은 언제나 — 가장 원하는 — 환타나 세븐업 혹은 좋아하는 순위 최하위의 코카콜라를 누가 마실지를 놓고 몸싸움을 벌였다. 그 순위란 게 터무니없었다. 어떤 아이들은 아말라[99]를 먹으면 피부가 더 까매질 거라 믿는 것과 마찬가지로 콜라를 마시면 더 까매질 거라 믿었다. 어린아이들은 환타가 모두 동나고 콜라만 남았다고 울곤 했다. '혼혈인'으로서 나는 더 까매진다는 것이 무슨 의

---

98 옥수수, 당밀, 밀 등의 곡물로 만드는 나이지리아 음식.
99 말리면 검어지는 얌이 주성분인 나이지리아 요루바족 음식.

미인지 개념이 없었고 그런 걱정은 전혀 하지 않았다. 그리고 외동으로서 나는 무엇이 나한테 매력적인가를 바탕으로 단순하게 형성된 개인적 취향을 갖고 있었다. 내가 코카콜라를 좋아한 것은 그 맛이 남달랐기 때문이다. 다른 음료들의 쉭 하는 거품 소리가 미덥지 않았으며, 환타는 너무 달아서 메스꺼울 정도였다. 그러나 우리 집에서는 내 유년기의 모든 좋은 것이 그랬듯 코카콜라가 통제 물품이었다. 내가 냉장고에서 콜라병을 꺼내는 것은 아버지의 위스키 수납장을 여는 것과 마찬가지였다. 그렇게 그 더운 날 유혹이 내게 닥쳐왔다. 나는 코카콜라를 원했다. 발을 구르거나 주먹을 불끈 쥐지는 않았다. 안달하는 광경을 볼 사람은 아무도 없었다. 마마는 잠들어 있었고 어차피 코카콜라를 허락할 권한이 없었다. 나는 냉장고 문을 열었다 닫았다 했다.

오로지 어머니만이 허락해줄 수 있었다. 나는 어머니가 돌아오기를 기다릴 수 있었지만 내 욕망은 전혀 이성적이지 않았다. 그건 내가 내 옷을 직접 빨지 않고 어머니에게 세탁부의 빨래 더미에 내 빨랫감을 추가하게 허락해달라고 부탁하는 것과 마찬가지였을 것이다. 어머니는 이해할 수 없다는 표정으로 나를 쳐다봤을 테고, 내가 더는 어린아이가 아니며 다른 아이들에 비해 얼마나 운이 좋은지 알아야 한다고 말했을 것이다. 부탁을 했을 때쯤이면 나는 그 부탁이 유치하다는 데 당황했을 것이다. 짐짓 놀라는 척하는 어머니의 제스처가 나같이 자존심 강한 소년에게는 견디기 힘들었을 것이다. 그러나 이런 규칙은 모두 아버지가 만든 것이었다. 아버지는 어린아이의 버릇을 망치지 않는 방법에 대해 분명한 생각을 갖고 있었다. 하지만 그 규칙들을 집행하는 것은 어머니 몫이었는데, 내가 그 규칙들에 반발했을 경우에는—그 규칙들이 내가 유년기에 대해 지닌 유일한 관념이었기에 그런 반발은 아주 드물었다—드문 경우에만 내가 그 규칙들에 반발했다 해도 그것을 어머니 탓으로 돌렸지 거기서 아버지의 역할에 대해서는 결코 고려하지 않았다. 이런 식으로 나는 마음에서 아버지에게 일종의 결백함을 만들어냈다. 그러나 서서히, 부모의 이런 규칙들에서 벗어나는 꿈이 마음속에서 이상적인 어른의 모습으로 구체화되었다. 반항의 출발점이랄 건 없었지만 임의로 하나의 지점을 표시할 순 있겠다. 어른이란 무엇보다도 기분 내키면 코카콜라를 마실 수 있는 사람이라는 거였다. 그래서 나는 냉장고 문을 닫았다가 다시 열었다. 축축한 병들 중 하나를 꺼내어 무심코 요란하게 쨍 소리를 내며 싱크대에 놓았다.(마마의 방이 바로 옆이었다.)

　　나는 코카콜라를 다시 냉장고에 집어넣고 바깥으로 나갔다. 날은 어두워 서늘해졌고 구름이 움직이기 시작했다. 나는 그 순간 내가 느끼고 있는 감정의 강도를 결코 잊지 않겠다고 맹세했다. 맹세를 하고 있다는 자의식에 짜릿해진 나는 일단 어른이 되면 코카콜라를 태연히 마시겠다고 나 자신에게 엄숙하게 약속했다. 내 상상 속에서 이 콜라 마시기는 우리 집 부엌에서 벌어졌다. 몸집이 커진 내가 무심히 다가가 냉장고 문을 여는 광경이 보였다. 어른이 된 나는 자기가 뭘 원하는지 차분히 생각하는데, 언제나 그렇듯 코카콜라를 원한다. 그가 코카콜라 병을 꺼내서 오프너로 병을 따고 쉭쉭거리는 내용물을 얼음 가득한 유리잔에 따른다. 나이 든 나, 그 어른은 이것을 매일 한번씩 한다. 매일매일이 축복이다. 매일이라는 빈도를 생각하니 나는 흥분해서 거의 미칠 지경이었다. 내 마음은 그런 욕망의 복수를 떠올리자 질주했고, 나는 그때 그 자리에서 내 어린 시절이 끝나기를 갈망했다. 그럼에도 규칙을 깰 수가 없었다.

나는 집 뒤편으로 걸어갔다.

나는 우물을 덮은 강철판을 걷어내고 안을 들여다보았다. 물까지 거의 30미터 깊이였다. 혼령들이 여전히 거기 있었을까? 우물을 판 사람들은 그 혼령들에게 술을 바쳤고 비용은 아버지가 치렀다. 단지 혼령들의 마음을 달랜 것이었을까, 아니면 혼령들은 추방되었나? 너무 아득해서 물 표면이 보이지 않았다. 열심히 들여다보았으나 아무것도 보이지 않았고, 그래서 나는 돌 하나를 가져와 우물 위 한가운데서 들고 있다가 떨어뜨렸다. 돌은 우물 벽에 부딪혀 둔탁한 소리를 냈고, 그런 다음 첨벙하는 소리가 되돌아왔다. 아마도 위층으로 올라가 나눗셈 숙제를 해야겠다는 생각은 있었을 것이다. 나는 더 큰 돌을 가져와 세게 던졌다. 돌은 몇차례 되튀었고 마침내 보이지 않는 물이 돌을 요란하게 꿀꺽 삼켰다. 나는 고무 슬리퍼를 벗고 우물 가장자리에 앉았다. 처음에는 다리를 바깥쪽에 두고 앉았다가 한짝씩 우물 안쪽으로 옮겨서 두 다리가 어둠 속에 달랑거리게 되었다. 멋지면서도 위험한 느낌이었다. 그런데 혼령이 우물 바깥에서 나를 밀치면 어쩌지? 우물은 집을 둘러싼 울타리와 가까웠다. 최근 텔레비전에서 본 걸로 확신하는데 혼령들은 울타리 모퉁이에 모여들었고, 그래서 네 모퉁이가 집 전체에서 내가 무서워하는 유일한 부분이었다. 나는 조심스럽게 두 다리를 다시 안전한 곳으로 옮겨놓고 강철판을 제자리에 덮고 집 안으로 들어갔다.

2층에 올라가니 나눗셈 숙제는 불가능한 것 같았다. 나는 반바지에 손을 집어넣어 더듬었다. 반바지와 팬티를 벗고 티셔츠도 벗었다. 등을 대고 누워서 자위를 했지만 아무 상상도 하지 않았고, 무얼 어떻게 할지 전혀 몰랐다. 내 성기는 손바닥 안에서 찌그러져 있었다. 문득 수년 전, 아마도 내가 예닐곱살 때 한번 본 어떤 잡지가 기억났다. 그 잡지가 집 안 어딘가에 아직도 있을 것이라는 생각이 들자 충격적인 흥분으로 숨이 막혔다. 나는 급히 옷을 다시 입고 아래층 서재로 내려가 묵은 잡지 더미 속을 미친 듯이, 하지만 조용히 뒤지기 시작했다. 필시 껄렁한 아저씨 하나가 두고 간 번들거리는 종이의 야한 잡지였을 텐데(내 기억력이 그런 디테일을 만들어낼 수는 없었다) 거기에 묘사된 것이 내가 지금 간절히 다시 봐야 할 것이었다. 나는 서재의 서류, 아버지 대학원 시절의 인쇄 문건과 공학 그래프가 담긴 오래된 서류철, 부모님이 주식을 갖고 있는 나이지리아 회사들의 연례보고서를 꼼꼼히 뒤졌다. 거의 한시간 동안 찾기를 계속했다. 나는 '신체언어'라는 제목의 먼지 투성이 문고본인 1970년대의 대중심리학 책을 휙휙 넘겨보았으나 그 책에는 그런 종류의 흥밋거리는 전혀 없었다. 맨 아래층 선반의 바인더에 묶인 것들도 샅샅이 훑었으나, 포기하고 2층으로 올라갔다. 그런 다음에는 거의 외부에서 주어진 듯 느껴지는 갈망에 떠밀려 작업을 재개하여 내 것, 아버지 것, 어머니 것 등 식구들의 매트리스 아래를 살폈다. 아무것도 발견하지 못했다. 나는 다시 침대를 정돈했다. 그렇게 힘을 쏟으니 숨이 가쁘고 속이 끓어올랐다.

　　나는 아래층 부엌으로 내려갔고, 코카콜라 한병을 꺼내어 밖으로 나가 다시 집 뒤편으로 갔다. 하늘은 다시 갠 것 같았다. 나는 우물의 강철판 위에 앉아서 이로 병을 따고는 꿀꺽거리며 내용물을 마셨는데, 너무 급하게 마셔서 목이 따가웠다. 입을 닦고 병을 물품 저장실에 갖다놓은 다음 냉장되지 않은 코카콜라병 하나를 냉장고에 넣어두었다. 주중의 밤인데 아직 숙제를 하지 않았기에 거기 신경이 쓰였고, 2층에서 한창 숙제를 하고 있는 동안 마마가 아래층에서 돌아다니는 소리를 들을 수 있었다. 그때 비가 내리기 시작했고, 오래잖아 차의 경적 소리가 들렸다. 나는 대문을 열어주려고 아래층으로 뛰어 내려갔다. 억수 같은 비였고, 내가 빗장을 풀고 커다란 철제 대문을 열 때쯤 내 몸은 이미 흠뻑 젖어 있었다. 자동차가 어머니를 싣고 들어왔다. 나는 말없이 규칙의 집행자인 어머니를 향해 그날 오후의 모든 분노를 돌렸다. 대문을 닫는 데 꾸물거렸다. 고개를 젖히자 비가 아직도 입에 남아 있던 끈적거리는 단맛을 희석해주었다. 그러고는 어머니가 산 식료품 꾸러미를 들여놓으려 어머니한테 달려갔다. 나는 빗속에 남아 비를 마시며 빗속을 마구 뛰어다녔으면 싶었다. 하지만 안으로 들어가서 젖은 옷을 갈아입었다. 전기 공급은 재개되지 않았으나 드디어, 아버지와 그의 운전기사가 8시에 집으로 돌아오기 얼마 전에 전기가 들어왔다.

그렇게 갑작스럽게 시작된 비는 그 밤 내내, 그다음 날 내내, 그리고 그다음다음 날 내내 계속 내렸다. 수그러들지 않는 비의 기세가 무서울 정도로 놀랍고 당황스러웠다. 전부터 비를 보아왔지만 이런 비는 처음이었다. 우리 집의 콘크리트 진입로조차 물러진 듯 보였다. 우리 집의 폭넓은 배수로는 빗물을 흘려보냈지만 거리로 나가면 모든 게 진흙투성이 난장판이었다. 침수된 도로에서 수많은 차들이 고장 나 멈춰 섰고 학교까지의 통학 시간은 두배가 걸렸다. 나는 뚱했다. 누구에게도 뭐가 문제인지 말하지 않았고 아무도 묻지 않았다. 다시는 찾아가지 않은 그 우물은 극적으로 수위가 높아졌을 것이 틀림없었고, 그 검은 물에 상像이 비쳐 보였을지도 모른다. 생각해보면 ─내가 그때 그렇게 생각한 것은 아니고 지금 떠오른 생각인데─ 그 홍수가 전지구적인 게 아니었다는 것이 이상할 정도다. 홍수는 한도가 없는 듯했고 마침내 점차 잦아들 때까지 꼬박 사흘간 지속될 운명이었다.

브뤼셀의 비는, 일기예보에서는 주말께 대형 폭풍으로 바뀔 것이라고 보도했지만 그렇게 심하지 않았다. 내 생각 속에서 이 비는 내 유년기 비의 오래 이어지는 아득한 반향 같았다. 그러나 그 유년기 비에 딸린 이야기는 이제 끝났고 현재에 아무런 의미를 지니지 못했다. 그 일부 ─과열된 욕망, 맹세─ 는 사적인 농담거리로는 유효해서, 한가지 생각이 머리를 스치자 즐거워졌다. 나는 더이상 코카콜라를 참을 수 없었다. 그 맛도, 그걸 생산한 탐욕스런 회사도, 그걸 도처에서 요란하게 광고하는 것도 참을 수 없었다. 수년 동안 나는 그날의 다른 사건들을 확대 해석하고 싶은 유혹을 받았지만, 그후 어머니와 나 사이에서 일어난 일은 그 비가 시작된 날 못지않게 내 소년기의 다른 날들 때문이었다.

아파트 바깥을 내다보니 거리 건너편에 깨진 전구와 신문지가 물웅덩이 속에 놓여 있었다. 인도는 떨어지는 빗방울로 활기 넘쳤고 벽에는 누군가가 스프레이로 "조피아"라는 단어와 함께 작은 글자로 "난 널 사랑해"라고 써놓았다.

11

메일로티 박사와 저녁을 먹기로 한 레스토랑 오카트르 방에 나는 너무 일찍 도착했다. 일주일이 지나자 날씨는 더 안 좋아져서 나는 레스토랑의 차양 아래에 서서 우산의 망가진 꼭지 스프링을 고쳐보려 하고 있었다. 길 건너편에는 노트르담 드 라 샤펠의 서쪽 정면이 높이 솟아 있었다. 바람은 자기가 지나가는 길의 모든 것을 족치듯 쓰레기통을 쓰러뜨리고 앙상한 나무들을 뒤흔들고 보행자들을 밀쳐 경로에서 벗어나게 했지만 대성당 자체에는 범접하지 못했다. 거대한 석조 건물이 비의 채찍을 맞았고, 그뿐이었다. 메일로티 박사는 삼십분 내에 도착하지 않을 터라 나는 길 건너편의 교회를 향했다.

대성당의 문은 열려 있었고, 들어갔을 때의 첫인상은 완전한 침묵이었다. 그러나 이내 공간의 고요함에 귀가 적응했고 오르간이 부드럽게 연주되는 소리를 들을 수 있었다. 본당 회중석을 죽 살폈으나 아무도 보이지 않았다. 나는 서늘하고 높다란 기둥들 아래, 대성당 남쪽면의 통로를 따라 걸어갔다. 바깥의 빗소리가 전혀 들리지 않았고, 내가 앞쪽으로 이동함에 따라 음악 소리는 점점 더 선명해졌다. 이런 교회에서는 보통 한두명의 직원들이 근처에 있고 가끔은 소수의 관광객도 있기 마련이었다. 그래서 이런 동굴 같은 곳에, 보이지 않는 오르간 연주자를 제외하면 완전히 나 혼자 있다는 것을 알고는 놀랐다. 비 오는 금요일 오후임을 감안해도 황량했다. 바로 그때 나는 오르간음악 소리에서 불협화음을 알아챘다. 마치 스테인드글라스를 통해 굴절된 빛줄기들같이 조화로운 음악적 짜임새에 분명한 이탈음들이 끼어 있었다. 나는 그 곡이 전에 들어보지 못했지만 그 시대에 전형적인 온갖 꾸밈음을 지닌 바로크 작품이라고 확신했으나, 뭔가 다른 분위기를 띠고 있기도 했다. 떠오른 것은 피터 맥스웰 데이비스[100]의 「오, 지고의 하나님」으로서, 파열되고 흩어진 감정이었다. 그 곡은 너무 볼륨이 낮아서 내가 되풀이되는 삼온음에서 또렷이 불안한 느낌을 주는 반음을 듣는 순간에도 멜로

---

100   Peter Maxwell Davies(1934~2016). 영국의 작곡가.

디 자체는 확실히 파악하기 힘들었다.

그때 나는 연주하는 오르간 주자가 아예 없다는 것을 알게 되었다. 그 곡은 녹음되어 교회 내 교차부의 거대한 기둥에 붙은 작은 스피커를 통해 전송되고 있었다. 그리고 파열음의 원천이 노란색 소형 진공청소기였다는 것 또한 알았다. 청소기에서 나는 아주 높은 윙윙 소리가 커져서 녹음된 오르간 곡과 뒤섞이는 바람에 '음악에서의 악마'[101]를 낳았던 것이다. 청소 중인 여자는 일하느라고 고개를 들지 않았다. 그녀는 밝은 녹색 스카프를 두르고 바닥까지 내려오는 코트를 입고 있었다. 그녀가 북쪽 통로의 조그만 나무 의자들 사이로 움직여갔다. 나는 교차부 쪽으로 가지 않고 남쪽 통로를 따라 제단을 향해 갔다. 여자는 완전히 몰두한 채 일을 계속했고, 오르간 곡은 진공청소기의 물결치듯 윙윙거리는 단조로운 소리를 중심으로 직조되었다.

몇주 전이었다면 나는 그 여자를 콩고인이라고 추정했을 것이다. 이 도시에 도착했을 때 나는 브뤼셀의 모든 아프리카인이 콩고 출신이라는 생각을 갖

---

101 중세음악에서 금지된 삼온음의 불협화음.

고 있었다. 나는 식민지 관계를 알았고 그곳 노예국가의 역사를 기본적으로 이해하고 있었으며, 그런 지식이 내 뇌리에서 다른 생각을 모조리 몰아냈던 것이다. 그러다가 어느날 밤, 트론 거리의 르 파네라고 하는 레스토랑 겸 클럽에 갔다. 혼자 테이블에서 술을 마시며 젊은 콩고인들이 모두 유행하는 옷을 빼입고 서로 시시덕거리는 모습을 지켜보면서 저녁을 보냈다. 여자들은 아프로 헤어스타일이나 붙임머리를 하고 있었고 남자들 다수는 긴소매 셔츠를 청바지에 넣어 입고 있었으며, 새로 도착한 사람들처럼 유별나게 아프리카인같이 보였다. 음악은 미국식 힙합이었고 평균 연령대는 스물다섯살에서 서른살 사이였다. 아프리카 혹은 서구 어느 도시에서건 볼 수 있는 광경, 금요일 밤의 젊은이들, 음악과 술의 광경이었다. 거의 세시간 뒤 내가 술값을 내고 막 떠나려는데 그때 바텐더가 와서 말을 걸었다. 그는 내가 어디서 왔는지 물었고 우리는 짤막한 대화를 나눴다. 바텐더 자신은 반은 말리인이고 반은 르완다인이었다. 하지만 여기 모인 사람들은 어떤지 나는 알고 싶었다. 이들 모두가 콩고인인가요? 그는 고개를 저었다. 모두 르완다인이었다.

오륙십명의 르완다인과 함께 있었음을 깨닫자 내게 그 저녁의 느낌이 달라졌다. 공간이 갑자기 이 사람들이 품고 있는 온갖 이야기로 무거워진 듯했다. 어떤 상실이 그들의 웃음과 추파 이면에 놓여 있는지 궁금했다. 이들 대다수는 르완다 인종대학살[102] 시기에 십대였을 것이다. 여기 있는 저 사람들 중에 누가 살해를 했을까, 아니면 살해 현장을 목격했을까, 나는 자문했다. 조용한 얼굴들에는 분명 내가 볼 수 없는 어떤 고통이 가려져 있었다. 그들 중 누가 종교에서 구원을 찾았을까? 나는 당장 자리를 뜨지 않기로 마음을 바꿔 먹고 술을 더 시켰다. 나는 커플들을 지켜보았고 네댓의 무리들을 지켜보았으며 셋씩 서 있는 젊은 남자들을 지켜보았다. 그들은 아름다운 젊은 여자들의 움직이는 몸에 푹 빠진 게 분명했다. 눈에 보이는 순진함은 이해하기 어려웠지만 특별할 것은 없었다. 그들은 세계 도처의 젊은이들과 똑같았다. 그리고 나는 세르비아나 크로아티아, 시에라리온이나 라이베리아 출신의 젊은이들을 소개받을 때마다 찾아오는—감지하지 못할 때도 있지만 항상 있

102　1994년 4~7월 후투족 군부가 투치족 및 온건 후투족 수십만명을 학살한 사건.

는——정신적인 압박을 얼마간 느꼈다. 이들 역시 살
해했을 수 있고, 살해하고 나서 나중에야 순진하게
보이는 법을 배웠을 수 있다는 그런 의심 말이다. 마
침내 르 파네를 떠날 때는 늦은 시간이었고 거리는
조용했다. 나는 집까지 5.6킬로미터를 걸어갔다.

　　지금 교회에서 진공청소기의 망원경 같은 튜브
를 느릿느릿 접고 있는 저 여자를 쳐다보면서 나는
그녀 역시 잊음이라는 행위의 일환으로 여기 벨기에
에 와 있을 수 있겠다는 생각이 들었다. 그녀가 교회
에 있다는 것은 이중의 탈출 수단일 수 있었다. 가족
생활의 부담으로부터의 도피인 동시에 카메룬이나
콩고, 아니면 심지어 르완다에서 그녀가 목격했을 법
한 것으로부터의 은신일 수 있었다. 그리고 아마도
그녀의 탈출은 그녀가 행한 어떤 것으로부터가 아니
라 그녀가 목격한 것으로부터였을 것이다. 그건 하나
의 추측이었다. 그녀는 페르메이르가 저 똑같은 회색
조의 플랑드르의 빛 속에서 그린 그 여자들이 그렇
듯이 자신의 비밀을 온전히 간직하고 있었기 때문에,
그들의 침묵처럼 그녀의 침묵이 절대적으로 보였기
때문에, 나는 결코 진실을 알 수 없을 것이다. 나는
성가대석 주위를 걸었고, 북쪽 통로에서 그녀를 지

나칠 때 고개만 까딱하고 다시 앞으로 나아갔다. 그런데 출입구 근처에 불쑥 다른 누군가가 있었다. 나는 놀랐다. 그가 내 뒤에서 다가오는 것을 보지 못했던 것이다. 턱수염이 무성한 중년의 백인 남자였다. 교구 목사 아니면 교회지기일 것이라 짐작했다. 그는 나를 무시하고 소리 없는 걸음으로 남쪽 성가대 통로를 가로질러 제 갈 길을 갔다.

레스토랑 입구의 텔레비전에서는 뉴스가 진행되고 있었고 볼륨은 낮춘 상태였다. 화면에는 자막으로 영국해협이라고 밝힌 파도치는 바다의 공중촬영 장면이 떠 있었다. 컨테이너선 한척이 폭풍을 만나 사고를 일으켜서 승무원 스물여섯명 전원이 고무 구명보트에 올라탔다는 것을 겨우 이해할 수 있었다. 직사각형의 오렌지색 선박은 놀치는 바다에서 위태롭게 기우뚱거리고 있어 장난감처럼 보였고, 사방이 침수된 배 주위로 쪼그만 오렌지색 고무 구명보트들이 까닥거렸다. 화면이 일기예보 장면으로 바뀌었고, 폭풍이 유럽 전역으로 확산하면서 빠른 속도로 동진하고 있다고 보도했다. 독일은 이미 심각한 피해를 입었다. 다리 하나가 붕괴되었고 방대한 지역의 나무들이 쓰러지고 차들이 박살 났다. 그때 누군가가 내 팔을 만졌다. 메일로티 박사였다. 그녀가 내 뺨에 키스하고 말했다. 날씨가 이렇게 나빴던 적이 없어요. 수년 만에 최고로 괴상한 겨울을 맞았네요. 이리 와서, 우리 식사해요. 그러더니 덧붙였다. 잠깐, 내가 깜빡했네. 영어가 낫죠, 그렇죠? 오케이, 잊지 않을게요. 우리 영어로 말해요.

우리는 바닥까지 내려오는 큰 창문 근처에 앉았다. 창밖으로 비가 장막을 치듯 내렸다. 메일로티 박사는 자신이 관여하는 한 재단에 대한 회의를 방금 마쳤다고 말했다. 난 회의가 싫어요, 그녀가 말했다. 어떤 일들은 한 사람이 결정하는 게 훨씬 쉬워요. 수술실이나 공식적인 회의 자리에서 그녀의 스타일이 어땠을지 상상하기란 쉬웠다. 그녀가 롤빵 한조각을 떼어 메뉴판을 살피면서 급히 씹고는 마구잡이로 화제를 고르듯 말했다. 비행기에서 우리가 재즈 이야기 했던가요? 한 것 같은데, 아녜요? 하지만 재즈를 좋아한다면 캐넌볼 애덜리[103] 이야기를 들려줄게요. 그

---

103   Cannonball Adderley(1928~75). 미국의 색소폰 연주자.

사람, 내 환자였거든요.

미세한 정맥이 보이는 그녀의 손이 능숙하게 빵을 잡아뗐다. 내 생각에 그녀는 우리가 처음 만났을 때보다 훨씬 나이 들어 보였다. 그녀가 말을 이었다. 사실 필라델피아 병원에서 내 환자였던 건 그의 동생 냇 애덜리였어요. 내가 그의 담석 몇개를 제거해야 했는데, 그런 냇을 통해 캐넌볼을 만났고 그러다 캐넌볼 자신이 내 환자가 되었어요. 알다시피 그는 고혈압이 있었거든요. 아무튼 애덜리 형제 덕분에 우리, 남편과 나는 60년대의 저명한 재즈 연주자들을 많이 만났어요. 쳇 베이커도요.

오벨릭스[104]와 판박이인 웨이터가 와서 우리 주문을 받았다. 그녀는 바터르조이,[105] 나는 송아지고기였다. 그녀가 와인을 마시겠느냐고 물었고 내가 그러겠다고 답하자 그녀는 보졸레 한병을 주문했다. 드러머인 필리 조 존스와 빌 에번스도 만났죠. 아트 블래키 알아요? 캐넌볼은 사람들을 서로 소개해주는 걸 좋아해서, 그를 통해 온갖 종류의 인물들을 만났죠. 우린 셀 수 없을 만큼 많은 콘서트를 다녔고요. 캐넌

104 프랑스 만화 『아스테릭스』의 등장인물.
105 벨기에 플랑드르 지방의 대표적인 닭고기 스튜 요리.

볼이 70년대 중반에 죽은 뒤로는 그렇게 많이 가지 못했어요. 그는 뇌졸중을 일으켰는데, 이런 사람들이 모두 그렇듯이 심하게 젊었어요. 마흔둘이나 마흔여섯, 그 정도였죠.

나는 그 자리에 있는 것이 기뻤고 그녀가 마치 모자에서 토끼를 꺼내듯 인물 삽화를 그려내는 방식을 즐겼다. 메일로티 박사가 지금 줄줄이 대는 재즈 음악가들의 이름은 나한테 아무 의미가 없었지만 그녀가 그런 환경의 일부가 된 데에서, 아니, 그런 환경 속에 빠진 것에서 특별히 의미 있는 뭔가를 얻었음을 알 수 있었다.

나는 행복감이 정말이지 얼마나 찰나적인가를, 행복감의 근거 —빗속에서 들어왔을 때의 따뜻한 레스토랑, 음식과 와인 냄새, 흥미로운 대화, 반질반질한 체리목 테이블 위에 약하게 떨어지는 빛 —가 얼마나 얄팍한 것인지를 깨닫게 되었다. 그런 기분을 마치 장기판의 말을 옮기듯 한 차원에서 다른 차원으로 이동시키는 데는 그다지 많은 게 필요치 않았다. 행복한 순간의 와중에 이 점을 깨닫는 것조차 말 하나를 움직이는 일이며 살짝 덜 행복해지는 길이었다. 그런데 당신 남편, 그분은 당신만큼 자주 브뤼셀에 오지 않나요? 내가 말했다. 안 와요, 그녀가 대답했다. 그이는 미국에서 훨씬 더 행복하거든요. 그이는 벨기에와 서서히 연결이 끊긴 것 같아요. 내 경우는요, 날 계속 돌아오게 만드는 건 친구들이에요. 그리고 내가 정말로 미국 사회의 윤리를 참을 수 없다는 사실도 있죠. 그런데 당신은, 나이지리아에 많이 가나요? 아니요, 내가 말했다. 마지막으로 방문한 게 이년 전인데 그것도 십오년 만이었고, 짧은 방문이었어요. 그 시절 내내 바빴던 것도 이유의 일부지만, 말씀하셨듯이 연결의 일부가 끊긴 것도 작용했죠. 또한 내가 고향을 떠나기 얼마 전에 아버지가 돌아가셨고, 나는 형제자매도 없고요.

우리 음식이 나왔다. 그렇다면 영어가 당신의 제2 언어인 것 같고, 그녀가 말했다. 제1 언어는 뭐죠? 잠깐 동안 나는 그녀에게 영어가 아니라 독일어가 나의 제2 언어라고, 다섯살 때까지 어머니와 나 사이에 개인적으로 사용했고 그후 완전히 잊어버린 언어라고 말할까 생각했다. 잊어버리긴 했어도, 백화점에서 어린아이가 "무터, 보 비스트 두?"[106]라고 외치는

---

106 독일어로 '어머니, 어디 있어요?'라는 뜻.

소리를 들으면 여전히 마음이 아프긴 하다. 그 말은 옛날에 나 자신이 했던 종류의 말인 게 분명하다. 영어는 나중에 학교에 가서야 배웠다. 그러나 나는 이런 복잡한 이야기에 빠져들고 싶지 않아서 요루바어가 내 제1 언어라고 말했다. 나이지리아의 토착어들 가운데 두번째로 많이 쓰는 말이죠, 내가 말했다. 난 초등학교 다니기 전까지는 요루바 말만 했어요.

그 말을 아직도 유창하게 할 수 있어요? 네, 그럭저럭 할 수 있어요, 내가 말했다. 지금은 영어가 훨씬 낫긴 하지만요. 그런데 당신한테 물어보고 싶은 게 있어요, 내가 말했다. 당신은 오랫동안 떠나 있었으니 어떤 의미로든 전형적인 벨기에인은 아니지만, 내 친구 하나가 최근에 한 말을 어떻게 생각하는지 궁금해요. 그는 벨기에가 아랍인이 있기에는 어려운 곳이라고 했어요. 내 친구의 구체적인 곤경은 여기 있으면서 자신의 독특성, 자신의 다름을 유지하기가 어렵다는 거예요. 그게 사실이라고 생각하세요? 기억하실지 모르지만, 비행기에서 당신은 벨기에는 인종차별을 하지 않는다고 했어요. 하지만 파루크— 내 친구의 이름이에요—가 칠년 동안 여기 살면서 겪었던 경험은 그렇지 않은 것 같아요. 내 짐작에 그는 심사위원회가 불편해하는 주제로 논문을 썼기 때문에 대학에서 학위를 거부당하기도 했던 것 같고요.

그녀는 자기가 시킨 바터르조이를 손도 대지 않았고, 빵을 씹으면서 내 질문에 냉정하게 답했다. 근데, 난 그런 유형을 알아요, 그녀가 말했다. 세상이 자기들을 공격한다는 듯이 돌아다니는 그 젊은 남자들 말이에요. 그건 위험한 거죠. 사람들이 자기들만 고통을 겪었다고 느끼는 건 매우 위험해요. 그런 정도의 울분을 갖고 있는 건 골칫거리를 낳기 마련이죠. 우리 사회는 그런 사람들에게도 개방되어 있지만 그들이 사회에 들어오면 들리는 건 불평밖에 없어요. 왜 어딘가로 이주하면서 오로지 자기가 얼마나 다른가를 입증하기만 바라나요? 그리고 왜 그 사회가 그런 사람을 환대하고 싶겠어요? 그러나 나만큼 오래 살면 세상에는 헤아릴 수 없을 만큼 다양한 종류의 어려움이 있음을 알게 돼요. 모든 사람에게 어려움이 있는 거예요. 나는 고개를 끄덕였다. 그러나 내 친구가 말하는 걸 실제로 들었다면 다르게 느껴졌을 거예요, 내가 말했다. 그는 불평분자가 아니고 딱히 울분으로 가득한 사람도 아니에요. 그리고 그는 진짜로 아파한다고 생각해요. 글쎄요, 그건 그렇겠죠, 그녀가 말했다. 하지만 자기 자신의 고통에 너무 충실하면 다른 사람들도 고통을 느낀다는 사실을 잊어요. 내가 벨기에를 떠나 다른 나라에서 내 삶을 꾸려보려고 해야만 한 데는 이유가 있어요. 나는 불평하지 않아요. 그리고 솔직히 말해서 불평하는 사람들을 별로 참아내지 못해요. 당신은 불평분자가 아니죠, 그렇죠?

나는 음식을 먹었다. 내 생각은 그녀의 죽은 아들로 옮겨갔다. 나는 그녀가 자기 아들과 그의 이름으로 설립된 재단 이야기를 하는 것을 듣고 싶었으나 물어볼 엄두가 나지 않았다. 그녀가 드디어 자기 앞의 크림을 많이 넣은 음식에 숟가락을 댔다. 레스토랑은 텅 비다시피 했고 식사하기에는 흔치 않은 시간이었는데, 점심치고는 늦고 저녁으로는 몇시간 일렀다. 그래서, 여기 얼마 동안 있을 거예요? 그녀가 물었다. 내일 오전에 떠납니다, 내가 말했다. 그녀는 자기는 몇주 더 머물 것이고 골동품인 소형 스포츠카를 살 계획이라고 말했다. 그녀가 벨기에서 점점 시간을 많이 보내니까 꽤 쓸모 있을 것이라고. 그런 다음 그녀는 다시 재즈 이야기를 했다. 우리의 오후는 쉽게 흘러갔다. 나는 그녀가 식사비를 내려 들지 않았으면 싶었는데, 그녀는 그러지 않았다. 필라델피아에 오게 되면 내게 꼭 전화해요, 그녀가 말했다. 교외의 숲 근처에 우리 집이 있는데, 여름에 아주 멋지고 가을에는 더 멋져요. 그녀가 그런 말을 하자 다시 나는 온몸에서 행복감이 솟아나는 것을 느꼈다. 그 당시에도, 그녀가 파루크의 이야기를 일축한 것과 잘 조화시킬 수 없는 그런 느낌이었다. 그리고 캐넌볼의 「훨씬 대단한 것」Somethin' Else, 꼭 구해 들어요, 그녀가 말했다. 그게 그의 앨범 중에서 정말 대단한 작품이에요, 진짜 고전이야. 나는 그러겠다고 약속했다.

샤펠 광장에서 걸어서 박물관을 향해 사블롱 거리를 헤치고 나아가면서 나는 그 체코 여자와 우연히 마주칠까 궁금했다. 그녀가 아직도 이 도시에 있을 가능성이 적다는 것은 알고 있었지만 말이다. 비는 약간 잦아들었지만 바람이 갑자기 세져서 내 우산을 뒤집어놓았다. 살 하나가 부러지면서 좀 전에 고치려고 애썼던 꼭지 스프링이 빠져버려 우산의 반쪽만 쓸 수 있었다. 비를 피해 숙소로 가느라고 여념이 없었지만 나는 레장스 거리가 보덴브루크 거리와 만나는 도로변 화단에 설치된 작은 기념비에 시선이 붙잡혔다. 전에, 지금보다 날씨가 좋을 때 이 기념비를 본 적이 있었지만 멈춰서 제대로 보지는 않았었다. 그건 시인 폴 클로델의 청동 흉상이었는데, 헤르메스 신전처럼 도로 옆 돌기둥에 부조되어 있었다.

클로델은 1930년대에 벨기에 주재 프랑스 대사를 역임했고 나중에는 가톨릭 희곡의 작가로, 그리고 우익 인사로 명성을 얻었다. 그는 전시의 나치 부역자들과 페탱 원수를 지지해 많은 조롱을 받았으나, 좌파 불가지론자였던 오든[107]은 클로델에 대해 다정한 발언을 남겼다. "폴 클로델이 글을 잘 썼기 때문에 시간은 그를 용서할 것이며, 지금도 용서한다"라고 오든은 썼다. 그런데 후려치는 비바람 속에 서 있으면서 나는 그게 진짜로 그렇게 간단한 일인지, 시간이 기억을 그렇게 마음대로 할 수 있고 그렇게 후하게 용서를 베풀어서, 잘 쓴다는 것이 윤리적인 삶을 대신할 수 있는지 의문이었다. 그러나 클로델이 이 도시 곳곳에 있는 수백개의 동상과 기념비 중 유일하게 문제적인 인물은 결코 아니라는 것을 상기해야만 했다. 브뤼셀은 기념비의 도시였고 위대함은 브뤼셀 전역에 걸쳐 돌과 금속에 새겨져 있었는데, 그

---

107 W. H. Auden(1907~73). 영국 태생의 미국 시인.

건 불편한 질문에 대한 완고한 응답이었다. 어쨌거나 숙소로 가야 할 시간이었고, 축축한 청동 얼굴의 클로델을 떠날 시간이었으며, 바로 옆의 왕립미술관에 있는, 오든의 시에 나오는 추락하는 이카로스를 그린 브뤼헐의 그림과 익명의 화가가 그린 죽은 제비를 든 어린 소녀, 그 잊지 못할 그림과도 작별할 시간이었다.

나는 악기박물관의 정교한 철제 정면 앞 정류장에서 버스를 기다렸고, 도착한 버스는 거의 만원이었다. 버스 안이 덥고 축축해 모든 이가 숨 쉬기를 힘들어했다. 우리는 김이 뿌옇게 서린 차내에서 바람 부는 거리들을 어렵사리 내다보며 도시를 가로질러 갔다. 나는 플레제에서 내렸다. 그때쯤 내 우산은 무용지물이 되었기에 던져버렸다. 필리프 거리로 올라가서 나는 유모차를 미는 여자 뒤에서 걷게 되었다. 그녀와 나는 빌딩들과 몇몇 임시 차단벽 사이를 한줄로 걷고 있었다. 건축 작업을 위해 설치한, 콘크리트블록에 끼운 견고한 플라스틱 패널로 된 차단벽이었다. 갑작스런 돌풍이 서로 단단히 묶여 있던 패널들을 들어올렸고, 뒤집힌 패널들이 우리를 향해 떨어질 참이었다. 나는 즉시 앞으로 튀어나가 떨어지는 패널들을 양손과 몸으로 맞받았다. 비틀거렸지만 균형을 잃지는 않았다. 딱 붙는 청바지 차림에 지중해풍 외모의 젊은 여자는 유모차를 돌려 위험을 피할 수 있었다. 아이는 보에 쌓이고 반투명 비닐 시트로 비를 가리고 있어 보이지 않았다. 젊은 엄마가 숨을 헐떡이며 내게 거듭거듭 감사를 표했다. 그녀는 이 모든 것이 너무나 순식간에 일어나서 어안이 벙벙한 듯했다. 나는 뿌듯함을 느끼며 손사래 쳤다.

바람은 계속해서 분노한 듯 소리쳤다. 우리가 걷고 있는 작은 거리는 백년 전에는 거리가 아니라 개천이었다. 그걸 도시계획가들이 복개했고, 물가 집들은 갑자기 차량 흐름을 내다보게 되었다. 그러나 물은 여전히 지하에서 거리의 처음부터 끝까지 흘렀고 그 물이, 위쪽의 세찬 물과 아래쪽의 흐르는 물이 지금 비의 형태로 돌아오고 있었다.

본능적으로 아기를 구한 것은 작은 행복이다. 르완다인들과, 그 살아남은 사람들과 시간을 보낸 것은 작은 슬픔이다. 최종적인 익명성이라는 생각은 조금 더한 슬픔이다. 아무런 말썽 없이 성욕을 충족한 것은 조금 더한 행복이다. 생각에 생각이 꼬리를 물고 이어지면서 이런 식의 상념이 계속되었다. 내게 인간 조건이라는 것이, 우리가 내면 환경을 조절하려고 이렇게 끊임없이 버둥거려야 한다는 것이, 이렇게 구름처럼 끝없이 뒤치락거리는 것이 얼마나 하찮게 여겨졌는지. 아니나 다를까, 마음은 이런 판단 역시 알아차렸고 그에 합당한 자리, 작은 슬픔을 할당했다. 한때 우리가 걷는 길을 따라 흘렀던 물은 이제 플레제 한복판에 있는 인공 연못 속으로 달려들었다. 원래 연못의 흔적이 지워지고, 흡사 태곳적 신화 속에서 땅이 만들어지듯 물이 나뉘면서 교통섬이 만들어졌다.

밤이 되었다. 나는 아파트로 들어가 옷을 벗어던지고 어두운 방의 침대에 발가벗은 채 누웠다. 세찬 빗방울이 창문을 두들겼다. 일기예보가 맞았다. 비는 내가 있는 곳에서 점점 더 넓게 원을 그리며 대지를 후려치고 있었다. 비는 포르투갈인 지역 곳곳에, 페소아 성지[108]와 카자 보텔류에 거세게 내렸다. 비는 파루크가 아마도 방금 자기 근무를 시작했을 칼릴의 전화 가게에 내렸다. 비는 레오폴드 2세의 동상에, 클로델 동상에, 왕궁의 판석 위에 내렸다. 비는

108 　포르투갈의 문인이자 철학자 페르난두 페소아의 흉상이 있는 플레제 광장.

도시 외곽의 워털루 전쟁터에, 사자의 언덕[109]에, 아르덴[110]에, 늙어가는 젊은 남자들의 뼈로 가득한 달랠 수 없는 계곡들에, 더 서쪽의 보존된 도시들에, 이퍼르와 플랑드르 들판 곳곳에 흩어져 있는 옹송그린 하얀 십자가들에, 요동치는 영국해협에, 북쪽의 말도 안 되게 차가운 바다에, 덴마크에, 프랑스에, 독일에 내렸다.

109　사자상이 있는 워털루 기념관 인근의 인공 언덕.
110　벨기에−독일 국경의 숲으로 2차대전기 발지 대전투의 현장.

제2부 ————— **나 자신을 샅샅이 뒤졌다**

12

나는 겨울의 마음을 계발하려고 노력했다. 지난해 말에 나는, 이런 맹세를 할 때 그러듯 실제로 소리 내어 스스로에게 겨울을 자연스러운 계절 순환의 일부로 맞이해야 할 것이라고 다짐했다. 나이지리아를 떠난 이래 줄곧 추운 날씨에 대해 반감을 갖고 있었는데, 그걸 끝내고 싶었다. 그 노력은 놀랄 만큼 성공적이었다. 10월, 11월, 12월 내내 나는 바람과 눈에 제대로 대비가 되어 있었다. 도움이 된 것 하나는 옷을 두껍게 입는 습관이었다. 매일매일 날씨를 체크하지 않고 나는 내복과 길고 두툼한 진청색 코트를 입고 목도리와 털장갑을 하고 두겹 양말에 두꺼운 신발을 신었다. 그러나 지난해는 진짜 겨울이 없는 해가 되었다. 대비했던 눈보라는 결코 오지 않았다. 며칠 찬비가 내렸고 한두번 갑작스러운 추위가 있었지만 세찬 눈은 근처에도 오지 않았다. 12월 중순에 화창한 날이 이어졌는데, 나는 그 온난함 때문에 불안했다. 그리고 마침내 겨울의 첫눈이 내렸을 때는 내가 브뤼셀에 있었던 터라 그곳의 비에 흠뻑 젖게 되었다. 어쨌든 눈은 길지 않았고 내가 1월 중순에 뉴욕에 돌아올 때쯤에는 다 녹아 있었다. 그래선지 계절에 맞지 않는, 다소 기이한 따뜻함의 인상이 뇌리에 끈질기게 남았고 세상은, 내가 겪은 바로는 신경이 곤두서 있었다.

그런 생각들은 내가 뉴욕에 제대로 복귀하기도 전에 이미 들었던 것이다. 기장의 목소리 ──**우리 비행기는 이제 착륙을 위해 최종 접근을 하고 있습니다**── 가 기내 장치를 통해 지직거리며 나오자 복귀의 불안이 가중되었다. 그 평범하고 이제는 따분하기조차 한 말이 뭔가 으스스한 징조를 품고 있는 듯했기 때문이다. 생각들이 서로 재빨리 뒤엉켜서, 비행기를 탔을 때 으레 하게 되는 보통의 병적인 생각 외에도 나는 이상한 정신적 전위轉位 상태를 떨치지 못했다. 비행기가 하나의 관이고 아래의 도시는 다양한 높이와 크기의 흰 대리석과 석조물이 있는 거대한 묘지라는 생각이었다. 하지만 비행기가 구름의 최하층을 뚫고 나와 300미터 아래에 도시의 진면목이 불쑥 나타났을 때 내가 받은 인상은 전혀 병적이지 않았다.

내가 경험한 것은 정확히 이런 도시 전경을 전에 보았다는 불안한 느낌과 더불어 그 광경을 비행기에서 본 게 아니었다는, 그 못지않게 강력한 느낌이었다.

그러자 내가 약 일년 전에 보았던 뭔가를 기억하고 있다는 생각이 들었다. 그것은 퀸스 미술관에 소장된 거대한 규모의 뉴욕시 모형이었다. 그 모형은 1964년 세계박람회를 위해 큰 비용을 들여 만들어졌고, 그후 도시의 변화하는 지형과 건축 환경에 뒤처지지 않도록 정기적으로 업데이트되었다. 모형은 거의 백만개의 아주 작은 빌딩과 다리, 공원, 강이며 건축적 랜드마크로 도시의 진면목을 인상적일 만큼 세밀하게 보여주었다. 세목에 너무나 꼼꼼하게 주목한 까닭에 보르헤스의 지도 제작자들이 생각날 수밖에 없었다. 정확도에 사로잡힌 그들이 너무나 크고 너무나 정밀하게 만든 나머지 지도는 제국의 크기와 일대일 비율이 되는, 각각의 항목이 지도 위의 그 지점과 일치하는 그런 지도가 되었다. 그 지도는 너무 감당하기 어렵게 되어서 결국에는 접혀서 사막에 방치되어 썩어갔다. 우리가 퀸스 상공을 비스듬히 선회할 때 내려다보이는 광경은 그 모든 것을 떠올리게 했고, 이 경우에는 실제 도시 자체가 그 모형에 대한 내 기억과 하나하나 일치하는 듯했다. 나는 퀸스 미술관의 경사로에서 그 모형을 오랫동안 응시했었다. 심지어 도시를 가로질러 비스듬히 떨어지는 저녁 햇빛은 미술관에서 쓰는 스포트라이트를 연상시켰다.

그 「뉴욕시 전경」을 본 날, 나는 거기에 표현된 여러 훌륭한 세목들에 강한 인상을 받았다. 벨벳 같은 센트럴 파크를 뱀처럼 꾸불꾸불 지나가는 샛강 같은 길들, 북쪽으로 휘어졌다 되돌아오는 브롱크스의 부메랑 지형, 엠파이어 스테이트 빌딩의 우아한 베이지색 첨탑, 브루클린 부두의 하얀 판석들, 그리고 맨해튼 남단에 위치한 한쌍의 회색 블록, 모형에서는 각각이 약 30센티미터 높이로 여전히 있는 것으로 표현되었지만 실제로는 이미 파괴되어버린 세계무역센터 쌍둥이 빌딩.

돌아온 다음 날 아직 시차증의 몽롱한 정신에서 헤어나지 못한 상태에서, 나는 저녁 7시면 졸리기 시작하리라는 것을 알았기에 월요일 생각은 되도록 하지 않으려고 애썼다. 내 휴가 기간 사주를 한꺼번에 몽땅 썼기 때문에 동료들이 반감을 가질 것은 불가

피했다. 이런 식으로 휴가 기간을 다 써버리는 것은 학과 규정상으로는 허용되지만 유별난 경우인데다 다른 레지던트들에게 부담을 더해주기에 무례하다고 여겨졌다. 그건 향후 추천서에서 십중팔구 어렴풋한 칭찬을 가장한 언어로 등장할 법한 행태였다. 내가 없는 사주 동안, 가장 심각한 입원환자들은 예외지만 많은 환자들의 치료가 다른 의사들의 몫이 되었을 것이다. 분명 몇몇 새로운 환자도 생겼을 것이다.

다가오는 주들은 힘들 터였다.

그래도 아직 하루가 남았다. 일요일에 나는 시내 중심가의 국제사진센터로 갔다. 거기서 주로 눈길을 끄는 것은 마르틴 문카치[1] 전시였다. 학생들에게 입장료 할인이 있어서 나는 거짓말을 하면서 유효기간이 지난 내 의과대학 학생증을 획 내비쳤고, 그러면서 나데즈가 이런 수법을 얼마나 심각하게 받아들였는지 기억했다. 나는 엄밀히 따지면 학교를 졸업했지만 학생보다 더 버는 게 거의 없다고 말하면서 항상 그녀에게 맞섰다. 처음에는 그녀를 골려주는 방법의 하나로, 그러다가 나중에는 습관적으로 나는 만료된

---

1 Martin Munkácsi(1896~1963). 헝가리의 언론인이자 사진가.

학생증을 더 자주 사용하기 시작했다. 나데즈가 떠오른 까닭은 내가 휴가로 떠나 있는 동안에 편지를 보내왔기 때문이었다. 내가 도착했을 때 아파트에서 기다리고 있던 인쇄된 우편물 더미 속에 그녀가 손으로 주소를 쓴 라임색 봉투가 들어 있었다. 카드는 메스꺼울 만큼 감미로운 성탄 장면이었고, 그 안에 그녀는 평범한 크리스마스 인사를 써놓았다.

전시회는 붐볐고 사진들은 예상 밖으로 생생했다. 문카치의 저널리즘은 역동적이었다. 그는 스포츠 자세, 젊음, 동작 중인 사람을 좋아했다. 그 스냅사진들—너무나 세심하게 구성되었지만 항상 이동 중에 찍힌 것처럼 보이는—에서 나는 라이베리아에서 파도 속으로 달려드는 아프리카 소년 셋의 사진[2] 같은 그의 다른 걸작에 어린 긴장을 볼 수 있었다. 앙리 카르티에브레송이 '결정적 순간'이라는 이상을 발전시킨 것이 바로 문카치로부터, 바로 그 사진으로부터였다. 사진들이 줄지어 전시되어 있고 웅성거리는 관람객들로 북새통을 이룬 그곳 하얀 전시실에 서 있는 내게, 사진이란 둘도 없이 기이한 예술로 여겨졌

---

2 「탕가니카 호수의 세 소년」(Three Boys at Lake Tanganyika, 1930).

다. 역사의 모든 순간들 중 하나의 순간이 포착되었지만 그 전후의 순간들은 시간의 거센 흐름 속으로 사라져버렸다. 오로지 그 선택된 순간 자체만 특권을 부여받고 구제된 데는 그 순간이 카메라의 눈에 선택되었다는 것 외에 다른 이유가 없었다.

문카치는 헝가리에서 독일로 이주했고 1934년까지 그곳에 머물렀다. 그는 사진·광고 주간지 『베를리너 일루스트리르테 차이퉁』에서 일했고 1930년에 라이베리아의 소년들 사진을 찍은 것도 이 주간지를 위해서였다. 주간지 『일루스트리르테 차이퉁』은 1차대전을 취재했고 문카치가 떠난 후에 2차대전도 취재했다. 국제사진센터 전시회에는 문카치의 작품이 실린 이 주간지 여러 호가 허리 높이의 투명 아크릴 케이스 속에 놓여 있었다. 육십대의 한 남자가 내가 보는 것과 같은 케이스를 살펴보고 있었고, 우리는 나란히 서서 그 투명 케이스를 향해 몸을 굽혔다. 그는 느긋한 얼굴이었고 노란 바람막이 점퍼를 입고 있었다. 내가 그 잡지를 엄청 열심히 살피는 것을 보고서 그는 고개를 돌려 나를 쳐다보지도 않은 채, 철자 표기가 잘못되었으며 ― 이 주간지에는 일루스트리에르테illustrierte가 아니라 일루스트리르테illustrirte라

고 인쇄됐다오, 그가 말했다─창간호부터 그랬다
고 말했다. 그 신사가 말하기를, 창간호에선 그게 실
수였지만 나중에는 그게 이 잡지의 트레이드마크처
럼 되어 고치지 않고 그대로 두었다는 것이다. 그는
유년기부터 이 잡지를 기억하고 있었기 때문에 이게
자신에게는 익숙하다고 말했다. 이 잡지는 그가 베를
린에서 작은 소년이었을 때 매주 그의 집에 왔었다
는 거였다.

　내 관심을 감지한 그 사람은 말을 이어갔고, 그
가 이야기할 때 우리의 눈길은 문카치 사진들의 표
면을 훑고 지나갔다. 독일 아이들이 햇볕을 받으며
누워 있는 들판을 보여주는 사진[3]이 있었는데, 체펠
린 비행선에서 찍은 것이 분명했다. 활용 가능한 공
간을 꽉 채운 몸들이 들판을 배경으로 편평한 추상
적 무늬를 만들어냈다. 그 사람은 기억 속으로 들어
가는 사람답게 느릿느릿 말했는데, 그 기억은 흐릿하
지 않았고 그는 마치 그 일이 방금 일어난 것처럼 또
렷하게 말했다. 우리가 1937년에 베를린을 떠났을 때
나는 열세살이었소, 그가 말했다. 그 이후로는 죽 뉴

3　「아이들로 가득한 들판」(A Field Full of Children, 1929).

욕이 내 고향이지.

　그의 나이에 대한 내 추측은 한참 빗나갔지만 그는 도저히 여든네살처럼 보이지 않았다. 그는 몸이 탄탄했고 몸놀림이 나이에 구애되지 않았다. 자기의 소년 시절에 대해 이야기하는 방식도 가벼워서 뭔가 다른 일에 대해, 덜 무섭고 재앙으로 어지럽혀지지 않은 뭔가에 대해 이야기하듯 했다. 한참 나중에 가서야 그들은 'e'자를 덧붙여서 마침내 'illustrierte'라는 제호를 채택했소, 그가 말했다. 하지만 이 철자법은, 이건 내가 그 시절에 알았던 거요. 당신은 베를린에 가봤소? 나는 그에게 가봤다고, 그 도시를 아주 많이 즐겼다고 말했다. 나는 결코 돌아가지 못했소, 그가 말했다. 하지만 베를린에 있을 때 난 그곳을 무척 좋아했소. 그 당시의 베를린은 분명 지금과는 전혀 다른 곳이었을 테죠, 내가 말했다. 나는 그에게 내 어머니와 오마도 종전 무렵과 그 이후에 난민으로 베를린에 있었다는 것, 그리고 나 역시 이런 간접적인 의미에서는 베를린 사람이라는 것을 말하지 않았다. 우리가 이야기를 더 나눴더라도 그에게 나는 나이지리아의 라고스 출신이라는 말만 했을 것이다. 바로 그때, 알고 보니 그의 아내 혹은 내가 그의 아내라고 짐작한 어떤 나이 든 여자가 와서 그와 함께했다. 그녀는 그보다 훨씬 나이 들어 보였고 보행 보조기를 사용했다. 그는 내게 미소 짓고 고개를 끄덕이고는 그녀와 함께 전시회장의 다른 곳으로 이동했다.

문카치의 사진들은 1920년대에서 1930년대로 넘어가 축구선수들과 패션모델들에서 군국주의 국가의 냉랭한 긴장 상태로 바뀌면서 분위기가 어두워졌다. 수없이 반복된 이 이야기는 여전히 심장을 뛰게 하는 힘을 갖고 있다. 언제나 사람들은 상황이 다르게 풀릴 것이며, 그 몇해 동안의 기록이 인류사의 나머지와 엇비슷한 규모의 잘못을 보여줄 것이라는 비밀스런 희망을 버리지 않는 것이다. 실제로 벌어진 일의 극악무도함은 그 일이 아무리 익숙할지라도, 그 일이 아무리 자주 반복될지라도 항상 충격으로 다가온다. 그리고 1933년 독일 제국의회 개회식에서의 군대와 열병식 사진들 중에 예상한 듯 예상치 못하게, 병사 대열의 중간 지점에 신임 독일 총통의 모습이 있었을 때 실제로 그런 충격이 일었다. 총통 바로 뒤에 뒤틀린 악몽의 얼굴을 한 괴벨스가 걸어갔다. 나는 이 사진을 한 젊은 커플과 동시에 보게 되었다. 나는 사진의 왼쪽에, 그들은 오른쪽에 서 있었다. 그들은 하시드 유대인들[4]이었다. 여기, 이 전시회장에 와 있는 것이 그들에게 어떤 의미일지에 대해 나는 합리적으로 접근할 길이 없었다. 그 사진의 피사체들에게 내가 느낀 순도 높은 증오심은 그 커플에게는 무엇으로 변환되었을까? 증오보다 더 강한 어떤 것으로? 나는 알지 못했고 물을 수 없었다. 나는 즉시 자리를 떠야 했다. 내 눈을 다른 곳에 두어 어쩌다 끼어든 이 무언의 마주침에서 벗어날 필요가 있었다. 젊은 커플은 말없이 서로 붙어 서 있었다. 나는 그들도, 그들이 쳐다보는 것들도 차마 더이상 볼 수가 없었다.

전시회는 그것을 축으로 바뀌었다. 그건 뭔가 다른 것에 관한 전시가 되었고, 구제할 길이 없었다. 다른 사진들, 문카치의 성공적인 1940년대 할리우드 시절에 나온 이미지들, 사교계 명사들과 조앤 크로퍼드, 프레드 애스테어 같은 배우들의 멋스러운 사진들이 있었다. 그러나 오후는 이미 망가졌고, 나는 오로지 집에 가서 잠을 잔 다음 한해의 일을 시작하고 싶을 따름이었다. 나는 관람객들을 헤치고 출구를 향해

---

4 18세기에 유대교 내에서 일어난 성령부흥운동을 따르는 보수파 유대인들.

움직였고 미술관의 기념품 가게를 지나면서 나이 든 베를린 사람과 그의 아내를 마지막으로 흘끗 보았다. 그는 오랫동안 간직해온 '일루스트리르테' 철자 이야기를 풀어놓을 시간과 장소를 찾은 셈이었다. 이 도시 곳곳의 사람들이 얼마나 많은 작은 이야기들을 간직하고 다니는지 상상도 할 수 없었다. 그때야 비로소 나는 자신의 카메라에 1933년 베를린의 평범하게 보이는 한순간을 미래의 관람자를 위해 은닉해둔, 소위 '포츠담의 날'의 사진작가 문카치 자신이 유대인이라는 것에 주목했다.

나는 북쪽으로 6번 애비뉴를 걸어 59번가까지 올라갔다. 거기서 방향을 바꿔 브로드웨이를 따라 타임스 스퀘어 방향으로 걸어서 이리듐 재즈클럽을 지났다. 더는 자러 가고 싶지 않은데다 시차증을 떨쳐버리려고 친구에게 전화를 걸어 그날 밤 그 클럽에서 연주하는 기타리스트를 보러 오겠느냐고 물었다. 그는 내가 재즈클럽 비용을 기꺼이 내겠다는 게 충격이라며 빈정거리고는 자신은 이미 저녁 약속이 잡혀 있다고 말했다. 그래서 나는 나데즈에게 전화해야겠다고 생각하며 집으로 향했다. 캘리포니아는 오후 4시경일 테니 그녀는 미사에서 돌아와 있을 것이다. 하지만 아직 전화 통화를 재개할 때가 되지 않았다. 몇달이 지났지만 아직은 때가 아니었다. 그녀와 함께한 몇달은 내게 얼마나 이상한 영향을 미쳤는지. 그녀가 보낸 카드는 아마도 그녀의 관점에서는 얼어붙었던 관계가 녹아간다는 뜻일 수 있었지만 나는, 내 쪽에서는 여전히 준비가 되지 않은 상태였다. 이제 생각해보니 내가 잠시 동안의 우리 관계를 너무 진지하게 여겼다고 인정할 준비가 된 것도 아니었다. 집에 도착한 나는 온수를 맞으며 졸면서 샤워를 하고 잠자리에 들었지만, 곧바로 튀어나와 결국 그녀에게 전화를 걸었다.

우리는 삶을 하나의 연속으로 경험하고 오로지 삶이 사라진 후에, 과거가 된 후에야 비로소 삶의 불연속들을 본다. 과거란, 만약 그런 게 있다면, 대부분 텅 빈 공간이며 의미심장한 인물과 사건이 떠다니는 무無의 거대한 확장이다. 나이지리아가 내게 그랬다. 내가 특별히 강렬하게 기억하는 그런 몇가지를 제외하면 대부분 잊혔다. 그런 몇가지란 나의 뇌리에서 반복되면서 강화되어온 것들, 꿈과 일상적 생각 속에서 되풀이되는 것들, 특정한 얼굴들, 특정한 대화들이며, 그것들은 한묶음으로 여겨지면서 1992년 이래 내가 쌓아온 과거의 확실한 버전을 상징했다. 하지만 과거의 것들에는 또다른 감각, 불쑥 끼어드는 감각이 있었다. 오래전에 잊힌 어떤 사람이나 사물을, 유년기에, 아프리카에 밀쳐두었던 나 자신의 어떤 부분을 현재에 갑작스럽게 재회하는 것이랄까. 오랜 친구 하나가, 친구라기보다 기억에 의해 이제 친구로 생각하는 것이 편해진 지인 한명이 이 후자의 과거에서 나와서 내게로 왔고, 그 결과 완전히 사라진 것처럼 보였던 것이 다시 한번 존재하게 되었다. 그녀는 1월 말 유니언 스퀘어의 한 식품점에서 내게 나타났다 (정확히 내 뇌리에 떠오른 것은 '출현'이었다). 나는 그녀를 알아보지 못했는데, 그녀는 한동안 나를 따라 통로 주위로 내 발걸음을 쫓으면서 내게 먼저 아는 체할 기회를 주었다. 내가 미행당하고 있음을 알아차리고 몸을 의심의 경계 태세로 가다듬기 시작하고서야 비로소 그녀는 내가 서 있던 무와 당근 진열대 앞으로 바짝 다가왔다. 그녀는 "안녕" 하고 밝게 인사하며 손을 흔들었고, 미소 지으며 내 성과 이름을 부르며 말을 걸었다. 내가 자신을 기억해주기를 기대하는 게 분명했다. 나는 기억하지 못했다.

그녀는 눈이 살짝 비스듬하고 턱선이 우아하게
깎인 것이 요루바인처럼 생겼고, 억양으로 보건대 요
루바가 바로 우리 사이의 연관성을 찾아봐야 할 곳
인 것이 분명했다. 하지만 나는 그 연관성을 찾지 못
했다. 내가 그녀가 누구인지 아무 기억이 나지 않는
다고 실토하는 그 순간 그녀는 내게 바로 그 점을 지
적했는데, 진지한 비난이었지만 표현은 익살스러웠
다. 그녀는 내가 자신을 잊었다는 사실을 믿을 수 없
어하며 꾸짖듯 내 이름을 몇차례 연달아 불러댔다.
나는 불쑥 치미는 짜증을 감추고 가볍게 사과했다.
한순간 나는 그녀가 몸짓 알아맞히기 놀이를 너무
끌까봐, 자신이 정체를 밝히게끔 내게 꼬드겨달라고
할까봐 불안했지만, 그녀가 자기소개를 했고 기억이
돌아왔다. 그녀는 모지 카살리였다. 모지는 내 학교
친구 다요의 한살 위 누나였다. 나는 그녀를 라고스
에서, 방학 때 다요의 집에 찾아가곤 했을 때 두세차
례 만났다. 다요는 나와 중학부 동안에는 꽤 친한 친
구였으나 나이지리아 군사학교에 오래 머물지 않고
고등부 첫해 초에 떠났고, 라고스의 한 사립학교로
전학했다. 우리는 그해 크리스마스 방학 동안에 서로

연락을 주고받으려고 노력했지만 내가 그를 집으로 찾아갔을 때는 문지기가 나를 돌려보냈고, 일주일 후에 그가 답방으로 나를 찾아왔을 때는 내가 집에 없었다. 우리는 더이상 나이지리아 군사학교 연결망을 공유하고 있지 않았고 그는 분명 새 친구들을 사귀었을 것이다. 우리의 우정은 시들해졌다. 약 일년 후에 나는 아파파[5]의 어떤 테니스코트에서 그를 만났다. 그는 한 여자애와 함께였는데 잘나가는 한량처럼 행동했고, 우리의 대화는 부자연스러웠다.

그때쯤 나는 그보다 훨씬 키가 컸으나 그는 다부졌고 억센 턱수염이 나기 시작했다. 우리는 서로 연락하며 지내자고 다시 한번 약속했고, 나는 그에게 나갈 길이 있다면 미국에 갈 생각을 하고 있다고 말한 기억이 난다. 그렇지만 나중에 알게 되듯이 나는 몇년 후에야 떠났다. 그는 그날 검은 안경을 쓰고 있었는데, 하늘에 구름이 잔뜩 끼었어도 벗지 않았다. 그의 여자친구는 하얀색 폴로셔츠와 꽉 끼는 반바지 차림에 지루해하는 표정이었으며, 그 자체로 즉시 내 부러움의 대상이 되었다. 내게도 여자친구가 있다는

5 나이지리아 라고스의 지역명.

건 상관없었다. 다요의 여친은 믿기지 않을 만큼 멋져 보였다.

나는 그의 주소와 전화번호를 받아냈다. 내 기억으로 그는 누군가가 펜스에 핀으로 꽂아둔 종교 책자 뒷면에 적어주었고, 나는 얼마 후에 그에게 전화했다. 그러고는 그의 집에서 파티가 있었는데, 술을 엄청나게 마셔대는 광란의 파티였다. 그의 여친은 거기에 없었다. 그때쯤에 그 둘은 헤어졌고 나 역시 내여친과 헤어졌다. 나중에 나는 다요의 주소를 잃어버렸고, 어쨌거나 삼년 후 내가 미국에 왔을 때쯤에는 그에게든 다른 누구에게든 편지를 쓰고 싶은 마음이 별로 없었다. 편지를 쓰겠다는 약속은 그저 존중의 제스처였을 뿐, 한때, 십대 초반에 우리가 친했고 잠시 동안은 심지어 절친이었다는 사실에 대한 인정이었을 뿐이었다.

십삼년이 지나 내가 식료품점에서, 그의 누나는 고사하고 그조차 알아봤을지 의문이다. 그러나 지금, 내 이름까지 꼭 집어 말하고 그 이름을 쉽사리 되풀이 부른 걸로 보아 그녀는 나를 생각하곤 했으나 다시 보리라고 기대하진 않았던 것 같다. 어쩌면 내가 알게 모르게 여학생의 열병 같은 사랑의 표적이 되었는지도 몰랐다. 남동생의 친구이고 세련된 부잣집 아이인데다 자신만만한 십대 후반이었으니까. 내가 그전에 다요네 집에 갔을 때는 한두명의 다른 학교 친구도 함께 있었는데, 그녀는 물론 우리를 무시했다. 아마도 그녀는 우리에게 내색한 것보다 더 많은 관심을 갖고 있었을 터였다. 식료품점에서 그녀가 뮤즐리 상자를 겨드랑이에 끼고 서 있었을 때, 아마도 그 기억이 아직 남아 그 기억의 잔불 때문에 그녀가 내 눈길을 끌었고, 내게 결혼과 아이와 경력에 대해 예상된 질문을 할 때에도 눈길을 돌릴 수 없었는지 모른다. 너무 무뚝뚝하게 들리지 않도록 조심스럽게 평범한 대답을 한 다음, 나는 그녀에게 같은 질문을 하는 것이 예의라고 느꼈다.

그녀는 리먼브라더스에서 투자 은행원으로 일한다고 말했다. 적절하게도 나는 깊은 인상을 받은 것처럼 굴었고, 얼마나 바쁘겠냐고 두루뭉술하게 수선을 떨었다. 하지만 이 잡담이 계속되는 것은 원치 않았기에 나는 때때로 들고 있는 장바구니를 봤다가 그녀가 이야기할 때는 고개를 끄덕였다. 동생은 지금은 나이지리아에 있다고 그녀가 말했다. 그는 대학원 과정을 위해 영국에, 임페리얼 칼리지에 갔었지만 집으로 돌아와 결혼했다는 것이다. 모지는 동생이 런던에 있던 육년 동안 긴밀하게 연락을 주고받았다고 말했다. 우린 이제 자주 이야기하지 않아, 그녀가 말했다. 동생은 아이가 하나 있고 자신의 토목공학 회사를 운영하고 있어. 하지만 그애에겐 좀 기이한 시기가 있었어. 동생은 1995년 석사학위를 따러 가기 직전에 사고를 당했어. 그 사고가 네가 나이지리아를 떠난 후에 그애에게 일어난 가장 큰일이었을 거야. 그애는 당시에 라고스 동쪽의 느슈카[6]에서 공부하고 있었는데, 밤에 고속도로에서 버스 사고를 당했어. 버스가 조명 없이 달리던 오토바이 운전자를 들이받았고 그 바람에 도로 바깥으로 나가떨어졌어. 탑승객 열네명 중 열명이 즉사했고, 또다른 세명은 중상이었는데 그중 한명이 나중에 죽었어. 다요 혼자만 다치지 않고 걸어나왔던 거야. 그애는 어깨 한쪽이 탈구되었나 그랬지만 크게 다친 건 전혀 아니었어. 그런 경험을 하게 되면 누구나 즉각 그 사람이 더 종교적으로 될 거라고 생각하게 마련이잖아, 그녀가 말했다. 그애에게 그 사건이 끼친 영향은 그런 게 아

6 나이지리아 남부의 소도시로 나이지리아 대학교 소재지.

니었어. 그애는 더 사려 깊어진 것 같아. 그애는 그다음 이년 동안 온전히 제정신이 아닌 상태로 삶을 견뎌냈어. 라고스로 돌아온 후에 딱 한번 그 사고에 대해 이야기했는데, 그때서야 우리는 사고가 일어났었다는 걸 알았지. 아마도 그건 신문 더미에 묻혀버린 뉴스거리였겠지. 이를테면 '느슈카 사고로 열명 사망'이니 하는 뉴스 말이야. 그래서 우리는 그 사고를 듣긴 들었을 테지만 동생이 거기에 끼어 있을 줄은 상상도 할 수 없었던 거지. 동생은 학기가 끝나고 방학에 집에 올 때까지 그 사고에 대해 누구에게도 말하지 않았어. 걔가 그렇게 별종이야. 물론 부모님들의 요구로 교회에 가서 특별 감사 예배를 드리긴 했지. 그애는 그 사고와 함께 살아갔어. 그러다가 마음에서 그걸 벗어던지고 그냥 나쁜 꿈이었던 것처럼 철해서 정리해버렸어. 다시 거론하더라도 공개적인 방식으로는 전혀 아니었지. 난 물론 흥미로웠고 처음에는 동생에게 그 이야기를 졸라대곤 했지만, 그애는 그냥 입을 꾹 다물었고 그걸로 끝이었어. 난 사고 현장에서 죽은 사람을 본 적이 있고 나이지리아에 사는 사람이면 누구나 그럴 거야. 하지만 그 사고를 자신이 당하거나, 아니면 길가에 누워 있는 그 시체가 얼마든지 자신일 수 있다면 문제는 다를 거라고 확신해. 그래서 오랫동안 모두가 다요를 세상에서 가장 운 좋은 사람처럼 대했지만, 아예 사고 현장 가까이에 있지 않았다면 그게 훨씬 더 운이 좋은 거라는 게 그애의 심정이었던 것 같아. 어쨌든, 동생은 지금은 사고를 거의 극복한 셈이고 그건 아주 오래전 일이 되었지. 네가 듣고 싶은 것 이상으로 너무 자세히 이야기한 것 같네.

우리는 화제의 공통 기반을 다 써먹었고 떠들게 남지 않은 듯했다. 그녀는 내게 곧 다시 연락하겠다고 약속했고, 우리가 우연히 마주쳤다는 사실에 대해 이제는 상당히 짜증스럽게 느껴지는 방식으로 다시 한번 감탄했다. 난 사실 우연을 믿지 않아, 그녀가 말했다. 어떤 일은 일어나기도, 일어나지 않기도 하는데, 우연은 그거랑 아무 상관없잖아.

13

2월 초에 나는 내 세금 정산 작업을 해주는 회계사 패리시를 만나러 월 스트리트로 갔으나 수표책 가져가는 것을 깜박했다. 집에서 나오기 직전 그와 통화하면서 내가 뭘 가져가야 하는지 물었고, 그는 수표를 가져와야 자기에게 작업비를 지불할 수 있다고 말했다. 나는 서랍에서 수표책을 꺼내어 테이블 위에 장갑과 열쇠와 함께 두었다. 하지만 그러고는 그걸 두고 나왔으며, 2호선 열차가 역에 도착하기까지 두고 왔다는 것조차 깨닫지 못했다. 나는 그를 빈손으로 만나야 한다는 것이 당혹스러웠다. 그러나 내가 그에게 주기로 되어 있는 돈이 200달러밖에 되지 않았고, 은행 카드는 갖고 있었다. 현금을 찾을 수 있었다. 봉투에 현금을 넣어 테이블 너머로 내미는 것이 어딘지 불법적인 듯했으나 그게 작업비를 즉시 지불하지 않는 것보다는 나았다.

월 스트리트 역에서 나왔을 때 나는 현금인출기

를 찾아 주위를 살펴보았다. 11월에 밤 산책으로 와 봤을 뿐 그후 이 지역에는 온 적이 없었다. 지금은 한 낮의 햇빛이 마천루들의 측면이 만들어낸 깊은 틈들 에 쏟아져 들어와 이 거리의 불길한 성격을 누그러 뜨렸다. 이 거리는 보통의 거리, 일터가 되어 있었으 니, 도로 정비 중인 곳의 공사 중임을 알리는 차단선 과 뜯겨나간 잔디들 때문에 정상적인 길이 손상되긴 했지만, 몇달 전에 내가 경험한 옹송그린 얼굴 없는 시신들 같은 단테적인 풍경과는 전혀 달랐다. 얼마 걷지 않아서 나는 약국 안쪽의 현금인출기를 발견했 지만 카드의 네자리 비밀번호를 잘못 입력했기 때문 에 현금을 인출할 수 없었다. 그래서 다시 시도했고, 다시 실패했다. 다섯번을 다른 숫자를 넣어 시도했 지만 모두 되지 않았다. 나는 불안해진 것은 아니었 고―카드가 손상되었다고 생각했다면 불안했을 것 이다―차리리 슬펐다. 비밀번호를 까맣게 잊어버린 것이었다. 환자를 보는 도중에 이런 식으로 머릿속이 비어버리면 얼마나 끔찍할까 하는 생각이 뇌리를 스 쳤다. 그건 내가 육년 이상을 써온 현금카드였고 비 밀번호는 언제나 같았다. 최근의 브뤼셀 여행에서도 이 카드를 사용했고, 사실 나는 그 여행 동안 이 카드에 전적으로 의지했다.

이제, 워터 스트리트와 월 스트리트가 만나는 모퉁이의 한 작은 약국에 서 있는 동안 나는 '머릿속이 텅 빈 채, 불안한 상황에 처해 있었다.' 그런 표현이 내가 마치 제인 오스틴 소설의 조연이라도 된 듯 거기 서 있을 때 찾아왔다. 그런 갑작스러운 정신적 혼란은 (현금인출기가 다시 한번 시도하겠느냐고 묻고 내가 다시 시도하고 다시 실패하는 동안) 단순해진 자아 상태에서, 전에는 모든 게 훨씬 확고했던 단순함의 영역에서 비롯한 듯했다. 이건 다리 하나가 부러진 경우에도 마찬가지였다. 갑자기 능력이 줄어들어 걷는다는 게 어떤 것인지 제대로 이해하지 못한 채 걷는 것이다.

한 동료가 추천했던 회계사 패리시와의 만남에 나는 이미 늦었다. 하지만 나는 약국을 나와 근처를 서성이면서 진정하려고 애썼다. 두 블록 떨어진 이스트강에서 산들바람이 몹시도 불어와 햇볕이 아무런 온기를 주지 못해서 바깥은 추웠다. 환한 하늘의 구름들은 작지만 수가 많았고 부서지는 파도처럼 주름진 물결을 이루었다. 나는 덜덜 떨면서, 애써 신경이 곤두선 것을 무시하며 이 상태가 그냥 흘러 지나가기를 바랐다. 하노버 스퀘어로 내려간 나는 이십분 후에 어떤 숫자도 정하지 않은 채 또 하나의 인출기로—이번 것은 은행 로비에 있었는데—갔다. 다시 현금 인출을 시도했고 내 손가락들의 기억이, 패턴에 익숙해진 내 손가락들이, 전화번호의 경우에 가끔 그러듯이 나를 구제하기를 바랐다. 나는 현금인출기가 그렇게 여러차례의 시도를 허용한다는 데 놀랐다. 어쨌거나 그 모든 시도가 실패했고 한줌의 인쇄된 명세서만 남았다. 나는 비번이 2046이라고 생각해왔지만 아니었다. 그 숫자는 왕자웨이 감독의 영화 제목에서 따온 거였다. 내가 찾는 숫자는 그와 비슷하지만 그 영화가 만들어지기 전에 고른 것이었는데, 내 머릿속에서 메아리치는 숫자는 2046이었다.

마침내 패리시와 자리를 함께했을 때 나는 그에게 수표책 가져오는 것을 잊어버렸다고 말했다. 현금 인출기에 대해서는 아무 말도 하지 않았다. 그는 엄숙했고, 그가 자기 커프스단추를 바로잡자 세심하게 눈금을 매긴 우주를 흐트러뜨린 느낌이 들었다. 나는 사과하고 수표를 즉시 우편으로 보내겠다고 확약했다. 그가 어깨를 으쓱했고, 나는 그가 나를 위해 준비한 세무 서류에 서명했다. 전혀 생각지도 않게 이런 연약한 구석이 내 자신에게 있다는 데 두려움을 느꼈다. 그건 나이 듦의 사소한 징후, 남한테서 발견할 때는 미소 짓게 되는 종류의, 자만심의 표시라 여기는 종류의 것이었다. 나는 불쑥 솟아나서 내 검은 머리카락 더미 속에 자리 잡은 곱슬머리 새치를 생각했다. 그 새치에 대해 나는 농담조로 말하곤 했으나 언젠가는 내 머리카락 전체가 색이 변할 것이고, 흰 가닥이 늘어나 급기야는 더 많아질 것이며, 마마처럼 노년까지 산다면 검은 가닥이 거의 없어지리라는 것을 알고 있었다.

나는 브로드웨이를 내려가 구舊 세관[7]을 지나 배터리 파크까지 내려갔다. 맑은 날이라서 브루클린까지, 스태튼 아일랜드까지, 그리고 은은하게 빛나는 녹색의 작은 자유의 여신상까지 막힘없이 볼 수 있었다. 오후의 정적인 대기 속에 테트리스 게임처럼 빌딩들의 선이 들쑥날쑥 이어져 있었다. 배터리 파크는 학교에 다니기에는 아직 어린 아이들의 목소리로 흘러넘쳤다. 엄마들이 놀이터의 아이들 주위에서 호들갑을 떨었다. 그네의 삐걱삐걱 하는 소리는 아이들

---

7 1907~74년의 미국 세관으로 현재 미국의 역사유적.

에게 거기서 자기들이 재미있게 놀고 있다고 일깨워
주는 신호 같았다. 삐걱거리는 소리가 없으면 아이들
은 어리둥절할 것이다. 배터리 파크는 19세기 중반에
이 도시의 활발한 상업지구였다. 노예무역은 1820년
미국에서 사형죄가 되었지만 뉴욕은 오랫동안 노예
무역선의 조선, 설비, 보험, 진수에 가장 중요한 항구
로 남아 있었다. 그런 노예무역선의 인간 화물인 노
예들 대다수는 쿠바로 갈 것이었다. 아프리카인들은
쿠바의 사탕수수 농장에서 일했다.

　　노예제로 이익을 얻는 데서 뉴욕의 씨티은행은
동시대 상인들과 은행가들이 세운 다른 회사들과 다
르지 않았다. 나중에 AT&T와 콘 에디슨이 된 회사
들이 바로 이런 환경에서 부상했다. 전세계 최고 부
자들 중 하나인 모지스 테일러는 오랫동안 설탕 상
인으로 성공적인 경력을 쌓은 뒤 1837년에 씨티은행
이사진에 합류했다. 그는 1855년에 은행장이 되었고
1882년 죽을 때까지 그 직책에 복무했다. 테일러는
남북전쟁 당시 북군 측의 군수물자에 자금을 지원했
지만 뉴욕항에서 쿠바산 설탕 판매 중개업으로 막대
한 이익을 얻기도 했다. 그는 사탕수수 농장주들의
수익에 투자하고 뉴욕시 세관의 화물 수속을 용이하

게 하며 '노동력' 획득에 필요한 재정을 지원했다. 달리 말하면 그는 농장주들이 노예 구매 비용을 낼 수 있도록 만들었다. 이 일을 실행하는 일환으로 자기 소유의 배를 가동하기도 했다. 그는 여섯척의 배를 공해에 출항시켰다. 테일러와 그와 같은 다른 은행장들은 자기들이 무슨 일을 하는지 정확히 알고 있었고, 그들의 그런 낙관주의는 크게 수지맞았다. 수익률이 거부할 수 없을 만큼 매력적이었다. 완전한 장비를 갖춘 약 13,000달러짜리 노예선 한척이 20만 달러 이상의 값어치가 있는 인간 화물을 실어나를 것으로 예상되었다. 1852년 씨티은행이 최대 수익을 거두었을 때, 『뉴욕 타임스』는 만약 당국이 이런 부당 이익 취득을 중지시킬 수 없었다고 변명한다면 그건 단지 당국 자체의 우매함을 실토하는 꼴이며, 그게 의지의 문제라면 당국이 초래한 도의적 죄는 다름 아닌 노예무역상들의 죄와 동급이라고 지적했다.

구 세관에서 월 스트리트까지, 그런 다음 사우스 스트리트 시포트까지 내려가는 순환로는 1.6킬로미터가 안 되는 거리였다. 구 세관은 17세기에는 거지와 노예 처형에 사용되었던 볼링 그린[8]을 마주 보고 있었다. 공원 안의 포장된 공간에 머리에 잎이 우거진 억센 느릅나무들이 양쪽으로 늘어선 길을 따라 중국 여자들이 열을 지어 춤을 추고 있었다. 여덟명이고 모두 평상복 차림이었다. 한 사람은 젊었는데, 아마도 삼십대인 듯했다. 나머지는 모두 백발에 가까웠고 그중에 특히 고령의 현명해 보이는 사람이 하나 있었다. 그들의 건강 체조 반주는 라디오에서 쾅쾅 울리는 마셜팝 분위기의 음악이었다. 젊은 댄서가 과장된 동작으로 무리를 이끌고 있었다. 팔을 휘저을 때마다 그녀가 입은 헐렁한 분홍색 재킷의 길디긴 소매가 달필의 서체처럼 헝클어졌다. 나머지 사람들이 한쪽 방향으로 찌르기, 잡아채기, 4분의 1 회전, 반대 방향으로 반* 회전 같은 동작들을 수월하게 따라 했다. 젊은 여자는 우아하고 아름다웠다. 그러나 음악이 그치고 춤추던 사람들이 멈춰 서자 그녀는 아름답게 보이지 않았다. 아름다움은 모두 움직임에 있었던 것이다.

그들이 동작을 멈추자 그곳에 있던 다른 소리를, 공원 맞은편에서 연주되는 악기 소리를 들을 수 있었다. 나는 그 소리에 좀더 가까이 가고 싶어서 느릅

8 브로드웨이 남단에 위치한 작은 공원.

나무 그늘 아래를 걸어 줄지은 콘크리트 체스 테이블들을 지나갔다. 체스 테이블은 질서의 오아시스이자 쌍으로 된 고독에의 초대장 같았다. 하지만 그 테이블에 앉아 있거나 체스를 두는 사람은 아무도 없었다. 체스 테이블 주위, 테이블로 땅이 움푹 팬 곳에서 이끼가 자라나 위로는 콘크리트를 뒤덮고 아래로는 땅바닥까지 퍼진 바람에 마치 체스판들이 뿌리를 내린 것 같았다. 나는 나무 아래를 걸어 어린아이들 그네의 삐걱거리는 소리를 지났고, 나무 그늘 끝에 가까워지자 그것이 어르후[9] 소리임을 알 수 있었다. 선율이 숨 쉬듯 민첩했는데, 옛날 악기다운 정확한 민첩성이었다. 공원에서 들리는 어르후 소리는 얼마나 청아하던지, 지하철의 거리 악사가 열차의 끼익하는 소리와 경쟁하듯 연주했을 때 이 똑같은 악기에서 나던 칭얼거리는 소리와 얼마나 다르던지.

공원 건너편에 이르렀을 때, 나는 어르후 연주자가 실제로는 하나가 아니라 둘이라는 것을 알았다. 그들은 튀어나온 바위 하나에 함께 앉아 호흡을 맞춰 연주하고 있었고, 여자 하나가 서서 그들을 마주

---

9 二胡. 중국의 2현 악기. 활로 현을 켜 소리를 낸다.

보고 노래하고 있었다. 음악 하는 사람들 근처에서 작은 무리가, 모두 중년을 넘긴 여자 셋과 남자 하나가 이야기를 나누면서 스트레칭을 하고 있었다. 여자들 중 하나는 팔에 아이를 안고 놀아주면서 천천히 주변을 돌아다니며 발로 자기 앞의 풀을 이쪽저쪽 가리켜 보였다. 그녀의 침착한 몸짓은 댄서들의 동작이 뒤늦게 드리운 그림자 같았다. 나는 어르후 연주와 가수의 노래를 들으며 잔디밭에 오랫동안 앉아 있었다. 추운 날씨였다. 가수가 휘어지는 현들과 한 음정 한 음정씩 맞추며 부드럽게 노래했다. 연주자들은 강세를 넣을 때 고개를 끄덕여 서로 호응했다. 나는 이백과 왕유[10]에 대해, 해리 파치의 피치벤딩[11] 노래들에 대해, 주디스 위어의 오페라 「학문의 위로」[12]에 대해 생각했다. 그런 것들이 내가 이 중국 음악과 관련 지을 수 있는 최상의 것들이었다. 이 노래, 맑은 날, 그리고 느릅나무들 — 지난 천오백년 중의 어느 하루일 수도 있었다.

10 모두 7~8세기에 활동한 중국 당나라의 유명 시인.
11 미국의 작곡가 해리 파치가 이용한 현악기 주법의 하나. 현을 누른 상태에서 밀거나 끌어 음정을 높인다.
12 영국의 작곡가 주디스 위어가 중국 원나라 희곡을 바탕으로 작곡한 오페라.

『뉴욕 타임스』는 그날 내가 읽은 부고란에서 V
가 참사에 대해 '조금도 움찔하지 않고' 썼다고 말
했다. 그들은 '겉보기에는 조금도 움찔하지 않고'라
고 말할 수도 있었다. 왜냐하면 참사는 그녀에게 어
느 누구도 짐작할 수 없을 만큼 깊고 전면적인 영향
을 끼쳤기 때문이다. 나는 그녀의 가족—남편, 부
모—이 겪게 될 날것의 고통을 상상할 수 없었다.
나는 들어왔던 공원의 둔덕으로 돌아왔다. 춤추던 사
람들이 다시 춤을 시작한 상태였다. 그들 중 다수가
붉은색이나 분홍색 옷을 입었다는 것을 그제야 알아
보았다. 붉은색이 중국 문화에서 행운을 뜻하는지 아
닌지 기억나지 않았다. 어르후의 가냘픈 소리가 춤추
는 사람들의 카세트 플레이어에서 나는 북소리 사이
사이에 미끄러져 들어갔고, 그 소리가 내 마음의 눈
에는 V가 자기 저서에서 경의를 표하고자 그토록 노
심초사했던 오래전의 혼령들을 부르는 듯했다. 춤추
는 사람들로부터 고개를 돌려 다시 한번 광활한 만灣
을 받아들이면서 나는 녹색 나무 벤치에 앉았다. 위
절반은 까맣고 아래는 하얀, 신기한 검은머리방울새
한마리가 총총 뛰어 내 발치로 다가왔다. 아주 작은
새였는데, 곧 잽싸게 도망갔다. 벤치에는 나 말고도

리넨 양복을 입고 세심하게 닦은 구두에 밀짚모자를 쓴, 겨울 날씨에 여름 복장을 한 남자가 있었다. 그의 셔츠는 노란색, 타이는 진한 갈색이었다——내 생각의 끈이 우리 뒤쪽 중국 여자들의 웃음소리에 의해 갑자기 끊겼다. 그의 콧수염은 하얬고 깔끔하게 다듬어져 있었다. 그 남자는『엘 디아리오』신문을 느릿느릿 진지하게 읽었다. 우리, 우리 둘은 거기에 앉아 있었고, 나는 녹색의 공원 너머를 바라보았다. 우리는 서로 상대방이 옆에 있다는 것을 인정하지 않았다. 그럼에도 나는 그에게 V의 삶에 관한 모든 것을, 그녀 저서의 깊이, 그녀의 비극적인 죽음에 대해 말하고 싶은 갑작스런 충동을 느꼈다. 우리는 그냥 앉아 있었고, 날이 지면서 낮의 빛은 우리 앞의 둔덕을 굴러 내려갔다가 잔디밭을 가로질러 떠올라 바쁘게 왕래하는 페리들과 함께 바다를 건넜고, 남쪽으로, 자유의 여신상을 향해 나아갔다.

여전히 현금카드의 비번을 기억해내지 못한 채로 집에 왔지만 나는 은행 서류들을 살펴보지 않았다. 때가 되면 번호가 생각나리라고 스스로를 안심시켰다. 그러고는 그 사건에 대해 까맣게 잊었다. 다음 날 씨티은행 쪽에서 전화를 걸어와 내 계좌에서 돈을 인출하려다 실패한 시도가 열두번 있었음을 알게 되었다고 알려주었다. 나는 담당 직원을 아주 쾌활하게 응대했고, 그게 도둑의 소행이 아니라 내 건망증이 심해져서 그랬다고, 내 카드는 괜찮으니 그쪽에서 걱정할 필요가 없다고 안심시켜주었다. 그러나 전화를 끊고 나는 아파트의 정적 속에서 침대에 앉아 있었다. 그 사건에 대해 잊어버렸다가 그때야 새롭게 생각났던 것인데, 이번에는 증상이 더 심각했고 게다가 이번에는 목격자나 공식적인 기록도 없었다. 이상한 느낌은 더 물리치기가 힘들었다. 홀로 서 있던 기억, 기억이 나간 상태에서 월 스트리트에 서 있던 그 기억, 사방팔방에서 첨단 유행의 최상류 계급이 거래를 하고 휴대폰으로 통화하고 자기들의 커프스단추를 매만지는 동안 딱하게도 애늙은이 하나가 뭔지 모를 신경과민에 사로잡혀 조용조용 걸어다니던 그 기억 말이다. 나는 자동소총이 권총집에서 빛나던 한 경찰관을 보았던 기억이, 그리고 그 무기, 애매함이라고는 없는, 위험의 전조인 그 무기에 대해 묘한 부러움에 사로잡혔던 기억이 났다. 내가 단지 비번뿐 아니라 모든 숫자, 모든 이름도 역시, 그리고 애당초 도대체 왜 거기 월 스트리트에 있는 건지까지 다 잊어버린 상상을 했다. 나는 침대에서 일어나 오븐을 점검했다.

　　그날 늦게 눈이 내렸다. 그 계절에 내가 목격한 첫눈이었다. 눈송이가 굴러떨어져 땅바닥에 닿자 사라지는 모습을 지켜보려니 맹렬한 불균형의 감각이 나를 엄습했다. 그로부터 거의 한주 뒤에 한파는 겨울답지 않은 겨울의 그림자들 속으로 다시 한번 물러났지만 나는 여전히 네자리 비번을 기억하지 못했다. 나는 마침내 서류 더미에서 그것을 찾아보았고, 아무 특별한 이유 없이 아슬아슬하게 닿지 않는 곳에서 맴돌던 비번을 되찾았다.

14

우리는 힘든 시간을 보냈지, 사이토 박사가 나를 반갑게 맞으면서 말했다. 나는 요즘 여기 거실의 이 다다미에서 잠을 자고 있어. 우리가 빈대의 습격을 받았거든. 이 나라의 이 지역에서 예전엔 사람들이 '붉은 코트'[13]라고 불렀다는데, 자네 그런 명칭을 아는가? 우리는 해충구제업자들이 박멸했다고 생각했지만 빈대는 여드레 후엔 더 심하게 몰려왔고, 나는 환풍기 소리 요란한 이 거실과 작은 해충들에 뜯어 먹히는 것 중에서 즐겁지 않은 선택을 해야만 했네. 그가 몸짓으로 창문 위의 환풍기 날개를 가리켰다. 빈대들이 물어. 이렇게, 한방, 두방, 세방, 아침, 점심, 저녁으로, 팔 위아래로. 하지만 난 더는 나눠줄 피가 별로 없는 것 같아. 그러고서 그는 두 손을 포개고 며칠 후에 해충구제업자들이 다시 오기를 기대한다고

---

13 미국독립전쟁 당시 영국군을 부르던 말.

말했다.

한데 내 기분은 들떠 있어. 그러니 자네는 끝내주는 시간에 찾아온 거지. 난 오늘 일찍 링컨 센터의 실내악협회 공연을 보러 나갔네. 그들은 바흐의 칸타타 중 하나, 「커피 칸타타」를 연주했어. 자네 그 곡 알지? 그 곡을 얼마나 잘 연주하는지 마치 새로 나온 작품 같았어. 딸의 선택을 놓고 초조해하는 한 아버지에 관한 곡이지. 그러니 적어도 우린 여러 세기를 지나고도 아무것도 변한 게 없다는 걸 알게 되지. 커피는 당시엔 상당한 신문물이었고, 어른들은 이 약물을 미심쩍어했고 이에 대한 젊은이들의 열광은 더 미심쩍어했지. 그 사람들이 커피가 지금 얼마나 흔한지를 보면 놀랐을 거야. 그리고 자네한테 하는 말이지만, 연주회장에 앉아 있는 동안 나는 그때의 커피가 오늘날의 마리화나 문제와 똑같다는 생각이 퍼뜩 들었네. 커피, 커피, 난 정말이지 커피를 마셔야 해, 하고 젊은 여성이 노래했지. 하루에 세번 안 마시면 난 말라비틀어질 거야!

나는 사이토 교수를 마주 보며 팔걸이 없는 의자에 앉았다. 활기차고 재미있어하는 그의 모습을 보는 것이 좋았다. 그걸 보니 행복해졌다. 그의 손은 핏

줄이 도드라졌고 여위고 차가웠는데, 나는 양손을 뻗어서 그의 두 손을 쥐고 마사지했다. 그의 아파트의 노르스름한 겨울 잿빛 속에서, 그의 삶의 한겨울에, 이렇게 손을 내미는 것이 더없이 자연스러운 일 같았다. 너무 오랫동안 찾아오지 않아서 죄송해요, 내가 말했다. 그간 할 일이 많았어요. 그는 내가 유럽에서 방금 돌아왔는지 물었다. 아닙니다, 내가 말했다. 1월 중순에 돌아왔고 그때부터 선생님을 생각하고 있었어요. 하지만 교대근무가 유별나게 부담이 컸어요. 이제 상황이 다시 안정되었으니 앞으로 몇달 동안 더 자주 찾아올게요.

저거 너무 시끄러운데, 자네가 괜찮다면 우리 이제 실내 온도를 낮출 수 있겠네. 그가 간병인을 불렀다. 메리, 실내 온도를 낮출 수 있을까요? 사실 난 당분간 난방기를 꺼둬야 할 것 같아요, 그가 무릎 주위의 담요를 매만지며 말했다. 다시 날이 아주 건조해졌는데, 난방 때문에 여기 실내는 너무 건조하거든요. 좋을 대로 하세요, 메리가 말했다. 그녀는 내가 마지막으로 본 이래 몇달 사이에 체중이 많이 불은 것 같았다. 그런데 그때 그녀가 임신 중이며 배가 불러오기 시작했다는 것을 깨달았다. 나는 그녀의 나이를 마흔살 위쪽으로 보았기 때문에 그녀가 임신할 만큼 젊지 않다고 생각했다. 그러나 상한선은 계속 변하고 있었다. 마흔에 아이를 갖는 것이 더이상 그렇게 드문 일이 아니며, 심지어 쉰에 갖는 경우도 금시초문은 아니다. 나는 그녀의 눈길을 붙들어 그녀의 배를 향해 고개를 끄덕하는 몸짓을 하고 미소 지었다. 그녀가 미소로 응답했다.

　　메리, 일요일자 신문 왔나요? 아, 그래, 좋아요. 아마도 줄리어스가 노인네에게 읽어주고 싶어하겠지? 나는 기꺼이 그러겠다고 말하고는 신문 더미 위에 일요일자 신문이 놓여 있는 식탁으로 건너갔다. 아파트는 여러가지 수집품이 빽빽하게 들어차 있었다. 벽에는 온갖 종류의 남태평양 지역 가면이 걸려 있었는데, 그중 어떤 것들은 광택 있는 검은색 나무로 되어 있었고 다른 것들은 밝은색으로 칠해져 있었다. 식탁 위와 문 가까이에는 몇달치 일간지가 쌓여 있었고, 넘치게 채워넣은 서가에서는 수백권의 책이 주목을 끌려고 아우성이었으며, 거실 입구를 마주보는 책상에는 작은 조각상과 꼭두각시가 잔뜩 놓여 있었다. 여기서 빠진 것은 사진밖에 없다는 생각이 들었다. 가족사진, 친구 사진, 사이토 교수 자신의 사진, 하나도 없었다.

나는 『뉴욕 타임스』의 머리기사들과 1면 기사들의 첫 두 단락을 읽었다. 대부분이 전쟁에 관한 것이었다. 내가 신문을 읽다가 고개를 들고 말했다. 이번 침공[14]의 그 모든 의도하거나 의도치 않은 결과들은 너무 엄청나서 상상 불허의 지경이에요. 정말 엉망진창인 것 같고, 전쟁 생각을 멈출 수가 없어요. 그렇지, 사이토 교수가 말했다. 하지만 내가 그런 식으로 느낀 건 다른 전쟁에 대해서였네. 1950년에 우리는 한국 상황을 심각하게 걱정했어. 끝없는 긴장의 연속이었고, 결코 종식되리라고 진짜로 믿을 수 없는 그런 긴장이었지. 너무나 많은 사람들이 징집되었는데, 사실 2차대전이 끝난 지 얼마 되지 않은 때였어. 그 전쟁이 어디까지 갈지, 교착상태가 얼마나 오래 계속될지, 또 누가 전쟁에 개입할지 의구심이 많았어. 입 밖에 내지 못하는 핵 공포가 있었고, 알다시피 중국이 참전하자 상황은 더 악화되었지. 그러자 말해지지 않은 공포가 말해지게 되었어. 우리 미국인들은 다

14 2003년 봄 미국의 이라크 침공으로 시작된 이라크전쟁은 2007년 1월, 미국이 이라크 반란 세력을 제압하기 위해 참전 병력을 대거 증강함으로써 새로운 국면을 맞는다.

시 핵무기를 쓸지 말지를 생각하기 시작한 거야. 하지만 모든 전쟁은 결국 끝나듯 그 전쟁도 끝이 났어. 동력이 모두 고갈된 거지. 베트남이 등장할 때쯤에는 다른 압력이, 적어도 우리 중에 한국에 마음을 쏟았던 사람들에게는 다른 압력이 있었어. 베트남은 젊은 이들에게, 우리 다음 세대에게 정신적인 투쟁이었어. 사람들은 그런 경험을, 전쟁이 얼마나 부질없는지의 경험을 두번 다시는 겪으려고 하지 않지. 전국 방방곡곡의 모든 뉴스를 하나도 놓치지 않는 거야. 2차대전 당시 내게 그런 일은 일어나지 않았어. 그때는 다른 경험이었어. 훨씬 더 고립되고 훨씬 더 어려웠지. 그러나 1950년에는 한명의 자유인으로서, 대학 캠퍼스 풍경의 일부로서 나는 한국을 더 강렬하게 경험했어. 1960년대 중반쯤에는 전쟁의 혼란이란 내게 더이상 새로운 게 아니었어. 그런데 지금 이 전쟁에 관해 말하자면, 이건 또다른 세대, 그러니까 자네 세대의 정신적 투쟁이야. 그 이름과 참사를 연결하게 되었기 때문에 이름만 들어도 자네에게 진정한 공포를 불러일으키는 마을들이 있지만, 자네 세대의 다음 세대에게는 그런 이름들이 아무 의미가 없을 거야. 망각하는 데는 그리 오랜 시간이 걸리지 않아. 그들에게 팔루자[15]는 자네에게 대전처럼 무의미한 것이 되겠지. 한데 이보게, 흔히 하듯이 내가 또 당면 주제에서 벗어나버렸네. 바흐는 진짜 내 피를 돌게 하는 것 같아. 내 횡설수설을 용서하시게. 나머지 머리기사들도 읽어주겠나?

나는 그의 두서없는 말이 무척 즐겁다고 말했다. 하지만 위성방송 서비스와 뉴저지의 합법적 동성결혼에 관한 기사들을 소리 내어 읽으면서 나는 더이상 거기에 없는 사람처럼 되어갔다. 내 정신은 앞서 나눈 대화의 실마리를 따라갔다. 사이토 교수가 합법적 동성결혼 기사를 두번째 단락에서 멈추지 말고 끝까지 쭉 읽어달라고 청했을 때 나는 그렇게 했지만, 인쇄된 말들을 완전히 이해하면서도 거기에 관심을 두지는 않았다. 그후 우리는 그 기사를 놓고 토론했는데 나는 그 토론 역시 일정한 거리를 두고 했다. 그건 일종의 묘기였으니, 이런 종류의 대화를 지속하면서도 그동안 내내 생각은 완전히 딴 데 가 있었다. 사운드트랙과 영상이 따로 노는 영화 같았다. 사이토 교수는 게이들을 위한 평등권의 진전은 환영할 일이

15 이라크 침공 당시 미군의 폭격으로 수많은 민간인이 희생된 참사
    의 도시.

며, 그런 진전을 평생 추구해온 자신의 관점에서 볼 때 그 과정은 멈출 수 없는 것으로 보인다는 견해를 표했다. 축하할 일이 많다는 거였다. 그러나 너무 느렸어, 그가 말했다. 지금 이런 커플들로 인해 난 행복하지만 그 투쟁이 얼마나 소모적이었는지를 느끼게 돼. 이런 종류의 법안을 통과시키는 게 정말 너무 힘들었어. 미래 세대들은 아마 우리가 왜 그렇게 시간이 오래 걸렸는지 궁금해하겠지. 나는 그에게 왜 뉴욕주는 그런 법을 통과시키는 데 주도적으로 나서지 않는지 물었다. 올버니에 보수주의자들이 너무 많아, 그가 말했다. 일을 해내려는 정치적 의지가 없는 거지. 이 주의 농촌 지역 사람들 모두가 문제야, 줄리어스. 그들은 이런 것들에 대해 생각이 달라.

나는 사이토 교수가 자기의 오랜 파트너를 돌봤던 것을—그는 결국 죽었다—알고 있었다. 이 정보는 그와의 대화를 통해서가 아니라 맥스웰 대학 동창회보에서 인물 동정을 보고 얻었다. 나는 그의 삶에서 지극히 중요한 이 부분에 대해 전혀 알지 못한 채 그와 삼년 동안 대화를 나눠온 것인데, 내가 드디어 알게 되었을 때는 그걸 대화에서 거론할 이유가 없었다. 그러나 사이토 교수가 자신의 성적 취향에 대한 이야기를 피하려고 한다는 인상을 받은 적은 한번도 없었다. 사실은 그게 화제에 오른 적이 두번 있었다. 한번은 그가 무슨 다른 이야기를 하는 과정에서 자기는 세살 때부터 자신의 성적 지향을 알고 있었다고 말했다. 두번째는 이제 생각해보니 첫번째에 대한 일종의 마무리였다. 그의 전립선절제술이 노년의 다른 피폐함을 견뎌낸 성적 충동까지 사실상 모조리 죽여버렸다고 내게 말했던 것이다. 그러나 이상한 것을 발견했는데, 그것은 그 때문에 자신이 자유롭게 사람들과 더 다정하고 단순한 관계를 가질 수 있다는 것이라고 당시에 그는 말했었다.

사이토 교수는 과묵함과 진솔함이 묘하게 결합되어 있었고, 은퇴하고 난 다음에는 특히 그랬다. 그에게 죽은 파트너의 이름이 무엇인지 물었더라면 좋았겠다 싶다. 물었다면 말해줬을 것이다. 아마 아파트에 전시된 물건들의 일부 ― 골동품 진열장에 있는 마이센 자기瓷器, 자바산 꼭두각시 인형들, 줄지어 꽂혀 있는 현대시 관련 책들 ― 는 사이토 교수가 자기 삶에서 그토록 많은 시간을 함께 보낸 그 파트너의 유물이었을 것이다. 아니, 어쩌면 하나하나 그 나름대로 소중한 몇몇 파트너들이 있었는지도 모른다.

하지만 본의 아니게 우리의 대화에 완전히 집중할수 없었던 나는 대화를 이 새로운 방향으로 이끌지 못했다. 나는 그냥 고개를 끄덕이고 미소를 짓고는 다른 화제에 대해 발언했다. 그는 어쩌면 내 주의력이 시들해지는 것을 눈치챘는지, 마치 잠들어버린 누군가를 깨우듯이 말했다. 줄리어스, 자넨 아직 젊어. 너무 많은 문을 닫지 않도록 조심해야 해. 나는 그가 무슨 말을 하고 있는지 알지 못했지만, 그가 그 말을 할 때 그냥 고개를 끄덕이고 그 어둑한 거실에서 그의 거미 다리 같은 두 손이 서로의 가까이에서 느릿느릿 춤추듯 움직이는 광경을 지켜보았다.

내 생각은 빈대에 가 있었다. 뉴욕 사람들은 지난 이년 동안 이 쪼그만 생물에 대해 점점 더 자주 이야기하기 시작했다. 사적 영역에서 벌어지는 골치 아픈 사건에 걸맞게 그런 대화는 사적인 영역을 벗어나지 않았고, 빈대는 믿기 힘들 정도로 활개를 치고 있었다. 웨스트나일바이러스, 조류독감, 사스에 대한 거짓 경보가 울렸을 때조차도 빈대는 자기네 작업을 꿋꿋이 수행하는 보이지 않는 적이었다. 극적인 전염병의 시대에 전혀 저지되지 않는 것이 바로 구식의 빈대, 작디작은 붉은 코트의 병정이었다. 물

343

론 다른 질병들이 훨씬 더 심각했고 공적 자원을 더 많이 빼갔다. 에이즈는 특히 가난한 사람들에게, 그리고 가난한 나라에 사는 사람들에게 여전히 파괴적인 문제였다. 암, 심장병, 폐기종은 전염병은 아니지만 그럼에도 사망원인들 가운데 큰 비중을 차지했다. 초국가적 분쟁의 양상이 변한 것과 마찬가지로 공중보건에서도 비슷한 변화가 일어나고 있었다. 여기서도 이제 적은 모호했고 적이 제기하는 위협은 끊임없이 변했다.

그러나 빈대는 치명적인 것이 아니었고, 그들로서는 다행히 언론의 머리기사에 오르지 않았다. 빈대는 훈증소독해서 박멸하기가 어려웠고 그 알을 죽이는 것은 거의 불가능했다. 빈대는 사회적 계급을 근거로 차별하지 않았고 그런 이유로 당혹스러웠다. 감염은 부유한 가정에서도 가난한 사람들 사이에서와 똑같은 확률로 일어날 수 있었고 제거하기도 똑같이 어려웠다. 다양한 수준의 호화 호텔들이 모두 시달렸다. 빈대가 있으면 있는 것이고, 빈대를 영원히 제거하기는 어려웠다. 그런데 그 순간, 이런 생각들을 한참 하다가 나는 문득 사이토 교수에게 슬픔을 느꼈다. 최근에 빈대를 만난 것이 그가 다른 방식으로 겪었던 고통들 ─ 인종주의, 동성애 혐오, 장수長壽의 눈에 띄지 않는 대가랄 수 있는 끊임없는 사별 ─ 보다 나를 더 심란하게 만들었다. 빈대가 그 모든 고통보다 한수 위였던 것이다. 그런 느낌은 무의식적이었고 경멸받을 만한 것이었다. 만약 그런 느낌이 그때의 내게 아주 노골적으로 주어졌다면 나는 부인했을 것이다. 그러나 그런 느낌은 분명 있었으니, 그것은 가까이 있기 때문에 성가심이 그로테스크한 양상을 띠는 한가지 사례였다.

플리니우스[16] 시대 이전부터 인간의 피를 탐했던 이 쪼그맣고 납작한 생물은 일종의 저강도 전쟁에, 근대적 삶의 가장자리에서 일어나는 전투에 참여해왔으며, 오로지 이야기 속에서만 모습을 드러냈다. 오후가 끝날 무렵 사이토 교수의 아파트에서 나온 나는 북쪽으로 센트럴 파크를 가로질러 걷기로 했다. 지난 사흘간 내린 눈이 아직 녹지 않았다. 냉랭한 대기 속에서 눈이 굳어 들판 곳곳에 매끄럽고 야트막한 언덕이 생겼다. 나는 튼튼하고 오래된 벽을 따라 나 있는 눈 덮인 길을 계속 갔다. 발자국들이 보였으

---

16 Plinius(23~79). 로마의 박물학자, 철학자. 빈대의 의학적 효용을 언급했다.

나 주위에 보이는 사람은 없었다. 빛의 산란이 심해서 눈 위에 거의 아무 그림자도 드리우지 않았고 그로 인해, 그러니까 하늘의 흰빛과 눈의 흰빛의 작용으로 공중부양의 느낌이 들었다. 아주 작은 새들의 무리—찌르레기였을 수 있는데—가 멀리서 한 나무 주위를 빙빙 돌았다. 뒤엉킨 가지들과 그 가지들을 능숙하게 들락거리는 새들이 동일한 회갈색 물질로 만들어졌으며, 새들이 다른 것은 오로지 동적인 상태뿐이라는 느낌이 또렷이 들었다. 언제 어느 순간이라도 삐죽삐죽한 작은 가지들이 숨겨진 날개를 펼쳐 나무의 우듬지 전체가 살아 있는 구름이 될 것 같았다. 주변의 나무들 역시 머리 부분이 날아가면서 보초 같은 그루터기만 남겨놓을 듯했고, 공원 위 하늘에는 찌르레기떼가 거대한 캐노피 모양을 이룰 듯했다. 나는 이 기분 좋은 하얀 길을 따라 오랫동안 걸었는데, 마침내 추위가 장갑과 목도리를 뚫고 들어와서 공원을 나와 나머지 길은 지하철을 타고 집으로 올 수밖에 없었다.

그날 밤늦게 의대 교과서들을 뒤져서 빈대에 관한 정보를 좀더 찾아보았지만 병인, 생활주기, 치료법에 대한 건조한 서술밖에 발견하지 못했다. 스팀

세탁과 시안가스 훈증에 대한 긴 논의가 있었지만 어느 것도 이 생물들이 내게 당혹스러웠던 점을 짚어주지 않았다. 그러나 놀랄 만한 우연으로 내 책들 가운데서 20세기 초에 나온, 전염병학에 관한 현장보고서 한권을 발견했다. 마틴데일 박사가 자신의 연구실에서 폐기 처분한 오래된 책 더미에 있던 것이었다. 나는 그 책들 몇권을 내용도 제대로 보지 않고 부질없이 주워놓았는데, 이제 보니 그중에 찰스 A. R. 캠벨[17]이 1903년에 쓴 보고서가 있었다. 그의 보고서에서 나는 당시 사람들이 시멕스 렉툴라리우스[18]에게 가졌던 역겨움과 경외감을 감지할 수 있었다.

캠벨 박사의 보고서는 의학계 발표를 위해 외견상으로는 당시 양식에 따랐으나, 보고서의 진정한 힘은 주장들을 점진적으로 쌓아나감으로써 연구 중인 생물의 강렬하고 숨 막힐 듯한 이미지를 창출한 데 있었다. 캠벨은 빈대의 특징 중 하나가 서로를 잡아먹는 본성이라고 썼다. 그는 배불리 피를 빤 빈대가 어떤 때는 배가 갈려 새끼들의 먹이가 되었다는 증

---

17 Charles Augustus Rosenheimer Campbell(1863~1931). 미국의 세균학자.
18 빈대의 학명.

거를 제시했다. 또한 자신이 행한 여섯번의 실험을
기술했는데, 그 실험들은 표면상으로는 과학 연구를
위한 것이었지만 빈대의 강인함과 지능을 입증하기
위해 고안된 장애물 코스라는 인상을 주었다. 빈대가
자신이 설정한 시험 중 어느 하나라도 통과하지 못
했다면 캠벨은 실망했을 것이라는 확신이 들었다.

그 실험에서 빈대는 기름 바다 속 실험대에서
아무 먹을 것 없이 넉달간 고립되었음에도 살아남았
고, 장장 이백사십사시간의 초저온 냉동도 아무런 해
를 입지 않고 통과했으며, 수중에서는 무한정한 시
간 동안 살아 있을 수 있었다. 이 곤충의 교활함은 놀
랄 만하며 얼마간 추론 능력도 있는 것처럼 보인다
고 경외심에 사로잡힌 캠벨은 썼다. 그는 샌안토니오
의 N. P. 라이트 씨 ─ "매우 신뢰할 만한 시민이자
꼼꼼한 관찰자" ─ 의 실험을 묘사했다. 그 실험에서
라이트가 침대를 방의 벽면에서 점점 멀리 이동시키
자, 빈대들은 벽을 타고 올라 그에게 점프해서 떨어
질 수 있는 정확한 높이까지 갔다는 것이다. 라이트
가 침대를 벽 가까이로 이동시키자 빈대들은 필요한
만큼의 높이까지만 기어올랐다. 캠벨의 보고서에는
빈대들이 접근을 차단당한 침대에 도달하는 데 얼마

간의 재간을 발휘하는 이런 종류의 이야기들이 많이 수록되어 있었다.

나는 이 도시의 총 다섯개 자치구의 셀 수 없이 많은 수백만마리 빈대를, 그 빈대들의 보이지 않는 알들을, 동트기 직전 시간에 최고조에 달한다는 빈대들의 식욕을 생각했다. 문제가 점점 더 과학과 거리가 먼 것으로 보이기 시작했고 나는 캠벨의 불안을 공유하게 되었다. 그런 걱정은 원초적인 것이었으니, 마법적인 피의 힘, 꿈에 넘겨준 시간들, 집이라는 성역, 동종끼리 잡아먹기, 보이지 않는 것에 공격당할 때의 공포가 작용한 것이다. 나의 합리적 자아는 이런 그럴듯한 유추들에 당황했고, 다른 사람이 그랬으면 조롱했을 종류의 불안감에 내가 이렇게 의외로 항복한 것에 당황했다. 그럼에도 보고서 읽기를 끝냈을 때, 나는 침대를 젖히고 불을 끈 다음 무릎을 꿇고 앉아서 매트리스의 솔기들을 플래시라이트로 세심하게 살펴보았다. 나는 아무것도 발견하지 못했지만, 물론 그렇다고 그 자체로 평안한 밤이 보장되는 것은 아니었다.

15

바스라[19]에서 가장 큰 반려동물 시장에 폭격이
있었고 그 현장은 잉꼬 깃털, 죽어가는 동물의 울부
짖음, 핏자국이 얼룩진 잔해, 망가진 엔진, 부서진 의
자, 노끈으로 만든 것처럼 뒤틀린 동물 우리로 가득
했다. 라디오에서 국무장관은 바그다드의 시아파 통
제 지역에서의 임박한 공세를 논하기 시작했다. 나는
반려동물 시장에 가서 인간들의 시체 옆에 누워 있
는 개들의 시체를 보았다. 검은 가운을 입은 여자들
이 울부짖으며 가슴을 쳤다. 한 아버지는 집에 있는
딸에게 가져다주려던 인슐린병을 죽어서도 계속 움
켜쥐고 있었다. 나는 무척 피곤했다. '피곤해 죽겠다'
는 것이 내 뇌리에 떠오르는 구절이었다. 나는 흰 코
트 차림이었고 타이는 목 부분이 느슨해져 있었다.
어머니가 반려동물 시장에 있었다. 어머니는 부르카

---

19 이라크 남동부, 페르시아만에 있는 항구.

를 입고 있었고 같은 차림의 나데즈가 함께였다. 어머니가 물었다. 폭격보다 더 나쁜 게 뭐지? 나데즈가 대답했다. 빈대요! 둘은 서로에게 요루바어로 말했다. 어머니가 말했다. 네 누이 말을 들어봐, 줄리어스. 나는 어머니의 착각을 바로잡으려 했다.

새벽 1시였고, 나는 외출복 차림으로 잠들었었다. 나는 타이를 풀고 옷을 갈아입고 협탁에 놓인 유리컵의 물을 마셨다. 잠들기 전 나는 『농부 피어스』의 프롤로그를 읽고 있었다. 두운법으로 쓴 긴 묘사들 중에서 지금 남아 있는 것은 윌리엄 랭글런드가 세상을 떠돌면서 인류의 다양한 과업과 투쟁을 둘러보고는 몰번 힐스[20]의 한 언덕에 정착해 시냇물을 바라보는 이미지뿐이었다. 랭글런드는 졸려서 "잠으로 굴러떨어졌고" 꿈속에서 그에게 마법적 현실의 환영이 나타났다. 내가 잠든 것은 바로 그 부분을 막 읽기 시작했을 때였다.

커튼 너머로 가로등 불빛이 떨렸다. 배가 고팠지만 식욕은 없었다. 냉장고에 포크촙이 있어서 냉장고 문을 연 채로 서서 그걸 먹고 있을 때, 한밤중에

20 영국 잉글랜드 서부의 구릉지대.

구급차의 사이렌 소리가 지나갔다. 창문을 열자 공기가 마치 입장을 기다려왔다는 듯 한꺼번에 밀어닥쳤다. 내 머릿속의 박동이 커튼에 비친 가로등 불빛의 깜박이는 패턴과 맞아떨어졌다. 저 아래, 세상은 살풍경했고 랭글런드가 말하는 "사람들로 가득한 아름다운 들판"의 흔적은 거의 보이지 않았다. 나는 아세트아미노펜 두알을 먹고 다시 자러 갔다. 다음 날은 응급 호출 없는 주말의 토요일이었고, 꿈에 시달리지 않고 늦잠을 잘 수 있었다. 잠에서 깨자 나는 볼일을 보기로 했고, 날이 적당하다면 오후 늦게 노교수를 찾아가기로 마음먹었다.

그의 건물의 수위가 나를 안내해 들였다. 엘리베이터는 습했고 땀 냄새가 났다. 만삭의 메리가 내게 아파트 안으로 들어오라고 했다. 내부는 사방이 어두침침했다. 선생님이 무척 편찮으세요, 그녀가 말했다. 지금 침실에 계세요. 이리 오세요, 당신을 보면 기뻐하실 거예요. 그러나 우리가 갔을 때는 한 남자가 방문 중이었고 나보다 앞서 안으로 들어가는 것이 보였다. 그는 의사였다. 메리가 내게 기다리라는 신호를 했다. 나는 거실로 들어가서 고리 모양으로 걸린 사이토 박사의 폴리네시아 가면들 아래에 앉았다. 침실에서 나는 목소리가 들렸다. 나왔을 때 의사는 온화한 표정을 하고 있었다. 그가 내게 고개를 끄덕하고 떠날 때 그의 얼굴은 미소로 주름졌다. 나는 사이토 교수를 보러 안으로 들어갔다. 그는 침대에 옴츠리고 누워 있었는데, 내가 이제껏 보아온 것보다 왜소하고 창백하고 허약했다. 그의 눈이, 비록 점액으로 젖고 감겨 있다시피 했지만, 몸에서 생기 있는 유일한 부위였다. 그의 목소리는 어차피 거의 움직이지도 않는 입에서가 아니라 방 안의 다른 어딘가에서 나오는 것 같았다. 음색은 위축되었고 그는 밭은 숨을 쉬었다. 그럼에도 말은 또렷했다.

아, 또 한분의 의사가 왔네, 그가 말했다. 내가 인기가 있나봐. 하지만 줄리어스, 아프리카에서는 어떻게 하는지 모르지만, 정말이지 나는 숲으로 들어갈 준비가 됐어. 들어갈 준비가 됐다고. 숲으로 들어가 누운 채 사자들이 나를 데려가도록 할 때가 된 거야. 난 살 만큼 살았다고 생각해. 좋은 삶을 살았는데, 지금 당장은 정말 끔찍한 고통을 겪고 있지. 누가 구십년이 충분치 않다고 말할 수 있겠나? 시간이 된 거야. 나는 그의 옆에 앉아서 그의 작고 차가운 손을 내 손으로 쥐었다. 그는 피곤했고, 나는 그가 쉴 수 있게 자리를 떴다. 그에게 곧 다시 오겠다고 말했다.

그날 늦게, 나는 값싼 양복을 입고 예의 없이 방 안을 배회하는 죽음의 이미지와 함께 혼자 있고 싶지 않아서 친구에게 전화를 걸고 그의 거처로 갔다. 자기 어머니와 같이 사는 그의 딸이, 클라라라는 이름의 영리한 아홉살짜리 딸이 방문 중이었다. 하지만 걔는 바깥에서 돌아다니고 있어, 친구가 말했다. 그의 거실은 창문이 암스테르담 애비뉴를 마주 보는 서쪽에 하나, 조그만 안뜰을 내다보는 남쪽에 하나, 모두 둘이었으며, 안뜰은 사방이 전부 벽돌과 콘크리트, 이웃 아파트의 작은 창문들로 둘러싸여 있었다. 그 창문들이 잇달아 따뜻한 저녁 불빛으로 환해졌다. 텅 빈 안뜰 한가운데에 앙상한 가지들이 빽빽하게 얽혀 있는 키 큰 나무 한그루가 있었다. 충분히 햇빛을 받는지 의문이었지만 나무는 건강해 보였다.

저건 가죽나무야, 친구가 말했다. 나도 저게 뭔지 궁금해서 찾아봤기 때문에 안 거야. 식물학자들은 저걸 침입종이라고 하더라. 하지만 우리 모두 침입종인 거 아니야? 한번은, 안뜰에 내려갔더니 부러진 가지에서 흡사 커피 같은 냄새가 나더라고. 저 수종은 오래전, 18세기에 중국에서 처음 들어온 것 같은데, 들자 하니 미국의 토양을 너무 좋아해서 거의 모든 주에서 거리낌 없이 걷잡을 수 없게 자라서 종종 고유종을 쫓아내기도 한대.

그는 부엌으로 들어가서 나를 위해 하이네켄 한 병을 갖고 돌아왔다. 있잖아, 문제는 그늘이야, 그가 말했다. 저게 다른 식물들에 그늘을 드리우면서 햇빛을 차단하거든. 가죽나무는 사실상 어디서나 자랄 수 있어. 버려진 땅, 뒤뜰, 인도, 거리, 해변, 유휴 들판, 심지어 판자로 막아놓은 건물 안에서도, 심지어 교수들 때문에 숨 막히는, 볕이 들지 않는 안뜰에서도 자라지. 글쎄, 그게 뭐가 나빠? 내가 말했다. 나무는 나무야, 안 그래? 도시에 아무리 나무가 많아도 나쁠 거 없잖아? 그게 그렇게 간단한 게 아니야, 그가 말했다. 가죽나무는 지역의 생물다양성을 감소시켜. 그래서 기생충처럼 여겨지고, 목재로나 야생으로나 쓸모가 없고, 심지어 장작용으로도 그렇게 좋은 건 아니야.

친구가 말하는 동안 나는 거대한 서가가 있는 외장 벽 옆에 서서 끝없이 줄지은 책들을 쳐다보았

는데, 아프리카 문학과 아프리카계 미국 문학 분야가
풍부했다. 방바닥에도 소파 앞 탁자에도 책들이 흘러
넘쳤고, 그중에는 시몬 베유[21]의 에세이집도 있었다.
나는 그 책을 주워들었다. 친구가 창문에서 고개를
돌렸다. 베유는 『일리아드』에 관해 근사한 글을 썼
어, 그가 말했다. 난 베유가 강제력이 무엇인지, 어떻
게 그게 행동에 동기를 부여하고 그렇게 동기 부여
한 것에 대해 통제를 잃는지 정말로 잘 간파한 것 같
아. 너 정말 언젠가 그 책 한번 봐야 해.

　　난 불멸이 아니라 품위를 희망했었어, 내가 말
했다. 나의 사이토 교수가 우아하고 힘차게 퇴장하
기를 바랐던 거야. 그 영감이 내게 사자 어쩌고 하는
허튼소리가 아니라 지혜의 말을 주기를 그토록 간절
히 원했어, 내가 말했다. 어쩌면 아직 가능할지도 모
르지. 어쩌면 다음번에 볼 때는 그가 『가웨인』[22]의 어
떤 구절이나 중세영어 서정시의 어떤 대목을 읊을지
도 몰라. 하지만 어쩌면 내가 바보처럼 굴고 있는지
도 모르지. 그분과의 관계에 감사하는 대신 그 관계
를 내 자신의 인생 세목에 맞게 설계하려는 거야. 하

21　Simone Veil(1909~43). 프랑스의 문인이자 철학자, 정치운동가.
22　14세기 후반 중세영어로 쓰인 작자미상의 기사도문학.

지만 있잖아, 난 그의 몸이 무너지는 와중에도 내가 아는 최상의 정신 중의 하나인 그의 그 정교한 정신 만큼은 굳건히 나아가길 희망했었어.

친구가 나를 바라보고는 말했다. 왜 그렇게 많은 사람들이 병을 도덕적 시험으로 보는지 궁금해. 병은 도덕이나 품위와 아무 상관 없어. 그건 신체적인 시험이고, 우린 대개 지게 돼 있어. 그런 다음 친구는 내 어깨를 툭 치고 말했다. 이 친구야, 고통은 고통인 거야. 넌 고통이 어떤 작용을 하는지 봐왔고 지금도 매일 보고 있잖아. 이게 지금 너한테는 딱히 위로가 될 것 같진 않지만, 네가 방금 우아하고 힘찬 퇴장 운운하니까 내가 종종 생각하는 어떤 게 다시 떠오르네. 수년 동안 나는 죽음의 방식과 시간은 선택의 문제가 되어야 한다고 생각해왔어. 그리고 사실 그런 선택은 불치병으로 인해 고통과 죽음이 임박했을 때의 상황에 한정되지 말아야 한다고 생각해. 인생의 건강한 시절에까지 적용돼야 한다는 거지. 쇠퇴기까지 왜 하릴없이 기다려? 왜 운명을 선점하지 않는 거야?

친구는 이제 창가로 가서 서 있었다. 나는 여전히 소파에 앉은 채 저무는 해가 그를 검은 실루엣으로 세공하는 광경을 지켜보았는데, 그래서 흡사 그의 그림자나 그의 미래의 자아가 내게 말을 거는 것 같았다. 멀리서 잽싸게 날아다니는 참새들이 그날 밤의 안식처를 찾으려는지 대학 건물 동의 앙상한 나무들과 뒤얽힌 아치들이 만들어내는 무지개 모양 통로를 쏜살같이 들락거리고 있었다. 이 생물들 하나하나에 쪼그만 붉은 심장이, 어김없이 허공에서의 신나는 몸짓을 위한 수단을 제공하는 엔진이 있다는 사실에 생각이 미치자, 신이 몸소 이들 집 없는 나그네를 거의 맞춤 돌봄으로 보살폈으며, 그런 생각에 사람들이 의식적이든 무의식적이든 얼마나 자주 위안을 받았는지를 떠올리게 되었다. 자연사의 반증이 있음에도 불구하고 신은 이들 하나하나를 굶주림과 위험과 비바람으로부터 보호했다. 많은 사람들에게 날아다니는 새들은 우리 역시 하늘의 보호를 받고 있다는 증거였고, 그래서 참새의 추락에는 실로 특별한 섭리가 있는 것이다.

친구는 내가 뭔가 말하기를 기다렸지만 나는 하지 않았고, 그래서 그가 말을 이었다. 그 생각은 우리 시대의 법은 말할 것 없고 윤리에도 반하는 거야. 하지만 향후 삼사십년이 지나 삶이 주는 기쁨이란 기뽐을 다 받고 나서 좀 전에 내가 말한 선택을 하는 시점에 이르면, 그런 죽음의 선택이 적어도 훨씬 더 흔해질 거라는 생각을 하지 않을 수 없어. 그게 꼭 인기 있다거나 논쟁이 안 되는 건 아니더라도 말이야. 피임, 배란촉진제, 임신중절을 생각해봐. 삶의 시작을 놓고 우리가 너무나 쉽게 하는 이런 결정들을 생각해봐. 그리고 스스로 자신의 마지막을 선택한 인물들, 소크라테스, 그리스도, 세네카, 카토에 대한 우리의 찬탄을 생각해보라고. 넌 너의 교수가 사자 어쩌고 말한 게 마음에 들지 않는 모양이지만, 그걸 아프리카인들에 대한 모욕으로 생각지는 말아야 해. 알다시피 그런 뜻으로 한 말이 아니잖아. 그가 하려던 말은, 더 나은 세상이라면 섬망증과 고통은 피할 수 있다는 말이겠지. 그는 자신이 마음속에 그린 대로 존엄을 손상당하지 않은 채 숲으로 걸어 들어갈 수 있고, 다시는 모습을 보이지 않을 수 있는 거야.

그는 다시 말을 멈추고 꼼짝없이 선 채로 줄곧 바깥을 내다보았다. 새들은 이제 거의 보이지 않았다. 그러다 낮은 목소리로 거의 혼잣말하듯, 아니면 사후死後의 관점에서 자기 시신을 바라보듯 그가 말했다. 줄리어스, 현실은 우리가 혼자 여기 와 있다는 거야. 어쩌면 이건 너희 전문가들이 자살사고自殺思考라고 부르는 걸 텐데, 내 말에 네가 놀라지 않기를 바라지만, 난 종종 내 삶의 종말이 어떻게 보이면 좋을지 마음속으로 상세히 그려보곤 해. 난 클라라와 그 밖의 내가 사랑하는 사람들에게 작별 인사를 하는 장면을 생각하고, 그러고는 빈집을, 어쩌면 내가 자랐던 습지 근처 어딘가에 되는대로 펼쳐진 시골의 큰 저택을 그려봐. 그다음엔 따뜻한 물을 가득 채울 수 있는 2층 욕실을 상상하고, 그 큰 집을 통틀어 '점점 세계'Crescent, 혹은 아마도 '승천'Ascension하듯 연주되는 음악을 생각하지. 음악은 내 고독에 점유되지 않은 공간들을 채우면서 욕실의 내게 도달하고, 그래서 내가 그 돌아올 수 없는 경계를 미끄러지듯 건너갈 때 멀리서 들리는 선법화성[23]의 반주에 맞춰 건너가게 되지.

23 화음을 기초로 선율을 조직하는 데 있어 특정 모드의 음표만 사용하는 방식.

16

사이토 교수를 본 지 몇주가 지났다. 3월 말에 나는 그에게 전화를 걸었는데, 메리가 아닌 다른 여성이 받아서 그가 죽었다고 말했다. 나는 숨이 막혀 수화기에 "오, 맙소사"라는 탄식을 토해놓고 전화를 끊었다. 나중에 내 방에 조용히 앉아 있는데, 머릿속에서 피가 도는 것이 느껴졌다. 커튼을 열어젖히자 나무들의 우듬지가 보였다. 잎들은 무심한 겨울이 지난 후에 이제 막 생기를 띠기 시작했으며, 우리 거리의 모든 나무가 가지 끝이 부풀어 올라 팽팽한 녹색 꽃봉오리들이 언제라도 열릴 듯이 보였다. 나는 충격을 받았고 슬펐지만, 순전히 놀라기만 한 것은 아니었다. 죽음의 드라마를, 죽음이라는 불쾌를 피하는 것이 내가 무심결에 거기에 가지 않은 동기였던 것이다.

나는 그의 집에 — 더이상 그의 집이 아니라는 생각이 문득 들었지만 — 다시 전화를 걸었고 조금

전의 그 여성이 전화를 받았다. 나는 갑자기 전화를 끊은 것을 사과하고 내가 누구인지 설명했으며, 장례 방식에 대해 물었다. 그녀는 무척이나 새침 떠는 어조로 소규모의 개인적 예식이 있을 텐데 가족만을 위한 것이라고 말했다. 그녀는 덧붙이기를 나중에, 어쩌면 가을에 맥스웰 대학에서 주최하는 추도 행사가 있을 거라고 했다. 나는 그녀에게 메리와 어떻게 연락할 수 있을지 물었다. 그녀는 그 이름이 익숙하지 않은 듯했고, 전화를 끊고 싶은 티가 역력했기에 우리의 대화는 거기서 끝났다.

나는 누구에게 전화를 걸어야 할지 몰랐다. 그는 내게 너무나 많은 의미를 지녔지만 우리 관계가 너무나 사적이었기에, 달리 말하면 다른 연결된 관계망들의 바깥에 있었기에, 우리 관계나 그 관계가 우리에게 얼마나 소중한지에 대해 아는 사람은 거의 없었다. 바로 그때 나는 특이한 의혹의 순간을 맞았다. 어쩌면 내가 우리의 우정을 과대평가했는지도, 그 우정이 나한테만 중요한 것이었는지도 모른다는 의혹이었다. 그 충격이 내게 말하는 것은 바로 이것임을 나는 깨달았다.

아침 9시 30분이었으니 샌프란시스코는 그보다

세시간 이른 시각이었다. 나는 나데즈가 전화를 받아서 놀랐다. 그녀의 목소리에 잠기가 있는 것을 알고 나는 거듭거듭 사과했다. 사이토 교수 말이야, 내가 말했다. 그분이 죽었어. 예전의 내 영문학 교수, 사이토 교수 기억하지. 그가 암으로 죽었는데, 그걸 방금 알았어. 그분은 내게 무척 친절했어. 미안해, 지금 통화하기에 좋은 시간이 아니지? 아니, 괜찮아. 잘 있었어? 그녀가 말했다. 그런데 그녀가 이 말을 할 때 "누구야?"라고 말하는 남자 목소리가 들렸다. 그러자 그녀가 그 남자한테 대답으로 "잠깐만 있어봐"라고 말했다. 그날 아침에 좀 있다 나데즈는 전화를 걸어와 내게 사실대로 말하는 게 최상이겠다고, 그게 모두에게 좀더 수월할 거라고 말했다. 그녀는 약혼했다는 것이다. 상대 남자는 아이티계 미국인이었고 오랫동안 그와 가족끼리의 친구로 지냈다고 했다. 둘은 늦여름에 결혼할 것이었다. 내게 전화를 삼가주면 좋겠다고 그녀는 말했다. 지금 당분간은 그게 최상이겠다고.

나는 너무 많은 일들이 한꺼번에 일어나 궤양에 걸린 느낌이었다. 그녀는 내가 그녀에게서 무얼 원한다고 생각했을까? 하지만 난 알았다, 그녀가 그간 내가 품어왔던 희미한 희망으로부터 나를 해방시켜줬다는 것을. 그건 어차피 오래전에 끝났던 것을 확실하게 끝장내는 데 도움이 되었다. 그렇게 되는 데 그렇게 오랜 시간이 걸렸다는 것이, 거기에 그렇게 많은 헛된 생각이 들어갔다는 것이 짜증 났을 뿐이다. 또한 그녀가 그렇게 잽싸게, 그렇게 단호하게 다른 관계로 옮겨간 것에 내가 놀라기까지 한 것도 짜증났다. 그러니 내 슬픔들이 서로 끼어든 꼴이었다. 나는 그날 오후 바흐의 「커피 칸타타」 음반을 스테레오에 걸고 침대에 누웠다. 고대음악 아카데미[24]가 녹음한 곡이었다. 그 곡은 리드미컬하고 익살스러워 마음에 와닿지 않았는데, 나는 곡의 아름다움을 알아들으면서도 느끼지는 못한 채 그냥 연주되도록 내버려두었다. 그러다가 어쩌면 퍼셀이 더 낫고 더 위안이 될 것 같은 생각이 들어서 「저녁 찬가」[25]를 틀었다. 이 곡은 테너와 여섯대의 비올이 등장하는 아름다운 작품이지만 너무 애상적이었기에 나는 이번에도 감응

24 바로크 및 고전 음악을 당대의 악기로 재현하는 영국 케임브리지의 연주단.
25 퍼셀이 윌리엄 풀러의 시를 텍스트로 삼아 1688년에 작곡한 종교적 가곡.

하지 못했다. 그래서 침묵 속에서 티끌 같은 먼지를 지켜보면서 누워 있다가, 마침내 일어나 그간 줄곧 미뤄왔던 볼일 ─ 꼭 보내려고 했던 소포 ─ 을 보면서 자기연민을 붙들어매기로 마음먹었다.

나는 모닝사이드 파크로 걸어 들어갔다. 땅바닥에는 아직도 눈이 군데군데 지저분하게 남아 있었다. 그곳은 갈색과 검은색, 회색과 흰색의 세상이었다. 걷기가 머뭇거려졌다. 그러다가 나는 걸음을 멈췄다. 누군가가 지켜보고 있다는 뚜렷한 감각을 느꼈다. 나무에서 매 한마리를 보았다. 아니, 정확히 말하면 그 매가 나를 보았다. 포식성의 매서운 눈매가 내 목덜미를 쏘아봤고, 돌아선 나는 내가 서 있는 곳에서 불과 6미터밖에 떨어지지 않은 낮은 나뭇가지에 살기등등한 채 앉아 있는 매를 발견했다. 공원은 텅 비었고 태양은 힘을 잃어 보이지 않게 숨어 있었다. 크고 강한 새였고, 그 현존재는 진화 과정의 고도로 정교한 구현이었다. 나는 그 새가 어쩌면 5번 애비뉴의 한 빌딩에 둥지를 틀었던 센트럴 파크의 유명한 매 페일 메일과 친족이 아닐까, 아니, 사실은 바로 그 새가 아닐까 궁금했다. 나를 바라보는 매의 눈빛은 경멸감보다는 무심함에 가까웠다. 우리는 서로를 쳐다보았고, 계속 쳐다보다가 겁을 먹은 나는 눈을 내리깔고 돌아서서 조심스럽게 그로부터 차분히 거리를 두었으며, 그러는 동안 매의 눈이 나를 뚫어지게 보고 있는 것을 느꼈다.

내가 센트럴 파크 노스의 바로 북쪽 길로 공원에서 나왔을 때, 주위에는 사람이 많지 않았다. 우체국 입구 근처의 출입 통로에 남자 둘이 있었는데 그 중 하나는 내가 전에 본 사람이었다. 그의 흙투성이 갈색 머리가 가느다란 밧줄처럼 얼굴 위로 늘어져 있었다. 그의 덥수룩한 턱수염은 흰 털이 섞여 얼룩덜룩했으며, 몸은 몇주간 씻지 않아서 나는 역한 냄새를 풍겼고, 앉은 자세로 쩍 벌린 맨발은 잿빛이었다. 깨끗하고 훨씬 젊은 두번째 남자는 처음 보는 사람인데, 한쪽 무릎을 꿇은 채 나이 든 남자의 발을 쥐고 있었다. 더 가까이 다가갔을 때 나는 그들이 마치 레스토랑의 저녁식사 자리에 와 있는 것처럼 조용하고 화기애애하게 이야기하고 있음을 알았다. 그들은 스페인어로 말하며 가끔씩 웃었는데, 보아하니 그들의 상호 교감이 공공장소에서 일어나고 있다는 것을 의식하지 않는 듯했고, 내가 쳐다보고 있다는 것은 안중에도 없는 듯싶었다. 깨끗한 남자는 더러운 남자의 발톱을 깎아주고 있었다. 젊은 남자가 그 일에 너무나 정성을 다하고 있어서 나는 그가 돌보는 나이든 남자가 친척이거나, 어쩌면 아버지나 삼촌일 거라고 추측하지 않을 수 없었다.

나는 우체국 안으로 들어갔다. 늦어서 거의 문 닫을 시간이었다. 내 소포에 맞는 통관 신청서를 찾을 수 없어서 나는 한숨이 날 정도로 긴 줄에 섰는데, 바로 그때 우체국 직원 하나가 줄을 다시 나누면서 새 창구를 열고 국제 소포 보내는 사람이 없는지 물었다. 나는 졸지에 줄의 맨 앞에 서게 되었다. 그녀에게 감사하며 창구로 다가갔다. 나는 창구 너머의 남자, 대머리에 유쾌한 중년 남자에게 통관 신청서를 원한다고 말했다. 그 양식에 파루크의 주소를 써넣었다. 파루크와의 대화를 떠올리고서 그에게 콰미 앤서니 아피아²⁶의 『코즈모폴리터니즘』을 보내줘야겠다는 마음이 들었던 것이다. 소포 봉투를 봉하자 우체국 직원이 내게 다양한 우표 세트를 보여주었다. 깃발 말고 좀더 흥미로운 걸로요, 내가 말했다. 아뇨, 이런 것 말고요. 이런 건 절대 안 되고요. 나는 마침

---

26 Kwame Anthony Appiah(1954~). 미국의 철학자이자 소설가, 문화 이론가.

내 앨라배마의 지스 벤드[27]산 퀼트들을 보여주는 아름다운 세트를 택했다. 그가 나를 올려다보더니 말했다. 알았어요. 그리고 잠시 후에 덧붙였다. 알았어요, 형제. 그러더니 말했다. 있잖아요, 형제, 어디서 왔어요? 왜냐면, 이봐요, 형제가 아프리카 모국에서 왔다는 걸 알겠거든요. 그리고 그쪽 형제들은 뭔가 생명력이 있어요, 내 말 이해하죠. 당신들은 바다 건너 이쪽 편에서 자란 우리 형제들의 건강에도 없어서는 안 될 뭔가를 갖고 있어요. 이 말은 해야겠네요, 내가 내 딸들을 아프리카인으로 키우고 있다는 거 말예요.

　내 줄 뒤에는 아무도 없었고 우체국 창구는 기둥으로 일부 가려져 있었다. 테리(그게 그의 목에 걸린 신분증에 적힌 이름이었다)는 소포 처리를 끝마치고 내게 대금을 현금으로 낼지 신용카드로 낼지 물었다. 있잖아요, 형제—줄리어스예요, 내가 말했다—오케이, 줄리어스 형제, 문제는 형제가 선지자라는 거예요. 이건 진실이야. 형제한테서 그게 보인다고요. 형제는 먼 길을 여행한 사람이에요. 우리가 여행자라고 부르는 사람이지. 그러니 내가 형제랑 뭔

27　앨라배마강 유역의 흑인 공동체.

가를 공유할게요, 형제는 알아들을 것 같으니까. 그가 두 손을 자기 앞의 금속 저울에 올려놓고 고개를 창구 쪽으로 수그리고서 목소리를 거의 속삭일 정도까지 낮추고는 읊어대기 시작했다. 우린 쫓겨나는 사람들, 우린 약탈에 이용되고, 발길에 짓밟혀. 정복되지 않아. 우리, 우린 십자가를 지고 있어. 예, 알겠어? 우리의 친지, 우리의 친척이 짐말처럼 사용돼. 셀 수 없이 끔찍한 상실의 우리, 군인들에게 공격당하고, 선택을 강탈당하고, 목소리는 침묵당해. 그런데도 정복되지 않아. 그대는 날 느끼지? 사백 하고도 오십년. 오백년의 눈물, 숱한 세월의 공포를. 그럼에도 우린 정복되지 않은 채, 살아 있어, 살아 있어, 살아 있어.

그는 마지막 구절을 의미심장하게 붙들고 있었다. 그러고는 말했다. 이 노래 알아요? 나는 고개를 저었다. 이거 내가 만든 거예요, 그가 말했다. 난 시인이에요, 알겠죠. 이 시 제목을 '정복되지 않은 사람들'이라고 붙였어요. 난 이런 걸 쓰고, 가끔 시詩 카페에 나가요. 보다시피 그게 내 재능이죠, 시 말이에요. 그게 마음에 든다면 이것도 한번 들어봐요, 그가 말했다. 코카인과 함께 찾아와, 고통의 목록, 그건 우리한테서 나오는 게 아냐. 그들이 만든 거야, 그들이 그

369

물건을 만들었어, 그들이 우릴 힘들게 만들었어, 그들이 바로 고통을 부르는 사람들, 한때 모든 게 조용하던 곳에 힘든 시기를 불러들여. 그러니 자, 우리에게 필요한 게 뭔지, 느낌이 오나? 우린 새로운 향유香油의 씨앗을, 새로운 신념의 씨앗을 뿌려야 해. 우리 내부로부터. 우리 조상들로부터. 우리 아이들을 위해. 우리 미래를 위해.

또다시, 자신의 말에 감동하여 그는 침묵에 빠졌다. 줄리어스 형제, 그가 매우 감격한 어조로 말했다. 형제는 선지자요, 희망이 살아 있게 하거든. 우리 함께 시를 좀 찾아봐야 할 것 같네요. 형제라면 본능적으로 알아볼 것 같거든. 우리는 이 세대에 빛이 되어야 해요. 이 세대는 어둠 속에 있어요, 알죠? 형제가 이해한다는 걸 난 알아요. 형제 자신이 글을 쓰죠? 나는 그가 유리판 아래로 내미는 명함을 받았다. 명함은 미색 종이에 금색 잉크로 인쇄되어 있었다. **테런스 매키니, 작가/행위 시인/활동가**. 아뇨, 나 자신을 딱히 작가라고 할 순 없어요, 내가 말했다. 그럼 뭐, 언제 내게 연락 줘요, 그가 말했다. 함께 '뉴요리칸 시인 카페'[28]에 갈 수 있어요. 형제한테 이야기하고 싶네요. 물론이죠, 내가 말했다.

그게 그 상황에서 내가 할 수 있는 가장 간단한 대답이었다. 나는 머릿속에 앞으로 그 특정 우체국은 피하겠다고 메모해두었다. 우체국 건물에서 나왔을 때, 조금 전에 봤던 스페인어로 말하는 두 남자 가운데 젊은이는 떠나고 없었다. 방금 발톱을 깎인 턱수염의 남자는 이제 또렷해진 태양의 황금색 햇살 속에 앉아 있었고, 날은 내 예상보다 훨씬 따뜻해졌다. 햇빛은 길 건너편 빌딩 모퉁이에서 곧장 내리꽂혔다. 그는 거기 빛 웅덩이 속에 누워 달라진 형상으로 설핏 잠들어 있었다. 그의 곁에는 빈 술병 세개가 있었다. 나는 현금으로 소포값을 냈기에 거스름돈이 약간 있었다. 그 술꾼에게 호주머니에 있는 3달러 가운데 2달러를 줬다. 야생 고양이가 갑자기 환해진 빛을 피해 그 남자 뒤로 그늘을 찾고 있었다. 그라시아스, 남자가 움찔하면서 말했다. 그를 지나쳐 세발자국 갔다가 나는 되돌아가서 그에게 마지막 1달러를 주었고, 그는 부러진 이를 보이며 내게 미소 지었다. 고양이가 콘크리트에 비친 제 그림자를 발로 때렸다.

나는 110번가에서 지하철을 탔다. 14번가에서

28 누구든 마이크를 잡을 수 있는 이스트 3번가의 시 낭송·공연예술 카페.

내려 이스트사이드로 질러 갔고, 딱히 목적지를 정하지 않고 바워리[29]까지 쭉 내려가서 램프와 식당 기자재를 파는 수많은 가게들, 바깥에서 보면 이국적인 큰 새장을 닮은 가게들을 지나갔다. 나는 마침내 이스트 브로드웨이의 붐비는 광장에 이르렀다. 그곳은 관광객들에게 가장 인기 있는 차이나타운 지역에서 조금만 걸어가면 닿는 거리지만 완전히 동떨어진 세상에 온 것 같은 느낌이었다. 여기서는 관광객을 찾아볼 수가 없었으니, 거의 모든 사람이 본래 동아시아 출신이었기 때문이다. 가게, 식당, 업체와 광고 간판이 모두 한자로 쓰여 있었고 이따금씩만 영어 번역이 덧붙어 있었다. 바로 그 광장 한중간에 ─ 광장이란 일곱 개의 거리가 교차하면서 경계를 이룬 교통섬이나 다름없었는데 ─ 동상이 서 있었다. 멀리서 황제나 고대 시인으로 추측했던 그 동상은 19세기의 아편 반대 운동가였던 임칙서로 밝혀졌다. 이 아편전쟁의 영웅 ─ 그는 1839년 광저우에서 황제의 특사로 임명되었는데, 마약 밀거래를 방해하는 역할을 해 영국 측에는 증오의 대상이었다 ─ 을 기리는 엄숙

29 맨해튼 동남부의 싸구려 술집·여관이 모여 있는 거리.

한 기념비는 이제는 비둘기들이 몰려드는 곳이 되었다. 비둘기들이 잿빛 배설물로 동상을 더럽히면서 진녹색으로 칠해진 동상의 옷과 머리에 이전에 싸놓은 말라붙은 흰색을 더 풍성하게 만들었다. 몇몇 사람들이 교통섬의 벤치에 앉거나 동상 주위를 산책하며 햇볕을 즐기면서 아이스크림이나 튀김 간식을 먹었다. 19세기 초에 그 동네가 어땠는지를 일러주는 표지들, 즉 가축과 말들의 노천 시장, 간이 숙소 구역, 문신 시술소와 술집 들은 거의 남아 있지 않았다.

보이는 사람은 모두 중국인이거나 아니면 분명 중국인이라 여길 수 있을 것 같았다. 다만 나와 다른 한 사람, 허리까지 벌거벗은 남자는 예외였는데, 그는 자신의 팔과 가슴을 헝겊으로 열심히 닦고 있었다. 그의 몸은 이미 기름을 들이부은 것처럼 기이하게 빛났으나, 그가 그 빛을 더하려는 건지 없애려고 애쓰는 건지 분간할 수가 없었다. 그는 실루엣처럼 검었고 그의 몸은 오랜 시간 체육관에서 단련했거나 평생 육체노동을 한 표시가 났다. 그가 꼼꼼하게 이런 작업을 해나갈 때 그에게 주목하는 사람은 아무도 없었다. 그는 곧 그 작업을 중단하고 자기 발치에 놓인 자전거를 집어들어 햇볕 바깥으로 이동시켰고,

그래서 그 자신은 좀더 확실하게 임칙서 기념물 뒤
그늘 속에 있게 되었다. 그러고는 그 기름 같은 물질
을 닦아내는 건지 바르는 건지 모를 작업을 재개했
다. 그의 몸 전체가 번들거렸고 그 번들거림은 그가
그 작업을 시작할 때보다 더하지도 덜하지도 않았으
며, 그 자신이 청동상과 흡사했다. 그런 다음 그 남자
는 헝겊을 자신의 청바지 뒷주머니에 쑤셔넣고는 마
치 잊어버린 용무가 갑자기 생각난 사람처럼 자전거
에 올라타더니 작은 거리들 중의 하나로 쏜살같이
가버렸다. 그는 차량들 속을 들락거리며 멀어졌고,
나는 태양의 직사광선을 받는 무리들 가운데서 그의
빛나는 검은 등을 더이상 볼 수 없었다.

나 역시 곧 옆길 중 하나로, 더 작고 더 혼잡한
길로 내려갔다. 그 길을 따라 전쟁 전의 건물들이 다
닥다닥 수직으로 치솟아 있었고 건물마다 마치 세상
을 향해 내민 투명 마스크처럼 정교한 화재대피용
비상계단이 달려 있었다. 전깃줄, 나무 기둥, 방치된
장식용 깃발, 복잡하게 뒤얽힌 간판 들이 사오층 건
물들 정면의 꼭대기까지 온통 엉겨 있었다. 상점의
진열창들이 치과용품, 차, 허브를 광고했다. 큰 통에
는 옹이 많은 생강과 약용 뿌리가 가득 차 있었고 상

품과 서비스가 정말로 잡다하게 많았다. 좀 지나자 구운 오리고기가 가득 걸린 진열창에 연이어 양복점의 마네킹으로 빽빽한 진열창을, 또 다채로운 빨간색으로 인쇄된 빛바랜 소책자 여섯부가 펄럭이고 그 뒤로 청동 부처상과 자기 부처상이 뒤섞여 가득 찬 진열창을 보는 것이 자연스러운 과정처럼 여겨지게 되었다. 이 마지막 가게로 내가 들어간 것은 작은 골목의 그 현란한 상행위를 피하기 위해서였다.

내가 유일한 고객인 그 가게는 차이나타운 자체의 축소판이었고, 신기한 물건들이 끝없이 진열되어 있었다. 천장에 등갓처럼 매달려 있는 여러개의 대나무 새장들과 정교하게 제작된 금속 새장들, 고객과 가게 주인의 공간 사이 고풍스런 카운터에 놓인 수제 장기판들, 자그마한 장식용 항아리에서부터 사람 하나를 숨길 수 있을 만큼 커다란 배불뚝이 화병까지 다양한 크기의 명나라풍 모조 칠기들, 홍콩에서 영어로 인쇄된, 여자들과의 성공적인 관계를 바라는 남자들에게 조언을 제공하는 다양한 판본의 유머러스한 '공자 왈' 책자들, 자기 받침대 위에 놓인 세련된 나무젓가락들, 온갖 색조, 두께, 디자인의 유리그릇들, 그리고 일반 선반들 훨씬 위쪽에 얼핏 끝없이 이어지는 듯한, 정면이 유리로 된 길쭉한 진열장에는 연극예술에서 가능한 모든 얼굴 표정을 망라하는 일련의 밝은 색깔 가면들이 있었다.

　이 보물 창고 한가운데 한 늙은 여자가 앉아 있었는데, 내가 들어가자 잠깐 고개를 들었다가 금세 다시 중국어 신문에 완전히 몰두했다. 그녀는 말들이 바깥 여물통에서 물을 마셨던 시대 이래 한번도 방해받지 않았다 해도 믿길 만큼 은자隱者 같은 분위기를 풍겼다. 머리 위로 실링팬이 삐걱거리고 판자벽들에 이번 세기의 물건이라곤 하나도 전시되지 않은 거기, 그 조용하고 티끌 가득한 가게에 서 있자니 내가 시공간의 뒤틀린 틈새 속으로 굴러떨어진 느낌이었다. 나는 전지구적인 무역의 시기 동안 중국 상인들이 돌아다니면서 그들의 물건을 팔려고 내놓았던 많은 나라들 중 어느 한곳에 와 있는 것 같았다. 그리고 곧바로 마치 이 환상을 확인하려는 듯, 아니면 적어도 연장하려는 듯 그 늙은 여자가 중국어로 내게 뭐라고 말하더니 몸짓으로 바깥을 가리켰다. 나는 예복 차림의 한 소년이 베이스드럼을 메고 걸어가는 광경을 보았다. 곧 소년의 뒤로 금관악기를 든 남자들의 대열이 따랐는데, 아무도 악기를 연주하지 않았으나 모두 엄숙하게 발맞춰 걸으며 그 좁은 거리를 행진해갔다. 거리는 그들이 통과할 수 있도록 기적처럼 쇼핑객 한명 없이 말끔해진 상태였다. 늙은 여자와 나는 오로지 실링팬 소리만 들리는 기이하게 적요한 가게에서 그들을 지켜보았다. 열을 맞춰 행진하는 중국인 악단 단원들은 튜바, 트롬본, 클라리넷, 트럼펫을 들고 있었다. 다양한 연령대의 남자들 중 몇몇은 턱살이 붙은 얼굴이었으며 또 몇몇은 막 사춘기에 이른 듯 턱에 거무스름한 첫 솜털 자국이 있는 앳된 모습이었으나, 모두 더없이 깊은 열의를 가지고 각자의 금빛 나는 악기를 치켜들고 줄지어 행진해서 지나갔다. 대열을 마무리하듯 마지막에는 군악대용 작은북 삼인조가, 맨 마지막에는 거대한 베이스드럼을 멘 엄청난 몸집의 남자가 지나갔다. 나는 그 행렬이 가게 진열창 바깥을 내다보고 앉아 있는 청동 부처상들을 느릿느릿 다 지나갈 때까지 눈으로 그들의 모습을 좇았다. 부처상들은 낯익은 고요함으로 그 광경에 미소 지었는데, 그 모든 미소가 내게는 하나의 미소, 인간적인 걱정거리를 넘어선 이들의 미소처럼 보였다. 그것은 장례 석판에 새겨진 그리스의 젊은 남성상 입술에 번지는 태고의 미소, 즐거움이 아니라 오히려 완전한 무심無心을 예고하는 미소인 듯했다. 늙은 여자와 나는 가게 저 너머에서 두 마디를 연주하는 트럼펫의 첫 소절을 들었다. 말러의 제2번 교향곡에서 무대 뒤 클라리온 소리의 정신적 사촌 같은 그 십이음을 악단 전체가 이어받았다. 그것은 블루스의 영향으로 굴절된 반음계의 음형音型으로서 필시 선교 찬송가에서 처음 등장했을 텐데, 멀리서 듣는 태풍 소리 혹은 보이지 않는 바다에서 포효하는 파도 소리 비슷한 만가輓歌였다. 그 노래가 무슨 곡인지는 확인하지 못했으나 내가 나이지리아 군사학교 운동장에서 마지막으로 불렀던 단순하고 진지한 노래들, 성공회 노래책 『찬송가』의 노래들과 모든 면에서 맞아떨어졌다. 수년 전에는 그 노래들이 내가 서 있는 그 햇빛 가득한 먼지투성이 가게에서 수천 킬로미터 떨어진 우리에게 나날의 의례였던 것이다. 튜바가 낮은음들을 가로질러 천천히 걸어가는 동시에 금관악기의 으르렁거리는 합주가 그 공간으로 쏟아져 들어올 때, 그 소리 전체가 단속적인 빛줄기처럼 고스란히 가게 안으로 들어올 때 내 몸은 떨렸다. 그러다가 악단이 점점 더 도시의 소음 속으로 행진해 들어감에 따라 음악은 거의 지각할 수 없을 만큼 서서히 음량이 떨어지기 시작했다.

그것이 어떤 시민적 자부심을 표현한 곡인지 장례에 엄숙미를 더한 곡인지 알 수 없었지만 그 선율은 내 소년 시절의 조회 시간에 대한 기억과 너무나 잘 어울려, 나는 갑작스럽게 방향감각을 잃고 더없는 행복을 경험했다. 마치 품격 있는 고택에서 멀찌감치 떨어진 벽에 걸린 거울을 통해 그 안에 접혀 있는 세상 자체를 선명하게 볼 수 있는 것 같았다. 나는 만질 수 있는 우주가 어디서 끝나고 비친 우주가 어디서 시작되는지 더이상 알 수 없었다. 자기 화병 하나하나, 색칠한 티크 의자들 각각에서 윤나는 표면의 칙칙한 점 하나하나에 대한 일대일의 세세한 모사는, 내가 그랬듯이 내 뒤집힌 자아가 빙빙 돌다가 멈추는 순간까지 계속되었다. 그리고 나의 이 '더블'이 바로 그 순간에, 그 못지않게 혼란스러운 '원본'과 똑같은 문제로 씨름하기 시작했다. 내가 거기 온갖 종류의 슬픔 속에 서 있을 때, 살아 있다는 것은 내게 원본임과 동시에 상像인 것, 그리고 죽는다는 것은 양자가 분리되는 것, 상만인 것으로 여겨졌다.

17

봄에 생명은 지구의 몸속으로 돌아왔다. 나는 친구들과 함께 센트럴 파크로 소풍을 갔고 우리는 이미 하얀 꽃을 상실한 목련나무 아래 앉았다. 근처에 있는 벚나무들은 우리 뒤쪽 철조망 너머로 몸을 기울이고 분홍색 꽃으로 불타고 있었다. 자연은 무한히 인내하니, 하나가 무너지면 다른 하나가 살고 목련의 꽃이 죽는 바로 그 순간 벚꽃이 피어난다. 벚꽃의 꽃잎을 관통한 태양이 축축한 풀을 알록달록하게 만들고 수천개씩 피어나는 새잎이 4월의 미풍에 춤을 추어서, 때때로 잔디밭 저쪽 경계의 나무들이 아련하게 보였다. 나는 반쯤 그늘에 누운 채로 검은색 비둘기가 내 쪽으로 걸어오는 모습을 지켜보았다. 비둘기는 멈추더니 날아올라서 나무들 뒤로 시야에서 사라졌다가 다시 돌아와, 비둘기들이 그러듯이 아마도 빵부스러기를 찾는 듯 어색하게 걸어다녔다. 새와 나의 훨씬 위쪽에 하늘을 배경으로 갑자기 세개의 원이,

세개의 하얀 원이 출현했다.

　　최근 몇년 사이에 빛이 내 사교력에 얼마나 많은 영향을 끼치는지 깨닫게 되었다. 겨울에 나는 물러나 있다. 3월, 4월, 5월로 이어지는 길고 화창한 봄날에 나는 다른 사람들과 좀더 함께 있으려 하게 마련이고, 풍경과 소리를 민감하게 느끼며, 내 연구실이나 아파트에서와 다른 색깔, 패턴, 움직이는 몸들에 민감하게 반응하기 쉽다. 추운 달들에 나는 둔감한 느낌이고, 봄에는 감각이 부드럽게 예리해지는 느낌이다. 그날 공원에서 우리 소모임 네명은 모두 대형 줄무늬 담요 위에 비스듬히 기대어 피타와 후무스[30]를 먹고 청포도를 떼어 먹었다. 우리는 그날 오후 두병째인 화이트와인 병을 쇼핑백에 숨긴 채 마개를 열어놓았다. 따뜻한 날이었지만 그레이트 론[31]이 꽉 찰 정도로 그렇게 따뜻한 것은 아니었다. 우리는 조심스럽게 가꾼 시골 생활의 환상을 공유하는 도시 거주자 군중의 일부였다. 모지는『안나 카레니나』를 갖고 와서 팔꿈치에 몸을 의지한 채 그 두꺼운 책 — 새로 나온 번역본 중의 하나였다 — 을 읽으면

30　중동 지방의 둥글납작한 빵과 병아리콩을 으깨어 만든 음식.
31　센트럴 파크의 큰 잔디밭.

서 가끔씩만 읽기를 그치고 대화에 끼곤 했다. 우리 로부터 몇 미터 떨어진 곳에서 한 젊은 아버지가 아 장아장 멀어져가는 자신의 어린아이를 소리쳐 불렀 다. 애나! 애나!

비행기 한대가 날아가고 있었는데 너무 아득한 상공이라서 우리의 이야기 소리 너머로 제트엔진의 우르르하는 소리가 겨우 들렸다. 그러다가 오로지 희 미한 비행운만 남았고 그것도 점점 사라지는 순간, 우리는 세개의 하얀 원이 커지는 것을 보았다. 원들 은 공중에 떠다녔는데, 아래로 떨어지는 동시에 위로 도 솟구치는 듯했고, 그런 다음 마치 카메라의 뷰파 인더에 초점이 맞춰질 때처럼 모든 것이 또렷해지면 서 우리는 각각의 원 속에서 인간의 형체를 보았다. 각각의 인간은, 그 비행하는 남자들 각각은 자신의 낙하산을 왼쪽 오른쪽으로 조종했는데, 그들의 그런 모습을 지켜보자니 내 핏줄 속의 피가 질주하는 느 낌이었다.

잔디밭의 모든 사람은 이제 잔뜩 긴장했다. 공놀 이가 멈췄고 주고받는 말소리가 커졌으며 여러개의 팔들이 위쪽을 가리켰다. 아장아장 걷던 애나는 우 리 모두가 그렇듯 깜짝 놀라 제 아버지의 다리에 매달렸다. 패러슈팅 하는 사람들은 전문가들이었고, 서로를 향해 떠가서 일종의 셔틀콕 대형을 만들었다가 다시 흩어지더니 낙하산을 조종해 잔디밭의 중앙을 향했다. 그들이 땅에 가까워질수록 낙하 속도가 더 빨라졌다. 나는 그들이 대기를 가르고 나아갈 때 귓가에서 나는 쉭 하는 소리를 상상했고, 그들이 착지에 대비해 단단히 집중하는 모습을 상상했다. 그들이 대략 150미터 높이까지 내려왔을 때, 나는 그들이 하얀 끈이 달린 하얀 점프슈트를 입고 있는 것을 보았다. 실크로 된 낙하산은 외계 나비의 거대한 흰 날개 같았다. 한동안 주위의 모든 소리가 떨어져나가는 듯했다. 날아보려는 사람들의 태곳적 꿈을 성취하는 광경이 침묵 속에서 펼쳐졌다.

　나 자신은 한번도 해본 적이 없지만 맑고 푸른 공간에 둘러싸인 채 하는 스카이다이빙이 그들에게 어떤 기분이었을지는 상상할 수 있을 것 같았다. 언젠가, 이십오년 전의 이 비슷하게 화창한 날에 나는 한 소년의 비명을 들었다. 열두명도 더 되는 우리는 물속에 들어가 있었는데, 그 소년이 수심 깊은 쪽으로 떠밀려갔던 것이다. 그는 수영할 줄 몰랐다. 우리는 라고스 대학교의 커다란 교내 수영장에 있었다.

아이였을 때 나는 어머니의 끈질긴 요구로 수영을 잘하는 사람이 되었고, 이에 물을 두려워했던 아버지는 약간 당황했다. 어머니는 대여섯살 무렵에 나를 컨트리클럽의 수영 강습에 데려갔고, 자신이 수영을 잘하는 사람이었기에 내가 물에서 능숙해지는 법을 배우는 과정을 두려움 없이 지켜보았다. 어머니로부터 나는 그런 대담무쌍함을 배웠다. 그전 몇년 동안 수영장에 들어가지 않았지만 그때 한번 내 수영 실력이 큰일을 해냈다. 나이지리아 군사학교로 떠나기 전해였는데, 내가 다른 사람의 목숨을 구했던 것이다.

이제는 그가 나처럼 혼혈 인종(그의 경우 절반은 인도인)이었다는 사실 외에는 아무 기억도 나지 않는 그 소년은 죽을 위험에 빠져 있었다. 머리를 물 위에 두려고 버둥거리면 버둥거릴수록 수영장의 점점 더 깊은 구역으로 끌려 들어갔다. 다른 아이들은 그의 조난에 충격을 받아 얼어붙은 채 그 광경을 지켜보면서 얕은 쪽에 머물러 있었다. 현장에는 안전요원이 없었고 어른들은, 그중 누군가 수영할 줄 아는 사람이 있었다 해도 아무도 수영장의 깊은 쪽에 가까이 있지 않아 도울 수 없었다. 나 자신의 위험을 숙고한다든지 고려한 기억은 없고 나는 다만 내 능력으로 최대한 빨리 그가 있는 방향으로 출발했을 뿐이다. 내 뇌리에 남아 있는 순간은 아직 그 소년에게 닿지 않았지만 이미 아이들 무리를 뒤로하고 떠났을 때뿐이다. 소년의 비명과 아이들의 외침 사이에서 나는 열심히 헤엄쳤다. 그러나 주변과 위쪽의 온통 푸른 공간 속에 갇힌 나는 갑자기 조금 전보다 소년에게 조금도 더 가까워지지 않았다는 느낌이 들었다. 마치 다이빙대 그림자 속에 있던 그와 밝은 햇빛 속에 떠 있던 나 사이에 물이 고의로 끼어든 것 같았다. 나는 수영하기를 멈췄고, 대기가 내 얼굴의 물기를 식혀주었다. 소년은 허우적거렸는데, 미친 듯이 팔을 휘저어 잠시 수면을 갈랐다가 다시 아래로 끌려 내려갔다. 그림자들이 무척 짙었던 탓에 나로서는 무슨 일이 일어나는지 알기 어려웠다. 잠깐 동안 내가 언제까지나 그를 향해 수영하리라는 생각, 남아 있는 11미터 내지 14미터의 거리를 결코 건너가지 못하리라는 생각을 했다. 그러나 그 순간은 지나가게 돼 있었고 나는 그날의 영웅이 될 것이었다. 나중에는 웃음소리가 일었고 절반의 인도인 혼혈 소년은 놀림을 받았다. 그러나 너끔히 비극적인 오후가 될 수 있는 상황이었다. 다이빙 플랫폼까지의 짧은 거리를 내가 힘겹게 끌고 간 몸이 생명 없는 작은 시체였을 수 있었다. 하지만 그날 일의 세부 사항은 거의 대부분 곧 잊혔고, 가장 강하게 남아 있는 것은 물속에서 완전히 혼자 있다는 감각, 마치 내가 아무런 준비없이 인류로부터 동떨어진 곳에, 어떤 광활하지만 기분 나쁘지 않은 푸른 방에 내던져진 것 같은 그런 진정한 고립의 느낌이었다.

패러슈팅 하는 사람들에게 하늘과 땅 사이의 거리가 더 빨리 사라지기 시작했고 땅바닥이 그들을 맞으러 불쑥 솟구쳤다. 소리가 돌아왔다. 그들은 부풀어 오른 구름 같은 낙하산을 둘러쓴 채 한 사람씩 잇달아 깔끔하게 착륙하여 공원 나들이객들의 함성과 휘파람을 받았다. 나 역시 박수를 쳤다. 패러슈팅하는 사람들이 몸을 웅크려 천막 같은 낙하산을 빠져나와 서로에게 신호를 보냈다. 그러고는 승리의 투우사처럼 일어나면서 군중에게 몸짓 인사를 했고, 우리의 행복한 환호와 더 큰 박수갈채를 받았다.

그러다가 환호 소리가 멈췄다. 우리는 공원의 동쪽 편에서 소음을 압도하며 울리는 사이렌 소리를 들었다. 경찰관 네명이 잔디밭 주변에 둘러친 밧줄을

넘어 질주해와서는 잔디밭 중앙을 향해 뛰었다. 하나
는 백인, 또 하나는 아시아계, 나머지 둘은 흑인이었
는데, 패러슈팅 하는 사람들의 동작이 발레 같았다면
이들의 동작은 모두 볼품없었다. 우리 편의 머릿수에
안심하며 야유를 보내기 시작한 우리는 곧 우리가
만들었던 축하 동아리에서 밀려났고, 경찰들은 그 천
둥벌거숭이들을 체포할 수 있었다. 동아리 저쪽 끝에
있던 누군가가 "보여주기식 보안 조치다!"라고 소리
쳤지만 강해진 바람이 그녀의 목소리를 집어삼켰다.

　패러슈팅 하는 사람들은 체포에 저항하지 않았
다. 이제 거추장스러운 날개를 떼어낸 그들은 경찰에
끌려갔다. 군중이 다시 응원의 함성을 지르기 시작했
고, 모두 젊은 남자들인 패러슈팅 하는 사람들은 활
짝 웃고는 허리 굽혀 절했다. 그들 중 나머지 둘보다
키가 큰 하나는 햇빛에 반짝거리는 붉은색 턱수염을
풍성하게 기르고 있었다. 낙하산은 풀밭에 번들거리
는 더미로 남아 있었고 다시 바람이 세지자 떨리는
숨을 내뱉는 듯했다. 그렇게 우리는 그들이 끌려가
는 사이 낙하산이 숨 쉬는 것을 한동안 지켜보았다.
그런 다음, 하지만 느낌으로는 보통의 시간 바깥에
서 오랜 시간이 지나고서야 비로소, 경이로운 것에서

벗어나 소풍을 이어갔다. 하늘에서 자연에 도전하는 뭔가가 출현했던 것이다. 친구가 내 생각을 읽은 듯이 말했다. 너 스스로 도전 과제를 정해야 하고, 그게 낙하산이건 절벽 다이빙이건 한시간 동안 꼼짝 않고 앉아 있기건 거기에 제대로 응하는 길을 찾아내야 해. 그걸 멋진 방식으로 달성해야 하는 건 물론이고.

다요 카살리의 누나 모지는 밀짚모자로 머리를 덮은 채 엎드려 있었다. 리즈앤과 내 친구가 잘 어울린다고 나는 생각했다. 나는 그때까지 리즈앤을 만난 적이 없었지만 친구는 내게 그녀가 자신의 이상적인 반려자라고 확언했었다. 그의 진지함과 그녀의 타고난 가벼움이 균형을 이루었다. 리즈앤은 그를 이미 이해했는데, 그의 이전 여자친구 몇몇은 그랬다고 말할 수 없었다. 그가 (전에 내게 표현했듯이) 생물학을 실천하는 방식은 그의 철학에 대한 사랑과 맞먹었다. 친구는 종종 자신의 변덕스러움을 용서받았는데, 여자들이 그를 기꺼이 용서하는 것은 그가 본래 그렇듯 유순한 존재라는 것과 관련 있었다. 리즈앤은 본능적으로 그를 이해하는 듯했는데, 그가 그런 식으로 이해받는 경우는 훨씬 드물었다.

우리 근처에는 등나무 가지들이 아래로 늘어져

있었고 그 그물코 모양의 자줏빛 꽃잎들은 부활하느라 바빴다. '봄의 제왕'이라는, 귀 모양의 큰 비단결 꽃잎을 가진 튤립들이 꽤 있는 것 같았다. 벌들이 거듭거듭 꽃들과 부딪히며 우리 주변의 모든 비행경로를 찾아다녔다. 공원으로 오는 도중에 모지는 내게 자신이 이전 어느 때보다 더 환경을 걱정한다고 말했다. 그녀의 말투는 진지했다. 우리 모두가 그런 것 같다고 대꾸하자 그녀는 고개를 저으면서 내 말을 정정했다. 내 말은, 내가 적극적으로 환경을 걱정한다는 뜻이야, 그녀가 말했다. 일반적으로 다른 사람들의 경우는 그렇지 않다고 생각해. 나는 내가 물건을 낭비하고, 주위의 대다수 미국인들과 마찬가지로 나쁜 습관을 갖고 있다고 생각해. 아마도 이 세상 사람들 대다수와 마찬가지일 거야. 환경에 대한 내 의식은 지난 두달 동안 치열해졌어, 그녀가 말했다.

　나는 전부터 환경 문제에 제대로 대응해보려 했다. 나는 그녀에게 항공여행 같은 것을 걱정하느냐고 물었다. 나는 그녀가 적어도 한해에 한번은 나이지리아에 간다는 것을 알고 있었다. 그녀는 제트연료의 환경적 영향이나 그런 걸 우려하는 게 아닐까? 그녀는 그렇다고 대답했다. 그때 몇걸음 뒤에서 따라오

던 리즈앤과 내 친구가 다시 합류하면서 우리의 대
화가 끊겼고, 그녀는 어릴 때 자란 트롤헤우겐[32]에서
의 삶에 관해 이야기하기 시작했다. 지금 나는 공원
일꾼들이 낙하산을 접는 것을 지켜보다가 조금 전
모지와 잠깐 주고받았던 그 대화가 기억났던 것이다.
나는 환경보호에 대한 관심을 자주 들어왔기 때문에
어떤 사람들에게는 그게 얼마나 진지한 우선 사항인
지 알았지만, 나 자신은 아직은 그걸 뼛속 깊이 느끼
지 않았다. 나는 그런 열정을 경험한 적이 없었다. 나
는 잠시 멈춰 종이와 플라스틱 중 어느 쪽을 사용할
지 고민하지 않았고, 재활용이 진짜로 중요하다는 어
떤 믿음에서가 아니라 그냥 편의상 재활용을 할 뿐
이었다. 그러나 이미 나는 이 문제에 열정적인 사람
들을 존경하기 시작했다. 그건 하나의 대의大義였고,
나는 대의들을 불신했지만 그것은 또한 하나의 선택
이기도 했다. 나 자신이 본질적으로 너무나 우유부
단한 사람이었기에 단호한 선택에 점점 더 감탄하고
있음을 알았다.

　　모지가 얼굴을 가리고 있던 밀짚모자를 벗자 그

32　노르웨이 베르겐의 한 지역.

녀를 괴롭히던 벌 한마리가 상황을 재검토하더니 가장 가까운 꽃이 있는 쪽으로 날아갔다. 하늘은 짙은 청색으로 변해 있었고 대기는 서늘해졌다. 그녀가 손으로 제 뺨을 쓰다듬었다. 나는 그녀를 쳐다보았는데, 속내를 짐작할 수 없었다. 그녀는 키가 아주 컸고 눈이 작았다. 얼굴은 검었고, 너무 검어서 살짝 자줏빛이 돌았는데, 그녀는 내가 흑인 여성들에게 기대하는 것과는 다른 방식으로 아름다웠다. 내가 벌들에 대해 알고 있는 게 뭔지 알아? 그녀가 갑자기 내 생각 속으로 끼어들면서 말했다. '아프리카화된 킬러 벌'Africanized killer bee이라는 이름은 인종주의적 헛소리란 거야. 아프리카화된 킬러라니, 마치 아프리카적이라는 게 살인적이라는 말의 약칭이 돼야 다뤄볼 만한 문제라는 듯이 말이야. 그녀가 몸을 숙여 접시 위 포도 줄기에서 포도알 하나를 따 먹었다. 그녀는 탱크톱을 입고 있었고 나는 그녀의 어두운 가슴골을 흘끗 보았다.

이 나라 곳곳에서 벌들이 죽어가는데 과학자들은 그 이유를 알지 못해, 내가 말했다. 내게 벌들은 항상 불가해한 존재야. 벌들은 인간들이 파악할 수 없는 방식으로 뭔가에 사로잡혀 있는데, 이제 그들은 떼죽음에 희생되고 있어. 난 그게 날씨 패턴이나 살충제와 무슨 관련이 있는 것 같고, 아니면 그 핵심에 어떤 유전적 변이가 있을 수 있다고 봐. 이미 셋 중하나 꼴로 죽었고 더 많은 개체가 죽을 거야. 죽는 비율이 계속 증가하고 있어. 너무나 오랫동안 벌들은 꿀 만드는 기계로 이용됐고 벌들의 강박 습성이 인간에게 유리하게 변환된 거야, 내가 말했다. 이제 벌들은 죽는 것에서 역시 능숙함을 입증하고 있는데, 벌목目에서의 뭔가 끔찍한 장애로 죽는 것 같아.

모두 고개를 끄덕이고 미소 지었다. 리즈앤은 상당히 감탄하며 나를 쳐다봤고 내 친구는 눈으로 나를 비웃었다. 모지는 그 현상에 관한 글을 읽은 적이 있다고, 그건 벌집 붕괴 현상이라고 불린다고 말했다. 지금은 그게 상당히 퍼져 있어, 그녀가 말했다. 유럽과 북미 곳곳에, 심지어 대만 같은 먼 곳에서도 흔해. 그리고 그건 유전자변형 옥수수와도 뭔가 상관있는 게 아닐까? 친구가 리즈앤의 무릎을 베고 누운 채 말했다. 그거 뭔가 제국의 역사에 나오는 것 같네요, 벌집 붕괴 현상이라니! 폐하, 원주민들이 불안합니다. 우린 이 식민지[33]들을 계속 보유할 수 없습니다. 리즈앤이 여기 누구 「벌집의 정령」[34] 아는 사람

있어요? 하고 말했다. 1970년대에 에리세라는 사람이 만든 영화예요. 그 영화에서 벌들이 나타내는 건, 잘은 모르겠지만 스페인 역사에서 그 폭력적이고 슬픈 시기에 벌들은 다른 방식의 사유를, 벌에게 특유하지만 인간과도 관련되는 사유와 존재의 방식을 표상하는 것 같아요. 그 영화에서 몇 장면은 정말이지 지금도 마음속 깊이 남아 있어요. 영화 속 아버지 ─ 그는 어린 딸이 둘 있고 그중 하나는 아까 저쪽에 있던 어린 여자애와 똑같이 아나라는 이름인데 ─ 는 일종의 전쟁 후유증을 앓고 있거나 아니면 말할 수 없는 어떤 기억의 새장에 갇혀 있어서 그냥 벌통 곁에서 일만 하던 장면들이 생각나요. 그런 장면들이 매우 감동적이고, 대화도 플롯도 없는 장면들이지만 효과적이에요. 내 말의 요점은 모르겠지만 어쨌든, 아마도 벌들은 인간 세상의 모든 부정적인 것들에 민감한 것 같고, 유별나게 민감한 것 같아요. 아마도 벌들은 우리가 아직은 밝혀내지 못한 뭔가 본질적인 방식으로 우리와 연결돼 있고, 벌들의 죽음은 둔감한

---

33 'colony'는 '벌집'과 '식민지'의 뜻을 다 갖고 있다.
34 El Espíritu de la Colmena(1973). 1940년 스페인을 배경으로 하는 빅토르 에리세 감독의 영화.

인간 존재들에게 곧 분명해질 위기에 예민하게 반응하는 탄광 속 카나리아처럼 우리에게 일종의 경고일지 몰라요.

나는 에리세의 영화를 보지 못했지만 벌 개체수의 격감이라는 말을 듣자 다른 뭔가가 생각났고, 이제 그걸 리즈앤이 금방 묘사한 것과 연결했다. 떼죽음, 역병, 전쟁, 기아 등이 익숙하게 느껴지지 않는 것은 내게 인간의 역사에서 새로운 현상인 것 같았다. 나는 친구들에게 말했다. 전쟁의 불길이 모든 걸 다 집어삼키는 게 아니라 군데군데서 산발적으로 타오르고, 농사가 더이상 자연의 힘에 대한 두려움을 불러일으키지 않으며, 계절에 따른 날씨 변화가 굶주림의 전조가 아니게 된 지난 몇십년간은 인간사에서는 변칙에 해당해. 우리는 재앙에 전혀 준비되어 있지 않은 최초의 인간들이지. 확실한 세상에 산다는 건 위험한 일이야. 패러슈팅 하는 사람들의 그 무해하고 아름다운 스턴트를 보라고. 우리는 그들이 옳은 쪽임을, 개인적 위험을 얼마간 감수하면서도 우리에게 기억할 만한 뭔가를 만들어줬으니 옳았다는 걸 알지. 하지만 경찰은 우리를 어느 때나 안전하게 지킬 의무가 있고, 무력으로 우리의 안전을 확보하고 심지어 즐거움으로부터도 우리를 보호할 권한을 부여받은 거야. 세상의 모든 지역에서, 그게 프러시아건 미국이건 안데스산맥이건 서아프리카건 유혈 사태가 끝없이 계속되고 광란적인 살육이 지속되던 그 긴긴 19세기를 난 종종 생각해. 살생이 보통이었고 국가들은 극히 사소한 핑계로도 참전했지. 전쟁은 연거푸 계속됐고 재무장을 위해 잠시 중단됐을 뿐이야. 유럽에서 10퍼센트, 20퍼센트, 심지어 30퍼센트의 인구를 몰살시킨 전염병들을 생각해보라고. 최근 어딘가에서 레이던시[35]가 1630년대의 오년 동안 35퍼센트의 인구를 잃었다는 걸 읽었어. 자기 주위에서 모든 연령대의 사람들이 연일 픽픽 쓰러져 죽는 상황에서 그런 확률로 산다는 건 어떤 의미일까? 문제는 우리는 전혀 모른다는 거야. 사실 내가 읽은 그건 뭔가 다른 것에 관한 기사, 그림이나 가구에 관한 기사의 각주로 달려 있었거든.

가족 일곱명 중에 셋을 잃은 경우가 비일비재했어. 새천년의 첫 오년 내에 삼백만 뉴욕 시민이 질병으로 죽는다는 건 우리로선 파악하기 불가능한 개념

---

35 네덜란드에서 가장 오래된, 자위트홀란트주의 도시.

이지. 우린 그게 완전한 디스토피아일 거라고 생각하고, 그래서 그런 역사적 현실들을 오로지 각주로만 생각해. 다른 시대의 다른 도시들은 상황이 더 열악했다는 걸, 우리에게 이런저런 종류의 역병에 대해 면역을 갖게 해주는 건 아무것도 없다는 걸, 우린 그런 지난 문명들과 꼭 마찬가지로 역병에 취약하지만 그에 대한 준비가 특히 안 되어 있다는 걸 잊으려고 해. 심지어 우리한테 일어난 별것 아닌 것에 대해 말하는 방식도 과장이 심해서 우린 이미 지쳐버렸어.

나는 계속 떠벌렸을 것이다. 화제를 바꿈으로써 나를 나 자신으로부터 구한 것은 리즈앤이었다. 그녀가 말했다. 그런데 줄리어스, 당신은 정신과 의사잖아. 난 이게 언제나 궁금했어. 난 분명히 미쳤어, 그렇잖으면 여기 이 남자랑 같이 있지 않을 거니까. 그러니 벌이니 역병이니, 뭐 그런 건 상관하지 말자고. 당신이 최근에 치료한 사람 중에 가장 미친 사람은 누구야? 진짜로 맛이 간 사람들도 받게 되잖아. 아니, 비밀을 지키겠다고 맹세했다고? 우린 아무한테도 말하지 않겠다고 약속할게.

나는 친구들이 바라는 대로 그들에게 내 환자들에 관해, 외계인의 방문과 정부의 감시, 벽 속의 목소리, 가족의 음모에 대한 의심에 관해 이야기를 들려줬다. 정신질환, 특히 편집증 환자층의 공포에서 비롯되는 유머러스한 이야기는 언제나 많았다. 지금 이런 이야기들을 끄집어내면서 나는 심지어 동료들의 환자 몇몇을 내 환자인 양 말하기도 했다. 자신의 아파트 창문 틈새를 모조리 알루미늄 포일로 덧대고, 자기 신발 밑창에 클립으로 정교하게 만든 수신기를 설치하고, 언제나, 잠잘 때조차도 호주머니마다 작은 납 조각을 넣어두어 다른 행성에서 오는 신호를 '성공적으로' 틀어막았던 환자 사례를 떠올리자 친구들은 웃었다. 편집증적 조현병은 특히 그런 이야기들에 잘 어울렸고, 그 병을 앓는 사람들은 세상 만들기에 힘쓰기 때문에 훌륭한 이야기꾼이었다. 이런 세상들은 그들의 현실 반경 내에서는 놀랄 만큼 일관성 있었다. 다만 바깥에서 볼 때 미친 것으로 보일 뿐이었다.

의사들이 실제로 '미쳤다'는 단어를 사용해? 모지가 물었다. 분명히 사용하지, 내가 말했다. 사실 어떤 사람들은 그야말로 미쳤고, 우린 그 말을 차트에 적어. 난 바로 지난주에 그렇게 했고. 마흔아홉살의 세일즈맨이었는데, 난 그를 상대로 몇분 동안 이야기하고서 그가 말하는 동안 "환자는 완전히 미쳤음"이라고 적었어. 또 한 환자는 "그야말로 분명히 미쳤음"이라고 진단했지. 의사들이 아무도 보는 사람이 없을 때 실제로 무슨 말을 하는지 알면 놀랄걸.

트라이베카[36] 근처의 그 가게, '우린 견과에 미쳤어'We Are Nuts About Nuts라는 가게 알아? 리즈앤이 말했다. 아, 나는 분명히 내가 미쳤음을 알지, 내 친구가 말했다. 이 도시엔 사실 제정신이 아닌 사람들이 많아. 어쩌면 뉴욕 사람들 대다수가 그렇지. 음, 아니, 그런 뜻은 아니고, 그가 말을 이었다. 하지만 사실 모두가 겨우겨우 대처할 길을 찾을 뿐이고 아무도 정신적 문제에서 완전히 벗어나 있지 않아서, 사람들이 모두 스스로 정신을 가다듬었으면 한단 거지. 정신이상은 예전에도 항상 그랬듯이 반대자들을 억압하는 평계로 이용되거든. 줄리어스, 넌 이 분야에 빠삭하겠지만, 중세 유럽에선 떠다니는 감옥이 있었어. 이 항구 저 항구 돌아다니면서 바람직하지 않은 사람들을 데려가는 바보들의 배 말이야. 오늘날이라면 약간 우울증이 있다고 생각할 법한 사람들이 퇴마 의식을

36 맨해튼 남부의 오래된 상업지구.

당했어. 그건 모두 사회에서 오염물을 제거하는 것과 관련이 있지.

그런데 진짜 정신이상을 말하는 거라면, 그런 게 존재하지 않는 체하지는 않겠어, 친구가 말을 이었다. 실제 현실과 일종의 개인적으로 고안된 현실 사이의 깊디깊은, 속내의 괴리를 말하는 거라면 글쎄, 우리 집안에도 그런 건 많았어. 네가 레이던 이야기를 했잖아. 근데 어떤 의미에선 우리 집안 자체가 레이던이었어. 아버지는 미쳤고 코카인 중독자가 됐어. 아니, 어쩌면 순서가 반대였는지도 몰라, 어쩌면 코카인이 먼저였는지도 모르겠어. 어쨌든 아버진 지금 이 순간 사우스캐롤라이나 어딘가에서 코카인을 사려고 두리번거리고 있을 거야. 그게 아버지가 살아가는 이유거든. '아버지'라는 말을 대충 쓰는 걸 이해해줘. 난 사년 동안 아버지를 보지 않았고 그전에 몇번 봤을 때도 차라리 안 봤더라면 싶거든. 그런가 하면 엄마는, 다섯 남자한테서 여섯 아이를 낳았어. 그것 역시 일종의 미친 짓이지, 그렇잖아? 셋째, 넷째 후에도 어떻게 그만두질 않는 거야? 형 하나는 마약 거래로 형ⁿ를 살고 있어. 거기에다 레이먼드 삼촌까지 치면 더하지. 레이 삼촌은 애틀랜타 지역에서 기술자였어. 아내랑 아이도 셋 있고. 세상의 소금 같은 타입으로 한번도 옆길로 새지도, 마약에 손대지도 않았어. 그러다가 내가 열한살 때, 삼촌은 도대체 뭔지 모를 것에 넋을 잃고 뒤뜰에 가서 총으로 자기 머리를 쐈어. 당시 일곱살이던 그의 막내, 내 사촌 이벳이 발견했지.

모인 사람들 사이에 침묵이 흘렀다. 나는 그의 이야기를 알고 있었다. 그건 친구가 대학과 대학원에 가고 아이비리그 대학의 조교수가 되기 위해 극복해야 했던 끔찍한 가정환경이었다. 이제, 말을 하고 나니 그의 얼굴에는 평온한 표정이 나타났다. 우리 앞으로 오후의 길어지는 그림자 속에서 접힌 낙하산들이 뉴욕시 공원·레크리에이션국 소속 차량에 실려갔다. 그 스턴트맨들은 십중팔구 무모한 위험 유발 혐의를 받아 벌금형에 처해질 것이다. 마침내 모지가 말했다. 내 생각에는, 이 나라에서 흑인들이 감당해야 했던 일들 ─ 그리고 그들은 나나 줄리어스를 뜻하는 게 아니라 여기서 여러 세대를 살았던 당신 같은 사람을 뜻하는데 ─ 당신이 감당해야 했던 일들을 당하면 누구라도 돌아버리고도 남을 거야. 이 나라의 인종주의적 구조가 미치광이 만들기를 하는 거지.

오, 이런, 그에게 변명거리를 주지 마요! 리즈앤이 말했다. 우리 모두는 웃었고 적잖은 안도감을 느꼈다. 리즈앤은 보자마자 호감이 가는 사람이었다. 대조적으로 모지의 불안정함이, 그녀가 그때그때 내보이는 듯한 방어적 태도가 눈에 띄었다. 모지는 내가 아직 만나지도 않은 자기 남자친구에 대해 얘기하면서 내게, 그가 흑인인지 알려는 거야? 하고 따져 물었다. 나는 깜짝 놀랐다. 나는 그녀에게 아니, 그런 관심 없는데, 하고 분명하게 말했다. 그건 진부한 발상이었고 내게는 일종의 미성숙한 정신상태로 보였다. 하지만 나는 그게 매력 있었고 심지어 성적으로까지 느껴져서, 갑자기 우리 둘이 함께 성적인 상황에 놓인 상상을 했다. 그녀는 나데즈가 아니었다. 이런 끌림은 다른 종류의 원자값에서 나오는 것이었다. 이걸 끌림이라 부를 수 있을지도 확실치 않았다. 하지만 그녀가 자기 주위에 가운처럼 두른 분위기에는 뭔가 흥미로운 것이 있었다. 그녀는 단도직입적이었고 거침없이 말했으며 항상 싸우고 싶어 안달이 나 있었지만, 그럼에도 사람과 언어의 관찰자, 꼼꼼한 감시자라는 인상을 주었다.

공원에서 나오는 길에 친구와 그의 여친은 따로

떨어져 택시를 타고 시 외곽으로 향했다. 나는 모지와 함께 센트럴 파크 웨스트를 따라 걸었다. 다시 내가 대부분의 이야기를 했다. 나는 그녀를 다시 재활용이라는 주제로 끌어들이려고 했다. 그녀는 내가 수다를 떨면서 침묵을 메우고 있는 것을 잘 안다는 듯이 응, 아니로 반응했다. 검은 깃털의 비둘기 한마리가, 믿기진 않지만 어쩌면 우리가 그날 오후 일찍 보았던 바로 그 비둘기가 마치 우리를 미행하듯 공원 서쪽 면의 돌담을 따라 폴짝폴짝 뛰더니 갑자기 날아올라 나무들 속으로 완전히 사라졌다. 나는 관심있는 체하며 그녀의 남자친구에 대해 한번 더 물었다. 그의 이름은 존 머슨이었다. 그녀는 그에 대해 할말이 없었다. 봄밤이 우리의 말수를 줄이고 우리의 에너지를 빨아들여 얼마 후 우리는 침묵을 따라 그냥 걷기만 했다. 나는 한두번 그녀의 얼굴을 쳐다보았는데, 바로 그 순간 그 얼굴은 너무 몰두해 있었고 너무 안 예뻤으며 너무 완벽하게 매력적이었다. 나는 그녀의 마음을 읽느라고 너무 힘든 시간을 보내고 있었다. 차들이 안달 난 듯 마구 돌아가는 엔진 소리로 낮게 으르렁대며 우리 곁을 지나갔고, 배기가스는 공원의 향긋한 세계에 한층 더한 위협을 가했다.

86번가의 지하철에서 나는 그녀를 놓아주었다.

　　정신의학의 의료 행위는 부분적으로는 세상을 부족들의 집합으로 보는 것과 관련된다. 현실의 지도를 그리는 방법에 관해 거의 엇비슷한 두뇌를 가진 개인들의 집합을 예로 들어보자. 이 집합, 표면적으로 정상인 이 집단, 인류의 대다수를 구성하는 이 대조군에 속하는 두뇌들 간의 차이는 작다. 정신적 행복이란 신비로운 것이지만 이 집단은 상당히 예측 가능하며, 과학이 두뇌 기능과 화학적 신호 작용 분야에서 발견한 얼마 안 되는 지식이 광범위하게 적용된다. 뇌의 오른쪽 반구는 병렬적으로 처리하고 왼쪽 반구는 연속적으로 처리하며, 메시지는 뇌량[37]에 의해 두 반구 사이를 대체로 효율적으로 오간다. 뇌 기관 전체가 두개골 속에 포근히 자리잡은 채 놀랄 만큼 복잡한 일련의 과업을 수행하며 꾸준히 향상되는 한편, 다른 몇몇 과업의 경우에는 나빠지기도 한다. 이것이 우리가 그리는 정상성이다. 이야깃거리로

37　좌우 대뇌 반구 사이를 연결하는 신경다발.

는 그 차이가 과장되는 경향이 있지만──중요한 사
회적 이유 때문에 사람들은 다른 사람들이 자신들과
완전히 다르다고 생각하고 싶어한다──대부분의 기
능에서 이런 차이는 실제로는 상당히 작다.

그러나 또다른 개인들의 집합, 좀 동떨어져 있는
부족의 예를 들면, 이들의 두뇌들은 첫번째 집합의
두뇌들과 뭔가 화학적, 생물학적으로 유의미하게 다
르다. 이런 두뇌들이 정신질환이 있는 것들이다. 미
친, 정신이상인 사람들, 조현병적이거나, 강박적이거
나, 편집증적이거나, 충동적이거나, 반사회적이거나,
조울증적이거나, 우울증적이거나, 혹은 이 가운데 둘
이상의 어떤 암울한 복합 증상을 가진 사람들. 이런
사람들은 모두 함께 속해 있고 마땅히 서로 함께 분
류되어야 한다. 또는 우리가 그렇다고 생각하는 것인
데, 바로 이것이 정신의학 의료 행위의 근거다. 상당
히 아프면 그들은 자발적이든 아니든 병원에 나타날
것이며, 자발적이든 그렇지 않든 약을 받고 입원 조
치된다. 그러나 이 부족 내에서의 차이는 너무나 깊
어서 사실 우리가 목격하고 있는 것은 여러 부족들
이라는 생각이 종종 든다. 이들 각각의 부족은 정상
적인 부족과 다른 것만큼이나 이 부족 내의 다른 부

족들과도 뚜렷이 다른 것이다.

　의과대학 졸업생이자 정신의학과 레지던트로서 나는 치료사 면허를 갖고 있기에 덜 정상적인 사람들을 살살 밀어서 정상 상태라는 어떤 상상의 통계적 평균치를 향해 몰고 갔다. 나는 그런 권한을 입증할 의사복과 학위가 있었고 내 곁에는 『정신질환의 진단 및 통계 편람[38] 제4판』이 있었다. 내 과업이란, 최대한 근사하게 서술하자면, 미친 사람들을 치유하는 것이었다. 그들을 치유할 수 없다면, 사실 그런 경우가 더 많았는데, 나는 그들이 살아갈 수 있도록 돕는 일에 최선을 다했다. 나는 이 근사한 성명서를, 우리의 학문과 실천의 바탕에 깔려 있는 그 꿈을 잃지 않으려고 의과대학을 다니는 내내 분투했다. 물론 이런 되새김은 전적으로 개인적인 것이었고, 의대생으로서 내가 가장 빨리 배운 교훈 중 하나는 필요에 의해서가 아니라 관습적인 이유로 큰 그림이 작은 세부 사항에 희생된다는 것이었다. 우리는 철학을 불신하도록 배웠다. 우리의 선생님들은 효능 강한 신경전달물질, 분석학적 트릭, 외과수술을 선호했다. 전체

38　미국정신의학협회가 출간한 정신질환 진단 참고서.

론 의학은 많은 교수들로부터 멸시받았고, 이 점에서 최고의 학생들은 교수들의 선례를 따랐다.

우리는 모두 환자들의 고통에 대단히 민감했지만, 내가 아는 한에서 나는 환자의 영혼을 끊임없이 생각하고 모든 것이 세심하게 조율된 이 지식체계 속에서 그 영혼의 자리를 걱정하는 매우 적은 소수자들 중 하나였다. 나의 본능은 의심과 질문을 향했다. 레지던트 삼년이 지나자 내게 대다수 환자들의 관리는 간단해졌다. 처음에는 모든 것에 얼마나 어리둥절했던지, 방심할 수 없는 상태와 실패하기 좋은 계기로 가득한, 정복할 수 없는 지식의 거대한 바다였다. 그러나 마치 갑작스러운 듯이, 내가 유능한 정신과 의사라는 것을 발견했다. 이때쯤에는 또한 내가 나중에 무얼 할 것인지, 어느 쪽 전임의에 지원할지, 누구한테서 추천서를 받을지에 대해 더 잘 알게 되었다. 나는 대학의 학문적 실천과 연구를 차츰 포기했고, 내 장래는 대학 쪽이 아닌 대형 시립병원이나 교외의 작은 병원에 있는 듯했다. 학계에 남을 때 따르는 그런 종류의 경쟁에 진지하게 의욕을 가진 적이 없었기 때문에 나로서는 이 길이 괜찮았다.

4월 중순, 우리 과 학과장이 그만두고 개인병원

으로 갔다. 그의 후임은 홉킨스대에서 옮겨온 헬레나 볼트라는 사람이었는데, 주의력결핍과잉행동장애ADHD 분야의 선도적인 전문가로서 관대한 성품에 함께 일하기가 훨씬 쉬웠다. 그녀가 들어오니 학과 전체가 달라졌다. 한해 전에 학과에 스캔들이 있었는데, 학과장이던 그레고리아데스 교수가 몇몇 아시아 환자들을 언급하면서 경멸적인 용어를 사용했다는 혐의를 받았다. 그 혐의가 공개적이거나 공식적으로 제기되진 않았으나 그 일을 논한 사람들이 주장한 바로 출처는 믿을 만했다. 그런 일이 있었다 해도 우리 대다수는 실제로 무슨 단어가 사용되었는지 결코 알아내지 못했지만 그건 불쾌한 경험이었고, 특히 그 프로그램에 있던 몇몇 한국계 미국인 인턴과 중국계 미국인 인턴에게 그랬다. 그 혐의는 심각한 것이어서 그가 다른 프로그램으로 옮겨가는 데 영향을 주었음이 분명하다. 그가 떠나자 학과에 있던 부정적인 에너지와 불만의 상당 부분이 사라졌다.

그레고리아데스는 사실 내게는 언제나 예의를 지켰다. 그는 전국적인 명성을 지닌 뛰어난 학자였고 래스커상[39] 최종 후보였으며, 미국예술과학원 회원이자 미국정신의학협회상 수상자였다. 이런 전문적 성취는 그의 개성과는 구별되는 어떤 면모, 존경할 만한 어떤 면을 말해주었다. 어쨌든 나는 그의 다소 냉정한 태도를 개의치 않았으며 심지어 초기에는 그를 더 잘 알고자 하는 생각, 그의 환심을 살 전략을 짜려는 생각을 품기까지 했었다. 그러면 내 경력에 보탬이 될 수도 있었기 때문이다. 그걸 밀고 나가진 않기로 결심했지만 그런 생각이 있었던 것은 사실이다. 명성, 학파, 학연, 그런 것들에 관심이 하나도 없었더라면 나는 십중팔구 컬럼비아 대학병원에 오지 못했을 것이다. 그래도 그는 세대가 달랐다. 혹은 그렇다고 했다. 그는 정치적 올바름의 새로운 뉘앙스에 그리 민감하지 못했다. 만약 그가 흑인 학생이나 유대인 학생을 인종적으로 학대한 혐의를 받았다면 사태는 덜 호락호락하게 보였을 것이다.

그의 후임 볼트 교수는 예의 바른 사람 이상이었다. 그녀를 통해서 우리 젊은 의사들은 대학과 병원을 기반으로 한 이십오년에 걸친 자비로운 의료 행위가 어떤 것인지를 얼마간 진정으로 이해할 수 있었다. 그녀는 몇 페이지에 달하는 출간 목록을 갖

---

39 래스커 재단이 1945년부터 의학 부문 공로자에게 수여하는 최고
    권위의 상.

고 있었고 전공 분야에서 그레고리아데스에게 버금가는 성공을 거뒀으며 똑똑한 관리자로 정평이 났다. 그러나 더없이 분명한 것은, 그녀가 또한 환자를 직접 돌보는 일에도 진심으로 신경을 썼다는 것이다. 그녀는 환자의 예후를 개선하기 위해 우리가 무엇을 할 수 있을지를 중심에 놓고 정책을 설계하고자 했다. 이런 변화는 처음에는 감지할 수 없었지만 볼트가 온 지 한달쯤 되자 교대근무 방의 잡담에서 우리 과의 직장 문화가 어떻게 바뀌었나가 단골 화제로 올랐다. 변화의 방향은 좋은 쪽이었다. 그리고 그런 변화는 레지던트 과정이 끝나감에 따라 정신의학이 진짜 무엇을 해야 하는가에 대해 다소 순진한 비전을, 단정적이지 말고 삼가며 되도록 친절하자는 비전을 완고하게 붙들고 있던 나한테 특히 만족스러웠다.

공원에서 친구를 포함한 다른 사람들에게 레지던트 과정 이야기를 할 때 나는, 그 상황에서는 그럴 수밖에 없었지만, 우스운 일화에 초점을 맞췄다. 코미디와 인간의 고통 사이는 오랜 결혼처럼 연이 깊었고 특히 정신질환은 웃음을 위해 쉽게 무대로 소환되었다. 그러나 나는 그런 목적에는 들어맞지 않았을 수십명의 환자를 맡았고, 가끔은 농담을 모조리 걷어내면 슬픔의 전염병이 우리의 세상을 휩쓸고 있으며, 그 전염병의 가장 큰 타격을 받는 것은 당분간은 단지 운 없는 소수만이라는 느낌을 떨치기 어렵다.

나는 오로지 문학적 진실을 얻고자 프로이트를 읽었다. 결국에는 그의 결함들이 너무 적나라하게 노출되었기에, 정신의학 분야와 거의 마찬가지로 대중문화에서도 프로이트는 일차적으로는 거의 비판자들을 통해 이해되었다. 아이젱크[40]는 프로이트의 정신요법을, 포퍼[41]는 그의 학문을, 프리던[42]은 그의 여성에 대한 태도를 질책했다. 대체로 그런 비판은 부당하지 않았다. 그래서 나는 프로이트를 전공 분야의 통찰을 구하는 전문가로서가 아니라 시나 소설을 읽듯이 읽었다. 그의 저작은 근대 의료의 약물학적 편향을 견제하는 훌륭한 균형추였다. 역사적인 후광 역

---

40 H. J. Eysenck(1916~97). 독일 태생의 영국 심리학자. 성격유형에 관한 연구로 유명하다.
41 Karl Popper(1902~94). 오스트리아 태생의 영국 철학자.
42 Betty Friedan(1921~2006). 미국의 페미니스트 작가, 활동가.

시 매력적이었다. 프로이트는 어쨌든 말러도 찾아다닌 사람이었다. 그의 과잉과 그릇된 해석을 감안하더라도 그가 정신분석학 ― 이것이 그의 독창적인 발견이었음을 누구도 잊어서는 안 되는데 ― 을 가장 꼼꼼한 현대 의사들보다 더 생생하게 조명했다고 주장할 수 있었다.

　　나는 큰 슬픔과 상실에 관한 프로이트의 저술들이 여전히 유용하다는 것을 발견했다. 『애도와 우울증』에서, 그리고 나중에 『에고와 이드』에서 프로이트는 정상적인 애도에서 사람은 죽은 사람을 내면화한다는 점을 시사했다. 죽은 사람이 산 사람 속에 완전히 동화되는데, 이 과정을 그는 내적 투사라고 불렀다. 정상적으로 진행되지 않은 애도, 뭔가 잘못된 애도에서는 이런 양성적 내면화가 일어나지 않는다. 그 대신 체내화가 일어난다. 죽은 사람이 살아남은 사람의 한 부분만 점거하는 것이다. 죽은 사람은 분할된 채 암호로 숨겨지며, 이 암호화된 자리에서 죽은 사람은 산 사람에게 출몰한다. 우리가 2001년의 재앙적 사건들 주위로 둘러친 깔끔한 선들이 내게는 이런 종류의 분할에 해당하는 것 같았다. 물론 대단한 영웅주의가 있었지만, 세월이 감에 따라 그런 영웅주의의 면모들이 과장되었음이 분명해졌다. 대통령의 언어에 역시 확고한 의도가 있었고, 정치적 언쟁이 분명히 있었으며, 즉각 재건하고자 하는 결연함이 있었다. 그러나 애도는 완수되지 않았고 그 결과는 이 도시를 뒤덮은 불안이었다.

이 큰 그림을 배경으로 여러 작은 그림들이 놓여 있다. 봄에 나는 한 노신사를 보았다. 웨스트체스터 카운티의 F씨는 여든다섯살이었고, 약간의 백내장을 제외하면 신체 건강이 놀랄 만큼 좋은 상태였다. 몇달 동안 그의 가족은 그가 알츠하이머 증세를 보이기 시작한 것이라 추측했다. 그는 주의가 산만해졌고 기억이 나지 않았으며 종종 어느 순간에 길을 잃은 듯했다. 점점 말수가 줄었고 말을 할 때도 오로지 옛 기억에만 관심이 있는 듯했으며, 그 기억 중 일부는 혼란스러웠다. 하지만 신경과 의사가 마침내 알아낸 것은 그가 알츠하이머병을 앓는다고 믿을 만한 의학적 근거가 없다는 것이었다. 그녀는 F씨를 밀스타인 병동의 우리에게 보냈고 그녀의 의심이 옳았다는 것이 입증되었다. F씨는 우울증이었다.

그는 2차대전의 해군 참전 용사였고 태평양 작전에 참여했었다. 그러나 그는 귀국해 애인과 결혼했고 그들은 다섯 자녀를 둔 대가족을 꾸렸으며, 자녀들 모두 올버니에서 공장노동자로 일한 그의 소득과 간병인 및 기간제교사로 일한 아내의 소득으로 키웠다. 1999년에 아내가 죽자 그는 일년 후에 세 딸 중 둘째 딸네로 가서 함께 살았다. 그곳, 화이트 플레인스에서 사는 동안 그는 식사와 수면이 나빠지고 몸무게가 줄고 울적한 기분에 젖어들었고, 그런 기분에 완전히 빠지지 않으려고 안간힘을 쓰다가 생각들의 폭주를 경험하기 시작했는데, 그는 과묵한 사람이어서 그런 경험을 아주 어렵사리 묘사했다. 참전 용사 모자와 청색 바람막이 점퍼를 입고 들어왔을 때, 그는 어쩐지 슬픔 속에 단단히 갇혀버린 사람들 특유의 아련한 표정을 하고 있었다.

　나는 그를 두번밖에 보지 못했지만(그는 정신요법 분과로 옮겨갔다), 두번째 세션을 함께한 후 그로부터 병력을 꽤 종합적으로 알게 되었을 무렵에 그에게 여러가지 약들이 어떤 작용을 할 것인지 설명한 기억이 난다. 내가 그에게 한달가량은 기분이 크게 개선되지 않을 것이라 말하고 있는데, 그가 다정하게 손을 들어 내 말을 중단시켰다. 내가 말하던 도중에 멈추자 F씨는 목소리에 울컥한 감정을 실어서 말했다. 의사 선생, 내가 여기 와서 당신 같은 젊은 흑인 남자가 흰 가운을 입고 있는 걸 보는 게 얼마나 자랑스러운지 말하고 싶을 따름이오. 왜냐면 우리에게 쉬운 상황은 한번도 없었고, 싸우지 않으면 아무도 우리에게 뭔가를 준 적이 없었거든.

18

124번가 신호등 앞에 이십대 남자 둘이 있었다. 우리가 거리를 건널 때 둘의 대화가 단편적으로 내 주위를 맴돌았다. 개가 떴다며, 진짜야? 한쪽이 말했다. 그래, 개가 떴어. 넌 그 새끼 아는 줄 알았는데, 다른 쪽이 말했다. 빌어먹을, 난 그 씹새끼 몰라. 먼저 말한 쪽이 말했다. 그들이 내게 가벼운 눈인사를 했고 나도 똑같이 했다. 그러고서 그들은 우회전하더니 남쪽으로 길을 따라 내려갔다. 그들은 운동선수들처럼 힘들이지 않고 느긋하게 걸었고, 나는 그들의 엄청난 욕설에 잠시 놀랐지만 그러다 잊었다.

약 십분 후에 (모닝사이드 드라이브의 본 도로가 나오기 전) 모닝사이드 파크 위쪽으로 난 작은 길에 다다랐을 때, 나는 바로 앞의 그림자들이 갑자기 움직이는 것을 알아챘다. 흠칫 놀랄 필요도 없이 그들이 누군지 알아본 나는 미소 지으며 긴장을 풀었다. 조금 전에 눈인사했던 그 청년들이었다. 그들은 내 미소에 미소로 답하지 않았지만 나를 향해 성큼 성큼 다가왔는데, 겉보기에 발걸음 하나하나가 힘을 아끼려 계산된 듯했다. 그들은 서로 말없이 양쪽에서 나를 지나쳐 마치 나를 본 적이 없는 것처럼 걸어 갔다. 각자가 자기만의 생각에 열중한 것처럼 보였다. 나는 갑자기 조금 전 우리 사이에는 단지 아주 미약한 연결만, 낯선 사람들끼리 길모퉁이에서 나누는 눈인사만 있었다는 생각이 들었다. 그건 우리가 젊고 흑인이고 남성이라는 것을 기반으로 하는, 달리 말하면 우리가 '형제들'이라는 데 근거한 상호 존중의 제 스처였다. 이런 눈짓은 매일 매 순간 이 도시 전역의 흑인들 사이에서 교환되고 있었고, 즉석의 연대감이 되어 각자의 일상적 활동의 짜임새 속으로 섞여 들어가 고갯짓이나 미소 혹은 즉석 안부로 나타났다. 그건 소박한 방식으로 난 여기 와 있는 당신에게 삶이 어떨지 조금은 알아요, 하고 말하는 것이었다. 그들은 방금 나를 지나쳤지만 무슨 이유에선지 그런 잠깐의 제스처를 다시 하지는 않으려 했다.

우리는 그날의 마지막 햇빛 속에 있었고 거리는 대체로 그늘져 있었다. 햇빛이 강했다 해도 그들이 나를 알아봤을 확률은 높지 않았다. 그럼에도 나는 불안했다. 그리고 내가 어깨에 첫번째 타격을 느 끼 것은 바로 그런 생각을 하는 와중이었다. 두번째, 좀더 강한 타격은 등허리의 잘록한 부분에 가해졌고 다리가 막대기처럼 꺾였다. 나는 땅바닥에 거꾸러졌 다. 내가 비명을 질렀는지 아니면 입을 벌리고도 소 리를 낼 수 없었는지 기억나지 않는다. 그들은 나의 온몸 — 정강이, 등, 팔 — 을 걷어차기 시작했는데, 미리 계획된 빠른 동작의 안무 같았다. 나는 땅바닥 에 쓰러진 채 구타당하고 있음을 의식하면서 그들에 게 멈추라고 애걸하며 소리쳤다. 그러다가 말할 의지 를 상실했고, 말없이 구타를 받아들였다. 처음에 의 식한 통증은 사라졌지만 이제는 그게 나중에 얼마나 아플 것인가, 내일이면 몸과 마음 양쪽이 얼마나 엉 망이 될까 하는 예감이 찾아왔다. 내 마음은 텅 비어 이 하나의 생각만 남았다. 그건 내 눈을 따끔거리게 하는 생각이었고 구타보다 더 고통스러운 듯한 예상 이었다. 우리는 시간을 물질로 서술하는 게 편하다 는 것을 알고 있다. 우리는 시간을 '낭비하고', 시간 을 '들인다'. 내가 거기 누워 있을 때, 시간은 기이하 고 새로운 방식으로 물질이 되었다. 파편화되고 찢겨 서 앞뒤 안 맞는 다발이 되었고 그와 동시에 뭔가 옆질러진 것처럼, 얼룩처럼 펼쳐졌다.

　죽음의 공포는 없었다. 어째선지 그들이 나를 죽일 의도가 없다는 건 분명했다. 그들의 폭력에는 여유가 있었고 총을 휘두르지도, 설명을 하지도 않았지만 나는 그들이 자제하고 있음을 알았다. 나는 구타당하고 있었지만 심한 구타는 아니었고, 그들이 정말로 화났을 때처럼 심한 것은 분명 아니었다. '그들'은 내가 생각했던 것처럼 둘이 아니었다. 세번째가 그들과 합류했고 욕설 중간중간에 웃음이, 편한 웃음이 섞여 있었다. 눈의 초점이 맞춰졌을 때 나는 그들이 내가 아까 추측한 것보다 훨씬 더 어리다는 것을, 기껏해야 열다섯살밖에 되지 않았다는 것을 알아보았다. 혹은 그런 인상을 받았다. 그들의 웃음 안팎으로 쏘아붙이듯 드나드는 거침없는 말들은 왠지 그 상황에서 동떨어져 있는 것처럼 보였다. 마치 그들이 다른 누군가에게 말하고 있는 것 같았고, 마치 이번도 내가 그런 말들을 맞닥뜨렸던 다른 모든 경우와 비슷한 것 같았다. 전에 그 말들은 결코 적대적이지 않았고 결코 나를 겨냥하지 않았으며, 앞서 건널목에서 똑같은 말들이 등장했을 때처럼 순진했었다. 이제 그 말들은 창피를 줄 의도를 갖고 있었으며 나는 그로 인해 위축되었다. 전보다 빠르진 않지만 구타가 계속되자 나는 손을 들어 방어했고, 그건 욕에 대한 방어이기도 했다. 소년들은 계속 웃었고 그중 하나가 마무리인 듯 내 손을 유독 세게 밟았다. 세상이 캄캄해졌다. 그들은 전력 질주로 자리를 떴는데, 그들의 농구화가 땅을 차고 나갈 때 끽끽거리는 소리가 났다.

그들이 떠나자 시간의 형태가 복원되었다. 그들은 내 지갑과 휴대폰을 가져갔다. 나는 말없이 길에 앉아서 어리둥절한 상태로 더 안 좋은 상황일 수도 있었다고 생각하고, 또한 불가피한 일이었다고 생각했다. 내 위쪽으로 아파트의 저녁 불빛이 들어왔고 하늘에는 아직 약간의 빛이 남아 있었다. 도래하는 밤은 햇빛과 전등 빛 사이에서 평형을 유지했고, 내가 볼 수는 있지만 닿을 수 없는 실내로부터 발산되는 빛이 삶은 계속될 것이라고 기약하는 듯했다. 사람들은 퇴근해 집으로 돌아오고 있거나 저녁을 준비하거나 오후 업무의 마지막 조각을 마무리하고 있었다. 사람들, 그러나 거리에는 사람이 하나도 없었고 단지 나무 사이를 헤집고 떨어지는 메마른 바람이 있을 따름이었다. 나는 거리에 앉아 쐐기풀로 막힌 배수로를 들여다보았다. 얽힌 풀의 복잡성이 놀라웠다.

더 안 좋은 상황일 수도 있었다. 하지만 그건 화가 치미는 생각, 잘못된 생각이었다. 왜냐하면 실제 일어난 일이 더 안 좋은 상황, 안전함과 짓밟히지 않은 몸에 비해 더 안 좋은 상황이었기 때문이다. 그러자 고통이, 신체적인 고통이 마치 주위 온도가 갑자기 올라 메마른 열기가 몸의 온 부위에 퍼지듯 흘러들었다. 눈에서 눈물이 떨어졌다. 숨 쉬는 것이 아팠다. 나는 갈비뼈 한두개가 부러졌으리라 짐작했는데, 나중에 보니 그렇지는 않았다. 왼손 손가락 관절이 모래와 피로 덮였고 왼손 손등에서 손목 너머까지 깊은 상처가 나 있었다. 내가 아스팔트에 누워 무릎을 들고 머리를 숙여 웅크렸을 때 머리를 방어하기 위해 들어올린 쪽 손이었다. 입은 치과에 갔다 온 후처럼 얼얼했다. 혀로 입안을 한바퀴 훑자니 이 비협조적이고 생경하고 흉한 입은 내 입이 아닌 것 같았다.

마침내 나는 거리의 맨 끝에서 누군가를 보았다. 사실은 맨 끝이 아니라 단지 두 블록 아래였다. 그 사람은 작고 느려서 마치 하나의 기억이 다가오는 듯했다. 나는 몸을 일으키고 옷을 깨끗이 털고 걷기 시작했는데, 약간 절뚝거리고 이를 갈면서 흉한 표정이 얼굴 전체로 퍼지는 것을 느꼈다. 그러나 그 사람은 나의 위장을 믿어주었다. 작업복을 입은 노년의 남자였다. 그는 걸어서 지나쳤고, 내가 금방 구타당했다는 것을 알아보지 못했거나 아니면 굳이 눈여겨보지 않았다.

걸어서 돌아가면서 나는 되도록이면 그늘에 있으려고 했다. 먼 거리는 아니었다. 그 소년들은 공원 안으로 사라졌고 지금쯤은 십중팔구 아주 멀리, 할렘 깊숙한 곳 어딘가에 있을 것이었다. 아파트 로비는 텅 비었고 엘리베이터도 비어 있었다. 나는 내 아파트에 들어와 욕실 거울 앞에 오랫동안 서 있었다. 턱을 만져보고 손가락으로 뺨까지 부드럽게 더듬어 올라갔다. 뺨은 푸르뎅뎅한 자줏빛으로 부어올라 아팠다. 나는 옷을 벗었다. 먼저 더러워진 검은색 코트를, 그다음엔 코트 속의 구겨진, 새것이나 다름없던 연청색 셔츠를 벗었다. 거의 입지 않은 그 셔츠는 나데즈한테서 받은 선물이었다. 제정신이 돌아왔다. 나는 상처를 씻어야 하고(병원에 갈 필요는 없는 것 같았다) 보고서를 작성해야 한다. 신용카드 회사에도 알려야 한다. 그곳이 내 금전적 피해를 줄이기 위해서는 제일 먼저 전화해야 할 곳이다. 그다음 차례는 교내 경찰이다. 그들은 엘리베이터 옆에 (내가 피해자가 아니었던 이전의 모든 경우에 그토록 자주 그랬던 것처럼) 표지판을 내걸어 최근에 이 동네에서 누군가가 공격을 받았고, 용의자들은 젊은 흑인 남성이며 평균치의 신장과 몸무게를 지녔다고 공지할 것이다.

나는 창문을 열고 내다봤다. 이제는 온통 어둠이고 하늘은 회흑색이었는데, 어둠은 먼 곳의 할로겐빛 때문에 지표면에 가까워질수록 옅어졌다. 길 맞은편 건물들은 아파트였고 대부분이 인근의 여러 기관——사범대학, 유니언 신학교, 유대인 신학교, 컬럼비아 법대——의 학생들과 교수진이 거주하고 있었다. 그 아파트들 중의 하나, 내 아파트와 높이가 거의 같은 아파트에서 한 젊은 여자가 벽을 마주 보고 있었다. 그녀는 숄을 걸치고 스탠딩 램프의 노란 불빛 속에서 기도문을 외면서 거듭 고개 숙여 절했다. 그녀의 몇층 위로 아파트 동의 평편한 지붕 위에서 큰 굴뚝이 널따란 회색 연기 기둥을 내뿜고 있었다. 연기는 느리게 진행되는 폭발처럼 조용히 피어올라 가장자리에서부터 하늘의 더 깊은 어둠 속으로 빨려들었다. 내 아파트는 어두웠다. 나는 차를 끓여 그 여자가 기도하는 모습을 지켜보면서 마셨다. 다른 사람들은 우리와 같지 않아, 그들의 형상은 우리의 형상과 달라, 하고 속으로 생각했다. 그렇지만 나 역시 기도했고, 내게 주어진 것이 그런 것이라면 기꺼이 벽을 마주하고 기도문을 외울 것이다. 기도란 어떠한 종류의 약속도 아니고 삶에서 원하는 바를 얻는 장치도 아니라고 나는 일찌감치 마음속으로 정리했었다. 기도는 단지 현존의 실천, 그뿐이었다. 그것은 여기 있음의 요법, 이를테면 마음의 욕망들, 완전하게 형상화된 욕망들, 아직 형체가 없는 욕망들에 이름을 주는 요법일 뿐이었다.

불과 두시간 전의 일이었다. 나는 충격으로 떨렸고 아직도 그 느닷없는 일에 내심 숨이 막혔다. 그러나 어떤 의미에서 이미 그 일은 학교 운동장에서의 실랑이와 비슷했다. 나는 마치 죽음을 반기는 노인처럼 다음 주먹과 그다음 주먹을 받아들이던 짧은 순간을 물 흐르듯 통과하지 않았던가? 아니다, 나는 그러지 못했다. 나는 단지 고통의 공포와 고통에서 벗어날 때의 기쁨을 느꼈을 뿐이었다. 그런데 어떻게 내가 이걸 놓칠 수 있었을까! 나는 흙바닥에 누워 생각했었다. 상처 입지 않는다는 게 얼마나 좋은 건지를 내가 어떻게 이렇게 불완전하게 인식할 수 있었을까?

그러자 그 공격을 최소화할 수 있는 온갖 상투어구가 내 머릿속 공간을 차지하려 몰려들었다. 그런 일들이 일어나죠, 그건 시간문제였을 뿐이야, 좋은 일들을 떠올리세요, 맞아요, 더 안 좋은 상황이었을 수도 있어요 ─ 이런 말들이 생각나자 목에서 신물이 올라왔다. 사흘만 휴가를 내면 충분히 평정을 되찾으리라 생각했고, 내가 휴가를 내는 이유에 대해, 얼굴을 보이지 않는 이유에 대해 솔직히 말할 생각이었다. 그러는 한편 친구에게 연락해 실무적인 사항에 도움을 청해야 할 것이다. 적어도 그라면 이 사건을 필요 이상으로 부풀리지 않겠지.

나는 노상강도를 당한 다른 사람들의 이야기를 들어왔다. 우리 부서의 동료 하나는 지갑을 탈취당했다. 한 남자 간호사 ─ 건장하고 목소리가 부드러운 포르투갈계 미국인 ─ 는 패거리에게 턱이 부러졌는데, 그들은 그의 지갑, 시계, 금줄은 남겨두고 오로지 아이팟만 가져갔다. 그는 얼굴에 열일곱 바늘을 꿰매야 했다. 재미로 가하는 폭력이 이 도시에선 낯선 일이 아니다. 하지만 이제 내가 당했다. 나는 어깨, 팔, 다리의 상처 부위를 깨끗이 씻었다. 대부분 금세 나을 작은 상처들이 여럿이었다. 제일 괴로운 것은 볼

꼴 사나운 입과 손이었다. 멍든 상처를 살피는 동안 한떼의 생각이 내 속을 덜거덕거리며 지나갔다. 멀쩡한 이 몸은 왜 바로 자기를 사랑하는 사람들을 두고 그렇게 자주, 서둘러 가버렸을까?

여자는 그사이 기도를 멈췄다. 그녀는 손가락으로 자신의 연갈색 머리카락을 빗질하고 어깨에서 기도용 숄을 벗고서 뭔가를 잊은 듯 한동안 동작을 멈췄다. 그러고는 숄을 개키고 램프를 껐다.

그 젊은 여자는 확신이 없어서 단어 하나하나를 말하기 전에 골똘히 생각했다. 그녀의 옆에 앉은 남자는 그녀가 맞았는지 확인을 요청하자 고개를 저으며 그녀의 말을 바로잡았다. 아뇨, 그건 세계보건기구입니다. 다시 해봐요, 아시겠어요? 그게 세계. 무역. 기구. 맞아요, 그게 무역이에요. 무역이라는 단어 기억하세요?

그가 손으로 가리키고는 그 페이지를 두 손가락으로 빠르게 두들겨댔다. 그녀는 한동안 곰곰이 생각하더니 또 하나의 중국어 답을 했는데 첫번째 답과 비슷하게 들렸다. 이번 답은 전보다는 남자의 마음에 들었고, 그는 그녀에게 단어 목록을 처음부터 복습하고 싶은지 물었다. 나는 혼자 테이블에 앉아서 커피를 마시며 식당의 떠도는 목소리들 가운데서 그 둘의 대화를 골라 듣고 있었다. 그들은 내 맞은편 카운터 자리에 앉아서 코카콜라를 마시고 있었다. 학생은 아시아인이었다. 그녀의 검디검은 앞머리는 이마를 일자로 가로지른 뱅헤어였고, 그녀는 가만히 있지 못하고 한무더기의 단어 학습용 플래시 카드를 이 손 저 손으로 옮겼다. 그녀보다 나이가 그리 많지 않은 그녀의 선생은 운동복 차림의 금발 남자였다.

나는 거리를 내다보는 척했다. 그림자가 길어지고 햇빛이 노랗고, 인도에서는 하이힐을 신고 커다란 쇼핑백을 든 여자 둘이 서로 껴안았다. 금발의 선생과 그의 학생 사이의 교섭은 새로운 관계로 돌입했는데, 둘의 역할은 이미 정해져 있었으나 여전히 약간은 격식을 차렸다. 그녀는 때때로 웃었고 그는 그녀의 발음을 고쳐주었다. 그녀는 중국어에 대해서 자신이 알고 있는 얼마 안 되는 것을 표면으로 끄집어내려고 안간힘을 쓰는 듯했다. 남들의 시선을 잊은 채 그녀의 눈동자가 뭔가를 찾는 듯 움직였다. 선생의 태도는 그녀보다는 남들의 시선을 의식하는 듯했다. 그는 자신의 외모와 일 사이의 부조화를, 그 일을 공공장소에서 하고 있다는 사실을 의식하고 있었다. 그는 자신의 자격증명서를 제출하듯 그녀 혼자만 아니라 자기 소리를 들을 수 있는 사람들 모두를, 백인 남자가 아시아인 여자에게 중국어를 가르치는 광경에 한순간 멈칫하는 사람들 모두를 상대로 말하고 있었다. 그는 스스로에게 약간 만족스러운 듯했다. 그가 같은 구절을 다시 반복했고, 눈길을 잽싸게 들다가 식당 정면 유리창 속의 내 눈과 마주쳤다.

그 식당은 브로드웨이의 두에인 스트리트와 리드 스트리트 사이, 브루클린 브리지-시티홀 지하철역 근처에 있었고, 로어 맨해튼의 기준에서 보면 조용한 한 공원으로 들어가는 통로가 있었다. 그날 아침 공원은 사무직 노동자들, 공원 노동자들과 몇몇 관광객으로 붐볐으나 소음은 웅성거리는 수준을 넘지 않았다. 사람들은 역에서 나오는 계단을 올라와 직장으로 갔다. 근무 시간이 이른 사람들은 벌써 공원에 나와 그날의 첫번째 휴식 시간을 갖고 있었다. '코미다 라티나'[43]라고 적힌 불 꺼진 네온 간판이 카

---

43 스페인어로 '라틴아메리카 음식'이라는 뜻.

페 바깥에 걸려 있었고, 안에서는 레스토랑 노동자들이 증기소독한 큰 접시를 닦고 있었다. 그 접시들에는 곧 노란 쌀밥, 바나나튀김, 차오몐,[44] 돼지갈비 바비큐가, 그리고 이런 음식점들이 붐비는 점심시간을 대비해 차려놓는 다양한 도미니카 음식, 푸에르토리코 음식, 중국 음식이 가득 담길 것이다. 음식점은 크지 않았으나 장사가 잘되는 것은 말할 필요도 없었는데, 그 이유는 분명히 지척에 온통 대형 빌딩들과 거기를 들락거리는 수많은 공무원들이 있었기 때문이다.

이주가 지났고 다른 것은 다 나았다. 나중에 보니 입 때문에 병원에 갈 필요는 없었다. 하지만 왼손은 아직 통증이 있었다. 처음에는 경미한 타박상이라 느꼈지만 이제 보니 뼈 타박상인 것 같았고, 문고리를 돌리거나 가득 찬 커피 잔을 들어올릴 때는 아팠다. 대부분의 경우 나는 손을 외투 호주머니에 집어넣고 있었다. 길 건너 초대형 연방정부 건물들 앞에 뱀처럼 길고 꼬불꼬불한 줄이 만들어져 있었다. 불가피한 일이 아니면 주중의 이른 아침에 연방정부 건

---

44   중국식 볶음국수.

물 앞에 줄을 설 사람은 아무도 없었다. 식당에서 나왔을 때 나는 줄 선 무리가 이민자들인 듯하다는 것을 알았다. 그런 건물 앞에 줄 서 있을 또다른 확률, 배심원 의무로 나온 군중이 아니었다. 긴장된 기대감이 감도는 분위기에, 코앞의 심사를 속으로 그려보면서 대비하려고 안간힘을 다하고 있음이 역력했다.

나는 그 줄 바로 곁을 지나가려고 길을 건넜다. 한 무리의 방글라데시인들 — 살와르 카미즈⁴⁵ 차림의 몸집이 아주 작은 은발 노부인, 모직 코트와 헐렁한 갈색 바지 차림의 젊은 남자, 종아리까지 내려오는 치마를 입은 젊은 여자, 옷을 두껍게 껴입은 어린 아이들 — 이 모두 서류를 만지작거리고 있는 듯했다. 줄에는 다른 인종간 커플이 유별나게 많아 보였다. 추측건대 한쌍은 아프리카계 미국인과 베트남인이었다. 보안요원들은 유니폼이 드러내듯 역시 와켄헛 사람들로, 퀸스 구치소의 이민자 통제를 맡은 민간 계약업체와 같은 회사 사람들이었다. 기대에 찬 가족들은 줄의 맨 앞에 도달할 때마다 장신구, 신발, 벨트, 동전, 열쇠 등을 몸에서 떼어내라는 지시를 받

---

45 남아시아·중앙아시아의 전통 복장.

429

았다. 관공서의 테러에 대한 공포가 지원자들이 막상 위층으로 올라갔을 때 이민국 관리에게 자격 미달로 판정받을지 모른다는 사적인 공포에 마치 베이스 음처럼 함께 작동하고 있었다.

내가 서 있는 곳에서 식당 뒤쪽으로 처치 스트리트의 거대한 AT&T 롱라인스 빌딩이 보였다. 그 빌딩은 창문 없는 타워로서 거대한 콘크리트 평판이 하늘 높이 치솟아 있었고, 잠망경을 닮은 통풍구 몇 개만이 이게 초대형 기계가 조립한 밀집된 벽돌이 아니라 하나의 건물임을 일러주었다. 각 층의 층고가 보통 사무실 건물 한층의 최소 두배여서 전체 타워는, 위협적이긴 하지만, 29층밖에 되지 않았다. 롱라인스 빌딩의 군사시설 같은 면모는 두툼하게 불거진 모서리들, 망루로 둘러싸인 성채의 형상을 모방한 ─ 엘리베이터, 배관과 배수 설비를 숨긴 ─ 가늘고 긴 기둥 축들에 의해 더욱 두드러졌다. 이 건물을 사용하는 저들 몇몇 노동자들은 몇해 후에는 하루주기 리듬이 완전히 왜곡되고 피부가 투명할 정도로 탈색되어 두더지가 될 게 틀림없다고 나는 상상했다. 마치 나를 최면 상태로 끌어들인 듯 눈을 뗄 수가 없던 롱라인스는 정말로 기념비나 돌기둥처럼 보였다.

보안요원의 목소리──저기요, 여기 서 있으면 안 되니 이동해주세요──에 상념에서 벗어났다. 나는 이동해 옆길로 내려왔다. 줄은 저 멀리까지, 빌딩의 먼 가장자리까지 늘어나 있었다. 근처에서 건물 관리인인 듯한 또 한 남자가 히스패닉 가족 무리를, 길을 찾지 못하는 것 같은 한 어머니와 두 아이를 도와주고 있었다. 그들이 요청하는 것을 이해하려 애쓰면서 그는 '패스포트'를 '패시포트'로 발음하는 그 어머니의 말을 따라 했다. 그녀의 아들 중 큰아이는 이제 막 걷잡을 수 없이 수염이 나기 시작했다. 그는 지루한 듯, 아니, 어쩌면 당혹스러운 듯 보였다. 줄 맨 앞쪽 가까이에서 젊은 여자 하나가 유리문 밖으로 쏜살같이 뛰쳐나와 기다리고 있던 사람들 무리에 뛰어들어 그들을 껴안고 울었다. 아마도 그녀의 남편인 듯한 젊은 남자가 함께 나왔는데, 그들을 바깥에서 기다린 사람들은 함박웃음을 지으며 서로를 포옹하고 하이파이브를 교환했다. 그들 무리의 나이 든 여성 하나가 울기 시작하자 그 젊은 여자는 모두가 들을 수 있게 큰 소리로 "자, 내가 울보 기질을 누구한테서 받았는지 아시겠죠. 우리 엄마한테서죠"라고 말했다. 줄 서 있던 다른 사람들은 자기들에게 똑같은 행운

431

이 있기를 바라면서도 어쩌면 다른 사람이 안도감을 과시하는 광경에 더 긴장이 되었는지, 어쩌면 다른 사람의 감격하는 모습에 당황했는지, 그 광경을 지켜보다가 외면했다가 또다시 지켜보았다. 내 곁의 건물 관리인이 미소 짓고 고개를 젓고는 히스패닉 가족한테 여권 사무소까지 어떻게 가는지를 설명했다.

그 옆길 한복판에는 자그마한 보안 강화 구역이 있었고, 그 바로 맞은편에 거대한 사무실 빌딩들에 둘러싸인 조그만 잔디밭이 있었다. 내가 그 중앙에 설치된 묘하게 생긴 형상 ─ 조각인지 건축인지 즉시 분간할 수 없었는데 ─ 을 보지 않았더라면 그 잔디밭은 전혀 주목을 끌지 않았을 것이다. 알고 보니 그 기념물에 새겨진 글은 그것이 아프리카인 매장지 African Burial Ground 터의 기념비라고 밝히고 있었다. 그 현장을 알리기 위해 쪼그만 터를 따로 떼어놓은 것인데, 17세기와 18세기에는 그 터가 대략 24,000평방미터로, 북쪽으로는 지금의 두에인 스트리트에, 남쪽으로는 시티홀 파크에 이를 만큼 컸었다. 챔버스 스트리트를 따라서, 그리고 바로 이 공원 내에서도 인간의 유해가 아직도 심심찮게 발견되었다. 그러나 매장지 대부분은 이제 사무실 빌딩, 가게, 거리, 식당,

약국, 일상적인 거래와 통치의 끝없이 계속되는 소음 아래에 묻혀 있었다.

이 땅속에 약 만오천명에서 이만명에 이르는, 대다수가 노예였던 흑인들이 매장되어 있었다. 그런 다음 그 땅 위로 건물이 지어졌고 이 도시의 사람들은 그곳이 매장지라는 사실을 잊어버렸다. 그곳은 사유지와 시유지로 되었다. 내가 본 기념비는 아이티 예술가가 디자인한 것이지만 가까이에서 볼 수 없었다. 표지판이 알려준 바에 따르면 여름철 관광 시즌에 대비한 보수공사로 말미암아 일반인 접근이 막혀 있었기 때문이다. 녹색 풀과 밝은 태양 속에서, 정부와 시장의 그림자 아래서, 차단선이 둘린 기념비로부터 몇 미터 떨어진 곳에 서서 나는 1690년대에서 1795년 사이에 내 발아래서 영면에 든 이 시신들의 주인이 누구였는지 알 방도가 없었다. 흑인들이 그들의 죽은 사람들을 묻는 것이 허용된 곳은 그 당시 이 도시의 외곽인 여기, 월 스트리트 북쪽이자 당시에 규정된 바로는 한참 문명에서 벗어난 이곳이었다. 그러다가 죽은 사람들이 귀환한 것은 1991년, 브로드웨이와 두에인에서 빌딩을 짓느라고 인간 유해를 땅 위로 끄집어 올렸을 때였다. 유해들은 하얀 수의에 싸인 채 매장되어 있었다. 발견된 관은 약 사백 개였는데, 거의 모두가 동쪽을 향하고 있었다.

기념비 설립을 두고 벌어진 언쟁은 내 관심사가 아니었다. 로어 맨해튼의 노른자위 부동산 24,000평 방미터를 갈아엎어 새롭게 성스러운 묘지로 헌정할 확률은 사실상 없었다. 따뜻한 그날 아침 내가 빠져든 것은 수백년에 걸친 뉴욕 노예제의 울림이었다. 당시에 알려진 명칭인 '검둥이 매장지'Negro Burial Ground에서, 그리고 동해안의 그와 유사한 곳에서 발굴된 시신들에는 둔기 외상, 심각한 신체 상해 같은 고통의 흔적들이 남아 있었다. 다수의 해골이 뼈가 부러져 있었으니, 살아생전 견딘 고통의 증거였다. 매독, 구루병, 관절염 같은 질병 역시 흔했다. 어떤 관포棺布에서는 조개, 구슬, 윤나는 돌이 발견되었고, 거기에서 학자들은 아마도 아프리카의 종교들, 콩고 혹은 서아프리카 해안에서 지켜졌을 의식들에 대한 암시를 얻었다. 너무나 많은 사람들이 그곳에서 붙잡혀 노예로 팔렸던 것이다. 한 시신은 영국 해군 장교복을 입은 채 묻혀 있다가 발견되었다. 몇몇 다른 시신들은 눈 위에 동전을 얹은 모습으로 발견되었다.

1780년대에는 흑인 자유민들이 죽은 흑인들을

방어하기 위해 탄원서를 냈다. 흑인들의 시체는 종종 송장 도둑들의 표적이 되었고, 그들은 그 시체들을 외과 의사와 해부학자에게 팔아넘겼다. 고통이 묻어나는 언어로 작성된 탄원서는 야밤을 틈타 "탄원인들의 친구와 친척인 사망자들의 시신을 파내어 연령과 성별에 상관없이 실어가서 악의적인 호기심으로 사망자의 육신을 난도질하고 그런 다음 그것을 짐승과 새들 앞에 내놓은" 사람들을 개탄한다. 시민 세력은 탄원서의 대의가 정당함을 인정했고 1789년에 뉴욕 해부학법이 통과되었다. 유럽에서 시행된 것처럼 그때부터 쭉 외과 해부학의 수요는 처형된 살인자, 방화범, 강도 들의 송장으로 충당하게 되었다. 그 법은 범죄자들에 대한 사형 판결에다 의료업계의 이차 응징을 추가했고, 그래서 무고한 흑인들의 묻힌 시신은 평화롭게 방치되었다. 21세기의 관점에서는 그렇게 어려운 삶을 살도록 강요당한 그 사람들이 정말로 사람이라는 것을, 즐거움을 좋아하고 고통을 겁내고 자기 가족들에게 애착을 갖듯이 모든 차원에서 우리와 마찬가지로 복합적이라는 것을 온전히 믿는 것이 얼마나 어려웠던지. 그들 각각의 삶의 여정에서 얼마나 자주 죽음이 엄습해 배우자, 부모, 형제, 자식,

사촌, 연인을 채어갔을까? 그렇지만 '검둥이 매장지'
는 집단 합장묘는 아니었다. 각각의 시신은 단독으로
묻혔으며, 도시의 성벽 바깥에서 흑인들이 자유롭게
행할 수 있었던 의식이 무엇이든 그 의식에 따랐다.

기념비 근처의 보안 강화 구역에 배치된 보안요
원이 자리를 비웠다. 나는 차단선을 넘어 풀이 무성
한 구역으로 들어갔다. 몸을 굽혀 풀 속에서 돌 하나
를 집어들었는데, 그러는 순간 통증이 내 왼손 손등
을 획 뚫고 지나갔다.

19

나는 1989년 5월의 아버지 장례식에 입을 옷이 필요했다. 이런 일들과 그밖의 여러 간단한 일들이 그 시기의 어머니에게는 당황스러웠기에 의례와 실제적인 문제 대부분은 아버지의 누이인 고모 티누가 맡아서 했다. 장례 몇주 전에 고모는 나를 아제군레[46]의 한 양복점으로 데려갔다. 녹슨 지붕과 적나라한 시궁창의 빈민가가 제멋대로 뻗어 있는 아제군레의 아이들은 모두 가난했고 그중 일부는 눈에 띄게 영양실조였다. 고모와 내가 고모의 차에서 내렸을 때 이런 아이들의 눈총을 받은 것은, 그들의 관점에서는 우리가 상상 불허의 부와 특권의 표상이고 그런 인상이 나의 '흰색'으로 두드러졌을 것이기 때문이다. 양복점 자체는 능률적인 분위기를 풍겼다. 자연광만 비추는 실내는 깨끗했고 파란색 초크 냄새가 났

46 라고스시 중심에 위치한 빈민촌.

다. 바닥에는 네덜란드식 왁스 프린트 직물, 콘크리트의 회색빛을 차단하는 현란한 색상의 반⁺ 광택 사각형 직물이 깔려 있었다. 재단사가 잽싸게 펼친 줄자로 치수를 재면서 마치 가랑이 길이나 어깨너비에 대해 누군가를 축하하는 것이 세상에서 가장 자연스러운 일인 듯 내게 알랑거렸다. 그는 아마도 고모와 먼저 조용히 말을 나누었고 고모는 우리가 양복점에 온 이유를 말했을 터라, 나를 편안하게 해주려고 했을 것이다. 그가 조수에게 신비로운 숫자를 불러주었는데, 그 숫자들은 나중에 옷으로, 장례용 흰 셔츠와 검은 양복, 장례식 후 파티용으로 남색 물들인 수제 옷감으로 만든 부바와 소코토⁴⁷로 바뀔 것이었다.

양복점에 와 있는 기분은 그렇게 상중인 상황에서도 좋았다. 새 옷감 냄새가 좋았고, 옷을 위해 치수를 잴 때의 내밀한 경이감이 내게는 머리카락이 잘릴 때의 느낌이나 체온을 점검하려고 목에 갖다댄 의사의 따뜻한 손등의 감촉과 비슷했다. 이런 것은 낯선 사람에게 자신의 개체공간에 들어오도록 허용하는 드문 경우들이었다. 전문가가 제공하는 기술을

---

47   요루바 전통의 기장이 긴 셔츠와 헐렁한 바지.

믿고 이 낯선 사람의 이해하기 힘든 손동작이 어떤 성과를 낳으리라는 기대감을 즐기면 된다. 재단사는 그날 자기 할 일을 함으로써 내게 위안을 주었다.

장례식은 화창한 날 오후에 거행되었다. 지금도 그렇게 예상하고 아마 그때도 내가 장례식은 그러리라고 예상했듯이 비 오는 아침도 아니었고, 끔찍한 날씨도 아니었다. 지금 내가 떠올리는 것은 1911년 그린칭[48]에 묻힌 말러에게 그가 원했던 대로 조용하고 개인적인 장례식이 치러졌다는 사실이다. 무덤가의 추도 연설도 없고 종교적인 독송도 없으며 묘비엔 화려한 시구 없이 그저 구스타프 말러라는 이름만 달랑 있는 장례식이었다. 그런데 시의적절하게도 장례식 내내 비가 내렸고, 브루노 발터[49]의 말에 따르면 시신이 묻히고 나서야 비가 그치고 해가 났다.

아버지는 유난히 더운 날, 장례하기 힘든 날에 묻혔다. 검은색이 아니라 감색이었던 내 새 옷은 특히 목이 쓸렸고 야외의 열기 속에 서 있던 나는 유별나게 불편함을 느꼈다. 아탄 공동묘지에 몰려든 군

---

48 빈 시내에서 가까운 숲 지역.
49 Bruno Walter(1876~1962). 독일 태생의 지휘자. 말러와 긴밀한 관계였다.

중이 대단히 많아서 어두운 상복 차림이었음에도 그 규모 때문에 일말의 축제 같은 분위기가 없진 않았다. 참석한 사람들 다수는 정계에서 활동했던 할아버지의 친구와 사업 동료 들인 듯했다. 그들 다수가 오군주州의 이제부오드[50] 및 그밖의 마을에서 할아버지에게 경의를 표하기 위해 왔다. 할아버지는 그 당시에는 정계의 공식 직함을 갖고 있지 않았지만 70년대에는 주 장관을 역임했고, 여전히 대다수에게 정계의 실력자이자 실세로 간주되었다.

   죽음에 대한 나의 경험은 제한적이었고, 사실 제한적인 것에도 못 미쳤다. 내가 잘 아는 사람은 누구도 죽지 않았던 것이다. 하지만 그날 오후에 아버지가 묻힐 때 나는 죽은, 아니, 십중팔구 죽었을 사람이 생각났다. 그녀는 내 또래의 어린 소녀였을 것이다. 내가 차의 앞좌석에 타고 학교로 가고 있을 때 운전기사가 모는 차가 그애를 치어 넘어뜨렸다. 사고는, 그애가 걸어서 등교하고 있었다면 가난한 동네에서, 아마도 그애의 동네이거나 그 인근에서 일어났을 것이다. 소녀는 여덟아홉살 정도의 나이였고 내가 분명

50   나이지리아 이제부 사람들의 거점도시.

히 기억하기로 연한 라임색 교복을 입고 있었다. 차들이 정지한 상태에서 그애가 우리 차 앞쪽으로 길을 건너는 모습을 한번 본 것을 나는 잘 기억하고 있다. 그애는 깡마른 소녀였는데 병약하게 마른 게 아니라 그냥 껑충했다. 그뒤에 그애가 다시 길을 건널 때 우리가 그애를 친 것이다. 상황은, 그러니까 우리의 상황은 그 동네의 몇몇 남자들이 나타나면서 잠시 동안 위험했다. 운전기사는 운전석에서 한동안 머뭇거리다가 차에서 끌려나갔고 처음에는 흠씬 두들겨맞을 것처럼 보였다. 그러나 그때 갑자기 그는 자기 상황이 얼마나 심각한지 깨닫고서 사고 지점을 치우고 그 아이를 들어서 뒷좌석에 눕히는 등 처리에 힘을 쏟았다. 그애는 의식은 있었으나 말이 없었다. 우리는 그애를 인근 병원으로 데려가려고 차를 몰았는데, 너무나 정신없이 황급히 가서 만약 도중에 또다른 아이가 있었더라면 그 아이도 치었을 것이다. 서늘한 하마탄[51]이 부는 아침이었지만 기사는 땀을 흘렸다. 병원은 주거용 집이었거나 아니면 최근까지 그랬다가 이제 개조한 곳으로, 바깥 길거리에 네

---

51 겨울에 사하라사막으로부터 불어오는 건조한 동풍.

온 십자가를 세워놓았다. 이때쯤 소녀는 의식이 없었는데, 나는 그애가 그냥 잠들었거나 혼수상태에 빠진 게 아니라 죽었다는 느낌이, 지금도 설명할 수 없는 그런 확실한 느낌이 들었다. 기사가 굉장히 동요한 상태로 그애를 안고 병원으로 들어갔다. 우리를 맞으러 뛰쳐나온 간호사들에게 그가 제발 나 좀 살려주세요, 하고 거듭거듭 말하던 것을 기억한다. 나는 차에 남아 있었다. 오래 기다리지는 않았다고, 한 이십 분 정도라고 기억하는데, 그후 그가 엄숙한 표정으로 나왔고 우리는 말없이 다시 등굣길을 갔다.

　　나는 그날의 나중 시간이나 그날 이후에, 혹은 그후 어느 때에도 그 작은 소녀에 대해 생각하지 않았고 부모님이나 다른 누구에게도 그애에 대해 말하지 않았다. 운전기사도 그 일을 언급하지 않았다. 그애는 그로부터 사오년 후 아버지 장례식에서야, 사제가 아버지의 관을 놓고 기도를 올리는 무덤가에서야 비로소 떠올랐고, 나는 죽음에 대해 보편적인 방식으로 생각하기 시작했다. 그때쯤에는 서늘한 아침에 죽은 연녹색 교복 차림의 그 작은 소녀가 장례식 아침에 내가 꿈에서 보았거나 아니면 다른 누군가의 이야기에서 들은 존재 같았다.

장례 후에 집에서 파티가 있었다. 아버지가 일흔다섯살에 죽었더라면 가능했을 성대하고 활기찬 파티는 아니었고, 마흔살에 죽었을 때 있을 법하게 아무런 기쁨 없이 아카라[52]를 튀기는 의식도 아니었다. 아버지는 마흔아홉살에 죽었고, 주요한 기준으로 보면 성공한 인생이었다. 엔지니어로서의 훌륭한 경력에다 아내와 아들, 좋은 집이 있었다. 그래서 그의 생애를 축하하는 파티가 열렸고 가족과 가까운 친구, 직장 동료, 교회 성도, 이웃을 위해 준비한 점심식사가 있었지만, 옷 색깔은 거무칙칙했고 음악 연주도 없었고 술도 없었다. 사람들은 거실에, 그리고 실외의 대여한 차양막 아래에 앉아 있었다.

문상객 중 일부는 어린 자식들을 데려왔고 그 아이들이 웃으면서 식탁 주변을 뛰어다니는 동안 어른들은 낮은 어조로 말하며 서로에게 위로의 뜻을 표했다. 기억이 잘 안 나지만 나는 어머니가 그날 오후 대부분 자기 방에 홀로 있었고 할아버지와 할머니, 고모와 고모부가 문상객 대부분을 접대했다고 믿는다. 내가 할 역할도 있다고 고모가 말했고, 나 또한

---

52 콩가루 반죽을 기름에 튀겨 만든 작은 빵.

답답한 거실에서 쓸리는 부바와 소코토를 입은 채 불편하게 있으면서 수많은 남녀 노인들에게 가능한 한 공손하게 대했다. 그들은 내가 분명히 자신들을 알아볼 것이라고 주장했고, 아버지를 잃은 나를 위로하느라 애쓰다가 실제로는 별 근거 없고 문상에서 말고는 별로 의미 있게 와닿지 않는 나와의 관계를 머릿속에서 지어냈다. 그들 다수로부터 나는 내가 어머니를 돌봐야 한다는 의견을, 내가 이제 가장이 되어야 한다는 의견을 되풀이해서 들었는데, 그때의 내게조차도 도움이 안 되는 진부한 말로 느껴졌다.

그날 아이들은 웬일인지 통제하기가 어려워서 점점 더 시끄러워졌고, 그중 하나가 뒤쫓기 놀이를 하며 손 하나를 뻗다가 우연히 졸로프 라이스[53]가 가득한 큰 접시를 콘크리트 바닥에 뒤엎자 나머지 셋이 웃음 발작을 일으켰다. 쉿 조용히 하라고 아무리 말하고 위협해도 말릴 수 없었고, 아이들의 웃음소리가 그 거무칙칙한 모임 곳곳에 치솟고 부풀어 번지는 바람에 그들의 화난 부모한테 깊은 당혹감을 안겨주었다. 한두번 웃음소리가 가라앉았으나 그럴 때

53 나이지리아의 대표적인 쌀 요리.

면 아이들 중 하나가 다시 발동을 걸고 다른 셋이 끼고 싶은 유혹을 이기지 못해 그들의 소란스러운 한바탕 웃음은 몇분간 계속되었다. 하인 중 하나가 지시를 받고 아이들을 집 뒤쪽으로 데려갔는데, 거기서 적어도 오분은 더 아이들이 미친 듯이 낄낄대는 소리를 들을 수 있었다. 이 사건은 문상 중인 어른들을 불편하게 만든 게 분명했지만 내게는 재미있었고, 지금도 내가 슬픔의 화환으로 둘러싸인 그날의 사건들을 생각할 때면 그 아이들에게 얼마간 감사한 느낌이 든다. 모두 채 여덟살도 안 된 그 어린아이들이 순간적으로 즐거움의 주문에 걸려 죽음의 의식으로 질식당하고 있던 방 안에 신선한 공기를 불어넣어준 것이다.

아버지가 묻혔을 때 나는 이미 열네살이라서 그렇게 어린 나이는 아니었다. 그날의 기억이 확실치는 않은데, 그게 공개 행사인데다가 곧 다른 사람들의 관심사로 이어졌기 때문이다. 아버지의 죽음 자체는 개인적이었다. 글자 그대로 '임종의 자리'deathbed라는 것이 있었다(그 표현을 하나의 은유로만 생각해왔기

445

때문에 당시의 내겐 충격적이었다). 그러나 내가 더 많이 기억하는 것은 매장이지 죽음이 아니었다. 무덤 가에서야 나는 종결이라는 저 부조리한 감각을, 몇 달 후에도 아버지는 나아지지도 돌아오지도 않을 것이라는 감각을 느꼈다. 그 느낌은 나를 공허하게 만들었다. 그리고 어서 한 사람의 남자가 되어야겠다는 고양된 생각을 품는 한편, 내 속에서 극기심을 키우고 애도의 슬픔을 제대로 감당하겠다는 결의를 키우는 한편, 훨씬 유치한 충동에 빠지기도 했다. 그래서 무덤가에서의 내 기억 중에는, 아버지의 시신을 놓고 기도가 행해지는 동안 내 머릿속에서 상영된 영화 장면에는 마이클 잭슨의 「스릴러」 뮤직비디오에 나오는 유령과 좀비도 포함되어 있었다.

세월이 흐른 후에 내가 아버지의 주기週忌로 새기게 된 것은 사망 일자가 아니라 장례 일자였다. 나는 거의 언제나 장례 일자를 기억했고, 올해 5월 9일에 지하철 1호선을 타고 출근하다가 아버지가 땅에 묻힌 지 정확히 십팔년이 되었다는 생각이 문득 들었다. 그 시간 동안 나는 그날의 기억을 복잡하게 만들었다. 내가 몇번밖에 참석하지 않은 다른 장례식과 얽혀서가 아니라 장례에 대한 묘사들 — 엘 그레코의 「오르가스 백작의 매장」, 귀스타브 쿠르베의 「오르낭의 장례」——과 얽혀서 실제 사건이 그런 이미지들의 특징을 띠게 되었고, 그러면서 어렴풋해지고 미덥지 못하게 되었다. 땅 색깔이 정말로 내가 기억하는 것처럼 아주 진한 빨강의 진흙이었는지, 혹은 내가 중백의中白衣를 입은 성직자의 모습을 엘 그레코나 쿠르베의 회화에서 따온 것인지 아닌지 확신할 수 없었다. 길고 슬픈 얼굴들로 기억하는 것이 사실은 둥글고 슬픈 얼굴들일 수 있었다. 가끔 꿈에서 깨면서 나는 눈에 동전을 얹은 아버지와 그 동전을 거두고 저승으로의 뱃길을 허락하는 근엄한 표정의 뱃사공을 상상했다.

아버지의 18주기 기일에 지하철 전동차 주위를 돌아다니는 한 사람이 있었다고 기억한다. 그는 자동문 위의 송풍구를 점검하고 있었다. 진청색의 MTA[54] 제복을 입고 있었고 숫자를 입력하면 간간이 삐 소리가 나는 계측기 같은 것을 가지고 다녔다. 나는 그

<hr>

54 뉴욕시와 인근 지역의 교통사업을 운영하는 메트로폴리탄 교통공사.

를 혼령의 메신저로, 선한 쪽인지 악한 쪽인지 알 순 없지만 천사 같은 존재로 상상하면서 자세히 관찰했다. 그가 자신의 업무에 몹시 몰두해서 송풍구 하나하나를 체계적으로 조사하는 것을 지켜보다가 턱없는 생각이 내 머릿속으로 들어왔다. 우리가 도심에서 벗어난 정거장인 125번가, 137번가, 145번가를 덜커덩거리며 지나갈 때 나는 송풍구를 쳐다보았고, 그러자 수용소에서의 끔찍한 최후 순간들이 생각났다. 치클론 B[55] 주입 스위치가 켜지고 모든 인간 포로들이 죽음을 들이마시는 순간들, 아무도 살아남아 그 현장을 증언해줄 사람이 없는 순간들을 생각했고, 1940년대 초에 이런 일들이 벌어지는 와중에 나의 외할머니 오마가 주위의 모든 사람들이 그랬듯 당혹스럽고 겁먹은 채 북쪽 베를린으로 피난길에 올랐을 것을 생각했다. 내가 오마와 함께 나누기 바랐던 대화는 이런 것들, 가령 오마의 마을 청년들 중에 씩씩하게 전쟁에 나갔으나 다시는 돌아오지 못한 사람들이나, 생애 이야기를 거의 듣지 못한 외할아버지 오파처럼 결국에는 돌아온 사람들, 혹은 체포당해서 마우트하

---

55 시안화계 화합물. 나치 수용소에서 독가스로 사용되었다.

우젠-구젠 수용소로 보내진 사람들에 관한 이야기들이었다.

졸고 있던 아시아인 소녀가 157번가에서 갑자기 겁 많은 사슴처럼 일어서더니 문이 닫히기 전에 전동차 바깥으로 튀어나갔다. 다른 누군가가 들어왔고 잠깐 동안 나는 깜짝 놀랐는데, 내게 강도 짓을 한 소년들 중 하나를 알아본 것 같았던 것이다. 하지만 잘못 본 거였다. 그들은 물론 내 꿈속을 떠돌듯 드나들었고, 더 나쁜 상황일 수도 있었다는, 그 당시에는 그토록 가증스럽던 발상이 이제는 더없이 분별 있는 생각처럼 여겨졌다. 그러나 그들이 나오는 꿈에서 나는 반격을 했다. 나는 더 심하게 다쳤지만 또한 그들을 피나게 패기도 했다. 그들 중 하나가 쓰러졌고 나는 그에게 올라타서 얼굴이 내 주먹에 피 곤죽이 되도록 두들겨팼으며 그는 눈 한쪽을 잃었다. 꿈에서 깨면 그를 때릴 때의 통증이 내 왼손 손등의 통증과 합쳐지는 듯했다.

MTA 직원이 전동차의 우리 칸과 다음 칸을 연결하는 통로 문을 밀어 열려는 순간 나는 좌석에서 일어나 그와 이야기하러 갔다. 그 직원은 인도 아 대륙 출신일 수도 있었지만 가이아나 혹은 트리니다

449

드 인도인처럼 생겼고, 아프리카 조상의 기운이 있는 것 같았다. 나는 그의 일에 관해 물었다. 그는 에어컨 장치 전문가로서 전동차의 온도를 체크하는 중이었다. 그는 다정했고 자신을 눈여겨본 사람이 있다는 것 자체에 놀란 듯했다.

너무 덥거나 너무 춥거나, 조금만 변해도 불평이 나오는 게 놀라워요, 그가 말했다. 우리는 효율적인 HVAC—이 머리글자 조합은 난방heating, 환기 ventilation, 에어컨 장치air-conditioning를 뜻한다—시스템을 갖추고 있고 여름에는 실외 온도보다 5도에서 8도 정도 낮게 유지하려고 해요. 우리는 항시적으로 전동차 온도를 측정하고 있으니 엄청난 작업이죠. 하지만 물론, 노즐이 막히거나 어떤 구간에서 시스템이 망가져 불편해지지 않는 이상 온도를 신경 쓰는 사람은 아무도 없어요. 그리고 그는 웃으며 덧붙였다. 산소도 없어지기 전까지는 있다는 걸 알아차리지 못하죠. HVAC 시스템이 단 십오분 동안이라도 뭔가 잘못되면 사람들은 폭동을 일으킬 태세가 돼요.

20

나는 존 머슨의 아파트 파티에 초대받았다. 그의 아파트는 컬럼비아 대학병원 바로 약간 북쪽의 워싱턴 하이츠에 있었다. 그 아파트는 허드슨강을 굽어보고 있다고 모지가 내게 전화해서 말했다. 강물이며 나무며 조지 워싱턴 브리지며 멋진 경관을 보여준다고, 나는 정말 그걸 보러 와야 한다는 거였다. 그녀는 브롱크스의 리버데일에 자기 아파트를 따로 가지고 있어서 머슨과 함께 살지는 않지만 그의 아파트에서 밤을 지내는 경우가 많다고 말했고, 이번 파티도 공동으로 여는 것이었다. 나는 공원 소풍날 이래 그녀를 보지 못했지만 그녀는 내게 서너차례, 대개 밤늦게 전화를 했고 우리는 짧고 친근한 대화를 나누었다. 한번은 그녀가 느닷없이 내 어머니는 어떻게 지내는지 물은 적이 있었다. 나는 침묵했다가 그녀에게 모르겠다고, 우리는 서로 연락하지 않는다고 말했다. 아, 그거 안됐네, 모지가 기이할 만큼 명랑한 목소리로 말했다. 네 어머니를 만난 기억이 나. 아주 좋은 분이었지.

　　모임 날까지의 며칠간 나는 살짝 빠지려고 꽤나 애쓴 것 같은데, 그러다가 5월 중순의 모임 날짜가 닥쳤고 좋은 핑계가 없어서 참석할 수밖에 없음을 알게 되었다. 그날 나는 일찍, 5시 30분경에 퇴근했다. 시간이 남아서 지하철을 타는 대신 걷기로 했다. 나는 하크니스에서 출발해 브로드웨이와 쎈트 니컬러스 교차로까지 돌아갔는데, 그 시간대에 예상되듯 거리의 모든 차선에서, 그리고 양방향에서 조급한 운전자들이 설쳐대고 있었다. 미첼 스퀘어 파크는 주요 도로 두개가 교차하는 곳이자 4,000평방미터도 못 되지만 최상의 관찰 거점이었는데, 완만히 솟은 드러난 바위들이 공원을 압도하고 있었다. 그 바위들 위에서 보면 의대 캠퍼스를 지금의 형태로 만들어놓은 건물들의 윤곽을 읽을 수 있었다. 새 건축물들이 기존 건물들 가까이에 자리 잡았을 뿐 아니라 많은 경우 기존 건물들에 잇대여 있어서 보철 수족처럼 기이하고 빛나 보였다. 중앙의 병원 건물인 밀스타인은 빅토리아풍 석재에 최근의 유리 및 철강재로 된 삼각형 전면이 혼합되어 우중충하고 위엄 있는 배경에서 번쩍

거리는 피라미드의 모양새였다.

그런 병치는 인근의 많은 병원 건물들에 흔했고 그와 마찬가지의 겹치기가 건물들 이름에도 적용되어서, 시의 시설로 시작된 것이 차츰 박애적인 기업 후원자들에게 의존하게 되는 이 병원의 역사를 말해 주고 있었다. 기존 건물 중 하나의 화려하게 조각된 석조 상인방上引枋에는 **영유아 병원 1887**이라는 문구가, 그 옆에는 현대적인 산세리프 글꼴에 청색 유광 페인트로 **모건 스탠리 어린이병원**이라는 문구가 적혀 있었다. 1차대전 참전 용사들에게 헌정되었고 그 전쟁에서 죽은 뉴욕 시장의 이름을 따온 미첼 스퀘어 파크에서 나는 메리 우다드 래스커 생물의학 연구동, 어빙 암 연구 센터, 슬론 여성병원, 러스 베리 의학관을 볼 수 있었다. 어린이병원 앞에 주차된 것은 또다른 기증품이라 할 뉴욕소방청FDNY 소방 가족 교통재단의 앰뷸런스였다. 이들 건물 중 일부는 오래되었고 다수는 최근에 기증된 것이지만 모두가 한편으로는 현대 의료와 기념비의, 다른 한편으로는 기념비와 돈의 강력한 연계를 다지고 있었다. 병원은 중립적인 공간이 아니고 순전히 과학적인 공간도 아니며, 중세 시대에 그랬던 것처럼 종교적인 공간도 아니다. 지

453

금의 현실에는 상업이 관여하며, 거액의 돈을 기부하는 것과 그 기념으로 건물에 이름을 붙이는 것 사이에 직접적인 상호 관계가 있는 것이다. 이름이 중요하다. 모든 것은 이름이 있다.

미첼 스퀘어 파크의 큰 바위 위에서 몇몇 소년이 스케이트보드를 타면서 완만하지만 울퉁불퉁한 경사면을 오르락내리락하며 웃고 있었다. 나는 미첼을 기념하는 166번가 입구의 명판을 읽었다. 미첼은 1차대전 초에 서른넷의 나이로 시장직에 선출된 이 도시의 가장 젊은 시장이었고, 그가 사년 후 루이지애나 육군 항공대에서 비행하다가 죽은 사건은 대중들에게 대단한 애도의 물결을 불러일으켰다. 내가 그의 이상한 중간 이름 퍼로이를 골똘히 생각하며 명판을 읽고 있는데 커다란 양키스 재킷을 입은 남자가 공원으로 들어왔다. 그가 내 곁에 서더니 버스비 2달러를 구걸했지만, 나는 말없이 거절하고 브로드웨이로 돌아왔다. 공원 바로 북쪽, 전투 중 영원히 동작 중지된 세명의 영웅이 있는——하나는 서 있고, 하나는 무릎을 꿇었으며, 나머지 하나는 치명상을 당한 듯 푹 쓰러진——청동과 화강암의 1차대전 기념비 너머로는 동네 분위기가 달라져 마치 과거가 갑자기 현재로 변모한 것처럼 병원 캠퍼스가 라티노 주거지역으로 바뀌었다.

거의 동시에 밀스타인 병동 출입문 근처를 오락가락하던 백인 의료진이 적어졌고 거리는 이제 도미니카인과 다른 라틴아메리카인 쇼핑객들, 노동자들, 주민들로 가득했다. 누군가가 나를 향해 오면서 흥분에 들떠 손을 흔들었다. 어린아이를 데리고 있는 키큰 중년 여자였는데, 나는 얼굴을 알아보지 못했다. 메리, 메리라고요, 그녀가 말했다. 내가 그 어르신을 돌봤잖아요, 기억나요? 그녀는 나를 봤다는 놀라움에 고개를 저었다. 나는 그녀에게 내 이름을 상기시켰다. 그러고 보니 정말로 그녀였다. 그녀는 지금 워싱턴 하이츠의 윗동네에 살고 있고, 어린 아들이 일단 어린이집에 다니게 되면 컬럼비아에서 간호학 과정을 시작할 예정이었다. 나는 그녀에게 축하의 말을 했고 내심 삶이 얼마나 빨리 다양한 면모를 펼치는지 놀랐다. 우리는 사이토 교수에 대해 좀더 이야기를 나누었다. 아시다시피 그 어르신은 착했어요, 그녀가 말했다. 그분이 말했는지 모르지만, 그분은 언제나 당신의 방문을 무척 즐거워했어요. 그분이 그렇게 가버리는 걸, 막판에 그렇게 힘들어하는 모습을 보기가 힘들었어요. 나는 그녀에게 사이토 교수를 돌 봐준 것에 대해 감사했다. 그녀의 아기가 울기 시작 했고, 우리는 서로 작별을 고했다.

172번가 교차로에서 조지 워싱턴 브리지가 저 멀리 회색 지대 속의 연노란색 점 같은 불빛을 보이 면서 처음으로 모습을 드러냈다. 나는 자질구레한 장 신구를 파는 작은 가게들, 엘 문도 백화점의 이리저 리 뻗어나간 진열창, 언제나 인기 있는 레스토랑이자 내가 가끔 저녁을 먹으러 가는 엘 말레콘을 지나 걸 어갔다. 엘 말레콘의 맞은편 거리에 건축학적으로 기 이한 거대한 건물이 있었다. 그 건물은 1930년에 지 어졌고 그 당시에는 '로스 175번가 극장'으로 알려졌 다. 토머스 W. 램이 설계한 이 건물은 휘황찬란한 세 부—샹들리에들, 붉은 카펫, 건물 안팎의 풍부한 건 축적 장식물—로 빼곡했고 정면의 테라코타 부분 은 이집트, 무어, 페르시아, 아르데코 스타일로 되어 있었다. 램이 공언한 목표는 "서양적인 정신"에 "이 국적인 장식, 색깔, 문양"을 사용해 신비함의 주문을 걸겠다는 것이었다.

이제 그 건물의 차양에는 검은 바탕에 흰 글자 로 **들어오세요, 아니면 미소 지으며 지나가시든가요**라는 문구가 적혀 있었다. 건물은 교회가 되었지만 황금시대의 과잉은 여전히 남아 있었다. 이런 종교적 기능은 1969년에 시작되었고 극장은 '유나이티드 팰리스'로 이름이 바뀌어 여전히 몇몇 교파의 신도들을 유치했다. 그중 가장 알려져 있고 가장 오래 지속된 것은 프레더릭 아이커런코에터 목사가 이끄는 신도들이었다. 대중적으로 '아이크 목사'로 알려진 그는 번영을 설교했고, 자기 생각으로는 신의 말씀에 충실한 하인에 걸맞게 군주처럼 살았다. 교회 앞에 주차된 그의 녹색 롤스로이스는 그가 소유한 여러 대의 호화 차들 중 하나로서 교회의 모조 아시리아풍 흉벽과 맥락 없는 위풍당당함과 묘하게 어울렸다. '연합교회 생활과학 연구소'라는 이름의 그의 교회는 한때 신도 수가 수만명에 달했다. 지금은 훨씬 줄어들었지만, 아직도 사람들은 1960년대 이래 그랬던 것처럼 서슴없이 헌금을 냈다.

지어졌을 때 삼천석 이상의 규모로 미국에서 세번째로 컸던 이 극장은 초기 단계에는 보드빌 쇼뿐 아니라 영화도 상영했다. 루실 볼[56]이 그랬듯이 앨 졸

---

56 Lucille Ball(1911~89). 미국의 코미디언이자 영화배우.

슨[57]이 거기서 공연을 했고 그 당시에는 극장 주위에 값비싼 레스토랑과 명품 가게들이 즐비했다. 엘 말레콘의 문간에서 보니 이제 금요일 저녁의 저무는 빛 속에서 극장은 괴괴하게 보였다. 칠십오년 넘는 세월 동안 뒤범벅된 건축양식들은 용해되어 뭔가 뜻있는 것으로 탈바꿈하지 못했다. 심지어 전성기에도 분명 극장은 주위 환경 속에서 이질적으로 보였을 것이다. 지금은 더욱 그래 보여서, 아직도 웬만큼 잘 관리되고 있지만 완전히 엉뚱한 자리에 있는 것 같았다. 극장의 건축은 주위의 작은 가게들의 건축과는 별세계인 듯 동떨어져 있었으니, 그 웅장한 기둥과 아치는 피곤해서 눈높이 위로 좀처럼 고개를 들지 않는 이민자들과는 무관해 보였다. 주문의 약발이 사그라진 것이다.

주차된 미니밴의 문이 열렸다. 한 어린 소년이 머리를 쑥 내밀더니 배수로에 구토를 했고, 미니밴 안에서 소년을 안심시키려는 한 여자의 목소리가 들렸다. 소년은 다시 구토했고, 그런 다음 천사 같은 표정으로 고개를 들다가 내 눈과 마주쳤다. 나는 계

---

57 Al Jolson(1886~1950). 미국의 가수, 작곡가, 영화배우.

속 걸어서 브로드웨이를 좀더 올라갔는데, 급속하게 변하는 동네의 얼굴 속으로 끌려 들어간 것 같았다. 181번가 모퉁이에 또 하나의 화려한 건물이 있었다. 여기는 로스 175번가 극장의 오랜 경쟁자 '콜리세움' 으로, 로스가 지어지기 전에 한창때는 이 나라에서 세번째로 큰 극장이었다. 한때 세번째로 컸다는 것은 명성의 이유치고는 덧없고 서글펐다. 그것은 이제 대 대적으로 개조되어 '뉴 콜리세움 극장'이 되었고, 내 부 공간을 대형 약국 하나와 다른 잡다한 가게들과 나눠 쓰고 있었다. 1층 위쪽으로만 1920년대 건축의 분위기가 있을 뿐이었다.

나는 181번가에서 좌회전해서 지하철 A선 역[58] 과 포트 워싱턴 합동교회를 지나 포트 워싱턴 애비 뉴까지 내려갔고, 그런 다음 파인허스트 애비뉴까지 갔다. 파인허스트는 181번가와 직접 연결되지 않아 서 길고 좁은 계단을 거쳐야 했는데, 계단을 올라가 면 나무들이 복잡하게 뒤엉킨 작은 공간으로 들어갔 고 그곳이 파인허스트 거리로 통했다. 계단은 아찔 할 만큼 가팔라 몽마르트르의 사크레쾨르 대성당으

---

58 맨해튼 207번가에서 퀸스의 파 로커웨이를 오가는 특급열차 A의 정차역.

로 올라가는 아주 긴 계단을 연상시켰다. 나무 그늘 아래에 있는 계단은 양쪽으로 잡초가 빽빽하게 우거진 땅뙈기가 있었으며, 케이블 철로를 떠올리게 하는 모양의 두줄의 철제 난간에 따라 두갈래로 나뉘었다. 내가 오른쪽 계단을 걸어 올라가는 동안 왼쪽으로는 전차가 통통거리며 내려올 것 같았다. 계단을 다 올라가자 파인허스트 길의 끝머리가 나왔는데, 이곳은 수십 미터 아래 붐비는 거리의 삶과는 전혀 다른 세상이었다. 주택가 건물들, 훨씬 더 부유하고 백인들이 훨씬 더 많은 동네였다. 그래서 나는 백인들 속으로 나아갔고, 그들의 한결 조용한 거리로 진입하자 한동안 내가 사람이 사라진 세상을 돌아다니는 유일한 사람이라는 느낌이 들었다. 다만 그 블록의 맨 끝에 한 노부인이 식료품 바구니를 들고 가고, 아파트 동 앞에서 이웃 사람 둘이 대화를 하며, 거리에서 한참 떨어진 사랑스러운 벽돌집들의 창문 안에서 은은한 빛이 하나씩 잇달아 켜지는 광경처럼 이따금씩 삶의 징후들이 나타나 겨우 안심이 되었다. 내 오른쪽으로 베넷 파크가 있었는데, 움직임 없이 조용했고 미국 국기와 그 아래 게양된 검은색 전쟁포로POW 깃발만 이따금 펄럭거리며 활기를 보일 뿐이었다. 파인허스트 애비뉴는 187번가에서 끝났고, 나는 방향을 살짝 틀어 강을 따라 쭉 뻗어 있는 카브리니 대로로 갔다.

카브리니를 따라서 몇백 미터 더 올라가면 가장 끝머리에 포트 트라이언 파크가 나올 것이었다. 그 공원 안에 마치 벨벳에 쌓인 보석처럼 클로이스터스 박물관[59]이 있었다. 나는 친구와 함께 마지막으로 그 박물관을 찾았던 때가 기억났다. 우리는 허드슨강을 굽어보는 벽으로 에워싸인 정원에 서 있었다. 석조 담벼락에 가지시렁으로 틀을 잡아 녹색 촛대 같은 모양이 된 큰 배나무가 있었는데, 마치 이새 나무[60] 가지처럼 분화된 가지들이 몇년에 걸친 정원사의 손질에 따라 억지로 직각으로, 단일한 이차원 평면으로 변형되어 있었다. 내 발치에는 수도원 뜰에서 흔히 볼 수 있는 다양한 약초들 ─ 마조람, 파슬리, 마시멜로, 가든 소렐, 리크, 주홍쥐오줌풀, 세이지 ─ 이 있었다. 그 약초들이 거침없이 자라서 정말 무성했기에

---

59 메트로폴리탄 미술관 소속으로 중세 유럽의 예술과 건축, 정원을 전시하는 수도원 양식의 박물관.
60 성서 속 다윗의 아버지 이새에서 예수에 이르기까지의 계보를 나뭇가지로 표현한 것.

우리는 이것과 똑같은 텃밭이 있다면 얼마나 좋을까 하는 이야기를 했다.

그날 약초밭에 무릎을 꿇고 바싹 다가앉아 그 가냘픈 향내를 맡았던 기억도 난다. 그 밭에는 비누풀soapwort과 우산이끼liverwort도 있었는데, 그런 이름은 식물 재배의 오랜 지혜인 심플링[61]이나 교감의 약초학, 즉 식물의 의학적 속성을 그 생김새와 연관 짓는 비법 같은 기술에 의해 붙여진 것이었다. 우산이끼가 간질환에 좋다고 여겨진 까닭은 그 잎이 간엽의 모양을 연상시켰기 때문이다. 마찬가지로 지치lungwort는 그 잎이 허파lung처럼 생겼기 때문에 호흡장애에 좋은 것으로 여겨졌고, 비누풀은 그 피부과적 쓰임새 때문에 가치 있게 여겨졌다. 그곳이 우리의 중세 선조들이 의미를 추구하다가 마침내 다다른 곳이었다. 만물을 창조한 신이 피조물의 유용한 기능들에 대한 단서를 그 피조물 속에 흩뿌려놓았고, 그 단서를 해독하기 위해서는 약간의 주의력만 있으면 된다는 확신 말이다. 심플링은 이런 종류의 지식에서 가장 기본적인 것일 뿐이었고, 16세기 독일의 인문주의자 파

---

61 윌리엄 콜이 『심플링의 기술』(*The Art of Simpling*, 1656)에서 피력한
    견해로 식물의 외형에 약효의 특성이 나타난다는 이론.

라첼수스[62]가 행한 것처럼 징표를 찾는 일은 동일한 발상을 더욱 확장한 것이었다.

파라첼수스에게 자연의 빛이란 직관적으로 작동하지만 경험으로 벼려지는 것이기도 했다. 제대로 읽으면 자연의 빛은 한 사물의 내적 실상이 어떠한지를 그 형상으로 우리에게 알려주었고, 그래서 한 사람의 외모는 실제 존재하는 그 사람의 인품을 얼마간 유효하게 반영한다는 것이었다. 내적 실상이란 사실 너무나 심오해서 파라첼수스에게 그것은 외적인 형상으로 표현될 수밖에 없는 것이다. 한편으로 예술가의 경우처럼 작품이 내적 삶의 문제를 다루지 않는다면 그 외적 징표들은 허망할 것이다. 그래서 파라첼수스는 자연의 빛이 개별 사람들에게 현현하는 방식에 관한 네 겹의 이론을 개발했다. 사지를 통한 방식, 머리와 얼굴을 통한 방식, 신체 전체의 형상을 통한 방식, 그리고 자세 혹은 사람의 행동거지를 통한 방식이 그것이다.

우리는 골상학, 우생학, 인종주의라는 천박해진 형식을 통해 이런 징표 이론에 익숙하다. 그러나 내

---

62 Paracelsus(1493~1541). 의화학의 기초를 닦은 근대 의학의 선구자.

적 기질과 외적 물상 사이의 교감에 대한 이런 민감성은 파라첼수스 시대의 예술가들, 특히 남부 독일의 목상 조각가들의 성공을 밑받침하기도 했다. 그들은 목재의 속성과 이 속성들이 조각의 성격으로 옮겨지는 방식에 극도로 집중함으로써 불후의 예술 작품, 바로 클로이스터스의 방과 홀을 따라 늘어서 있는 그런 종류의 예술 작품을 창조했다. 리멘슈나이더, 슈토스, 라인베르거, 에르하르트 등은 보리수 목재에 대한 복잡한 질료적 지식을 목각에 적용했는데, 질료의 성질을 그것의 가시적 형상과 결합하려는 그들의 시도는 공예적인 것이지만 따지고 보면 의사들이 겪는 진단 과정의 분투와 그리 다르지 않다. 정신과 의사인 우리의 경우가 특히 그런데, 양자의 관계가 전혀 명확하지 않은 경우에도 외적인 징표를 내적 실상에 대한 단서로 활용하려고 시도하는 것이다. 이 과업에서 우리는 별 대단한 성공을 거두지 못해서 지금 정신의학 부문은 파라첼수스 시대의 외과가 그랬듯이 원시적이라고 믿기 쉽다.

그날, 징표와 심플링에 대한 이런 생각들을 염두에 두고 나는 친구에게 정신과 진료에 대한 내 진화하는 견해를 설명하려고 애썼다. 나는 친구에게 환자 하나하나를 암실로 보며, 그 암실에 들어가면서 환자와의 세션에서는 천천히 그리고 신중히 하는 것이 핵심이라고 생각한다고 말했다. 내 뇌리에는 가장 오랜 의학 교의랄 수 있는, 해로운 짓을 하지 않는다는 원칙이 항상 있었어. 외적으로 눈에 보이는 질환에는 진료를 돕는 많은 빛이 있어. 징표가 좀더 강력하게 표현되고 따라서 놓치기가 훨씬 더 어렵지. 마음의 문제인 경우에 진단이 더 교묘한 기술이 되는 건 아무리 강한 증세라 해도 때로는 보이지 않기 때문이야. 진단으로 특히 파악하기 힘든 건, 마음에 대한 우리 정보의 출처 자체가 마음인데 마음은 자신을 속일 수 있기 때문이지. 의사로서 우리는 비정신적 병증의 경우보다 훨씬 더 심하게 환자가 하는 말에 의존해, 하고 나는 친구에게 말했다. 증세를 관찰하는 렌즈 자체가 종종 증상을 보이는데 우리가 어쩌겠어. 마음은 마음 자체에 대해 불투명한데, 이런 불투명의 영역이 정확히 어디에 있는지를 알기가 힘들어. 안과학에서는 안구 뒤쪽의 한 영역, 수백만개가량의 신경절이 눈을 빠져나가는 시신경 원판에 대해 기술하고 있어. 시각이 죽는 곳은 정확히 거기, 시각과 연관된 수많은 뉴런이 모여 있는 데야. 아주 오랫동안 나는 그날 친구

465

에게 했던 설명을 떠올린다. 일반적으로 정신건강 전문직들, 특히 정신과 의사들의 일은 대부분 너무나 광범위한 맹점이라서 그게 눈의 대부분을 점령해버린 느낌이야. 어둠 속에 남아 있는 것에 비해 우리가 아는 건 너무 적은데, 이 거대한 한계에 정신과 전공의 매력과 좌절이 있지, 하고 나는 그에게 말했다.

나는 그 건물을 제대로 찾았고 존은 인터폰으로 말하고는 나를 안으로 들였다. 나는 엘리베이터를 타고 29층으로 올라갔다. 그가 앞치마를 두른 채 문간에 있었다. 들어와요, 그가 말했다. 드디어 당신을 직접 만나게 되어 좋네요. 이미 꽤 많은 사람이 와 있었다. 존은 헤지펀드 트레이더로, 널찍한데다 20세기 중반의 현대적 가구, 여러장의 튀르키예식 러그, 파치올리 그랜드피아노 등으로 꽤나 호화롭게 꾸민 그의 집으로 판단하건대 이미 상당한 부자였다. 나는 그가 모지보다 열다섯살 정도 위라고 추측했다. 그의 사교성에는 뭔가 억지스러운 구석이 있었고, 불그레한 분홍색 뺨과 희끗희끗한 염소수염은 내게 매력이 없었다. 모지가 다가왔고 우리는 포옹했다. 붕대는 뭐야? 그녀가 물었다. 복싱 같은 거 시작한 거야? 나는 문지방에서 미끄러졌다는 식으로 무어라 중얼거렸지만 그녀는 이미 부엌으로 들어가버렸다. 거기서 그녀는 내게 뭘 마시고 싶은지 큰 소리로 물었다. 나는 소리쳐 대답을 하긴 했는데, 내 목소리가 잦아들기도 전에 뭐라고 대답했는지 확신하지 못했다. 그만큼 내 마음은 그녀가 얼마나 아름답게 보이는지, 얼마나 섹시한지, 그리고 물론 닿을 수 없는지에 가 있었다.

새벽 2시 무렵이 되자 많은 사람이 떠났고 파티 분위기는 가라앉았다. 누군가가 스테레오에서 연주되고 있던 일렉트로닉 댄스음악을 현악 반주로 녹음한 세라 본의 음반으로 바꿨다. 남아 있던 열두어명의 손님들은 모두 소파에 늘어져 있었다. 몇몇은 시가를 피우고 있었는데, 그 냄새가 기분 좋고 유혹적인데다 바리톤 같은 향이어서 내 안에 평온한 느낌을 불러일으켰다. 한쌍은 서로를 품에 안고 잠들었고 검은색 아이섀도를 짙게 칠한 젊은 여자가 그들 근처의 카펫 위에 몸을 오그리고 자고 있었다. 모지와 존은 한 이탈리아인 물리학자와 한창 대화 중이었다. 그는 토리노 출신이었다. 내가 아까 만났던 클리블랜드 출신의 그의 아내 역시 물리학자였다. 대화에서 반응이 느린데다 말하는 방식이 살짝 이상한 면이 있어서 그녀가 농인이 아닌가 싶은 생각이 들었다. 당연하지만 물어볼 수는 없었기에 그 문제는 그정도로 내버려두었다. 나는 그녀와 그녀의 남편을 상대로 한동안 이야기했었다. 그녀는 기꺼이 나와 함께 이탈로 칼비노[63]와 프리모 레비[64]에 관한 논의에 빠져들었다. 남편은 지루한 듯 보였고 자기 술잔을 채우러 간다는 핑계로 자리를 떴었다.

나는 저녁 내내 하고 싶었던 대로 테라스로 나갔다. 모지가 장담한 것처럼 경이로운 전망이었다. 아파트 양측을 둘러싸고 29층 높이에서 수백만의 주거지를 한눈에 담을 수 있었다. 아주 작은 불빛들이 몇 킬로미터의 대기에 걸쳐 깜박거리는 모습은 저 모든 집의 모든 컴퓨터를 생각나게 했다. 지금 컴퓨터 대다수는 잠들어 있었고 그들의 단일한 불빛만이

---

63 Italo Calvino(1923~85). 이탈리아의 언론인, 소설가.
64 Primo Levi(1919~87). 유대계 이탈리아인 화학자이자 작가, 아우슈비츠 생존자.

온과 오프 사이를 말없이 오갔다. 나는 샴페인이 세 잔째였다. 그날 하루가 아득히 멀어진 느낌이었고 기분이 누그러졌다. 어떤 기대에서가 아니라 그냥 즐거워서 모지에게 장난 삼아 눈길을 던지며 기분 좋은 감흥도 느꼈다. 그리고 이번에는 내가 그녀와 함께일 때 긴장도 갈등도 덜하다는 것을 깨달았다. 나는 파티에 온 것이 기뻤다.

  내 뒤에서 유리문이 찰칵하는 소리를 내며 열렸고 존이 발코니로 나왔다. 그 역시 가득 찬 샴페인 잔을 손에 들고 있었다. 그의 뺨이 술기로 불그레했다. 나는 그의 관대함과 아름다운 아파트에 찬사를 표했다. 거실의 판유리 창문을 따라 아마도 모두 열두 종류는 될 분재 나무가 줄지어 있었다. 그것들은 보통의 실내 화분용 화초와는 완전히 달랐다. 땅딸막하고 고령이고 옹이가 많은 분재 나무는 저마다 우리가 태어나기 전부터 자라왔고, 그 줄기와 뿌리에 우리 모두보다 더 오래 살 것을 보증하는 유전자 비밀을 담고 있었다. 아까부터 감탄하며 보고 있었어요, 내가 말했다. 그는 내게 아체르 팔마툼[65]이라는 꼬리

---

65 단풍나무의 학명.

표가 붙은 나무를 눈여겨보았는지 물었다. 그 갓난 애 같은 작은 나무의 수령樹齡이 백사십오년이에요, 그가 말했다. 어떤 사람들은 그걸 일본 단풍이라고 부르는데, 나는 모르지만 그게 20미터, 25미터씩 자랄 수 있대요. 하지만 이게 지금 크기가 문제가 아니잖아요? 그 잎이 대마 잎과 비슷하다는 거 눈치챘어요? 그가 껄껄 웃었다. 나는 썰렁한 느낌이었지만, 그런 그조차도 내 기분을 망칠 수는 없었다.

존의 집에서 나온 후 나는 커피를 마시러 181번가와 카브리니 대로 모퉁이에 있는 식당에 들렀다. 커피를 잽싸게 마시고 나서는 카브리니 대로를 따라 179번가까지 걸어 내려왔고, 경로를 살펴서 조지 워싱턴 브리지에 도달했다. 허드슨강 위로 태양이 떠오르는 광경을 좀더 가까이에서 보고 싶었다. 도시는 아직 잠들어 있었다. 아까 식당에서 타투를 한 남자를 보았는데, 주먹으로 머리를 받치고 있는 그의 팔 대부분을 타투가 뒤덮고 있었다. 식당 바깥으로 나왔을 때 주차한 차 속에서 도미니카 사람인지 푸에르토리코 사람인지 몰라도 또 한명의 남자를 보았다.

그는 잠이 들었거나 아니면 자기 앞의 내비게이션을 멍하니 바라보고 있었다. 태양광이 반사되어 앞 유리 절반이 환한 금속판처럼 바뀌어 있었다. 다리의 뉴저지 포트 리 방향 인도로 올라선 나는 앞쪽 중앙선 너머에서 멈춰 선 적갈색 자동차를 보았다. 1980년대 후반에 나온 미국식 대형 모델, 아마도 링컨 타운카인 듯했고 가드레일을 들이받은 상태였다. 사고는 내가 그곳에 도달하기 기껏해야 십오분, 이십분 전에 일어난 게 분명했다. 소방차와 경찰차 들이 막 도착하는 중이었다. 그 차들은 소리 없이 다리를 따라 늘어서서 한곳에 정차했다. 교통량이 거의 없었기 때문에 사이렌을 울릴 필요는 없었다. 차 양쪽 앞문이 열려 있고 창문들이 박살 난 모습이 보였다. 차의 앞쪽 끝이 우그러져 있었고 도로에는 유리 조각과 함께 피도 있었는데, 유출된 기름처럼 차도에 흥건히 고여 있었다. 나는 몇 미터 더 걸어갔고 이제 동쪽에서 그 차를 볼 수 있었다.

차 근처의 콘크리트 턱에 한 커플이 앉아 있었고, 그들 뒤쪽으로 떠오르는 태양이 하늘 높이 미끄러지듯 솟아오르고 있었다. 그 커플은 말없이 어리둥절한 상태로 토요일 아침의 악몽을 받아들이는 중이었다. 멀리서 보니 그들은 필리핀 사람이거나 어쩌면 중앙아메리카 사람으로 보였다. 내가 고가도로 위로 올라가니 이제 막 소방대원들이 그 커플에게 다다라 한창 실무를 처리하고 있었다. 소방차의 선홍색이 텅 빈 도로에서는 깊이 베인 상처 같았다. 차 근처의 그 모든 피는 대체 어디서 나온 것일까? 남녀 커플은 모두 다리를 다쳤지만 피를 그렇게 많이 흘리는 것 같진 않았다. 그 광경은 초현실적이었고, 지금 기억으로는 내가 그때까지 본 것 중 가장 초현실적이었다. 이 불필요한 고통의 광경은 이후의 시간 동안 일출, 강, 조용한 아침의 도로에서 내가 본 모든 것을 물들였다. 나는 다리에서 내려와 포트 워싱턴 애비뉴를 걸어서 의대 캠퍼스가 있는 168번가를 만날 때까지 내려왔고, 거기서 브로드웨이를 타고 걸어서 어수선한 모습으로 취침 중인 라티노 구역을 통과해 죽 더 내려가서 할렘을 통과하고 그런 다음 암스테르담 애비뉴와 컬럼비아 대학교의 조용한 캠퍼스에 당도했다. 나는 이웃인 세스를 보았는데, 몇달 만이었다. 그가 아내가 죽었다고 말한 이후 한번도 보지 못했던 것 같아서 나는 걸음을 멈추고 그에게 인사했다. 그는 건물 관리인의 조수와 함께 두개의 대형 매트리

스 중 두번째 것을 끌어내어 건물 앞쪽으로 끌고 가
는 중이었다. 새 매트리스를 사야겠어요, 그가 말했
다. 그는 건물 정면에 기대놓은 매트리스 표면에서
뭔가를 살피는 듯했다. 그러더니 몸을 돌려 해명하듯
이 매트리스들에 빈대가 들었거든요, 하고 말했다.

　세스는 내 아파트에서 빈대의 징후를 본 적이 없
었는지 물었고 나는 없었다고 말했다. 그런데 그때
나는 약 두주 전, 내 친구가 떠나기 전에 자기 집에서
빈대를 없애려 한다고 말한 기억이 났다. 그는 컬럼
비아에 신청한 종신재직권이 성사되지 못하자 시카
고 대학에 강의 자리를 얻어 뉴욕과 빈대를 모두 떠
났다. 무척 놀랍게도 새 여자친구 리즈앤이 함께 갔
다. 그리고 내가 친구의 빈자리를 얼마나 예민하게
느끼게 될지를 예감한 것은 빈대에 감염된 매트리스
앞에서 세스와 이야기를 나누던 바로 그 순간이었다.

　사람은 각자 어떤 수준에서는 자신을 정상성의
범위를 측정하는 지표로 받아들이며, 자기만의 고유
한 마음의 방은 자신에게 전적으로 불투명한 것은
아니고 그럴 리 없다고 가정하기 마련이다. 어쩌면

이것이 제정신이라고 할 때 의미하는 바일 것이다. 우리가 스스로의 어떤 기이한 점들을 자인하든, 우리는 우리 자신의 이야기에서 악당이 아니다. 사실은 정반대다. 우리는 영웅 역을, 오로지 영웅 역만을 연기하고, 다른 사람들 이야기의 소용돌이 속에서도 그 이야기가 우리와 약간이라도 관련 있다면 언제나 마찬가지로 우리는 영웅적이다. 텔레비전의 시대에 거울 앞에 서서 자신의 삶을 아마도 이미 다중이 지켜보고 있을 쇼라고 상상해보지 않은 사람이 누가 있을까? 이런 점을 고려해 자신의 일상적인 삶 속에 뭔가 역할 수행적인 것을 끌어들이지 않는 사람이 누가 있을까? 우리는 선과 악 모두를 행할 능력이 있고 대개는 선을 택한다. 선을 택하지 않을 때에도 우리나 우리의 상상 속 관중이나 골머리를 앓지 않는다. 왜냐하면 우리는 우리 자신에게 우리 자신을 분명히 표현할 수 있고, 우리의 다른 결정들을 통해서 상상 속 관중의 공감을 받을 자격이 있기 때문이다. 그 관중은 우리의 면모 중 최상을 믿어줄 태세이며 거기에는 충분한 이유가 있다. 내 삶의 이야기를 생각하면 나의 관점에서는, 내가 특별히 높은 윤리 감각의 소유자라고 주장하지 않더라도 선을 꼼꼼히 지켜왔다는 것에 만족한다.

그러니 다른 누군가의 판본에서 내가 악당으로 등장한다면 그건 어떤 의미일까? 내가 나쁜 이야기들—나쁜 상상이든 나쁜 서사든—에 무척이나 익숙한 것은 부모로부터 그런 이야기를 자주 듣기 때문이다. 나는 다른 사람들을 비난하는 사람들, 다른 사람들이 아니라 바로 그들 자신이 그들의 모든 나쁜 관계 속에 내재하는 공통 요소임을 알아보지 못하는 사람들의 이야기를 알고 있다. 그런 이야기가 본질적으로 거짓임을 드러내는 특징적인 틱 증상이 있는 것이다. 그러나 그날 아침 내가 존의 집을 나와 조지 워싱턴 브리지로 올라가 몇 킬로미터를 걸어서 집으로 돌아오기 전에 모지가 내게 한 말은 그런 이야기들이랑 전혀 공통점이 없었다. 그녀는 자신의 존재 전체를 걸고 그 이야기의 정확성을 확신하는 듯 말했다.

그 아파트에서 파티의 밤을 보낸 열명가량의 사람 중 나는 제일 먼저 일어났다. 6시경이었고 해가 이미 떠 있었다. 나는 거실 바닥에서 자고 있는 사람들의 몸을 깨금발로 넘어서 부엌으로 들어갔다. 약간의 차를 만들어 다시 깨금발로 돌아와 유리로 둘러싸인 테라스에 앉아서 허드슨강을 내려다봤다. 모지가 나와 함께하려 와서 맞은편의 푹신하고 낮은 의자에 앉았다.

잠은 잘 잤어? 내가 말했고, 그녀에게 클리블랜드 출신의 물리학자가 내가 의심한 대로 농인인지 막 물으려는데 모지가 눈을 가늘게 뜨면서 창밖의 강에 눈길을 주었다. 그러더니 내 쪽으로 몸을 돌리고, 음조의 변화가 전혀 없어서 오히려 감정적인 낮고 고른 목소리로 내게 말하고 싶은 게 있다고 했다. 그런 다음 똑같이 무감한 정동으로, 자신이 열다섯살이고 내가 한살 어렸을 때인 1989년 후반에 자기 남동생이 이코이[66]의 집에서 연 파티에서 내가 그녀를 강제로 범했다고 말했다. 그후, 그후의 몇주 동안, 그후의 몇달과 몇해 동안 내가 마치 그 일은 아무것도 모른다는 듯이, 우리가 다시 만났을 때 그녀를 알아보지도 못할 정도로 자기를 아예 잊어버린 듯이 행동했고 내가 한 행위를 한번도 인정하려 하지 않았다고, 그녀는 아래의 환한 강에 눈길을 붙박은 채 말했다. 이런 고문 같은 기만이 현재까지 계속되어왔다

66 나이지리아 라고스의 부유한 동네.

고. 하지만 그녀에게 상황은 그렇지 못했다고, 부인 否認이라는 사치는 자신에게 가능하지 않았다고 그녀는 말했다. 사실은 내가 그녀의 삶에서 얼룩이나 흉터처럼 상수로 존재해왔으며, 성년의 삶에서 그녀는 거의 매일, 순간적으로 떠올리든 오래 괴로워하든 나를 생각했다는 것이다.

　　모지는 이런 기조로 대략 육칠분 동안 계속 말했다. 그녀는 내게 그날 밤 파티에 다른 누가 참석했는지 말했고 그때 일어난 일에 대해 정확히 기억하고 있는 것을 묘사했다. 우리는 둘 다 맥주를 마셨고 그녀는 취해 쓰러지기 직전이었는데, 내가 그녀를 다른 방으로 데려가 강제로 범했다는 것이다. 그후 몇주 동안 자기는 죽고 싶었다고 그녀가 말했다. 내가 자기를 보기를 거절했다고 그녀는 말했고, 그녀의 남동생 나요는 이런 일들이 일어난 것을 알았는데, 그건 남매간에 이 문제를 의논해서가 아니라 그날 밤 우리는 사라지고 그림자만 남은 가운데 그가 몰랐으리라는 것은 도저히 믿을 수 없기 때문이며, 그녀는 자신을 보호하기 위해 아무런 조치도 취하지 않은 다요를 증오한다고 말했다. 그리고 이제 우리 모두 이렇게 성인이 되었는데 그녀는 여전히 그 상처를 간직하고 있으며, 나를 다시 보고 내가 예전의 그 냉담함을 조금도 잃지 않았음을 알게 되자 그 상처가 되살아나서 그 일 이후 몇주 동안 겪었던 고통에 맞먹을 만큼 강도 높은 심적 고통을 안겨주었으며, 다만 이번에는 자신에게조차도 명확하지 않은 이유로 그녀는 자신의 고통을 숨기고 그 상황에 대해 애써 행복한 얼굴을 보이려 했다고 말했다. 그녀는 용서하려 했고 잊으려 했으나 어느 쪽도 되지 않았다고 말했다.

모지의 목소리는 결코 커진 것은 아니었지만 이쯤에서는 마치 목이 쉰 것처럼 긴장해 갈라지는 소리가 되었다. 너는 아무 말도 하지 않겠지, 그녀가 말했다. 네가 아무 말도 하지 않을 걸 알아. 난 그냥 남들이 믿어주지 않을 성적 학대 이야기를 지닌 또 하나의 여성일 뿐이지. 난 그걸 알아. 이봐, 이게 너무 오래전의 일이었기 때문에 그 모든 시간 동안 쓰라림이 나를 갉아먹어왔어. 그리고 내 말과 네 말이 엇갈리는 상황인데, 너는 합의에 따른 거였다거나 아니면 그런 일은 결코 일어난 적이 없다고 말하겠지. 나는 네가 할 법한 대답을 모두 예상했어. 그랬기에 누구에게도, 심지어 내 남자친구한테도 말하지 않은 거야. 하지만 내 남친은 어차피 널 꿰뚫어 보고 있어,

정신과 의사이자 뭐든 다 아는 사람인 너를. 네가 그를 어릿광대로 생각한다는 걸 알아. 그러나 그는 너보다 나은 사람이야. 그가 너보다 더 현명하고 삶을 더 잘 이해해. 그렇기에 내가 아무 말 할 필요 없이 그는 네가 내 삶에 얼마나 악영향을 미쳤는지 알고 있어.

줄리어스, 너는 조금도 변하지 않은 것 같아. 일어난 일은 네가 잊기로 했다고 해서 그냥 사라지지 않아. 네가 십팔년 전에 나를 강제로 범한 것은 네가 벌 받지 않고 빠져나갈 수 있기 때문이었고, 실제로 너는 빠져나갔다고 봐. 그러나 내 마음속에서는 빠져나가지 못했어. 나는 셀 수 없이 많이 너를 저주해왔거든. 그리고 아마도 이건 오늘 네가 할 것 같지 않은 일이지만, 따져보면 그때로 돌아가도 네가 할 거라곤 생각하지 않았지. 이건 딱 한번만 하면 돼. 그러니 이제 뭐라고 말 좀 해볼래? 뭐라고 말 좀 할 거냐고?

다른 사람들이 깨어나 아파트 안에서 이리저리 돌아다니기 시작했다. 모지는 말하기를 멈췄고 은은히 빛나는 허드슨강에 눈길을 고정하고 있었다. 나는 그녀가 울기 시작하리라고 생각했지만 울진 않아서 안심했다. 그 순간 베란다에 나온 사람이라면 누구든 우리가 강물에 반짝이는 햇빛을 즐기는 것 말고 다른 일을 하고 있었다고는 결코 상상할 수 없었을 것이다.

방금 떠오른 태양과 극도의 예각으로 만나 허드슨강은 알루미늄 지붕처럼 빛났다. 그 순간—이건 마치 지금 당장 내 앞에서 재생되는 듯이 정확히 기억하는데—나는 카뮈가 자기 일기에서 니체와 기원전 6세기의 로마 영웅 가이우스 무치우스 코르두스 스카에볼라에 관해 이중의 이야기를 하는 대목이 생각났다. 스카에볼라는 에트루리아의 왕 포르세나를 죽이려다 포로가 되었는데, 공범자들의 이름을 누설하지 않고 불 속에 자신의 오른손을 넣어 타도록 내버려둠으로써 대담무쌍함을 보여주었다. 이 행동에서 그의 별명, 왼손잡이라는 뜻의 스카에볼라가 나왔다. 카뮈에 따르면 니체는 학우들이 스카에볼라 이야기를 믿으려 하지 않자 화가 났다. 그래서 열다섯 살의 니체는 난로 쇠살대에서 뜨거운 석탄 조각 하나를 빼내 손에 쥐었다. 물론 그 석탄은 손을 태웠고, 그는 그 흔적을 평생 간직하고 살았다.

나는 안으로 들어가 일어난 사람들과 인사했다. 오분 후 나는 떠났다. 며칠 후에야 다른 곳에서 그 이야기를 찾아보고서 나는 고통에 대한 니체의 경멸이 석탄이 아니라 그가 제 손바닥 한가운데 올려놓은 몇개의 불붙은 성냥개비로 표현되었으며, 그 성냥개비들이 그의 손을 태우기 시작하자 놀란 반장이 쳐서 땅에 떨어뜨렸다는 것을 알았다.

월요일은 개업의로서 처음 맞는 종일 근무일이
었다. 나의 선배 동업자 데이비드 잉이 십사년 동안
운영해온 그 병원은 바워리에 있었다. 전쟁 전에 지
은 건물 3층에 있는 쾌적한 사무실로서, 창문을 열면
거리 맞은편의 조명 가게들과 그 위의 깔끔한 하늘
이 선명하게 보였다. 올해의 철새 이주의 징후는 아
직 없었지만 나는 철새들이 오리라는 것을 알고 있
다. 조용한 순간에는 새점을 마음껏 볼 수 있을 것이
다. 이번 달은 바빴다. 지난주만 해도 웨스트 21번가
의 작은 아파트로 이사를 했다. 그곳은 전망은 좋지
않지만 (부동산중개사가 내게 끝없이 상기시켰듯이)
호감 가는 동네이고 사무실까지 걸어서 오갈 수 있
는 거리다. 몇주 전에는 그간 미뤄왔던 손 수술을 했
다. 고통은 사라졌다.
　나의 전임의 과정은 여름이 끝나면서 끝났고 도
심에서 떨어진 좀더 수익성 좋은 자리가 있었으나

나는 잉과 동업하는 쪽을 택했다. 수익성 좋은 자리 가운데 가장 매력적인 곳은 뉴저지주 해컨색의 공동 개업 병원이었다. 그쪽을 택하면 더 많은 돈, 교외의 조용함, 더 많은 돈으로 살 수 있는 것들을 누릴 수 있겠으나, 결국 선택은 어렵지 않았다. 여기 도심에 남아 있는 것이 내게는 정서적으로 의미 있는 유일한 선택이기 때문이다. 우리 과 학과장인 볼트 박사의 직업적 조언도 도움이 되었지만 나 자신의 본능도 그랬다. 나와 두편의 연구논문의 공저자인 마틴데일 박사는 나를 설득해 대학에 남게 하려 했으나 대학 환경이 나한테 맞지 않는다는 것은 오래전에 분명해졌다.

나는 내 사무실 내부를 꾸리기 시작했다. 사무실 공간은 대부분 비어 있으나 몇권의 책을 들여놓고 상담 약속 시간 사이사이에 음악을 듣는 데 쓸 소형 스피커 한쌍과 함께 컴퓨터를 설치했다. 나는 이제 예전보다는 아나운서들에게 훨씬 관대해졌고, 이미 컴퓨터에다 뉴욕의 클래식 음악방송 한 곳을 즐겨찾기에 넣어두었다. 금요일에는 새 소파가 들어왔는데, 레몬 향과 먼지 냄새가 묘하게 결합된 천 냄새가 실내 공간을 압도하지만 환자들 가운데 불평하는 사람은 아직 없다. 사무실 바깥문에는 내가 들어오기도 전에 잉이 만들어놓은 모서리를 둥글린 황동 명판이 달려 있다.

의자 뒤편의 코르크 게시판에는 이삼주 전에 내가 헌책방에서 우연히 발견한 헬리오폴리스의 우편엽서가 핀으로 꽂혀 있다. 오래되어 누레진 엽서는 오른편의 건물 그림자로 어두워진 거리를 보여주고 있다. 그 건물은 양쪽으로 두쌍의 기둥이 있고 중세 유럽의 종탑같이 생겼다. 아주 조그만 형체의 두 남자가 건물 옆면을 따라 걸어간다. 흰색 예복 차림이다. 이들보다 조금 더 클 뿐인 또 한명의 남자가 텅 빈 거리 한복판에 선 채 사진사를 쳐다보고 있다. 그 역시 무릎까지 내려오는 흰색 예복 차림이지만 그 위에 검은색 재킷을 입고 있다. 이 남자의 오른편에서 거리는 은색 철로 두가닥과 함께 갈수록 좁아드는 모양을 이루고, 수평선 근처에는 전차 두대가 있다. 위쪽 가공선架空線과 전차를 연결하는 위로 쳐들린 연결부 때문에 전차들이 약간 집파리처럼 보인다. 거리 왼편에는 더 작은, 아니, 어쩌면 그냥 좀더 멀리 떨어졌을 빌딩 하나가 덩그런데, 이 건물의 탑 중 하나는 꼭대기에 양파 모양 돔이 있다. 날짜가 표시되지 않은 그 엽서는 사진 위에 하얀색으로 작게 "카이로, 헬리오폴리스 9108"이라고만 인쇄되어 있다. 그림같이 아름다운 엽서는 아니다. 하늘은 색이 바랜 듯하고 그림자는 어둡고 그렇게 흥미로운 구성도 아니다. 엽서는 어느 누가 코르크 게시판에 부러 붙여 놓을 만한 것이 아니라 누군가가 잊어버린 물건처럼 보인다. 하지만 거리의 그림자 때문에 얼굴이 보이지 않는, 검은 재킷에 하얀 예복을 입은 그 작은 남자가 증인 역할을 하면서 내가 일하는 동안 지켜보고 있다는 느낌을 떨칠 수가 없고, 사실 애당초 내가 엽서를 집어들게 된 것도 그 작은 형상 때문이었다. 나중에 가서야 나는 그 엽서가 앙팽 남작의 헬리오폴리스를 묘사한 것임을 알아보았다.

어제 오후 새 환자들을 보는 사이사이의 잠잠한 시간에 음악을 듣다가 이번 주 카네기홀 공연의 알림을 받았다. 사이먼 래틀 지휘로 베를린 필하모닉 오케스트라가 세번의 연주회를 개최할 예정이라는 것이다. 나는 온라인으로 저녁 공연 입장권 한장을 샀다. 오늘 밤은 세번의 연주회 중 마지막, 「대지의 노래」 공연인데, 이건 표가 매진되었기 때문에 보지 못할 것이다. 말러의 마음은 언제나 마지막인 것들에

가 있었다. 그 고통스러운 작별의 선율과 비통하면서도 감미로운 소리의 세계를 지닌 「대지의 노래」는 대부분 1908년 여름에 작곡되었다. 그 전해인 1907년에 그는 반유대주의 성향의 악랄한 정치로 말미암아 빈 오페라 감독직에서 물러나게 되었다. 그 이전인 1907년 7월, 자신의 두 딸 중 손위인 다섯살의 마리아 안나가 성홍열로 죽는 큰 충격에 잇따른 낙심이었다. 메트로폴리탄 오페라에 1908년 시즌 동안 고용된 그는 아내 알마와 작은딸을 뉴욕으로 데려갔다. 유예의 기간이, 영광의 순간과 약간의 만족이 있었다. 그는 특유의 지휘와 혁신적인 프로그램 운용으로 청중을 매료시켰으나 메트로폴리탄 이사회는 곧 토스카니니를 선호해 그를 밀어냈다.

어젯밤 나는 말러가 「대지의 노래」를 쓴 후에 작곡한 작품인 교향곡 제9번 공연에 참석했다. 말러의 종결 감각은 너무나 강렬해서 종결에 관한 그의 여러 음악적 서사가 이전 서사들을 지배하다시피 하게 된다. 그는 스스로를 교향곡 종결의 대가, 전작품 종결의 대가, 그리고 자기 인생 종결의 대가로 만들었다. 심지어 교향곡 제9번조차 그의 진짜 마지막 작품은 아니었다. 교향곡 제10번의 미완성 유고가 남아 있는데, 그건 이전 작품들보다 더 장송곡풍이다. 교향곡 제10번은 말러의 초고를 토대로 영국의 음악학자 데릭 쿡이 1960년대에 완성했다.

나는 어젯밤 교외 방향의 N선 기차에 앉아서 말러의 말년을 떠올리게 되었다. 그를 둘러싼 그 모든 어둠, 나약함과 죽을 운명을 상기시키는 여러 요소들이 어떤 미지의 영역에서 환하게 조명되었으나 심지어 그 빛조차도 그림자가 드리워 있었다. 나는 구름이 이따금 마천루들의 가파른 측면이 만들어내는 햇빛 환한 협곡들을 가로질러 질주하는 광경을, 그리하여 지나가는 빛과 어둠이 어둠과 빛의 또렷한 경계를 관통하는 광경을 떠올렸다. 말러의 마지막 작품들 —「대지의 노래」, 교향곡 제9번, 교향곡 제10번의 초고 — 은 모두 사후에 초연되었다. 셋 모두 광대한, 강렬하게 빛나며 생기 넘치는 작품으로, 삶에서 펼쳐지는 비극에 둘러싸여 있다. 이 작품들이 주는 압도적인 인상은 빛과 관련된다. 삶에 대한 열정적 갈망의 빛, 무자비하게 다가오는 죽음을 찬찬히 바라보는 슬픈 마음의 빛 말이다.

마지막인 것들에 대한 강박은 그의 말년의 스타일에만 나타나는 것이 아니다. 그 강박은 그의 작곡

여정의 바로 시작점부터 있었으니, 죽음과 부활의 긴 음악적 탐구라 할 교향곡 제2번까지 거슬러 간다. 만년에 그가 오로지 「대지의 노래」만 작곡했다면 그건 적절한 최후진술로, 모차르트의 레퀴엠, 베토벤의 교향곡 제9번, 슈베르트의 마지막 피아노 소나타와 견줄 만큼 위대한 최후진술 중 하나로 여겨졌을 것이다. 그러나 「대지의 노래」에 뒤이어 그 못지않게 엄청난 교향곡 제9번을 이듬해인 1909년 여름에 내놓음으로써 그는 도저한 의지력을 통해 작별 연장의 천재가 된 셈이다.

그 연주회는 베를린시 경축 행사의 일환이었다. 나는 어제 연주회의 입장권을 너무 늦게 사는 바람에 저 높이 4층 좌석에 있었다. 소라 껍데기 모양의 아름다운 공간에 천장 곳곳에 공연 설비와 매립 조명이 박혀 있는 연주 홀이 사람들로 꽉 들어찼다. 내 옆자리 사람은 비싼 코트를 입은 아름다운 여성이었는데 고약한 냄새가 났다. 침과 알코올이 뒤섞인 듯 강한 냄새였는데, 좋지 않은 위생 상태가 문제가 아니라 향수를 지나치게 뿌려서인 것 같았다. 좌석을 바꿀까 하는 생각도 들었으나 그럴 수는 없다는 것이 밝혀졌다. 그녀가 기운차게 부채질을 해서 냄새는 흩어졌다. 곧 그녀의 동반자가 도착했다. 청색 정장에 체크무늬 흰 셔츠 차림의 키가 크고 햇볕에 그을린 남자로서, 명랑한 회색 눈의 유럽인처럼 보이는 타입이었다. 무대 옆쪽에서 악장이 나타나 박수를 받았고 오케스트라가 조율을 시작했다. 먼저 오보에 주자들이 선명한 라 음을 내더니 그다음에는 현악기 소리들이 아름다운 불협화음에서 빠져나와 같은 음이 되었다.

구스타프 말러가 몸소 지휘한 마지막 연주회는 1911년 2월 카네기홀에서였다. 그 연주회에는 그 자신의 음악은 하나도 포함되지 않았다. 그는 나중에 뉴욕 필하모닉이 된 뉴욕 심포니 오케스트라를 이끌고 부조니[67]의 「애상의 자장가」Berceuse Élégiaque를 세계 최초로 공연했던 것이다. 그날 말러는 열에 들떠 있었고, 주치의 조지프 프랭클 박사의 조언을 무릅쓰고 지휘를 했다. 그 곡에 붙은 문구 "아이의 요람이 흔들리고 아이의 운명은 위태롭게 휘청거린다. 인생의 길은 희미해져 마침내 영원히 멀리 사라져버린다"에 맞춰 부조니의 곡을 지휘하면서 그날 저녁 그의

---

[67] Ferruccio Busoni(1866~1924). 이탈리아의 작곡가, 피아니스트, 지휘자.

몸 안의 열기는 필시 견딜 수 없을 만큼 타올랐을 것이다.

다시 오보에 주자가 라 음을 연주하자 이번에는 목관악기들이 조율했고 현악기들이 거침없이 합류했다. 마침내 무대로부터 신호가 왔고 홀에는 정적이 감돌았다. 이런 연주회는 거의 언제나 그렇듯이 거의 모든 사람이 백인이었다. 그건 나로서는 눈여겨보지 않을 수 없는 사안이었고, 사실 매번 눈여겨보면서도 지나치려고 애쓴다. 그런 노력의 일환으로 일련의 재빠르고 복잡한 타협이 진행된다. 애당초 그 점을 알아본 것에 대해 자책하기도, 우리의 삶이 여전히 분열 상태임을 상기시키는 것들을 개탄하기도, 이런 상념들이 그날 저녁 어느 시점에 내 마음을 스쳐가리라고 예상하는 것에 짜증이 나기도 한다. 어제 내 주위에 있던 사람들 대다수는 중년이거나 노년이었다. 나는 그런 상황에 익숙하지만 이 도시의 혼종성을 벗어나서 모두가 백인인 공간 속으로 진입하기가 얼마나 쉬운지에는 끊임없이 놀라게 되는데, 내가 아는 한 그런 공간의 동종성에 그 속에 있는 백인들은 어떤 불편함도 느끼지 않는다. 그 백인들 중 몇몇에게 유일하게 별난 거라면 좌석에서나 구내매점에서 젊은 흑인인 나를 보는 것이다. 막간의 휴식 시간 동안 화장실 앞에 줄을 서 있으면 가끔 내가 1906년 브롱크스 동물원의 원숭이 우리에 전시되었던 음부티족[68] 남자 오타 벵가인 것처럼 느끼게 만드는 눈빛을 받는다. 나는 그런 생각들이 지긋지긋하지만 거기에 길들어 있다. 그러나 말러의 음악은 백도 흑도, 늙은 것도 젊은 것도 아니며, 심지어 특별히 인간적인 것이라기보다 우주적인 떨림에 더 공명하는 것은 아닌지 의심의 여지가 있다. 사이먼 래틀은 미소를 지은 채 곱슬머리를 튕기며 무대에 올라 박수갈채를 받았다. 그가 오케스트라단에 신호를 보내자 조명이 더 어두워졌다. 완전한 침묵이 도래했고, 기대 어린 한순간 뒤에 래틀이 지휘봉을 내리꽂자 음악이 시작되었다.

교향곡 제9번 1악장은 거대한 배가 항구를 빠져나가듯, 육중하지만 그럼에도 그 움직임이 완전히 우아하다. 래틀의 지휘로 1악장은 한숨, 일련의 주저함, 반복 추락하는 음형으로 시작되어 점점 광란적으로 되는 동시에 좍 뻗어나갔다. 나는 여느 때처럼 몸과 마음 둘 다로 들으면서 그 곡의 익숙한 세부로 들어

---

68 콩고 피그미족 중 하나.

가 작품의 새로운 세부를, 전에는 내가 알아채지 못했거나 지휘자가 처음으로 표면화한 강조와 분절의 지점들을 발견했다. 내가 지켜본 바로 래틀은 말러를 지휘하고 있었지만 또한, 적어도 이 곡의 오랜 열혈 지지자인 나한테는, 같은 곡을 지휘했던 다른 지휘자들과도 소통하고 있었다. 벤저민 잰더, 야샤 호렌슈타인, 클라우디오 아바도, 존 바비롤리, 베르나르트 하이팅크, 레너드 번스타인, 헤르만 셰르헨, 오토 클렘페러, 그리고 특히 1차대전 시작 이년 전이자 말러 사후 일년 만에 그 곡을 빈에서 초연한 브루노 발터와 말이다. 이들은 이제는 다수가 고인이 된, 대부분이 유럽 남자들인 이름이었고 내가 미국에 온 이후 십오년 동안 내게 너무나 큰 의미를 지니게 된 이름이었으니, 각각의 이름이 교향곡의 광대한 세계에서 특정한 기분과 음조 변화—균형 잡히고, 극단적이고, 감상적이고, 고통스럽고, 위안을 주는—와 연관되어 있었다. 사이먼 래틀은 오케스트라를 이끌고 광란하듯 몰아치기도, 자장가처럼 달래기도 하면서 첫 두 악장의 소리를 빚어냄으로써 자신이 이 곡 해석의 거장 중 하나임을 강력하게 내세웠다. 론도인 3악장은 요란하고, 무례하고, 더할 나위 없는 익살과 해학으로 가득했다.

그다음, 객석의 모든 사람이 숨을 멈춘 듯한 고요 속에서 마지막 악장의 감미로운 찬가풍의 첫 대목이 현악기들의 연주로 시작되면서 홀을 가득 채웠다. 그 순간 나는 넋이 나갔다. 이 악장의 멜로디가 「나와 함께하소서」[69]와 얼마나 비슷한지 전에는 알아채지 못했던 것이다. 그렇게 비슷한 것을 알게 되자 나는 말러의 길고 빛나는 애가의 깊은 슬픔에 흠뻑 젖어들었다. 나와 함께 객석에 있는 사람들의 강렬한 집중과 수백가지 개인적 상념까지 감지할 수 있을 것 같은 느낌이었다. 거의 백년 전에 바로 여기 맨해튼에서, 카네기홀에서 걸어서 얼마 걸리지 않는 59번가와 5번 애비뉴 모퉁이의 플라자 호텔에서 말러가 곧 심장병이 제 목숨을 앗아갈 것을 알면서도 바로 이 교향곡 작곡에 몰두하고 있었다는 것은 얼마나 기이한가.

마지막 악장의 은은한 빛 속에서 음악이 끝나기 훨씬 전이었는데, 제일 앞줄에 앉은 나이 든 여자 하나가 일어서더니 통로를 따라 올라오기 시작했다. 그

---

69 1847년 헨리 프랜시스 라이트 성공회 사제가 임종 직전에 쓰고 윌리엄 헨리 몽크가 곡조를 붙인 찬송가.

녀는 느리게 걸었고, 그래서 사람들의 귀는 모두 음악에 머물렀으나 눈은 전부 그녀에게 가 있었다. 그녀는 마치 부름을 받고서 우리에게는 보이지 않는 힘에 이끌려 죽음 속으로 떠나는 것 같았다. 그 늙은 여자는 노쇠했고, 숱 적은 백발의 정수리는 무대 조명을 받아 후광처럼 되었고, 너무나 느리게 움직여서 마치 서서히 진행되는 음악 속에 정지된 티끌 같았다. 그녀의 팔 하나가 조력자에 의해 앞으로 이끌려가듯 살짝 들렸는데, 마치 내가 오마와 함께 거기 아래에 있어 오마를 어둠 속으로 에스코트할 때 음악의 흐름이 우리를 부드럽게 떠미는 듯했다. 그녀가 출입구로 이동해 시야에서 사라져갈 때의 그 우아한 모습은 이른 아침 보트 하나가 시골 호수 위로 떠나가는 모습과 흡사했으니, 호숫가에 아직 서 있는 사람들에게 그 보트는 항해하는 것이 아니라 안개의 본체 속으로 용해되는 듯했다.

말러는 자기연민 없이 내내 병을 앓고 갖가지 통증을 겪으면서 작곡 일을 했고, 거장의 작법으로 비가를 정교하게 빚어 애상곡으로 만들었다. 그는 특유의 으스스한 유머로 병은 재능이 없다고, 병이란 재능의 부재라고 즐겨 말했다. 그는 자기 자신의 죽

494

음을 중요하게 만들었으니 ─ 그게 그의 위대한 재능 중 하나였다 ─ 어떤 위대한 중국 시인들이 그랬다고 하듯 그는 정말로 벽을 무너뜨리며 죽은 용과 흡사했다. 그의 장례는 빈의 그린칭 묘지에서 있을 예정이었다. 그러니까 마운트 시나이 병원 의료 책임자 이매뉴얼 리브만 박사와 상의한 프랭클 박사로부터 최종적인 사형선고 ─ 심장판막에 괴멸적인 손상을 주는 질환인 심내막염 진단을 일찌감치 받은 데 더해 이차적으로 연쇄상구균에 의한 패혈증 진단 ─ 를 받은 후, 말러는 마지막 귀향의 고된 여정을 감행했다. 그는 우선 배를 타고 뉴욕에서 파리까지 갔고, 파리의 파스퇴르 연구소에서 실험적인 혈청 시술을 시도했으나 실패했고, 그다음에는 큰 불편을 느끼면서 기차로 빈까지 갔다. 빈 사람들은 전에는 그토록 가혹하게 대했던 그를 환영하고 격찬했고, 마치 로마로 죽으러 돌아온 베르길리우스인 것처럼 그의 자동차 행렬을 뒤따랐다. 그리고 일주일 후인 1911년 5월 18일 자정에 그는 죽었다.

음악이 멈췄다. 홀은 완전한 침묵이었다. 사이먼 래틀은 지휘봉을 허공에 멈춘 채 지휘대에서 꼼짝도 하지 않았고, 오케스트라 단원들 역시 그들의 악기를 든 채 가만히 있었다. 나는 홀 주위를, 저 침묵의 홍수에 온통 잠긴 빛나는 얼굴들을 둘러보았다. 침묵의 몇초가 이어졌다. 아무도 기침하지 않았고 아무도 움직이지 않았다. 홀 바깥 저 멀리서 지나는 차들 소리가 희미하게 들렸다. 그러나 홀 안에는 소리 하나 없었고 심지어 질주하는 수백가지 상념들도 멈춘 듯했다. 그때 래틀이 양손을 내렸고, 객석에서는 박수갈채가 터졌다.

내 뒤에서 문이 찰각하며 닫히자 나는 그때서야 무슨 짓을 한 것인지 깨달았다. 나는 비상구로 나왔는데, 그 문은 연주 홀 4층 객석에서 건물 바깥의 화재대피용 비상계단과 직접 연결되었다. 방금 꽝 하고 닫힌 무거운 금속 문은 바깥쪽에는 손잡이가 없었다. 나는 문이 잠겨 안으로 들어가지 못하게 된 것이다. 우산도 연주회장에 두고 왔기 때문에 잠시라도 비바람을 피할 길이 없었다. 그리고 이 모든 것에 더해서 폭풍우 치는 저녁 카네기홀의 불도 들어오지 않는 측면 바깥에 갇힌 채, 나는 바란 대로 출구 계단에 서 있는 것이 아니라 사실은 허술한 화재대피용 비상계단에 서 있었던 것이다. 개선의 여지가 없는 웃긴 상황이었다.

20여 미터 아래 이 도시의 지상층과 나 사이에는 오로지 반질반질한 철제 사다리만이 있을 뿐이었다. 내 다리 사이로 바로 아래의 조명이 보였고, 머리와 코트는 이미 젖어 있었다. 함께 연주회에 참석한 사람들은 나의 곤경을 전혀 모른 채 그들의 삶으로 분주했다. 온화한 날씨에서도 외침 소리가 들리지 않을 거리였으니 한밤에 비가 쏴쏴 거리를 휩쓸고 지나가는 상황에서는 소용없는 일이었다. 그런데 이렇게 되기 몇분 전에, 오케스트라가 종결부를 향해 항해하듯 나아가며 우리 모두를 있을 수 없는 고양의 지점으로 데려갔을 때, 나는 신의 품에 안겨 있었고 수백명의 타자들과 함께였다.

이제 나는 희귀하게 순수한 고독과 직면했다. 어둠 속에서 아찔한 수직 낙하의 거리 위로 저 멀리 42번가의 불빛이 번쩍거리는 것을 볼 수 있었다. 비상계단 난간은 십중팔구 가장 상태가 좋았을 때도 위태로웠을 법한데 지금은 물기로 번들거려 잘 쥐어지지 않았다. 나는 미리 숙고한 후에 한걸음씩 내디디며 조심스럽게 움직였다. 바람이 건물 주위로 요란스럽게 몰아쳤고, 이 높이에서 떨어지면 즉사할 테니 장애인이 될 가능성은 전혀 없다는 생각에 나는 얼마간 잔인한 위안을 얻었다. 그 생각에 차분해진 나는 철제 계단을 밟고 한번에 10여 센티미터씩만 미끄러져 내려갔다. 고공의 쇠줄타기 같은 이동이 어둠 속에서 수분 동안 계속되었다. 그러다 나는 화재대피용 비상계단이 건물의 중간 지점까지밖에 없고 또다른 닫힌 문에서 갑자기 끝난다는 것을 알았다. 지상까지 이르는 나머지 거리는 대략 계단 두개 높이인데, 허공밖에 없었다. 하지만 나는 운이 좋았다. 이 두번째 문에는 손잡이가 있었다. 시험 삼아 열어보니 열렸고, 건물의 복도로 통했다.

안도와 감사의 마음으로 열린 문을 붙잡고 안으로 들어가기 전에 머리 위를 쳐다볼 생각이 들었는데, 놀랍게도 별이 있었다. 별이라니! 이 도시를 상시적으로 에워싸고 있는 빛 공해에다 그것도 비가 내리고 있는 밤에, 별을 볼 수 있으리라고는 전혀 생각지 못했다. 그러나 비는 내가 계단을 내려오는 사이에 멈췄고 대기를 깨끗이 씻어놓았다. 맨해튼 전깃불의 독기가 그렇게 하늘 높이까지는 닿지 못했고, 달 없는 밤에 하늘은 마치 빛으로 가득한 지붕 같아서 천국 자체가 은은히 빛나고 있었다. 경이로운 별들이, 저 멀리의 반딧불이떼처럼 자욱했다. 그러나 나는 눈으로는 파악할 수 없는 것을 몸으로 느꼈다. 그건 별들의 참된 성격이란 이미 과거에 속하는 뭔가의 상시적인 시각적 반향이라는 점이었다. 빛이 그렇게 먼 거리를 가로질러 오는 데 걸린 헤아릴 수 없이 긴 세월 동안 어떤 경우에는 빛의 원천 자체가 오래전에 소멸하고 그 어두운 잔해는 점점 더 빠른 속도로 펼쳐지며 우리로부터 멀어져간 것이다.

그러나 죽었음에도 빛나는 별들 사이의 어두운 공간들에는 내가 볼 수 없는 별들이 있었다. 엄연히 존재하면서 빛을 보내지만 아직 내게 도달하지 않은 별들이, 지금 살아 있고 빛을 보내지만 나한테는 오로지 텅 빈 틈새로만 현전하는 별들이 있었다. 그 별들의 빛은 나와 나의 세대, 그리고 나 이후 세대가 시간 밖으로 빠져나간 지 오랜 후에야, 어쩌면 인류 자체가 소멸한 지 오랜 후에야 마침내 지구에 도달할 것이다. 그 어두운 공간을 들여다보는 것은 미래를 매개 없이 흘깃 보는 것이었다. 나는 비상계단의 녹슨 난간을 한 손으로 움켜잡고 다른 손으로는 열린 문을 더 꽉 붙잡았다. 밤공기가 내 귀를 때렸다. 나

499

는 수직 낙하의 아래쪽을 내려다보았다. 택시의 흐릿한 노란색 사각형이 빠르게 지나치더니 그다음에는 앰뷸런스가 지나갔는데, 일곱층 밑에서 내게 도달한 사이렌 소리는 타임스 스퀘어의 네온 지옥불을 향해 넓게 뻗어나갔다. 나는 보이지 않는 별빛을, 나의 온 존재가 맹점에 휩싸여 있어 도달할 수 없는 별빛을, 시간당 10억 킬로미터 넘는 거리를 주파하면서 최대한 빠르게 다가오고 있는 별빛을 중간 지점에서 만날 수 있었으면 하고 바랐다. 별빛은 때가 되면 도착할 것이고 다른 인간들에게, 어쩌면 상상 불허의 대재앙이 우리 세계를 알아볼 수도 없는 지경으로 바꾸어놓은 후의 다른 형상의 우리 세계에 그 빛을 던질 것이다. 내 손은 금속 문을, 눈은 별빛을 붙잡았는데, 마치 내가 뭔가에 너무 가까이 가서 그 빛이 초점을 벗어났거나, 아니면 너무 멀리 떨어져나와서 그것이 점차 사라져버렸을 때 같았다.

나는 말똥 냄새가 진동하는 센트럴 파크를 따라 사이토 박사의 아파트 동을 지나 콜럼버스 서클까지 걸어갔고, 지하철 1호선을 타고 23번가까지 내려갔다. 지하철에서 나와서는 집으로 곧장 가지 않고 웨스트사이드 하이웨이를 건넜다. 나는 물을 볼 생각이었기에 첼시 부두 건물 가까이 갔다. 요트와 관광선이 정박된 건물의 오른쪽으로 돌아가니 제복을 입은 한 남자가 보였다. 그가 인사조로 팔을 들었다. 우리곧 떠나려고 해요, 그가 말했다. 나는 그를 배의 책임자로 짐작해서 나는 일행이 아니라고 설명했다. 괜찮아요, 그가 말했다. 배는 아직 풀가동을 하는 게 아니라서, 당신은 돈을 낼 필요가 없고 그들이 비용을 대줘요. 그는 미소 짓고 덧붙였다. 올라타고 싶은 거 알아요. 자, 타요! 한시간 이내에 돌아올 겁니다. 나는 그를 따라 66번 부두로 가서 길고 흰 배에 올라섰다. 배는 이미 술로 흥청거리는 대학생 또래의 사람들로 시끄러웠다. 시간은 11시가 다 됐고, 비는 내리지 않았다. 불빛이 환한 안쪽 선실에서 웨이터 제복을 입은 누군가가 학생들이 그의 쟁반에서 가득 찬 플라스틱 샴페인 잔을 집어들기 전에 신분증 검사를 하고 있었다. 그가 내게 한잔을 건넸으나 나는 사양했다. 이제 바람이 세차게 불어 사람들 대다수는 선실 안에서 바깥 광경을 바라보고 있었다. 나는 뒤쪽 갑판으로 나갔다. 몇몇 커플과 혼자인 사람들 몇이 있었고 나는 한 난간 근처에서 앉을 자리를 찾았다.

엔진이 낮게 우르릉거리는 소리를 냈고 배가 마치 다이빙에 대비해 공기를 들이마시듯 약간 후진하며 흔들렸다. 그런 다음 배는 부두를 박차고 나가 곧 우리와 정박장 사이의 물이 넓어졌고 흥청대는 사람들의 잡담 소리가 유리로 에워싸인 선실 위로 떠올랐다. 우리는 남쪽으로 빠르게 원호를 그리며 나아갔고 곧 왼편으로 월 스트리트 지역의 키 큰 빌딩들이 어렴풋이 나타났다. 물에서 가장 가까운 것은 타워 두개를 반투명 아트리움으로 연결한 세계금융센터로, 야간 조명을 받아 푸르게 빛났다. 배가 허드슨 강의 큰 파도를 타고 넘었다. 갑판에 앉아 검은 물 위로 거품 이는 하얀 항적航跡을 지켜보면서 나는 마치 보이지 않는 줄에 흔들리는 종처럼 위로 아래로 당겨지는 느낌이었다.

어퍼만으로 들어간 지 몇분 되지 않아 우리는 자유의 여신상을 보았다. 안개 속에서 희미한 녹색이던 것이 아주 빠르게 육중한 모습으로 치솟았다. 여신의 두꺼운 옷 주름들이 원기둥만큼 당당한, 이름에 걸맞은 기념물이었다. 배는 섬에 가까이 다가갔고 이제는 더 많은 학생들이 갑판으로 올라와 여신상을 가리켰다. 우리 주위의 대기를 가득 채운 그들의 목소리가 메아리 없이 물속으로 떨어졌다. 이 항해를 꾸린 사람이 내게 다가왔다. 와서 기쁘죠, 안 그래요? 나는 옅은 미소로 그의 인사를 받았고, 그는 내가 고독을 즐기는 것을 눈치채고 다시 가버렸다. 2001년 말 이후 여신상의 정수리는 닫힌 채로 있었고, 여신상 가까이까지 찾아간 방문객들조차 여신상을 올려다보는 것으로 만족해야 했다. 아무도 삼백오십사개의 좁은 계단을 올라가 정수리의 창에서 만을 내다볼 수 없었다. 어쨌든, 바르톨디[70]의 기념비적인 동상은 관광객들의 목적지로서는 딱히 오래 서비스하지 못한 것이다. 자유의 여신상은 애초부터 상징적인 의미를 갖고 있었으나, 1902년까지는 실제로 작동한 등대였고 미국에서 제일 컸다. 그 시절에는 여신상의 횃불에서 빛나는 불길이 배들을 맨해튼의 항구로 안내했는데, 같은 불빛이 특히 날씨가 안 좋을 때는 새들에게 치명적인 방향 상실을 불러왔다. 다수가 도심의 마천루군을 요리조리 피해온 영리한 새들이 단 하나, 여신상의 불길과 마주치면 어째선지 방향을 잃었다.

---

70 Frédéric Auguste Bartholdi(1834~1904), 프랑스의 조각가, 자유의 여신상 제작자.

많은 수의 새들이 이런 식으로 죽음을 맞았다. 예컨대 1888년, 폭풍우가 특히 심했던 어느 밤이 지나고 아침에 동상의 정수리, 횃불 발코니, 받침대에서 천사백마리가 넘는 죽은 새가 발견되었다. 섬의 관리들은 그 기회를 맞아 관례대로 그 새들을 뉴욕시의 여성 모자 제조업자와 팬시상품 가게에 헐값에 팔아넘겼다. 그러나 그게 그들에게 마지막이 되었다. 그 섬의 군사 지휘권을 갖고 있던 타신 대령이라는 사람이 개입해 향후에 죽게 되는 새들은 모두 상업적으로 처분할 것이 아니라 과학에 공헌할 수 있게 보관하겠다고 결정했기 때문이다. 새의 사체가 이백마리 이상 모일 때마다 워싱턴 국립박물관, 스미소니언 재단, 기타 과학 연구소들로 보내게 되었다. 이런 강력한 공익 정신을 바탕으로 타신 대령은 정부의 기록 체계를 떠맡아, 그 기록이 군대식 규칙성을 갖고 수행되도록 확실히 관리했다. 그래서 얼마 지나지 않아 죽은 새 하나하나에 대해 새의 종, 충돌 날짜와 시간, 충돌 횟수, 죽은 새의 수, 바람의 방향과 세기, 날씨의 특징과 총설까지 포함된 상세한 보고서를 내놓을 수 있었다. 예컨대 그해 10월 1일 대령의 보고서에는 굴뚝새 열한마리, 개똥지빠귀 두마리, 쏙

독새 한마리와 함께 흰눈썹뜸부기 쉰마리가 죽은 것으로 나타났다. 그다음 날에는 굴뚝새 두마리가, 그 다음다음 날에는 굴뚝새 여덟마리가 죽은 것으로 기록되었다. 타신 대령의 추정에 따르면 날씨와 바람의 방향이 수거되는 사체 수에 대단한 영향을 미치지만, 죽은 새의 평균 수치는 하룻밤에 약 스무마리였다. 그럼에도 불구하고 뭔가 더 골치 아픈 일이 일어나고 있다는 감각이 끈질기게 따라붙었다. 예컨대 10월 13일 아침에는, 바로 전날 밤에 특별히 바람이 많이 불거나 어둡지도 않았는데 백칠십다섯마리의 굴뚝새가 수거되었던 것이다. 모두 충격에 의한 죽음이었다.

뉴욕의 산책자, 세상과 자신을 탐사하다

1. 여는 말

『오픈 시티』(*Open City*)를 만난 것은 장편소설 (novel, 이하 '소설') 종언론이 한창 대두하던 2010년대 중반이었다. 베냐민, 푸코, 알튀세르, 데리다, 들뢰즈 등이 심대한 영향을 미친 '이론 이후' 소설의 변화를 다루는 논문들에서 『오픈 시티』 논의는 '9·11 이후의 소설'의 하나로 언급되곤 했다. 호기심에 끌려 읽기 시작한 이 소설은 첫 장(章)을 넘기기도 전에 그 복잡미묘하고 유연한 서사적 흐름으로 감싸듯 스며들었다. 물 흐르듯 흐르는 서사는 뉴욕시 곳곳을 돌아다니는 화자의 산책처럼 정해진 목적도 경로도 없이, 완급을 조절하며 '걷는 속도'로 다가왔다. 이런 서사적 흐름으로 보건대 『오픈 시티』는 플롯 중심의 소설이 아님은 분명하다. 구체적으로 어떤 소설인가? 이 물음에 곧바로 답하기는 어렵고, 기존 소설과 어디가 어떻게 다른지 몇몇 두드러진 점들을 간단히 짚어본다.

먼저 작가 테주 콜(Teju Cole)의 약력을 참조할 필요가 있다. 테주 콜은 나이지리아인 부모가 미국에서 만나 1975년에 미시간주(州) 캘러머주에서 태어났고, 나이지리아의 라고스로 가서 유년기와 청소년기를 보냈다. 어린 시절 테주 콜은 요루바족의 언어와 문화를 익히는 동시에 서구의 문학과 예술을 향한 열망도 키웠다. 열일곱살에 미국으로 유학한 그는 한때 의학에 뜻을 두기도 했으나, 소아스(SOAS)런던 대학교에서 아프리카 미술로 석사학위를 받고 뉴욕 컬럼비아 대학교에서 미술사(16세기 네덜란드 회화) 박사과정을 밟았으며, 현재 하버드 대학교에서 창작실습(문예창작) 교수로 있다.

2. 혼합적 형식과 쌍방향의 시선, 이중의 맹점

대학원에서 미술 관련 공부를 하는 동안 테주 콜은 2007년 데뷔작 『매일이 도둑을 위한 날』(*Every Day Is for the Thief*)을 나이지리아의 한 출판사에서 출간했다. 라고스의 서민적 삶의 현장을 일화(逸話) 형식으로 생생하게 포착한 이 중편은 출간 당시에는 크게 조명받지 못했지만, 기존의 소설 전통에서 벗어나 새 길을 찾으려는 과감한 시도였다. 픽션과 논픽션의 경계를 흐리는 서사도 그렇지만 군데군데 작가 자신이 찍은 거리 사진을 배치한 것은 전례가 없었다. 산문/소설 텍스트와 사진의 병치는 향후 그의 저작들에서 드러나듯 장르를 가로질러 예술 창작과 온갖 종류의 비평을 융합하는 그 특유의 혼합적 형식을 예고했다. 그는 데뷔작을 쓸 때부터 이미 수준 높은 사진가이자 비평가였으니, 여러 장르에 걸친 이런 재능은 장편 『오픈 시티』(2011), 산문집 『알려진 낯선 것들』(*Known and Strange Things*, 2016) 『블랙 페이퍼』(*Black Paper*, 2021), 여행사진·산문집 『맹점』(*Blind Spot*, 2017) 『태양의 황금 사과』(*Golden Apple of the Sun*, 2021), 사진집 『먼 곳을 향한 동경』(*Fernweh*, 2020)

등 모든 저작에서 확인된다.

데뷔작의 혼합적 형식도 파격이지만 그 어법과 정동도 남달랐다. 라고스 곳곳에서 매일 벌어지는 나이지리아인들의 도둑질과 사기 행각, 부패와 비리의 현장을 날카롭게 포착하는 사실적 세부가 기존의 아프리카 소설과 달리 어떤 사회운동적 대의와도 결부되지 않은 채 냉정하게 관찰되고 코믹하게 서술됨으로써 오히려 그곳의 고유한 장소성을 생생하게 부각했다. 테주 콜은 나이지리아의 선대 작가 치누아 아체베(Chinua Achebe)와 월레 소잉카(Wole Soyinka)에서 이어지는 아프리카 리얼리즘 소설의 반식민주의·민중주의 전통의 자양분을 물려받되 그와는 다른, 새로운 길로 첫발을 내디던 것이다.

『오픈 시티』는 그 새로운 길에 깊숙이 진입하여 여러 경계를 과감하게 가로지르는 서사적 모험의 현장으로 우리를 이끈다. 전작 중편과 눈에 띄게 다른 점은 무엇보다 화자가 위치한 장소와 시선의 방향이다. 『매일이 도둑을 위한 날』이 뉴욕에서 살다 온 한 젊은이의 시선으로 개발도상국 나이지리아의 부조리한 현실을 냉정하게 응시한다면, 『오픈 시티』는 나이지리아 출신의 코즈모폴리턴 혹은 '아프로폴리턴'(아프리카 출신 코즈모폴리턴)의 눈으로 서구의 중심 도시 뉴욕의 현재와 과거를 찬찬히 뜯어본다. 세계문학의 구도에서 볼 때 두 화자의 장소와 시선 방향이 서로 반대인데, 장편의 화자는 이미 중편 화자의 관점까지 내포한 것으로 보인다. 달리 말하면, 『오픈 시티』의 화자는 잠재적으로는 자본주의체제의 중심부에서 주변부를 보는 시선뿐 아니라 주변부에서 중심부를 보는 시선도 지니고 있다. 이런 쌍방향의 시선을 작동시킴으로써 체제의 사각지대에서 생겨나는 맹점들, 예컨대 인종주의를 비롯한 체제적 편견과 차별, 온갖 형태의 서구 중심 이데올로기에서 벗어날 가능성이 생긴다. 물론 잠재적으로 주어진 쌍방향의 시선을 정치하게 다듬어서 숨은 맹점을 깨닫는 지점까지 나아가는 것 자체는 지난한 일이 아닐 수 없다.

더구나 맹점에는 체제의 맹점만 있는 것이 아니다. 더 본질적으로는 감각과 인식의 주체로서 피할 수 없는 개별 존재의 맹점이 있다. 카메라 렌즈에 문제가 있으면 렌즈가 어디를 향하든 피사체가 흐려지

거나 왜곡되듯, 나 속 어딘가에 맹점이 있다면 쌍방향의 시선을 작동시켜도 세상과 타자는 제대로 모습을 드러내지 않을 것이다. 주인공 줄리어스를 포함해 크고 작은 맹점을 지닌 보통의 사람은 세상과 자기 내부의 뒤틀림이나 트라우마적인 상처를 직시하지 못하고 그런 치부를 가려주는 이미지를, 이를테면 불교에서의 상(相)을 본모습으로 여길 수 있다. 1부의 수수께끼 같은 제목 '죽음은 눈의 완성'(Death is a perfection of the eye)이 암시하듯 살아 있는 인간은 맹점을 면하지 못하며, 따라서 끊임없는 눈(시선과 시감각) 교정이 필요하다. 또한 프로이트 이후에는 의식과 무의식의 괴리로 말미암은 맹점까지 고려해야 하며, '내가 생각하는 나가 정말 나인가, 아니면 나의 상인가' 하는 물음을 피할 수 없다. 이런 맥락에서 2부의 제목이 '나 자신을 샅샅이 뒤졌다'(I have searched myself)인 것은 우연이 아니다. 『오픈 시티』에서는 화자의 의식뿐 아니라 무의식의 차원도 질문과 탐사의 대상이 되며, 소설 서사의 주요 층위를 형성한다.

3. 뉴욕의 산책과 탐사, 참사 현장들

『오픈 시티』는 컬럼비아 대학교 정신의학과 전임의 과정에 있는 화자 줄리어스가 산책의 습관을 갖게 된 경위를 서술하는 것으로 시작되고 서사의 상당 부분은 뉴욕시(삼주 동안은 브뤼셀) 산책 중에 들르는 거리, 공원, 강변/해변, 지하철역, 교회, 박물관/미술관, 사진 전시회장, 영화관, 콘서트홀, 우체국, 레스토랑, 가게, 술집 등 장소와 풍경과 사람과 관련된 이야기들에 할애된다. 소설 전체를 역동적으로 구조화하는 플롯이 부재한 가운데 중구난방으로 뻗어나가는 소설 서사를 느슨하게나마 얽어매는 끈 노릇을 하는 것이 바로 화자의 산책이다.

줄리어스의 이런 모습에서 기존의 문학 논의에 종종 등장하는 현대적 도시의 고독한 산책자 '플라뇌르'(flâneur)를 떠올리지 않을 수 없으니, 보들레르, 베냐민, 수전 손택 등이 특별한 의미를 부여한 플라뇌르의 이미지를 종종 발견하는 것은 우연이 아니다.(한국문학에서도 이런 도시 산책자가 등장하는 박태원의 중편 「소설가 구보씨의 일일」(1934)과 장편

『천변풍경』(1936)의 전례가 있다.) 하지만 테주 콜의 도시 산책자는 기존 플라뇌르 유형에 따르기보다 자기만의 관점과 특이성을 보여준다. 파리를 모델로 하는 보들레르와 베냐민의 플라뇌르가 자본주의체제가 환기하는 미적 감각과 정서적 효과에 특별히 민감하다면, 뉴욕시를 산책하는 테주 콜의 화자는 그런 미학적 반응을 내보이는 한편으로 아메리카 원주민 학살과 흑인 노예화, 9·11 참사 현장 등 역사적 상흔을 특별히 조명하면서 미국의 폭력적인 과거와 현재를 폭넓게 탐사한다.

가령 잠망경 닮은 통풍구에 거대한 콘크리트 평판의 AT&T 롱라인스 빌딩을 바라보면서 "나를 최면 상태로 끌어들인 듯 눈을 뗄 수가 없"다고(430면) 그 압도적인 느낌을 전하고 그 속에서 일하는 노동자들은 몇해 지나지 않아 탈색된 두더지가 될 게 틀림없다는 뼈 있는 평을 하고 지나가지만, 인근의 '아프리카인 매장지' 터에 대해서는 아프리카 흑인 노예의 역사와 시신들의 모습, 백인 도굴꾼에게 훼손되는 흑인 시신을 보호하기 위한 자유 흑인들의 필사적인 노력까지 상세히 기술한다. 또한 영화를 보러 가기 전들른 서점에서 자신의 환자인 V의 저서, 17세기 네덜란드의 잔인한 식민주의자 판틴호번의 전기를 발견하고는 지금의 뉴욕시에 거주했던 아메리카 원주민 학살의 끔찍한 역사를 상세하게 들려준다. 화자의 서술은 백인 식민주의자들에 대한 비판을 깔고 있지만 비분강개의 성토와는 거리가 멀고, 이 무시무시한 참사가 잊혔다는 것, 역사에서 삭제된 점에 초점을 맞춘다. 델라웨어 인디언 후예인 V가 "자신의 과거를 지워버린 나라에서 산다는 건 어려운 일"이라(70면) 말하는 장면에서, 화자는 V의 우울증이 이런 연구에 대한 정서적인 대가임을 감지한다. "이건 엄청난 규모의 주민들에게 일어난 무시무시한 일이기 때문에 사람들이 이 일을 무서워하지 않는 건 옳지 않아요. 게다가 이건 과거의 일이 아니라 오늘의 우리에게도 여전한 일이에요. 적어도 나한테는 그래요"(71면) 하고 차분히 말하는 V의 눈에는 눈물이 가득하다.

9·11 참사 터에 대해서도 사실적 묘사와 더불어 그 현장의 느낌, 그리고 담론적 질문과 논평이 동반된다. 화자는 참사 현장에 이르는 좁은 가설 통로를 지나가면서 마치 우리에 갇힌 동물이 도살장으로

내몰리는 느낌을 받으며, "미국의 심장이 멈춘 날, 떨어지는 몸을 제하고는 어떤 몸도 보이지 않았"음을 (129면) 지적한다. "우리 시의 상처 입은 연안을 중심으로 온갖 종류의 시장성 있는 이야기가 켜켜이 쌓였으나 죽은 몸에 대한 묘사는 금지되었다. 금지되지 않았더라면 무척 당혹스러웠을 것"이라는(같은 면) 논평은 이디 아민의 생애를 극화한 영화 「스코틀랜드의 마지막 왕」에 대한 소감을 전하면서 J. M. 쿳시의 『엘리자베스 코스텔로』에서 제기된 '왜 고문을 보여주는가?' 같은 물음, "세부는 정확히 모르는 채로 나쁜 일들이 일어났다는 사실을 듣는 것으로 충분하지 않은가?"라는(78면) 물음을 역방향에서 제기하는 셈이다. 고문 장면을 자세히 묘사하면서 인간 심성의 후미진 곳까지 들여다보는 것은 몹쓸 짓이지만 9·11 참사에서 참담하게 죽은 수천의 몸을 숨기는 것이 과연 옳은지 의문을 표한 것이다. 이는 이른바 '재현의 윤리'라는 것이 간단치 않음을 시사한다. 이 대목은 소설 후반부(17장)에서 프로이트의 애도와 관련된 논의를 끌어들이는 부분과 연결된다. 뭔가 잘못된 애도에서 죽은 사람은 살아남은 사람 속에 완전히 동화되지 못하고 분할된 채 암호로 숨겨지며 이 암호화된 자리에서 출몰하는데, "우리가 2001년의 재앙적 사건들 주위로 둘러친 깔끔한 선들이 내게는 이런 종류의 분할에 해당하는 것 같았다"고(411면) 뼈 있는 품평을 한다. 죽은 몸을 숨기는 행위가 참된 애도가 아닌 것은 한국의 역사에서도 숱하게 겪은 바이다.

4. 이민자/난민의 생애 이야기, 윤리적 담론과 비평

『오픈 시티』는 일인칭 화자 줄리어스가 소설의 서사를 끌어갈뿐더러 자전적 요소가 두드러져 일기처럼 읽히기도 한다. 물론 작가와 화자의 중요한 차이도 있다. 가령 줄리어스는 독일인 어머니와 나이지리아인 아버지 사이에서 태어난 흑백 혼혈이며, 이 사실이 그의 정체성 형성에 큰 영향을 미친다. 소설의 주된 시공간은 2006년 가을 뉴욕에서 시작해 2007년 가을 뉴욕에서 끝나는데, 중간에 2006~07년 연말 연초 삼주 남짓의 벨기에 휴가 여행이 끼어 있다. 이전에도 자전적 요소가 강한 소설은 많았지만 『오픈 시티』가 사뭇 다르게 느껴지는 데는 몇가지 이유가 있다. 우선 플롯이랄 것이 없는데다, 장편인데도 화자를 제외하면 조연급 인물들밖에 없다. 줄리어스의 스승 사이토 교수, 소원해지는 연인 나데즈, 지구과학 전공 교수이자 재즈에 열광하는 '친구', 브뤼셀행 항공기에서 만난 퇴직 의사 메일로티 박사, 모로코 출신의 지적인 무슬림 청년 파루크, 중학생 시절 친구의 누나로 뉴욕에서 다시 마주친 모지, 그리고 가족인 어머니와 아버지와 외할머니 '오마'는 모두 그의 삶의 특정 국면에서 중요한 역할을 한다. 그런데 그들과의 관계나 갈등의 전말이 모호하게 처리되는 경우가 적잖다. 가령 줄리어스는 왜 어머니와 연락조차 하지 않을 정도로 사이가 틀어졌고, 반면에 함께한 시간이 얼마 되지 않는 '오마'는 왜 그토록 그리워하는가? 중학생 시절 줄리어스가 자신을 강제로 범했다는 모지의 이야기, 줄리어스 자신은 전혀 기억이 없는 그 성폭력 사건은 과연 어떻게 받아들여야 할까? 이렇게 인간관계가 애매모호하게 남겨지는 대목은 작가의 미숙함이나 불철저함의 소산이 아니라 오히려 그 반대다. 그것은 미지의 삶의 영역을 존중하되 예술 행위와 인간관계에서의 윤리성에 대해 독자에게 스스로 생각하고 판단할 공간을 열어준다.

기존 소설들과 다르게 느껴지는 또 하나의 요인은 구술 생애사를 비롯한 다양한 생애 이야기 비중이 일반 소설에 비해 엄청 높기 때문이다. 회상 형식으로 자기 삶의 중요 지점들을 틈틈이 들려주는 화자는 물론이고 조연급 인물 가운데서 2차대전 말기에 수용소에 갇히는 일본계 미국인 사이토 교수나 9·11 참사의 여파로 학위논문이 거부되는 파루크처럼 생애사의 중요한 순간들을 이야기하는 경우가 많다. 게다가 화자가 정신과 의사인 까닭에 듣게 되는 환자 V, M, F의 내밀한 인생 이야기들, 바부다 출신 민속예술박물관 경비원의 이야기, 펜 역 지하통로에서 만난 아이티 노예 출신 구두닦이 피에르의 미국 이민사, 라이베리아에서 천신만고 끝에 JFK 공항까지 왔으나 퀸스의 구치소에서 이년 넘게 수형자로 살다가 추방당할 처지에 놓인 사이두의 이야기 등 도시 곳곳의 사람들이 간직한 크고 작은 이야기들이 빽빽하게 담겨 있다. 한때 소설에서 '말하기'(telling)보다 '보여주기'(showing)를 더 사줬는데, 이제는 '말하기'로써 '보여주기'를 하는 느낌이다. 어쨌든 무수한 이야기들이 들어참으로써 전통적 소설 서사의 강한 구심력 대신 원심력이 더 큰 힘을 발휘한다. 다만 출신 배경과 성별, 계층별로 다양한 이 이야기들이 거의 예외 없이 이민자/난민 혹은 동성애자·장애자 등 소수자에 초점을 맞추고 있어서 하나의 흐름을 형성한다. 사실 이 지점에서 작가 자신도 인정하듯 W. G. 제발트의 소설, 특히 『토성의 고리』와 『이민자들』의 영향을 받은 것이 사실이다. 하지만 주로 유대인과 유럽 내 이민자의 어두운 면을 집요하게 파고드는 제발트의 서사와 달리 테주 콜의 이야기들은 주로 아프리카 출신의 이민자/난민의 신산한 삶을 쌍방향의 시선으로 조명하고 있다.

테주 콜이 작품에 끌어들인 미술, 음악, 사진, 문학, 건축 등 여러 예술 장르에 대한 품평과 논의, 관련된 일화도 이민자/난민의 이야기 못지않게 다양하며 흥미롭다. 농인 화가 브루스터의 회화, 종말 형식의 대가 말러의 교향곡, 살아 있는 삶의 순간을 포착하는 문카치의 사진, 멜빌의 『모비 딕』에 대한 인상적인 품평과 모로코 소설가 타하르 벤 젤룬에 대한 찬반 토론, 뉴욕의 트리니티 교회와 브뤼셀의 노트르담 드 라 샤펠 성당, 클로이스터스 박물관 등의 탐방기 등은 여러 장르의 예술에 조예가 깊을뿐더러 이런 다양한 예술비평을 소설의 서사적 흐름 속으로 끌어안는 놀라운 조율 능력을 보여준다. 사회·정치 비평의 경우도 복잡함과 미묘함이 덜하지 않다. 기후변화의 조짐과 벌집 괴사 사태, 빈대 창궐 현상에 이르는 사회생태의 문제, 팔레스타인 문제를 둘러싼 정치적 입장과 논쟁, 그리고 재현의 윤리와 인종적·성적 평등주의 원칙을 포함한 정치적 올바름에 대한 논의도 단지 논제의 다양성만을 자랑하는 것이 아니라, 섬세하고 때로는 까칠한 비평 감각을 드러낸다. 이 지점에서『오픈 시티』는 제발트 못지않게 J. M. 쿳시의 영향도 감지된다.

다만 앞서 언급했듯 쿳시와 반대 방향에서 재현의 윤리를 바라보는 경향이 있으며, 온갖 윤리적·정치적 문제에 대해서도 미리 정해진 답을 거부하고 비평적으로 접근한다. 가령 팔레스타인 문제를 놓고 파루크와 그의 친구 칼릴과 함께 나누는 대화에서 그런 태도가 잘 드러난다. 줄리어스는 "팔레스타인 문제야말로 우리 시대의 중심적인 문제"라고(245면) 주장하는 파루크의 논리에 귀 기울이고 팔레스타인 사람들이 이스라엘의 폭력적 탄압에 저항하는 투쟁에 동조하지만, 헤즈볼라나 알카에다 같은 테러단체까지 정당화하려는 경향에 대해서는 선을 긋는다. 공감과 아울러 입장 차이도 표면화되는, 파루크와 칼릴과 나누는 껄끄러운 대화는 서구문학에서 무슬림의 입장을 예단하거나 삭제하지 않고 보여준 드문 사례이다.

재현이냐 삭제냐의 선택과 관련해서 이 소설에서 가장 미묘한 대목은 줄리어스가 어릴 때 모지를 강제로 범한 사건을 제시하는 방식과 그에 대한 줄리어스의 엉뚱한 반응이다. 이 소설의 독자들에게 가장 불편하고 심지어 불쾌할 수도 있는 지점이다. 그럼에도 이 장면을 집어넣은 것은 작가의 고심 어린 선택이라 봐야 하며, 작가와 화자를 은연중에 동일시해왔다면 양자 구분의 필요성을 실감하게 되는 대목이다. 어쨌거나 이 대목이 있음으로 해서 쌍방향의 시선과 빼어난 예술적 감수성을 지닌 진보적 자유주의자 줄리어스의 선한 이미지는 치명타를 당한다. 또한 이 대목이 있음으로써 줄리어스에게 존재하는 아상(我相)의 맹점을 드러내면서 그의 코즈모폴리턴적 관점과 감수성이 너무 이상주의적인 건 아닌지, 과연 그

것이 서구 중심의 위계적 체제를 변혁하는 길로 나아
간 것인지 소설 자체가 묻는 셈이 된다.

5. 열린 도시, 열린 존재

소설은 줄리어스의 성폭력에 대한 모지의 폭로
로 끝나지 않고, 마지막 장에서 그 못지않게 의미심
장한 사건이 일어난다. 줄리어스는 카네기홀에서 열
리는 말러 교향곡 9번 연주회에 갔다가 밖에서는 열
리지 않는 출구로 나오는 바람에 비 오는 밤에 비상
계단에 갇히게 된다. 사소한 실수로 일어난 일이지만
이렇게 된 데는 카네기홀에 빽빽하게 들어찬 청중이
모두 백인이라 알게 모르게 쌓인 압박감에서 빨리
벗어나려는 무의식적 충동이 작용했을 법하다. 다양
성이나 혼종성을 존중한다는 백인 진보주의자들이
카네기홀 전체가 백인 일색이라는 것에 전혀 거부감
을 느끼지 않는 풍경에서 인종주의 사회 미국의 맹
점이 선명하게 드러난다.

졸지에 비상계단에 갇히는 이 사건은 줄리어스

가 다른 출구를 찾아 안으로 들어오기 직전, 하늘에 경이로운 별들이 반딧불이떼처럼 자욱하게 박혀 있는 것을 보는 순간 반전된다. 그 순간 그는 "눈으로는 파악할 수 없는 것을 몸으로 느꼈"는데,(499면) 그건 별빛이 내게 도달하는 데 걸리는 헤아릴 수 없는 세월을 감안하면, 지금 죽어 없어졌음에도 내게 여전히 보이는 별들 사이의 어두운 공간들에 내가 볼 수 없는 별들이 엄연히 존재하고 있음을 깨달았다는 뜻이다. 그 보이지 않지만 존재하는 별들에 대해 화자는 "나의 온 존재가 맹점에 휩싸여 있어 도달할 수 없는 별빛을, 시간당 10억 킬로미터 넘는 거리를 주파하면서 최대한 빠르게 다가오고 있는 별빛을 중간 지점에서 만날 수 있었으면 하고 바랐다."(500면) 여기서 맹점은 인간 존재의 조건으로 바뀌면서 부정적인 의미를 탈각한다. 인간은 맹점에 휩싸여 있는 존재이며, 문학과 예술은 맹점을 감지하고 맹점 너머의 보이지 않는 실체와의 만남에 관여하는 행위임이 강하게 시사된다. 그런데 부정성을 탈각한 이 우주적인 맹점과, 앞서 살펴본 체제와 개개인 내부에서 억압과 지배의 기제로 작동하는 부정적 맹점이 어떻게 연관되는지는 확실치 않다. 여기서도 독자 나름의 비평적 사유가 요구된다.

　　이 소설의 제목 '오픈 시티'는 전시에 비무장/무방비 상태로 있는 대신 적으로부터 가혹한 폭격을 면하는 도시를 가리키며, 실제로는 줄리어스가 휴가 기간 동안 찾아가는 브뤼셀이 여기에 해당한다. 그러나 '오픈 시티'라는 말에서 '열린 도시'의 의미를 떠올리지 않을 수 없고 이는 '열린 존재'처럼 세상의 다른 장소들, 그 장소들에서 살아가는 사람들을 향해 '열린' 도시, 열린 마음으로 타자를 환대하는 도시라는 뉘앙스를 띠게 되는데, 뉴욕시를 염두에 둔 것임이 분명하다. 하지만 '열린 도시'든 '열린 존재'든 바깥뿐 아니라 안으로도, 현재와 미래뿐 아니라 과거로도 열려 있어야 진정한 '열림'일 것이다. 뉴욕의 산책자 줄리어스는 9·11 참사 터를 바라보면서 "이 도시의 모든 곳이 그렇듯 쓰이고 지워지고 다시 쓰인 팰림프세스트"라고(130면) 평한다. 이 소설은 그러니까 뉴욕에 한때 존재했다가 지워진 어두운 과거들이 켜켜이 있음을 보여줄 뿐 아니라, 줄리어스 내부에도 한때 있었으나 지워진 과거, 지워버림을 당한 모지에게는 현재이기도 한 '존재의 팰림프세스트'도 드러낸다. 줄리어스는 이런 팰림프세스트를 '아직 읽을 줄 아는' 사람으로 자신을 인식하며, 화자인 자신의 행위를 이렇게 표현한다. "나를 이 이야기들 속 내 역할과 연결해주는 선을 발견하고 싶었다. 물 가까운 어디에선가 자신이 삶에서 아는 바를 단단히 붙잡고, 소년은 날카로운 덜커덕 소리와 함께 다시 공중으로 몸을 던졌다."(같은 면) 이 소년은 줄리어스가 조금 전에 만난 스케이트보드를 타는 소년일 수도 있고, 피쿼드호 돛대 망루에 올라 발밑의 신비한 바다를 "깊고 푸르고 바닥도 없는 영혼의 가시화된 이미지로 간주하고" 뛰어들고픈 충동을 느끼던 『모비 딕』의 이슈미얼의 후예일 수도 있다.

테주 콜은 『블랙 페이퍼』에 실린 번역에 관한 글 「실어나르고 실려오는 일」(On Carrying and Being Carried)에서 "운 좋게도 내 작품이 여러 언어로 번역되어 나는 이제 그 각각의 언어의 문학에서 작가로 존재한다"는 말을 했는데, 한국 독자가 이 번역본을 읽을 때 테주 콜은 한국 작가가 되는 셈이다. 사실 나는 테주 콜의 작품들이 한국문학의 일부가 되길 열렬히 바라고, 그의 장편 데뷔작의 한국어본 초역자가 된 것이 힘들지만 보람 있는 일이라고 믿는다. 흔히 역자를 한 나라의 언어와 문학을 다른 나라의 언어와 문학으로 이어주는 '다리'에 비유하지만, 테주 콜이 'translator'의 어원을 따져 "저 기슭의 언어에서 이 기슭의 언어로 의미를 실어나르는 뱃사공"이라고 풀이한 것이 더 와닿는다. 번역이라는 행위는 나룻배를 저어가는 것과 같이 순풍을 만나면 술술 나가기도 하지만 크고 작은 풍랑을 만나 몹시 흔들리고 때론 전복될 위험까지 안고 있다. 하지만 내 경우에는 운 좋게도 성실한 편집자가 나룻배의 상태를 늘 꼼꼼히 점검하고 배가 흔들릴 때마다 단단히 잡아주었다. 이 번역본의 편집자인 정편집실 김정혜 실장에게 감사하며, 번역 과정에서 여러모로 배려해준 창비 문학출판부 전성이 부장과 번역본 초고 일부를 살펴봐준 양재화 씨에게도 감사를 표한다. 편집자의 도움을 받아 번역에 공을 많이 들였음에도 남아 있는 오류는 나의 불찰의 결과이며, 독자 여러분께 즐거운 독서의 경험이 되길 바란다.

2023년 10월 17일
역자 한기욱

오픈 시티

초판 1쇄 발행 / 2023년 11월 1일

지은이 / 테주 콜
옮긴이 / 한기욱
펴낸이 / 염종선
책임편집 / 정편집실·전성이 양재화
조판 / 한향림
펴낸곳 / (주)창비
등록 / 1986년 8월 5일 제85호
주소 / 10881 경기도 파주시 회동길 184
전화 / 031-955-3333
팩시밀리 / 영업 031-955-3399 편집 031-955-3400
홈페이지 / www.changbi.com
전자우편 / lit@changbi.com

한국어판 ⓒ (주)창비 2023
ISBN 978-89-364-3906-4 02840